# Histoire générale
## du XXe siècle

# Des mêmes auteurs

Bernard Droz

*Histoire de la guerre d'Algérie 1954-1962*
en collaboration avec Evelyne Lever
Seuil, « Points Histoire », 1982

Anthony Rowley

*L'Évolution économique de la France
du milieu du XIX<sup>e</sup> siècle à 1914*
SEDES, 1981

*L'Évolution économique de la Russie
du milieu du XIX<sup>e</sup> siècle à 1914*
SEDES, 1982

*Les vingt-cinq ans qui ont transformé
la France, 1960-1985*
en collaboration avec Jean-Louis Monneron
t. VI de l'*Histoire du peuple français*
Nouvelle Librairie de France, 1986

*Bernard Droz/Anthony Rowley*

# Histoire générale du XXe siècle

## Jusqu'en 1949

**TOME I**
*Déclins européens*

*Éditions du Seuil*

Histoire générale du XXᵉ siècle (en 4 tomes)

Jusqu'en 1949 (t. I et II)
1. *Déclins européens*
2. *La naissance du monde contemporain*

Depuis 1950 (t. III et IV)
3. *Expansions*
4. *Le temps des crises*

En couverture : Howard Thain,
*Times square Broadway,* New York, 1925.
Archives EDIMEDIA - N.Y. Historical Society.

ISBN 2-02-009113-5 (édition complète).
ISBN 2-02-009102-X (vol. I).

# Avant-propos

Prendre la dimension du siècle qui s'achève. Un tel projet peut paraître hasardeux, sinon vain, compte tenu du manque de recul qui obscurcit la tâche de l'historien et de la vertigineuse accélération qui s'est emparée de l'histoire mondiale, surtout après 1950. Car le siècle qui a vu deux cataclysmes mondiaux et deux crises économiques majeures, le développement rapide du progrès technique et industriel, l'extension du communisme et l'avènement de la bipolarité, l'effondrement du système colonial et le poids croissant du Tiers Monde, n'est pas un siècle simple. Cet ouvrage n'a d'autre objectif que de permettre à l'étudiant ou au lecteur curieux de saisir l'enracinement historique des problèmes contemporains. Pour ce faire, la démarche est double : retracer, dans le cadre d'une trame chronologique articulée, les événements majeurs qui ont traversé le XXe siècle ; rechercher, par le biais d'une explication raisonnée, une histoire interprétative capable de restituer la relative cohérence des évolutions. Compte tenu des dimensions imparties à cet ouvrage, une rigoureuse sélection des faits a dû être opérée, au détriment le plus souvent de l'histoire intérieure des petits États ou du déroulement strictement militaire des conflits. Ces manquements à l'exhaustivité ne doivent pas, en principe, nuire à l'intelligibilité du XXe siècle, qui reste commandée, même s'il faut le déplorer, par les évolutions de tous ordres et l'interaction des grandes puissances.

# 1

## *La fin de la domination européenne*

# 1

# L'Europe dominante

A la veille de la Première Guerre mondiale, l'Europe semble jouir d'un ascendant indiscuté et la civilisation européenne prévaut partout. Pour n'être point un phénomène récent, le débordement de l'Europe sur le monde évoque, à bien des égards, l'image d'un processus irréversible qui prend, au tournant du siècle, l'aspect d'un phénomène de masse. Tout un ensemble de réalités y concourent, d'ordres économique et financier, politique et culturel, mais qui n'excluent ni l'affirmation concurrentielle des pays neufs, ni la remise en question des mécanismes, sinon du principe, de la domination européenne. C'est pourtant de la conduite de stratégies contradictoires, longtemps marquées par l'homogénéité apparente de l'espace international, que découle la guerre qui va signifier à l'Europe la fin de son hégémonie.

## Dimensions et limites de la domination européenne

Les données démographiques constituent, par leur ampleur et leurs implications économiques ou stratégiques, une première manifestation de l'«ordre européen». A elle seule, la population européenne représente, Russie comprise, 26 % de la population mondiale, contre 22 % un siècle plus tôt. Certes, cette augmentation est moins imputable à un accroissement de la natalité qu'au recul de la mortalité. Mais les migrations intra-européennes, prépondérantes jusqu'en 1900, sont désormais impuissantes à canaliser cette croissance. Les années 1905-1913 représentent l'apogée de la troisième vague migratoire entamée en 1895 : durant cette période, 12,5 millions d'Européens viennent rejoindre définitivement les 7 millions de leurs compatriotes partis dans les dix années précédentes. Composée à 80 % d'Italiens du Sud, d'Espagnols et des sujets des Empires russe et austro-hongrois, cette population se dirige vers des pays neufs : les États-Unis, le Canada, l'Argentine, l'Australie. Cette migration se différencie à la fois du fait colonial et des premières vagues de départs qui précédaient les périodes d'expansion économique. Les facteurs attractifs liés à l'industrialisation des pays neufs l'emportent désormais sur les raisons répulsives [1]. Ces déplacements ne sont donc plus seulement le produit de la misère, de la surpopulation ou de la persécution politique. Le choc de la modernisation a brisé la relation inverse qui existait entre migrations internes et émigration. A la veille de la guerre, 300 000 Britanniques quittent leur pays, au plus fort de la reprise économique. De même, certains groupes arrivés aux États-Unis après 1890, tels les Juifs d'Europe centrale ou les Polonais, s'apparentent davantage à l'ancienne immigration par leur qualification et leur niveau de rémunération. Pour autant, les nouveaux immigrants sont bien en règle générale plus pauvres que les précédents, dénués de qualification professionnelle élevée et politiquement moins éduqués, ce qui conduit à une insertion culturelle et sociale plus délicate, mais des études récentes ont montré que cette ultime vague migratoire n'a entraîné ni baisse des salaires, ni chômage massif, agissant au contraire comme stimulant de la croissance du Nouveau Monde [2]. De sorte qu'avec ce double visage l'émigration participe autant à l'affirmation de la vitalité européenne qu'à son affaiblissement potentiel.

A ces bouleversements largement spontanés, fait pendant l'action des gouvernements pour organiser et préserver les espaces de domination. Entamé aux alentours de 1875, selon des modalités souvent improvisées [3], pour répondre à tout un

1. Cf. les travaux de B. Thomas, *Migration and Economic Growth*, Cambridge, 1973.

2. Sur l'ensemble de ces points, les calculs statistiques effectués par R. Higgs sont convaincants : cf. *The Transformation of the American Economy, 1865-1914*, New York, 1971, et « Race Skills and Earnings : American Immigrants in 1909 », *Journal of Economic History*, juin 1971.

3. La fameuse conférence de Berlin (1884-1885) n'avait pour but que la réglementation du commerce dans le bassin du Congo. S'il est vrai que l'acte final n'autorisait aucun « partage de l'Afrique », il l'a déclenché dans les faits.

ensemble de motivations plus ou moins camouflées par des
justifications de type darwiniste ou humanitaire, le second âge
colonial se résout, dans les premières années du siècle, en un
système solide d'intégration politique et économique [1]. La
première assure aux pays européens le prestige, les fondements stratégiques d'une puissance navale, voire un réservoir
de ressources humaines en cas de guerre [2] qui renforcent leur
audience internationale. C'est bien ainsi qu'il faut entendre
certains impérialismes tardifs, celui de l'Allemagne ou de
l'Italie, qui aspirent par ce biais à entrer dans le «club» des
grandes puissances mondiales. La seconde revêt plus d'importance encore. Si le vieux système du pacte colonial a
généralement disparu, les Empires créent une complémentarité économique qui joue au bénéfice à peu près exclusif de la
métropole, qu'il s'agisse des courants d'échange ou des flux
de capitaux. La part de l'Empire dans les échanges britanniques passe ainsi de 25 % vers 1860 à près de 31 % en 1912.
Celui-ci représente 47 % des investissements extérieurs, et,
depuis la fin du siècle, les transferts de capitaux vers l'Empire
sont supérieurs à ceux dirigés vers le continent américain. A
une échelle évidemment moindre, la France tire bénéfice de
ses colonies, moins par l'intensité de ses relations commerciales et financières [3] que par comparaison de ces dernières

1. Tableau schématique des positions coloniales en 1914 :

|  | Millions km$^2$ | Millions d'hab. |
|---|---|---|
| Colonies britanniques | 34 | 394 |
| Colonies françaises | 11 | 51 |
| Colonies (Allemagne, USA, Japon) | 3 | 45 |
| Autres colonies | 27 | 78 |
| Pays semi-coloniaux | 28 | 362 |

2. C'est particulièrement le cas de la France, où cet argument, développé
par exemple par le colonel Mangin (*la Force noire,* 1910), n'a pas peu
contribué à désarmer l'opposition de droite aux entreprises coloniales de la
République.
3. En 1913, les relations avec l'Empire ne représentent guère plus de 10 %
du commerce français et des placements financiers.

avec le coût extrêmement modique de la conquête et de l'administration coloniales [1]. Les colonies ne constituent au reste qu'un visage de l'impérialisme. Dans le cadre d'une division internationale du travail, les puissances européennes, auxquelles s'ajoutent, à l'extrême fin du siècle, les États-Unis et le Japon, mettent à l'encan de vastes territoires dont la souveraineté est théoriquement maintenue, mais qui doivent accepter les conditions draconiennes qui leur sont faites en matières commerciale, financière et tarifaire. Mieux que l'Amérique latine et le Proche-Orient, la Chine offre l'exemple achevé du statut semi-colonial. La guerre sino-japonaise amorce la politique de *break-up :* territoires à bail, concessions douanières et fiscales, mouvements de capitaux conduisent à une véritable mainmise des ressources du pays. En 1914, les Européens contrôlent ainsi 80 % de la production chinoise de charbon et de fer. Estimés à 780 millions de dollars en 1902, les placements étrangers s'élèvent, en 1914, à 1,6 milliard, dont 38 % contrôlés par la Grande-Bretagne.

Considérer l'impérialisme sous l'angle de la seule rentabilité des grandes puissances oblige pourtant à des conclusions nuancées, en raison de l'inégalité géographique de la mise en valeur. Objet privilégié s'il en est de la course aux zones d'influence, le continent africain se montre pourtant peu attractif, n'attirant que le dixième des capitaux britanniques (parmi lesquels l'Afrique du Sud se taille l'essentiel) et seulement 2 % des placements extérieurs de l'Allemagne. A l'inverse, les territoires attractifs assignent quelques limites à l'hégémonisme économique des grandes puissances. Quelle que soit l'ampleur de la dépossession foncière ou du pillage des matières premières, on ne saurait admettre complètement l'hypothèse d'une régression généralisée induite par l'exploitation économique. Aux Indes comme dans le monde musulman, la colonisation a contribué à réunir plusieurs conditions liminaires du démarrage économique. Le développement de l'infrastructure des transports, l'installation d'une agriculture spéculative grâce aux travaux d'irrigation et le volume des investissements industriels européens ont facilité une moder-

1. Cf., sur ce point, l'ouvrage très neuf de J. Marseille, *Empire colonial et Capitalisme français,* Paris, Albin Michel, 1984.

nisation sans précédent de l'appareil productif. L'Égypte, l'Inde et la Chine voient la formation d'un capitalisme indigène, industriel *et* financier. Des reclassements sociaux s'ensuivent qui s'opèrent au détriment des cadres militaires et bureaucratiques traditionnels et en faveur de nouvelles élites tout ou partiellement occidentalisées, mais qui communient, inégalement sans doute, dans une remise en cause du statut de domination. Les années 1900-1913 voient s'associer un traditionalisme de résistance — marqué par le soulèvement des Boxers en Chine ou les jacqueries paysannes du Quang-nam en Indochine — et une volonté de construction nationale, nourrie des aspirations d'une bourgeoisie enrichie et d'une intelligentsia soucieuse d'appliquer à son profit les principes démocratiques. Ainsi les griefs économiques d'une paysannerie appauvrie rejoignent-ils le nationalisme de l'opinion éclairée dans une opposition grandissante.

La domination coloniale et semi-coloniale implique la maîtrise européenne de l'espace économique international. La révolution des transports maritimes assure aux Européens non seulement le contrôle de 83 % de la flotte de commerce, mais la possibilité d'écouler 65 millions de tonnes de marchandises par an. En outre, les progrès qualitatifs accomplis dans la maîtrise des techniques de transport et la réduction des coûts obtenus par la modification des itinéraires confortent cette suprématie. Tandis que le lancement du *Titanic*, du *Vaterland* ou du *France* inaugure l'ère des navires géants jaugeant 50 000 tonneaux ou plus, et dépassant 23 nœuds, la nouvelle route des Indes par le canal de Suez permet de réduire d'un tiers le trajet Liverpool-Calcutta. De même, l'achèvement des réseaux ferroviaires européens offre à l'Europe occidentale 223 000 km de voies, qui assurent la desserte des régions industrielles et favorisent l'essor d'un ensemble portuaire homogène — autour de Londres, de Rotterdam, d'Anvers et du Havre — dans lequel transitent 75 millions de tonnes de marchandises en 1914. Enfin, la mise en service de moyens de communication rapides — le télégraphe, la télégraphie sans fil et le téléphone — confirme l'avance européenne : sur les 450 000 km de câbles sous-marins qui existent en 1914, les Britanniques en détiennent 62 %.

L'accumulation de ces performances techniques ne suffit

pas à rendre compte de la suprématie européenne alors même
que les échanges connaissent, depuis un demi-siècle, une
accélération rapide : en 1914, la valeur du commerce mondial
est estimée à 200 milliards de francs contre 58 milliards en
1870. En fait, l'Europe bénéficie des avantages cumulés d'une
division internationale du travail et d'un véritable mécanisme
d'horlogerie commerciale. Les Européens profitent du rétablissement des termes bruts de l'échange, après 1890, et des
termes nets, à partir de 1905-1906, pour s'approvisionner
massivement en produits alimentaires ou en matières premières auprès des colonies ou des pays neufs. A la veille de la
guerre, les importations de ce type représentent 87 % du total
des entrées britanniques, 84 % des allemandes et 71 % des
françaises. L'Allemagne paie ses importations en exportant des
produits manufacturés dans l'ensemble de l'Europe et dans le
reste du monde, et cela de façon croissante puisque sa part dans
le commerce mondial a augmenté de 50 % entre 1880 et 1913.
Les autres pays continentaux soldent leurs achats en exportant
vers la Grande-Bretagne et, à un moindre niveau, vers l'outre-
mer. Toutefois, pour la France et l'Italie, le montant de ces
exportations est insuffisant pour équilibrer la balance commerciale, et ces États règlent leur déficit grâce au rapatriement des
capitaux placés en Europe centrale ou dans les colonies. Enfin,
la Grande-Bretagne paie le monde entier et ses importations
grâce aux revenus invisibles et à l'excédent de 60 millions de
livres de sa balance commerciale avec l'Inde.

Cet essor commercial de l'Europe est d'autant plus remarquable qu'il s'inscrit dans un contexte résolument protectionniste. Bien plus, ce dernier se voit prêter par les dirigeants des
vertus exceptionnelles. Alors qu'autour des années 1880-1895
l'élévation des tarifs douaniers ne représentait qu'une mesure
conjoncturelle face à l'arrivée des produits étrangers, elle
devient en période d'expansion une arme pour la négociation
des traités de commerce, donc pour l'ouverture de nouveaux
marchés, en même temps qu'elle favorise la concentration des
entreprises industrielles. Le maniement très souple des tarifs
permet aussi de s'adapter à l'évolution sectorielle : en 1913, le
tarif américain Underwood-Simmons maintient les droits à
40 % sur les articles de soie, afin d'écarter la concurrence
franco-italienne, mais procède à la diminution de l'ensemble

des droits sur les textiles. Sans constituer un élément majeur
de la croissance économique, la politique protectionniste apparaît comme un cadre institutionnel nécessaire au maintien de
l'activité interne. De plus, en raison même de son aspect
sélectif, elle ne s'apparente guère à une politique de fermeture
des frontières : en 1911, selon une statistique du ministère
français du Commerce, la taxation douanière sur l'ensemble
des importations était de 7,6 % en France, 8,4 % en Allemagne et 9 % en Italie contre 36 % en Russie et 38,5 % aux
États-Unis. Même protectionniste, l'Europe industrielle demeure une zone d'échanges privilégiée. Quant à la fidélité de
la Grande-Bretagne à un choix libre-échangiste, elle peut
s'expliquer par trois raisons : l'élasticité mesurée de son commerce extérieur, l'augmentation de ses importations compensée par l'évolution favorable des termes de l'échange, la
capacité des industries traditionnelles d'exportation (textile et
métallurgie) à s'assurer des débouchés extérieurs [1]. Ainsi
l'Angleterre reste-t-elle en 1913 la première puissance commerciale d'Europe et du monde avec respectivement 24 et
13 % de ses exportations, même si à cette date les États-Unis
et l'Allemagne ont quasiment rattrapé leur retard. On peut
alors admettre que l'immédiat avant-guerre coïncide avec la
prospérité du système commerçant anglo-centré et l'avènement d'un système productif fondé sur les puissances industrielles nouvelles. Ces dernières ont utilisé le protectionnisme
pour développer des industries diversifiées et combler en deux
temps leur retard sur l'Angleterre : technique et productif entre
1875 et 1895, commercial après 1905 [2]. Les années 1906-
1913 constitueraient ainsi une sorte de point d'équilibre optimal entre le *climateric britannique* — apogée d'une suprématie mondiale en même temps que début de son déclin — et le
boom industriel de ses principaux concurrents.

1. Entre 1900-1902 et 1911-1913, le taux de croissance des exportations
britanniques fut de 4,3 % en volume et de 5,1 % en valeur, soit plus du
double de la croissance du PNB. Le taux d'exportation atteint le niveau record
de 25 %, à prix constants, à la veille de la guerre. Cf. P. Bairoch, « Commerce international et genèse de la révolution industrielle anglaise », *Annales,
ESC*, XXVII, 2, mars-avr. 1972, p. 541-571, et A. H. Imlah, *Economic
Elements in the Pax Britannica, Studies in British Foreign Trade in the
Nineteenth Century*, Cambridge, Mass., 1948, 194-198.
2. Ce qui semble confirmé par P. Bairoch, *ibid.*, p. 51-54 et 201-217.

Car la hiérarchie commerciale, qui illustre la suprématie britannique en 1914, ne reproduit pas celle de la croissance. Outre le malaise chronique des agriculteurs européens qui, faute d'une modernisation suffisante et de prix rémunérateurs, constitue un véritable frein à l'élargissement des marchés intérieurs, un certain nombre de clivages récents opposent les économies industrielles. Le premier concerne le monde anglo-saxon. Alors qu'au XIX<sup>e</sup> siècle l'économie britannique avait réussi sa mondialisation en associant sa spécialisation indus-trielle avec le développement du marché international, les années 1890-1914 marquent une distorsion croissante entre une prospérité fondée sur l'étranger et une base industrielle proportionnellement rétrécie. Enrichissement et industrialisa-tion ne sont plus synonymes : le centre de la puissance indus-trielle s'est déplacé vers les États-Unis [1]. Ces derniers attei-gnent en 1914 le rang d'une puissance mondiale sans avoir d'autre attribut que la force industrielle : leurs exportations représentent seulement 7 % du produit net, leur déficit com-mercial vis-à-vis de l'Angleterre atteint 50 millions de livres et leur endettement global 3,5 milliards de dollars. Mais fort de ses immenses ressources, d'une main-d'œuvre et d'un marché en perpétuel accroissement et d'un capitalisme origi-nal qui combine un fort degré de concentration et la recherche du rendement optimal, le pays a connu, depuis 1870, un taux de croissance près de deux fois supérieur à celui de son partenaire/concurrent britannique [2]. Sur le plan diplomatique,

1. D'après P. Bairoch, *ibid.*, p. 292, la part des États-Unis dans la pro-duction industrielle mondiale s'établit à 35,8 %, celle de l'Angleterre à 14 %, de l'Allemagne à 15,7 %, et de la France à 6,4 %.
2. Taux moyens annuels de croissance 1870-1913 :

|                                                      | Production totale à prix constants | Production totale par habitant |
|------------------------------------------------------|:----------------------------------:|:------------------------------:|
| Grande-Bretagne                                      | 2,2                                | 1,3                            |
| Allemagne                                            | 2,9                                | 1,8                            |
| France                                               | 1,6                                | 1,4                            |
| 10 principaux pays européens (moyenne non pondérée)  | 2,4                                | 1,4                            |
| États-Unis                                           | 4,3                                | 2,2                            |

D'après A. Maddison, *Economic Growth in the West. Comparative Experience in Europe and North America*, New York, 1964, p. 28-37.

la *pax americana* n'est en mesure de concurrencer l'impérialisme britannique que sur les marges du continent américain. De fait, l'année 1913 voit l'effacement anglais au Mexique sous la pression conjuguée des compagnies pétrolières et de la diplomatie américaine. Si les revendications exprimées par Th. Roosevelt et W. Wilson quant aux aspirations américaines « à commander le sort du monde du point de vue économique » témoignent de la remise en cause d'un *statu quo* local, elles marquent aussi l'ouverture implicite d'une lutte pour l'hégémonie mondiale. Avec une contribution à la production industrielle internationale inférieure à 2 %, le Japon doit se contenter d'objectifs plus modestes. L'agriculture y équilibre encore l'industrie et le déficit chronique du commerce extérieur alourdit l'endettement. Mais la croissance spectaculaire réalisée durant la trentaine d'années de l'ère Meiji s'est fondée sur un capitalisme remarquablement souple et efficace, ainsi que sur le maintien d'une grande autonomie de décision économique et financière. Épaulé par l'impérialisme, le capitalisme japonais est à même de menacer les positions européennes en Chine.

Cette rivalité internationale se double d'un antagonisme spécifique à l'Europe entre la France, l'Allemagne et la Grande-Bretagne. Depuis le début du siècle, le second essor économique de la France lui a permis de combler une partie de son retard sur ses concurrents : une croissance industrielle de 4,5 % par an sous-tend désormais une puissance financière estimée à 43 milliards de francs. Grâce à une organisation rationnelle de ses modes de production, à un degré très élevé de concentration qui n'exclut pas un secteur artisanal remarquablement dynamique, l'Allemagne s'est érigée au rang de deuxième puissance industrielle mondiale (15,7 % de la production) et ses exportations représentent, en 1913, 84 % des exportations anglaises en valeur, contre 64 % en 1900. Pourtant, contrairement à un postulat communément admis, l'inquiétude des Britanniques face à la montée des exportations allemandes ne s'explique pas par la passivité des industriels anglais. La référence à une mentalité commerciale passéiste constitue une justification d'autant plus insuffisante que la période édouardienne voit une reprise des exportations britanniques comparable à celle des années 1840-1860. De même, le thème du malthusianisme patronal s'apparente largement à une idée reçue. Les réussites individuelles d'un William Lever ou d'un Louis Renault illustrent le dynamisme des entrepreneurs, particulièrement dans le secteur des industries de pointe. Plusieurs travaux historiques récents [1] ont démystifié l'image d'un entrepreneur français foncièrement conservateur, méfiant à l'égard de toute nouveauté, ou d'un entrepreneur anglais, « enfant de l'affluence », incapable de résister aux méthodes de l'entrepreneur allemand. Partout progresse une mentalité industrielle définie par l'association du progrès technique, de l'organisation interne de l'entreprise et de la quête du profit. Il n'en reste pas moins que cet élan s'est inégalement généralisé. Dans les conditions nouvelles de concurrence internationale, les faiblesses structurelles d'une concentration insuffisante et les carences des entrepreneurs dans la gestion commerciale ou financière ont des conséquences plus graves qu'à la fin du siècle précédent. Elles traduisent de graves déséquilibres de compétitivité et de croissance à l'intérieur de l'espace européen ; à plus long terme, elles menacent la domination économique de l'Europe par l'inadéquation, relative mais croissante, entre un type de société et l'évolution des modes de production.

Sur le plan financier et monétaire, la suprématie européenne est indiscutable. Elle n'est pourtant pas sans menaces. Les investissements européens à travers le monde sont exceptionnels par leur volume, leur accroissement depuis 1880, leur rôle dans l'alimentation de la croissance. Non seulement la valeur du flux annuel d'investissements atteint en 1913 un niveau sans précédent — qui ne sera jamais plus approché —, mais le stock d'investissements extérieurs représente sensiblement la valeur du produit national brut des pays exportateurs de capitaux [2]. Encore cette estimation pèche-t-elle nécessairement par défaut puisqu'elle n'inclut pas les revenus pro-

---

1. P. Lanthier, « Les dirigeants des grandes entreprises électriques en France, 1911-1973 », in *le Patronat de la seconde industrialisation*, dirigé par M. Lévy-Leboyer, *le Mouvement social*, numéro spécial, Paris, 1979. Cf. également les travaux du colloque de Chantilly sur *Petite Entreprise et Croissance industrielle dans le monde*, XIXᵉ-XXᵉ siècle, Paris, 1982.

2. Résultat exceptionnel si on le compare aux 57 % atteints en 1870, 25 % en 1929 et 18 % en 1970.

## TABLEAU DES INVESTISSEMENTS EUROPÉENS[1]

### I. Structure des investissements

*Montant cumulé des investissements bruts à l'étranger* (pays exportateur de capital) :

*1913* : 44 milliards de dollars, soit 108 % PNB
(*1900* : 28 milliards, soit 102 % PNB).

*Flux annuel des capitaux exportés à long terme*

*1913* : 2 milliards de dollars, soit 5 % PNB
(*1900* : 1 milliard, soit 3,6 % PNB).

### II. Hiérarchie des pays investisseurs

|        | Grande-Bretagne | France | Allemagne | Europe | USA | Monde |
|--------|-----------------|--------|-----------|--------|-----|-------|
| *1900* | 12,5            | 5,2    | 3,6       | 26     | 0,7 | 28    |
| *1913* | 20,3            | 9      | 4,7       | 40     | 3,5 | 44    |

(milliards de dollars)

### III. Répartition géographique des investissements

*Investissements totaux*

. Europe               26,8 %
. Amérique du Nord     24,3 %
. Reste du monde       48,9 %
(«pays neufs» dont Amérique de Nord : 43,2 %)

*Investissements hors d'Europe*

. Amérique du Nord      33,2 %
. Amérique du Sud       24   %
. Asie                  22   %
. Afrique               13   %
. Océanie                7,8 %

*Ventilation par pays*

|                  | Grande-Bretagne | France | Allemagne | Europe | USA    | Monde  |
|------------------|-----------------|--------|-----------|--------|--------|--------|
| Europe           | 5,2 %           | 51,9 % | 44   %    | 26,8 % | 20   % | 26,4 % |
| Amérique du Nord | 35,2 %          | 5,5 %  | 19,8 %    | 24,3 % | 25,7 % | 24,2 % |
| Reste du monde   | 59,6 %          | 42,6 % | 36,2 %    | 48,9 % | 54,3 % | 49,2 % |

1. D'après P. Bairoch, *Commerce extérieur et Développement économique de l'Europe au XIX^e siècle*, Mouton, 1976, p. 99-105.

venant des cessions de brevets et que l'évaluation des investissements privés reste imparfaite. La généralisation du phénomène s'observe autant dans le rattrapage effectué par les concurrents européens vis-à-vis de la Grande-Bretagne que dans la permanence du «poids financier» de l'Europe. De fait, la prospérité européenne ne dépend plus prioritairement de la liaison entre croissance économique et commerce extérieur : les flux financiers qui partent ou convergent vers Londres, Paris, Berlin ou Zurich profitent de l'accroissement des échanges ; mais, à la veille de la guerre, le stock des capitaux est tel qu'il tend à devenir le principal moteur de la croissance capitaliste (tableau ci-contre).

Le calcul du montant des investissements et des importations par habitant est significatif :

|  |  | Argentine | Australie | Canada | USA | Inde |
|---|---|---|---|---|---|---|
| *(1913)* | *Importations européennes** | 50 | 67 | 46 | 9 | 2 |
|  | *Investiss. européens*** | 250 | 310 | 280 | 72 | 9 |

\* En dollar par habitant — \*\* *Ibid.*

Une telle suprématie est pourtant trompeuse. Ainsi le dynamisme financier des États-Unis accompagne-t-il désormais leur stratégie commerciale offensive, dite de la «porte ouverte [1]». En 1914, les États-Unis sont encore largement débiteurs nets de l'Europe, mais les investissements américains à l'étranger se montent à 3,5 milliards de dollars, dont 75 % en investissements directs. Entre 1897 et 1914, les avoirs américains à l'étranger ont sextuplé au Mexique et décuplé en Amérique du Sud. Ces investissements donnent aux sociétés américaines le moyen d'esquisser une «zone dollar» à

1. Énoncée à la fin du XIXᵉ siècle à propos de la Chine par le secrétaire d'État John Hay, la doctrine de la «porte ouverte» répudie les zones d'influence au profit de l'égalité de traitement en matière commerciale. Elle témoigne autant de l'hostilité au colonialisme européen que de l'appréciation réaliste des intérêts américains dans le monde.

l'échelle du continent. Les Européens n'en ont qu'une perception décalée, sans voir, de surcroît, que l'essentiel de la dette
américaine est constitué de valeurs de portefeuille achetées à
la fin du XIXe siècle. Cette sorte de myopie collective se
double de comportements peu propres à retarder le déclasse-
ment qui s'amorce, comme la lenteur du transfert de l'épargne
obligatoire vers des actions et l'absence d'un système fiscal
cohérent.

Détentrice de plus de 60 % du stock d'or mondial, l'Europe
peut voir dans le Gold Standard à la fois le système qui
garantit sa suprématie monétaire et le régulateur de la croissance. Ce n'est pas simple coïncidence si les douze premiers
pays industriels adoptent l'étalon-or entre 1880 et 1914, alors
que la presque totalité des pays colonisés ou dépendants demeure fidèle à l'étalon-argent. En outre, le système est un
symbole de puissance financière puisque la frappe de l'or est
libre, la convertibilité des billets, totale, ainsi que la liberté
d'importation et d'exportation du métal. Pour qu'il jouât son
rôle de garde-fou « automatique » et garantît la stabilité monétaire interne autant que l'équilibre international, les pays devaient donc à la fois disposer de la capacité industrielle propre
à exploiter les baisses de prix entraînées par le déficit en or de
la balance des paiements et être, socialement et politiquement,
capables de supporter la contrainte exercée par la couverture
métallique de la monnaie sur l'élasticité des prix. Le rôle
régulateur de ce système a été maintes fois mis en valeur [1].
Plusieurs études [2] rendent pourtant sceptique quant aux vertus
exceptionnelles du mécanisme. A partir de 1880, l'or est de
moins en moins utilisé dans les transactions internationales,
celles-ci se réglant en devises fortes : livres sterling et, à un
moindre titre, francs et marks. Qu'il s'agisse du rééquilibrage
à court terme de la balance des paiements ou du rapatriement
des profits réalisés dans les pays neufs, ce sont les devises qui
voyagent et non l'or. Celui-ci constitue une garantie, si bien
qu'il conviendrait plutôt de parler d'étalon de change-or dès le
début du siècle. En fait, le bon fonctionnement du système

---

1. J. Rueff, cité par J. Bouvier, in *Histoire économique et sociale du monde,* Paris, Colin, 1977, t. IV, p. 297.
2. On consultera notamment A. I. Bloomfield, *Short-Term Capital Movements under the Pre- 1914 Gold Standard,* Princeton Univ. Press, 1963.

repose sur l'articulation existant entre la fonction internationale de la livre sterling et le rôle régional des monnaies
européennes, ou du dollar depuis 1900, aux dépens de l'instabilité monétaire chronique des autres pays. Gardien tutélaire
de la *pax britannica,* en compagnie de la Home Fleet, le Gold
Standard apparaît ainsi comme l'expression achevée — mais
fugitive — d'un type de société susceptible d'engendrer une
suprématie internationale.

## Clivages politiques et systèmes d'alliances antagonistes

Au modèle du capitalisme triomphant correspond celui de la
démocratie politique. Par une extension des postulats du libéralisme, celle-ci entend assurer la participation effective des
citoyens à la vie publique, la généralisation du savoir et de
l'information, ainsi que la répartition équitable des charges
publiques. Réduit à ses paramètres essentiels — un régime
représentatif, le suffrage universel (masculin) et l'organisation
des libertés —, le régime démocratique demeure pourtant
l'apanage d'une minorité de pays où la révolution industrielle
et l'urbanisation ont suscité le développement d'une classe
moyenne suffisamment nombreuse pour l'imposer à l'aristocratie de la naissance et de l'argent.

En sont évidemment exclus la totalité des territoires coloniaux [1] ou simplement dominés, comme la Chine ou l'Égypte.
Une bourgeoisie embryonnaire commence néanmoins à retourner contre l'Occident ses propres valeurs libérales. De ce
réformisme démocratique témoignent, selon des modalités
différentes, la revendication du *self-government* par le parti du
Congrès ou le «triple démisme[2]» de Sun Yat-sen. La révolution de 1911, confisquée dès l'année suivante par le pouvoir
autoritaire du général Yuan Shikai, a valeur d'exemple, à la
fois pour l'avenir de la Chine et pour l'Asie tout entière.
L'indépendance de l'Amérique latine s'est réalisée, au début

1. Exception faite des dominions, où l'émigration britannique a imposé à
la métropole une large autonomie dans le cadre d'institutions parlementaires.
2. Il s'agit de trois principes du peuple : indépendance, souveraineté et
bien-être, qui constituent le programme du Tongmenghui puis du Guomindang.

du XIXᵉ siècle, sur des principes libéraux et ses États se sont dotés de régimes constitutionnels, généralement de type présidentiel. La référence aux valeurs égalitaires de la démocratie n'y est pourtant que de pure forme. Quelle que soit leur appellation, les partis ne sont que des clientèles et le pouvoir y est confisqué par une aristocratie de planteurs ou de *parteños*, avec fréquente intrusion de l'armée dans les rivalités politiques. Même la révolution mexicaine de 1910, produit des aspirations démocratiques et sociales de la classe moyenne et de la petite paysannerie, s'est rapidement enlisée dans l'autoritarisme et la corruption.

Les deux puissances émergentes du monde extra-européen offrent l'image d'une implantation et d'une progression très inégales de la démocratie libérale. Au Japon, l'adoption en 1889 d'une Constitution inspirée du modèle prussien, l'éclosion de partis politiques et d'une presse relativement différenciée n'ont pas sérieusement entamé le caractère fondamentalement oligarchique du régime hérité de la révolution Meiji. Non seulement le suffrage demeure étroitement censitaire [1], mais la réalité du pouvoir appartient à une pluralité de groupes dont les racines ne sont rien moins que populaires : vétérans *(genrô)* de la révolution qui composent le Conseil privé de l'empereur, dirigeants des *Zaibutsu*, bureaucratie civile et militaire, qu'unissent des liens familiaux et une complémentarité d'intérêts. Dépositaire des valeurs traditionnelles, renforcée dans son prestige par sa victoire de 1905 contre la Russie, l'armée a acquis une force et une autonomie incomparables. La crise dite « de Taisho », consécutive à l'avènement, en 1912, du nouvel empereur, marque pourtant l'intervention des masses dans la vie politique. La victoire du mouvement populaire de « sauvegarde de la Constitution » est un tournant dans l'histoire du pays, que l'on a comparé à la crise française du 16 mai 1877 [2] : la fin du pouvoir occulte des oligarques et un premier pas vers une parlementarisation du régime.

À la fois constitutive de l'idéologie dominante et originale

1. Fixé initialement à 15 yens, le cens électoral a été abaissé en 1900 à 10 yens, soit un électorat égal à 2 % de la population.
2. Cf. J. Mutel, *le Japon, la Fin du shôgunat et le Japon de Meiji, 1853-1912*, Paris, Hatier, 1978, p. 112.

par son mode d'organisation, la démocratie américaine connaît depuis le début du siècle des impulsions plus vives. Le progressisme s'affirme à travers les programmes de Theodore Roosevelt (New Nationalism, Square Deal) et de Woodrow Wilson (New Freedom), respectivement présidents de 1901 à 1908 et à partir de 1913. Dans son exigence d'une intervention accrue de l'État fédéral contre les empiétements des puissances d'argent, le progressisme est bien l'héritier du populisme rural des années 1890. Mais il en élargit tout à la fois les bases sociales aux couches urbaines et la revendication à une démocratie moins formelle [1]. De l'ébauche d'une législation ouvrière au renforcement de la réglementation anti-trust, de l'adoption de l'impôt sur le revenu à l'élection des sénateurs au suffrage universel direct, le bilan du progressisme n'est pas négligeable. Il a facilité l'ajustement nécessaire d'une société encore largement modelée par son passé rural aux transformations rapides d'un monde en plein essor industriel et urbain. Mais ses succès ne sont que partiels. En raison du soutien ambigu qu'il a reçu de groupes aisés et du Sud conservateur, il n'a ni révisé les implications sociales du capitalisme triomphant, ni entrepris la moindre réforme en faveur de la minorité noire.

En Europe, la ligne de partage entre développement et sous-développement reproduit pour l'essentiel l'inégale répartition de la démocratie politique. Amputé en 1912 d'une large fraction de ses territoires européens, l'Empire ottoman demeure le bastion de l'absolutisme. Quatre ans plus tôt, la révolution des « Jeunes Turcs » qu'animaient les intellectuels et officiers réformateurs du comité « Union et Progrès » n'a fait passer sur le pays qu'un souffle éphémère de réformes, avant de rétablir la ligne autoritaire et le panturquisme traditionnels. La démocratisation des rouages politiques paraît mieux engagée dans l'Empire russe. Les réformes libérales introduites par Alexandre II n'avaient pas entamé l'autocratie. En accordant la reconnaissance des libertés publiques et la convocation d'une douma élue au suffrage universel, le Manifeste du 30 octobre a été le prix à payer à la bourgeoisie pour mettre un terme à la révolution de 1905. De cette libéralisation partielle,

1. Sur les origines et les interprétations du mouvement progressiste, cf. Cl. Fohlen, *l'Amérique anglo-saxonne de 1815 à nos jours,* Paris, PUF, coll. « Nouvelle Clio », 1969, p. 245-263.

qui maintient intacts la prérogative tsariste et les cadres sociaux de l'autocratie, l'opposition modérée semble s'accommoder malgré les dissolutions successives de la douma et les manipulations du système électoral. La vigoureuse expansion des années 1907-1913 y est pour beaucoup, de même que, jointe au réformisme autoritaire de Stolypine, elle désamorce, au moins jusqu'en 1912, la menace d'une subversion révolutionnaire.

L'inachèvement de la démocratie libérale est également patent en Europe balkanique et méditerranéenne, en raison du faible degré d'évolution économique et de l'étroitesse de ses bases sociales. L'adoption d'un cadre constitutionnel, voire du suffrage universel [1], ne suffit pas à assurer la participation effective des citoyens à la vie publique. L'instabilité prévaut partout, aggravée par les effets malsains du clientélisme ou par l'intrusion politique de l'armée, particulièrement dans la péninsule ibérique. Au centre de l'Europe, les Empires allemand et austro-hongrois relèvent d'un type de régime « mixte » qui combine, sur la base d'une solide tradition absolutiste, les prérogatives monarchiques et le développement des institutions représentatives. Le suffrage universel y a été introduit, respectivement en 1871 et en 1906, mais pour des raisons qui relèvent avant tout d'un souci de cohésion interne face aux particularismes régionaux ou nationaux. Du reste, dans l'un et l'autre cas, la souveraineté populaire est limitée : par la persistance du système des « trois classes » en Prusse ou par l'instauration du vote oral en Hongrie. Pour inégal qu'il soit, le double compromis réalisé entre les tendances centralisatrices et le fédéralisme, l'autoritarisme et la démocratie, n'a pas fonctionné de façon purement statique. Il n'a empêché ni l'adoption de la législation sociale la plus avancée d'Europe en Allemagne, ni des manifestations d'une remarquable vitalité culturelle dans l'empire des Habsbourg. Il demeure pourtant fragile. En Autriche-Hongrie surtout, où la politique centralisatrice de Vienne et de Budapest se heurte aux tendances émancipatrices des nationalités tchèque, croate, accessoirement roumaine et polonaise. En Allemagne, où le décalage est frappant entre l'essor économique et la médiocrité de la vie

1. C'est le cas de l'Italie, en 1912.

politique, le régime wilhelmien paraît solidement ancré. Le
problème des nationalités (Alsaciens-Lorrains, Polonais) y est
d'une moindre acuité, et, en l'absence d'un vaste parti de
classe moyenne comparable aux partis libéral et radical d'Angleterre et de France, l'infléchissement vers une authentique
démocratie apparaît hypothétique. Celui-ci semble incomber
en fait à une social-démocratie de plus en plus gagnée au
réformisme, en plein essor, certes, mais néanmoins minoritaire. Du reste, les tendances autoritaires semblent l'emporter
à la veille de la guerre en raison du réveil nationaliste et de
l'affirmation de l'influence militaire.

En raison d'une tradition historique plus ou moins ancien-
nement établie et du développement de leurs structures sociales, les monarchies de l'Europe du Nord-Ouest et la France
républicaine constituent les plus solides bastions démocratiques. Dans la parfaite bonne conscience que lui confère la
certitude de posséder, par un don de la providence, le régime
institutionnel proche de la perfection, l'Angleterre donne
l'exemple d'une démocratie à la fois consensuelle et évolutive. Les inquiétudes nées de la « grande dépression » n'étant
plus de mise, la nouvelle génération libérale, celle d'un As-
quith ou d'un Lloyd George, opportunément revenue au pouvoir en 1906 sur la question du protectionnisme, entend à la
fois contrer le torysme démocratique sur son propre terrain et
désamorcer la montée du Labour par une législation sociale
qui assigne à la collectivité une responsabilité accrue dans la
garantie d'un minimum de bien-être. Nouvelle vigueur ou
derniers feux d'un libéralisme condamné pour survivre à des
options radicales ? L'historiographie anglaise n'a cessé d'en
discuter. De fait, l'élan réformiste n'aboutit qu'à des résultats
partiels, comparable en cela au progressisme américain. Politiquement, la réforme constitutionnelle de 1911 consacre la
prééminence de la chambre élue sur la représentation aristo-
cratique, mais il n'a été procédé à aucune extension du droit de
suffrage [1], tandis que l'application du Home Rule irlandais,
adopté en 1912, est remise à des temps meilleurs. Sur le plan
social, ni l'abondante législation ouvrière, ni la progressivité

---

1. Il est utile de rappeler que, en 1911, moins de 60 % des hommes de plus
de vingt et un ans sont électeurs. Quant au mouvement des suffragettes, il n'a
eu dans l'immédiat aucune influence sur la législation électorale.

accrue de l'impôt n'ont altéré les structures très hiérarchiques de la société britannique [1]. Si de nouveaux rapports s'établissent entre l'individu et l'État, on est encore loin du Welfare State. Le refus d'abroger la vieille loi des Pauvres de 1834, malgré une intense campagne en ce sens, traduit bien les limites de l'effort entrepris.

Le trait politique majeur qui caractérise la France d'avant-guerre [2] est sans doute la très large unanimité qui s'est réalisée autour de la République. Le courant d'Action française, monarchiste et réactionnaire, mobilise certes une opposition bruyante et assurément influente, mais ses effectifs demeurent très faibles et il ne dispose d'aucun relais parlementaire. Aux élections de 1910, et plus encore de 1914, la droite irréductiblement hostile ne compte plus qu'une poignée de députés. A l'extrême gauche, le syndicalisme révolutionnaire se propose bien le renversement de la république bourgeoise, mais le courant réformiste domine en fait la CGT depuis la retombée de la grande vague de grèves de la décennie précédente. Amorcée par Gambetta et la génération des pères fondateurs, la conquête du monde rural s'est consolidée avec le radicalisme depuis que l'aire d'influence de ce dernier s'est déplacée, après la fièvre boulangiste, des villes vers les campagnes. Par la suite, les efforts de Jaurès pour rallier à la république parlementaire une classe ouvrière longtemps imprégnée de blanquisme ou d'anarchisme se sont révélés fructueux. Le régime est brocardé en raison de son instabilité gouvernementale chronique, des pesanteurs et de l'arbitraire de sa bureaucratie, des collusions fréquentes du pouvoir politique et des intérêts économiques. Mais le gros de l'opinion sait gré à la république d'avoir assuré au pays des alliances et un empire colonial, d'avoir organisé les libertés individuelles compatibles avec un minimum de socialisation, d'avoir protégé l'épargne et diffusé l'instruction. Elle semble même manifester quelque indulgence pour le faible rendement du travail législatif en matière sociale ou fiscale, et le pouvoir de retardement, sinon d'enterrement, du Sénat est implicitement ad-

1. F. Bédarida, *la Société anglaise, 1851-1975,* Paris, Arthaud, 1976.
2. On trouvera dans M. Rebérioux, *la République radicale? 1898-1914,* Paris, Éd. du Seuil, coll. « Points », 1975, p. 190-232, un tableau complet et nuancé de la France en 1914.

mis. S'il est vrai que la capacité réformatrice du régime est faible, elle est à l'unisson d'une mentalité « radicale-socialiste » qui, dans une France encore largement rurale et majoritairement propriétaire, insère une rhétorique égalitaire dans un conservatisme bon teint. Comparée à celle de l'affaire Dreyfus, la France est donc bien une nation réconciliée avec elle-même, ce qui n'implique nullement qu'elle nourrisse dans ses profondeurs des desseins bellicistes, ni qu'elle aborde la guerre par un débordement de chauvinisme antiallemand [1]. Un peu assoupi depuis 1910, le traditionnel antagonisme droite-gauche s'est réveillé, comme en témoignent les élections d'avril 1914, à propos de la loi de trois ans. Mais quarante ans d'enseignement laïque n'ont pas peu contribué à resserrer l'unité nationale et le lien qui unit le pays à ses institutions.

Pour connaître un progrès général, particulièrement affirmé là où elle fait figure de tradition historique, la démocratie libérale traverse pourtant, depuis le début du siècle, une crise de croissance. Crise de fonctionnement qu'illustrent la lenteur du travail législatif et l'instabilité gouvernementale. Mais surtout crise d'adaptation au renouvellement des valeurs et à l'évolution sociale. Entendue comme mode d'organisation rationnelle des relations entre l'individu et l'État, elle subit le contrecoup de la crise du rationalisme qui affecte la pensée européenne. La réhabilitation de la métaphysique, le réveil de la foi religieuse, la relève qu'opère la nouvelle esthétique de l'action, elle-même étroitement liée au renouveau nationaliste, sont autant d'indices d'une régression de la conviction scientiste et de ses implications politiques. Dans un monde en mutation rapide, marqué par la généralisation des transports, de l'instruction et de l'urbanisation, de nouvelles catégories citoyennes dénoncent la contradiction entre le discours égalitaire de la démocratie et le caractère élitiste de son fonctionnement, la collusion des dirigeants politiques avec les puissances d'argent. Pour divergente qu'elle soit dans ses traductions, cette crise illustre l'inadaptation de la démocratie bourgeoise à intégrer les aspirations des masses.

---

1. Cf., sur ce point, J.-J. Becker, *1914, Comment les Français sont entrés dans la guerre,* Paris, Presses de la FNSP (Fondation nationale des sciences politiques), 1977.

A l'extrême gauche, les progrès du socialisme sont rapides, surtout depuis 1890, particulièrement prometteurs en Allemagne (110 députés au Reichstag en 1912) et en France (103 députés en 1914). Mais le mouvement socialiste est particulièrement divisé, dans ses composantes comme sur les choix essentiels. Si l'orthodoxie marxiste l'emporte, au moins officiellement, dans la plupart des partis et au sein de l'Internationale, elle n'élimine ni la persistance des tendances anarchistes, vivaces en France et dans l'Europe méditerranéenne, ni l'amplification du courant révisionniste. A l'exclusion du travaillisme anglais, qui s'est construit sans référence au marxisme sur une base syndicale et intellectuelle acquise de longue date au réformisme, tous les partis européens reproduisent le clivage, qui peut aller jusqu'à la scission [1], entre une gauche révolutionnaire et une aile modérée. Si, en France, les qualités conciliatrices et le génie synthétique d'un Jaurès parviennent à maintenir sans mal, jusqu'à sa mort, l'unité de la SFIO, les tensions sont vives au sein de la social-démocratie allemande et du parti socialiste italien. Ces divisions rejaillissent sur la IIe Internationale, fondée en 1889, mais dûment structurée depuis 1900. Ni sur le problème colonial, ni surtout sur le problème brûlant de la guerre européenne, celle-ci n'est parvenue à définir une stratégie claire. Dénoncée depuis le congrès de Stuttgart (1907) comme le produit du capitalisme et des tensions impérialistes, celle-ci devra être combattue par le prolétariat international, au besoin en recourant à la grève générale, sans que cette décision ait réalisé l'unanimité ni fait l'objet d'un plan quelconque de mobilisation.

Infiniment moins nombreuse et structurée, l'extrême droite s'est finalement montrée plus agissante. Dans le regain général du nationalisme que connaît l'Europe depuis 1910, il y a lieu de distinguer les pays où celui-ci ne se départit guère des structures dirigeantes, comme c'est le cas en Russie, et partiellement dans les Empires centraux, et ceux où il s'érige en véritable mouvement d'opinion. Encore ce dernier est-il très

1. C'est le cas en Russie où le POSDR, fondé en 1898, éclate, en 1903, entre bolcheviks et mencheviks. Il est à noter que cette scission ne s'est pas faite sur la référence au marxisme, dont les mencheviks se considèrent comme les véritables dépositaires, mais sur la nature du parti et les modalités de son action.

composite : diffus ou organisé, offensif ou défensif, théorisé ou simplement instinctif. Quelle que soit du reste leur authenticité, les thèmes nationaux ne sont pas isolés. Par le conservatisme qui s'y rattache, ils expriment aussi la réaction apeurée d'une fraction de l'opinion face aux mutations sociales et à la montée du socialisme, à laquelle les gouvernements ne sont pas insensibles, quand ils ne l'encouragent pas délibérément.

La configuration diplomatique du monde d'avant-guerre reproduit bien la domination économique de l'Europe, sans en épouser les clivages politiques. Il s'agit d'un système à la fois eurocentré, dans la mesure où les États-Unis restent fidèles à leur isolationnisme et où le Japon réduit ses ambitions à une aire d'influence extrême-orientale, et d'un système antagoniste, qui juxtapose deux réseaux d'alliances inégalement contraignants [1].

Héritage du système bismarckien qui avait assuré pendant vingt ans la prépondérance européenne de l'Allemagne tout en maintenant la France dans une situation d'isolement, la Triplice s'est constituée la première, en 1882, par extension de l'alliance entre l'Allemagne et l'Autriche-Hongrie (Duplice) à l'Italie, qui nourrissait alors de vifs ressentiments contre la France. Le système avait atteint son apogée en 1887-1888 lors de la conclusion entre Bismarck et la Russie du traité secret dit de Réassurance, et lors du rapprochement esquissé entre l'Allemagne et l'Angleterre. Mais sa fragilité restait grande. Quelle que fût la virtuosité diplomatique du chancelier allemand, il était en effet impossible de faire coexister les intérêts contradictoires de la Russie et de l'Autriche-Hongrie dans les Balkans, tout comme ceux de la Russie et de l'Angleterre à l'égard de l'Empire ottoman. De plus, le nouvel empereur Guillaume II et son conseiller Holstein étaient convaincus du caractère déloyal du traité de Réassurance à l'égard de l'Autri-

1. Sur la situation internationale et le développement des crises, l'ouvrage de référence reste celui de P. Renouvin, *Histoire des relations internationales*, t. VI, *De 1871 à 1914, l'apogée de l'Europe*, Paris, Hachette, 1955. Des éclairages récents sont apportés par R. Girault, *Diplomatie européenne et Impérialismes, 1871-1914*, Paris, Masson, 1979.

che-Hongrie. Comme tel, il ne fut pas renouvelé. Surtout,
l'Allemagne wilhelmienne se lance, à partir de 1890, dans une
politique d'envergure non plus européenne, mais mondiale
*(Weltpolitik)*, qui, par son agressivité commerciale, puis ses
ambitions coloniales et navales, ne peut que susciter les inquiétudes britanniques. La Triple Entente va donc naître
moins d'une attraction mutuelle de ses participants que des
maladresses et des contradictions de la politique allemande.

Le pivot en est l'alliance franco-russe conclue par une série
d'accords, dont une convention militaire, qui s'échelonnent
entre 1891 et 1893. Recherchée de longue date par la France,
elle a été finalement acceptée, non sans répugnance, par le tsar
Alexandre III, autant pour alimenter la Russie en capitaux
français que pour mettre fin à un isolement qu'illustrent le
non-renouvellement du traité de Réassurance et l'accord an-
glo-italien de 1887 sur le *statu quo* en Méditerranée. Si la
diplomatie française, en particulier celle d'Hanotaux, ne mé-
connaît pas l'utilité de parvenir à un terrain d'entente avec
l'Allemagne, l'alliance russe l'encourage à pousser son avantage et à élaborer autour d'elle une sorte de système bismarckien à l'envers. Théophile Delcassé, ministre des Affaires
étrangères de 1898 à 1905, va en être l'artisan. Toujours
membre de la Triplice, mais de façon de plus en plus nominale
en raison des progrès de l'irrédentisme, l'Italie opère un rapprochement avec la France, qui, après une série d'accords
partiels, aboutit à l'accord secret du 10 juillet 1902 par lequel
Rome conservera sa neutralité en cas de conflit franco-allemand. S'agissant de l'Angleterre, préoccupation principale de
Delcassé après la consolidation de l'alliance russe, la tension
suscitée par l'incident de Fachoda (1898) est habilement dé-
samorcée au moment où la méfiance britannique à l'égard de
l'Allemagne s'accroît en raison de sa politique navale, de sa
pénétration en Turquie et du bruyant soutien du Kaiser aux
Boers d'Afrique du Sud. Les dirigeants allemands ont le tort
de voir dans le rapprochement franco-anglais un «simple
bluff». Après un échange de visite entre Édouard VII et le
président Loubet, les deux pays signent, en avril 1904, non
point une alliance formelle, mais une série d'accords qui
mettent un terme à leurs litiges coloniaux. L'Entente cordiale
est née, que les initiatives allemandes, particulièrement au

Maroc, ne cesseront de renforcer dans la décennie suivante. Mais le système français ne peut être complet que par un rapprochement anglo-russe. L'Allemagne n'étant pas parvenue à conclure avec la Russie l'alliance promise par le traité de Bjorkö (juillet 1905), celle-ci, affaiblie par sa défaite contre le Japon, consent à négocier avec Londres la convention du 31 août 1907, qui règle le contentieux impérialiste en procédant à une répartition de ses zones d'influence : anglaise en Afghanistan, mixte en Perse.

L'Europe offre alors une situation de bipolarité relative. Les deux systèmes d'alliances présentent l'un et l'autre leurs faiblesses, mais les crises internationales qui se succèdent à partir de 1905 vont renforcer leur homogénéité. Les théâtres en sont le Maroc et les Balkans. Dans le premier cas, l'Allemagne cherche moins une annexion que la défense de ses intérêts économiques et surtout un affaiblissement des alliances françaises. De fait, la crise de Tanger s'ouvre pour elle par un succès, la menace de guerre contraignant, sur la pression du gouvernement français, Delcassé à la démission. Mais, conformément aux engagements pris en 1904, le soutien britannique ne fait pas défaut : à la conférence d'Algésiras (janvier 1906), l'Angleterre, de même que la Russie, soutient la position française. Lors de la crise d'Agadir (1911), si l'Angleterre refuse à la France tout appui militaire, elle fait pression sur l'Allemagne pour l'amener à transiger. La situation est moins nette dans les Balkans où l'affaiblissement de l'Empire turc, les appétits contradictoires des pays de la « ligue balkanique [1] », l'expansionnisme serbe suscitent l'intervention des grandes puissances, mais selon des orientations qui font parfois bon marché des alliances qu'elles ont passées entre elles antérieurement. Lors de la crise bosniaque de 1908, le soutien russe à la Serbie ne trouve guère d'écho en France, moins encore en Angleterre. Lors des guerres balkaniques de 1912 et 1913, l'Angleterre fait pression sur la Serbie pour freiner ses ambitions et l'Allemagne modère son alliée autri-

---

1. Cette ligue comprend la Bulgarie, qui en a pris l'initiative, la Serbie, la Grèce et le Monténégro. Mais, un an plus tard, la Bulgarie, mécontente du partage des dépouilles de la Turquie, se retourne contre ses anciens alliés auxquels s'est adjointe la Roumanie.

chienne dans son soutien à la Bulgarie. Soucieuses d'un minimum d'équilibre dans la région, les grandes puissances (Autriche et Russie exclues) se posent en arbitres et dictent la redistribution territoriale opérée par les préliminaires de Londres et le traité de Bucarest. Mais la menace d'une guerre générale accélère la course aux armements et conduit au resserrement des alliances. L'Allemagne réussit en 1912 à renouveler la Triplice pour six ans, malgré l'animosité qui oppose l'Italie à l'Autriche. La même année, l'alliance franco-russe est affermie et des conversations d'état-major précisent les engagements militaires réciproques. Il en va de même entre la France et l'Angleterre, comme entre l'Angleterre et la Russie. La logique des alliances joue donc désormais pleinement. L'assassinat de l'archiduc François-Ferdinand à Sarajevo, le 28 juin 1914, aurait dû, au pire, déboucher sur un conflit localisé. Mais, cette fois-ci, l'Allemagne est décidée à ne pas abandonner son alliée autrichienne et lui donne carte blanche, alors que le soutien français, pratiquement sans restriction, pousse la Russie à brusquer sa mobilisation militaire, l'attitude dilatoire de l'Angleterre autorisant les deux camps à refuser toute formule transactionnelle.

Les systèmes d'alliances reflètent les tensions existantes et peuvent expliquer l'engrenage de l'été 1914. Ils ne suffisent à rendre compte ni des causes profondes de la guerre ni des responsabilités propres à chaque État dans son déclenchement. Fondamentalement, le premier conflit mondial découle de la conjonction de trois antagonismes majeurs [1]. L'antagonisme franco-allemand, engendré par la défaite de 1871 et la perte des départements d'Alsace-Lorraine, a nourri dans les deux pays un courant nationaliste où le désir de revanche le dispute, de l'autre côté du Rhin, à la phobie du redressement et de l'encerclement français. En France, l'objet du contentieux s'est, au reste, élargi. La reconquête des provinces perdues demeure un thème mobilisateur pour l'opinion, et, de fait, le problème n'a cessé d'entraver toute tentative de rapprochement sérieux entre les deux pays. Mais l'Alsace-Lorraine n'est

---

1. On tiendra en effet pour secondaires l'antagonisme austro-italien, fondé sur la revendication italienne des terres irrédentes (Trentin, Istrie), et le traditionnel antagonisme russo-turc sur le contrôle des Détroits. Ni l'un ni l'autre n'ont joué de rôle majeur dans le déclenchement du conflit.

plus, depuis les années 1890, le fondement majeur de la
tension franco-allemande, qui puise davantage à la politique
de puissance conduite par l'Allemagne en Europe et au Maroc.
L'antagonisme anglo-allemand, plus tardif, repose sur la
concurrence qu'exerce l'Allemagne sur les marchés mondiaux
et, plus encore, sur les menaces de son surarmement naval.
Aux programmes von Tirpitz des années 1897-1900 répondent, au nom du principe du *two-powers standard,* la loi
anglaise de 1905 et une vive reprise de l'armement naval après
l'échec, en 1908, d'un accord visant à la stabilisation des
tonnages. Quant à l'antagonisme austro-russe, sans doute le
plus dangereux pour la paix européenne en raison de l'incapacité des grandes puissances non directement concernées à le
maîtriser, il ne prend de réelle gravité qu'à partir de 1906,
quand la Russie déplace de l'Extrême-Orient vers les Balkans
l'axe privilégié de son influence. Le panslavisme russe ne peut
alors que se heurter à la détermination austro-hongroise à
maintenir intactes les structures à la fois plurinationales et
centralisatrices héritées du dualisme.

   Faut-il, dans le contenu de ces antagonismes, privilégier
une dimension par rapport à d'autres ? Introduite par l'analyse
marxiste, l'explication économique de la genèse du conflit
demeure controversée. Après les conclusions de l'Internationale aux congrès de Stuttgart (1907) et de Copenhague (1910),
après Hilferding et Rosa Luxemburg [1], Lénine a systématisé
ce propos en affirmant que, parvenu à un certain stade de
maturité, celui du « capital financier », le capitalisme ne peut
survivre que par la course effrénée aux débouchés commerciaux et au contrôle économique des continents non industrialisés [2]. L'impérialisme serait ainsi le stade *ultime* du capitalisme : celui de son achèvement historique et le ressort d'un
gigantesque conflit qui opposera, non les nations, mais les
intérêts des classes dirigeantes des pays belligérants. La recherche historique a abouti à des conclusions plus nuancées.
Pour une part, il est acquis de longue date que les milieux
d'affaires de la City ont freiné les tendances belliqueuses du

   1. R. Hilferding, *le Capital financier,* 1910 ; R. Luxemburg, *l'Accumulation du capital,* 1913.
   2. Lénine, *l'Impérialisme, stade suprême du capitalisme,* 1916.

cabinet britannique et que, d'une façon générale, le danger allemand n'était perçu dans les milieux économiques anglais qu'à lointaine échéance, ce qu'attestent les multiples exemples de collaboration financière et même commerciale (Cartels) entre les deux pays à travers le monde. Il a été montré plus récemment que la tension avec l'Allemagne n'a pas empêché certains dirigeants français (Rouvier, Caillaux) de rechercher les occasions d'une coopération financière, qu'il s'agisse du financement de la Bagdad Bahn, de l'émission d'emprunts en Europe centrale ou de la fondation, après la révolution de 1911, du consortium bancaire international en Chine [1]. Pour être particulièrement vives en Russie et en France même, les tensions franco-allemandes sur le terrain économique et financier n'étaient pas suffisantes pour conduire à un affrontement armé.

Faut-il conclure, avec Pierre Renouvin [2], que les rivalités de cette nature ont contribué à envenimer les relations internationales sans être pour autant la cause majeure de la guerre ? Il a été pourtant établi que les milieux industriels, directement confrontés à la concurrence commerciale et au partage des marchés, ne sont pas aussi enclins que leurs homologues financiers à privilégier la démarche pacifique. Et surtout que, dans l'excellente conjoncture qui prévaut depuis 1908, la concurrence se fait plus âpre dans certains secteurs industriels en relation étroite avec la décision politique, celui du matériel de guerre en particulier. C'est précisément à partir de cette date que la croissance soutenue que connaît l'Allemagne accrédite le mythe, en fait largement vérifié, d'une puissance hégémonique et dominatrice [3]. En fait, les rivalités économiques se soldent, jusqu'en 1914, autant par des accords de stabilisation ou de compensation que par des regains de tension. L'accord franco-allemand de novembre 1911, celui signé en 1913 entre l'Allemagne et l'Angleterre à propos des colonies portugaises, les consortiums bancaires de la Bagdad Bahn ou de la Chine montrent la capacité de régulation du

1. R. Poidevin, *les Relations économiques et financières entre la France et l'Allemagne de 1898 à 1914,* Paris, Colin, 1969, p. 809-819.
2. *Histoire des relations internationales, op. cit.,* t. VI, p. 381-382.
3. Cf. les développements essentiels de R. Girault, *op. cit.,* p. 224-226.

système impérialiste, tout comme la grande industrie alimente les chauvinismes nationaux par les campagnes de presse haineuses qu'elle finance. Si la guerre découle bien d'un conflit d'intérêts entre groupes dirigeants d'un certain nombre de pays, ces intérêts sont de nature composite. Les rivalités économiques sont inséparables des préoccupations stratégiques, de l'idée propre à chaque pays de son influence extérieure, des sensibilités anciennes ou renouvelées des opinions publiques.

A défaut de pouvoir privilégier une cause parmi d'autres, est-il alors possible d'établir, sinon une hiérarchie, du moins une répartition des responsabilités propres à chaque pays dans le déclenchement du conflit? Ce problème des responsabilités n'est pas nouveau. Il remonte en fait au fameux article 231 du traité de Versailles, qui a affirmé le principe de la pleine et unique responsabilité allemande, justifiant ainsi les réparations financières des dommages causés. La *Kriegsschuldefrage* a donné lieu outre-Rhin à une abondante historiographie, de nature généralement justificatrice [1]. S'appuyant sur les documents secrets de la Wilhelmstrasse — en particulier le mémorandum Bethmann-Hollweg —, l'historien Fritz Fischer [2] a affirmé, au contraire, la lourde responsabilité des sphères dirigeantes allemandes, pénétrées des visées les plus impérialistes [3]. Cette thèse iconoclaste s'est heurtée aux protestations indignées de nombreux historiens allemands, mais aussi à des appréciations françaises plus nuancées. Il a été montré, en particulier, que la date du document n'a pas été sans influencer son contenu et qu'il y a quelque excès à interpréter de façon rétroactive les vues annexionnistes suscitées par l'euphorie de

1. Cf., sur l'état de la question, J. Droz, *les Causes de la Première Guerre mondiale, Essai d'historiographie,* Paris, Éd. du Seuil, coll. « Points », 1973.

2. F. Fischer, *Griff nach der Weltmacht,* Düsseldorf, 1961, et *Krieg der Illusionen,* Düsseldorf, 1969. Le premier ouvrage a été traduit en français sous le titre *les Buts de guerre de l'Allemagne impériale,* Paris, Éd. de Trévise, 1970.

3. Ce mémorandum du 9 septembre 1914 prévoit l'annexion par l'Allemagne du bassin de Briey, de Liège et d'Anvers, éventuellement de Belfort et d'une bande côtière dans les Flandres. Il prévoit aussi la sujétion économique et commerciale de la France et de la Belgique, la constitution d'une *Mitteleuropa* et d'une *Mittelafrika* dominées par l'Allemagne.

la grande offensive à l'Ouest [1]. Ces restrictions ne blanchissent pas pour autant l'Allemagne de ses responsabilités. Celles-ci résident surtout dans l'inconcevable légèreté avec laquelle elle a laissé carte blanche à l'Autriche pour régler, au besoin par la force, la question serbe, et dans les vives pressions exercées par l'État-Major, persuadé de l'opportunité du moment, pour arracher au pouvoir politique la déclaration de guerre à la France. Mais elles ne peuvent faire oublier celles de l'Autriche-Hongrie, qui a pris sciemment le risque d'une guerre européenne en remettant à la Serbie un ultimatum inacceptable, ni celles de la Russie, qui, en précipitant les mesures de mobilisation, a engagé délibérément l'épreuve de force. Dans ce contexte, où tout ou partie de la classe dirigeante de ces trois pays a accepté l'éventualité d'une guerre générale [2], les responsabilités françaises et anglaises sont effectivement secondaires. Il est pourtant probable, qu'engagée à fond dans l'alliance russe, la France n'a pas tenté grand-chose pour modérer les ardeurs belliqueuses de la Russie, et que l'ambiguïté du comportement britannique a encouragé les deux camps, mais en particulier l'Allemagne, dans la voie de l'intransigeance.

1. R. Poidevin, *les Origines de la Première Guerre mondiale*, Paris, PUF, 1975.
2. Sur les degrés variables de détermination au sein des équipes de « décideurs » des différents pays, cf. R. Girault, *op. cit.*, p. 242-245.

# 2

# *La guerre et ses ruptures*

## Chronologie sommaire. La portée de l'année 1917

La guerre avait commencé dans la certitude à peu près unanimement partagée d'une guerre courte en raison de la stratégie offensive choisie par les deux camps [1]. Entamée le 18 août, la bataille des frontières s'achève à l'ouest par l'effondrement du plan XVII et par la pleine réussite du plan Schlieffen. Mais la victoire allemande est incomplète dans la mesure où le corps de bataille français se dérobe et conserve sa cohésion dans la retraite. L'imprudence de von Molkte, qui, sûr de la victoire, dégarnit prématurément son aile droite, donne l'occasion de la contre-offensive. Inspirée à Joffre par Gallieni, la bataille de la Marne (5-13 septembre) opère le redressement attendu, même si l'épuisement des troupes françaises ne permet pas de refouler au-delà de l'Aisne les forces adverses. Dans les semaines suivantes, la course à la mer, succession de tentatives infructueuses de débordements mutuels, conduit, en novembre, à la stabilisation d'un front étiré de Nieuport à la frontière suisse. L'échec de la guerre de mouvement, avec tout ce qu'il implique de révision des données militaires et économiques du conflit, est également patent à l'est, où les offensives initiales de l'armée russe ont été arrêtées par les Allemands à Tannenberg et aux lacs mazures.

---

1. Les limites de cet ouvrage n'autorisant qu'une étude très sommaire des événements militaires, on se reportera pour plus de détails à P. Renouvin, *la Crise européenne et la Première Guerre mondiale, 1904-1914*, Paris, PUF, coll. «Peuples et Civilisations», 1969, ou à P. Miquel, *la Grande Guerre*, Paris, Fayard, 1983.

L'année 1915 est globalement favorable aux Empires centraux. Non seulement les offensives Joffre en Artois et en Champagne se révèlent de sanglantes et inutiles tentatives de « grignotage », mais, sur le front oriental, trois attaques successives (mai-août) aboutissent à l'occupation par les Austro-Allemands de territoires considérables et à des pertes énormes en armes et en effectifs pour l'armée russe. Celle-ci conserve sa cohésion mais est hors d'état de reprendre l'initiative. Ces revers déterminent l'entrée en guerre de la Bulgarie, qui, soutenue par les Centraux, procède en six semaines à l'occupation de la Serbie. Une tentative de diversion franco-britannique dans le détroit des Dardanelles, pour venir en aide à la Russie et mettre la Turquie hors de cause, est un échec coûteux. Maigre compensation pour l'Entente, l'entrée en guerre de l'Italie à ses côtés est acquise le 25 avril au terme de laborieuses tractations avec les deux camps [1] et dans le contexte intérieur d'une vibrante poussée nationaliste. Cette ouverture d'un nouveau front affaiblit potentiellement l'Autriche et a peut-être sauvé l'armée russe du désastre. Mais l'impréparation notoire de l'armée italienne ne peut donner à l'événement qu'une portée limitée sur l'issue du conflit.

L'année 1916 est d'une signification plus ambiguë. Apparemment, la carte de guerre reste des plus favorables aux Centraux. Ni la prise de Gorizia, ni même la brillante offensive Broussilov (juin-août) n'ont substantiellement modifié la situation sur les fronts italien et russe. Bien plus, l'entrée en guerre de la Roumanie aux côtés de l'Entente, intervenue en août dans l'euphorie des victoires russes, se heurte à la riposte foudroyante des troupes germano-bulgares à l'automne. L'occupation de la majeure partie du territoire roumain assure aux Centraux l'approvisionnement en blé et en pétrole que le blocus allié rend pressant. Mais, à l'ouest, les forces de l'Entente ont marqué des points. La bataille du Jutland, fin mai, a confirmé la suprématie navale de la Grande-Bretagne. Déclenchée devant Verdun en février, la stratégie « d'épuise-

---

1. Le traité secret de Londres signé avec l'Entente, malgré les réticences de la Russie, prévoit la cession à l'Italie des terres irrédentes (Trentin, Istrie et Trieste) et d'une partie de la côte dalmate contre son entrée en guerre dans un délai d'un mois.

ment » de Falkenhayn s'est heurtée à la vaillance des troupes françaises et à la gestion méthodique de la bataille par le général Pétain. Sur la Somme, la longue offensive conduite par Foch n'a donné que des succès locaux. Mais elle a prouvé la supériorité du matériel allié et a entraîné pour l'Allemagne des pertes considérables. Point de départ d'une crise d'effectifs qui va peser lourd dans les années suivantes.

L'année 1917 est celle des déboires cumulés dans les deux camps [1]. Du côté de l'Entente, la défection de l'armée russe se précise. Ni la fidélité aux alliances proclamée par Milioukov, personnalité dominante de la relève bourgeoise opérée au lendemain de la révolution de février, ni les harangues enflammées de Kerenski ne peuvent enrayer l'extension du courant pacifiste et une désagrégation militaire dont le terme sera le traité séparé de Brest-Litovsk avec les puissances centrales. Sur leurs fronts respectifs, la France et l'Italie essuient de graves défaites : l'échec sanglant de l'offensive Nivelle (avril) et la débâcle de Caporetto (octobre) sont suivis par des mouvements, au reste circonscrits, de mutinerie dans la troupe [2]. Mais les déceptions s'alignent aussi dans le camp des Centraux. Engagée le 1er février, la guerre sous-marine à outrance a pour but d'obliger l'Angleterre à conclure la paix par l'asphyxie de son économie. Dans les premiers mois, la moyenne du tonnage coulé se révèle supérieure aux prévisions, mais le calcul de l'État-Major allemand se heurte au comportement des pays neutres et à l'efficacité accrue des moyens de défense mis en œuvre par la marine britannique. Cette stratégie a surtout pour effet de menacer les possibilités d'exportations américaines et de précipiter par là l'entrée en guerre des États-Unis [3].

Ces déboires militaires n'expliquent pas à eux seuls la crise « morale » qui affecte la quasi-totalité des pays belligérants. Les difficultés du ravitaillement, la hausse des prix intérieurs

---

1. Sur l'année 1917, cf. le numéro spécial de la *Revue d'histoire moderne et contemporaine,* janv.-mars 1968.
2. En France, les mutineries touchent de 30 000 à 40 000 hommes pour des raisons qui relèvent moins de la contagion révolutionnaire que des privations et de la fatigue des combattants. Cf. G. Pedroncini, *1917, les Mutineries de l'armée française,* Paris, Julliard, coll. « Archives », 1968.
3. Cf. *infra,* p. 44-47.

et le retard apporté aux relèvements de salaires [1], l'exemple
plus ou moins contagieux de la révolution russe, la longueur
même d'un conflit où l'inégalité devant la souffrance et devant
la mort est générale, contribuent à la détérioration du climat
social et de la cohésion nationale. Un peu partout les grèves se
multiplient, fortement teintées de pacifisme [2]. Au front
comme à l'arrière la lassitude est générale. Les diverses tentatives de paix traduisent ce désarroi. Celles-ci n'avaient émané
jusqu'ici que de la gauche socialiste. De ce fait, les conférences de Zimmerwald (1915) et de Kienthal (1916) n'avaient
rencontré que peu d'écho. Pour être menées secrètement,
celles de 1917 touchent désormais les sphères dirigeantes mais
se heurtent toutes à l'intransigeance de l'un ou l'autre bloc. La
tentative la plus sérieuse est celle de l'empereur Charles Ier,
successeur de François-Joseph. Mais sa démarche reste trop
anti-italienne pour être menée à bien. Échouent également la
négociation Briand-Lancken, qui se heurte au mauvais vouloir
du gouvernement français, et la note pontificale de Benoît
XV, trop ouvertement favorable à l'Autriche. Paradoxalement, le résultat le plus tangible de ces tentatives infructueuses
réside dans le raidissement général des positions gouvernementales et aboutit à un reclassement essentiel qui assimile
désormais le pacifisme à la trahison. La solidarité austro-alle-
mande, un moment compromise, est réaffirmée. En Allemagne, le vote d'une motion de paix par le Reichstag fournit à
l'État-Major, bien tenu en main par Hindenburg et Ludendorff, l'occasion d'achever la militarisation du pays après
l'organisation économique de 1915 et la répression sociale du
printemps 1917. A Londres, à Rome et à Paris, la formation à
peu près simultanée des cabinets Lloyd George, Orlando et

---

1. A titre indicatif, on citera les chiffres calculés par A. L. Bowley, in
*Prices and Wages,* Londres, 1925, p. 95.

| | Prix contrôlés | Prix libres | Salaires non qualifiés | Salaires qualifiés |
|---|---|---|---|---|
| *juillet 1914* | 100 | 100 | 100 | 100 |
| *juillet 1917* | 202 | 213 | 154 | 130 |
| *juillet 1918* | 229 | 372 | 213 | 173 |

2. Sur les tensions dans le monde ouvrier, cf. J.-J. Becker, « 1917 : l'année
terrible », *l'Histoire,* nov. 1983, n° 61.

Clemenceau traduit la détermination à conduire la guerre sans hésitations ni faux-fuyants jusqu'à la victoire.

Dans l'ultime épreuve de force qui s'engage, la supériorité alliée en hommes et en matériel est manifeste malgré la défection russe. L'État-Major allemand en est conscient, qui va rechercher une décision rapide avant que l'entrée en guerre des États-Unis ait produit toutes ses implications. Les trois offensives de mars, avril et mai 1918 sont pour Ludendorff de remarquables succès. Mais la rupture ne signifie pas la décision. L'offensive du 15 juillet en Champagne, bien commencée, se heurte à une vive résistance alliée. Cette seconde bataille de la Marne retire en fait à l'Allemagne tout espoir de vaincre. Conduite par Foch, la contre-offensive est déclenchée en août, élargie en septembre à l'ensemble du front français. Tandis que l'armée allemande recule en bon ordre, les fronts des puissances centrales s'effondrent en Italie, dans les Balkans et jusqu'en Palestine. Après la défection bulgare, le gouvernement turc signe avec l'Angleterre l'armistice de Moudros. Charles I$^{er}$, qui tente par d'ultimes concessions de prévenir la dislocation de la Double Monarchie, se voit dicter par l'Italie celui de Villa Giusti. En Allemagne, l'adoption du régime parlementaire et la désignation du nouveau chancelier Max de Bade ne peuvent empêcher l'extension de la révolution et la fuite du Kaiser. Alors que la République est proclamée à Berlin, les plénipotentiaires allemands signent, le 11 novembre, l'armistice de Rethondes [1].

Année marquée par les mutineries militaires, les troubles sociaux et la poussée du pacifisme, l'année 1917 restera surtout celle de l'entrée en guerre des États-Unis et de la révolution russe. Il s'agit là de deux événements majeurs qui accréditent la qualification de « mondiale » donnée à la Grande Guerre et qui ont contribué, plus qu'aucun autre, à structurer l'histoire du XX$^e$ siècle.

Rien ne prédisposait initialement les États-Unis à intervenir dans un conflit strictement européen dont le déclenchement fut accueilli avec surprise et méfiance. Le pays choisit donc

---

1. Sur la négociation et les clauses de l'armistice, cf. P. Renouvin, *l'Armistice de Rethondes, 11 novembre 1918*, Paris, Gallimard, 1968.

d'emblée une neutralité qui s'impose par tradition isolationniste, certes, mais aussi en raison des sympathies ou anti-
pathies contradictoires qui divisent l'opinion à l'égard des
puissances belligérantes. Neutralité active, du reste, qui
pousse le président Wilson à tenter, par l'intermédiaire du
colonel House, diverses offres de médiation plus ou moins
bien accueillies dans les capitales européennes. Et neutralité
positive dans la mesure où, en raison de la longueur même du
conflit, les exportations américaines à destination de l'Europe
connaissent un quasi-triplement en trois ans. Très tôt, pourtant, la supériorité maritime de la Grande-Bretagne assigne à
cette neutralité une bienveillance orientée vers l'Entente.
Quelle que soit l'irritation produite, surtout en 1916, par les
contrôles anglais opérés sur les convois américains à destination des Empires centraux, les États-Unis ne souhaitent ni
ralentir la croissance régulière des courants d'échanges ni
priver Londres de l'arme essentielle du blocus, ce qui revien-
drait à favoriser l'autre camp. Par la force des choses, une
solidarité d'intérêts s'affirme donc avec l'Entente, dont les
achats en matières premières, produits agricoles et industriels
finissent par représenter les trois cinquièmes des exportations
du pays. De plus, les alliés occidentaux, tout en procédant à la
liquidation boursière de leurs valeurs américaines, doivent
recourir aux banques américaines pour couvrir leurs importations. Le montant des prêts ainsi consentis atteint 2,5 milliards
de dollars en 1917, ce qui rend les milieux financiers particulièrement attentifs à la tournure de la situation militaire en
Europe.

L'opinion pourtant demeure rétive. Aux élections présidentielles de novembre 1916, les deux candidats font campagne
sur le thème de la poursuite nécessaire de la neutralité, et, face
à son adversaire républicain Hughes, particulièrement ferme
dans ses convictions neutralistes, Wilson ne l'emporte que
d'une faible majorité. Mais les initiatives allemandes vont
précipiter les événements. Le rejet de l'offre américaine de
paix du 20 décembre 1916 indispose le pays contre l'Allemagne. Surtout, la décision du 9 janvier 1917 de frapper sans
avertissement les navires de commerce, même neutres, par
une guerre sous-marine totale, non seulement viole la promesse allemande de respecter la liberté des mers, mais expose

l'économie américaine à des risques sérieux. C'est donc à la fois la prospérité du pays qui est en jeu et l'indépendance politique d'une grande démocratie placée devant le fait accompli et les provocations du « militarisme prussien ». Dans l'immédiat, les relations diplomatiques sont rompues, mais non toute possibilité de dialogue. Les intrigues allemandes au Mexique, divulguées par la publication du « télégramme Zimmermann », le torpillage de quelques navires américains, tel le *Vigilentia,* achèvent de retourner une opinion déjà indisposée par les premiers effets économiques de la guerre sousmarine à outrance. Après d'ultimes hésitations, Wilson demande au Congrès, le 2 avril 1917, la déclaration de guerre à l'Allemagne, qui lui est accordée par les deux chambres à une écrasante majorité. Ce faisant, Wilson n'a pas cédé, comme on l'a soutenu, aux pressions des industriels et des financiers — eux-mêmes très divisés —, ni à leurs campagnes de presse bellicistes. Soucieux de suivre l'opinion plus que de la précéder, il a combiné dans sa décision la défense des intérêts prioritaires et l'idéalisme moralisateur de la nation américaine. Conscient de l'affaiblissement européen entraîné par la longueur du conflit, inquiet des menaces que faisait peser sur l'Europe une victoire du militarisme allemand, Wilson a vu dans l'entrée en guerre le moyen de fortifier la puissance mondiale des États-Unis et de faire progresser la démocratie.

Entreprise dans un climat de chauvinisme assez outrancier, la mobilisation économique et militaire est d'une ampleur sans précédent. Pour une guerre qui leur a duré moins de vingt mois, le total des dépenses représente 36 milliards de dollars sur les 147 milliards engagés par l'ensemble des belligérants[1]. La contribution militaire des États-Unis à la victoire alliée est somme toute modeste au regard de la contribution politique et financière. C'est sur la base des « Quatorze Points[2] » du 8 janvier 1918 qu'est fondé l'armistice du 11 novembre et qu'il sera débattu des traités de paix comme de la future Société des Nations. Certes, le rejet par le Sénat du traité de Versailles et du pacte de la SDN traduit la volonté de

---

1. D. Artaud, « Le gouvernement américain et la question des dettes de guerre (1919-1920) », *Revue d'histoire moderne et contemporaine,* avr.-juin 1973, p. 203.
    2. Sur les Quatorze Points, cf. P. Renouvin, *op. cit.,* p. 546-547.

se tenir à l'écart des complications européennes. Mais les États-Unis ne peuvent ignorer la puissance accrue du Japon dans le Pacifique, ni se désintéresser de la reconstruction européenne. Le gouvernement fédéral a, en effet, financé l'effort de guerre par des emprunts nationaux tout en ouvrant des crédits à ses alliés européens sur le produit de ces emprunts. Les États-Unis sont ainsi placés à la tête d'une créance approchant 10 milliards de dollars [1] dont le recouvrement conditionne la résorption de l'endettement intérieur, mais qui est lui-même conditionné par le règlement des réparations allemandes. Par ce biais des dettes intergouvernementales, comme par les capacités renouvelées de la puissance commerciale et monétaire, l'intrusion américaine dans les affaires européennes est donc inévitable.

La révolution russe trouve ses origines dans l'ensemble des tensions sociales et des blocages politiques accumulés depuis plusieurs décennies. Nul doute pourtant que le lien qui l'unit à la guerre est essentiel. Celle-ci n'a guère été qu'une succession de déboires militaires, et, au début de 1917, la désorganisation économique, la décomposition du pouvoir sont évidentes. A la mi-février, l'instauration du rationnement et la fermeture des usines Poutilov aggravent la tension à Petrograd. Les « journées de février » s'étendent du 23 au 28, assez confuses dans leur déroulement, et pour certaines assez mal connues. Elles sont marquées par d'amples manifestations populaires, d'une tonalité nettement pacifiste, par l'extension des grèves et des fraternisations sporadiques entre la population insurgée et des éléments de la garnison. La journée décisive est celle du 27, qui voit la victoire de l'insurrection et l'ébauche d'une dualité des pouvoirs, qui se confirme les jours suivants. Le Comité provisoire de la douma, futur gouvernement provisoire, regroupe l'opposition libérale du Bloc progressiste. Placé sous la présidence du prince Lvov, leader de ces *zemstvos* qui avaient su remarquablement suppléer depuis 1915 les carences de l'administration impériale, il réunit des octobristes (Goutchkov) et des KD (Milioukov). Sa préoccupation immédiate est de rétablir l'ordre à Petrograd. Ouvriers,

1. Répartis ainsi : 4 166 millions dus par la Grande-Bretagne, 2 956 par la France, 1 600 par l'Italie.

soldats et députés de l'opposition socialiste ont formé un
Soviet, comme en 1905, et désigné un Comité exécutif provisoire dominé par les mencheviks, grossi les jours suivants de
quelques délégués SR et bolcheviks (dont Molotov). Mettant à
profit l'indécision de la relève bourgeoise, le Soviet adopte le
2 mars le *prikaz* (décret) n° 1 qui encourage la formation de
comités de soldats dans l'armée et affirme sa prééminence sur
les ordres de la commission militaire de la douma.

L'abdication des Romanov étant acquise le 3 mars, la République est donc installée en fait, au moment où d'autres
villes, comme Moscou, se rallient à la révolution. Mais celle-
ci est pleine d'ambiguïté. En décrétant l'amnistie et les libertés
politiques, en promettant une libéralisation du statut des nationalités et la convocation d'une Constituante, le gouvernement
provisoire donne des gages de sa bonne volonté, mais l'affirmation de sa fidélité aux alliances, c'est-à-dire la poursuite de
la guerre, le condamne à l'impopularité. Le décalage est, par
ailleurs, évident entre l'ampleur de la révolution juridique
opérée dans les premiers jours de mars et la timidité des
réformes sociales, réduites à la journée de huit heures et à la
promesse d'une réforme agraire. L'agitation paysanne, l'extension des soviets d'ouvriers et de soldats traduisent la fragilité de la dualité des pouvoirs. Le retour de Lénine, le 3 avril,
va radicaliser le conflit latent entre ceux qui, mencheviks
compris, acceptent la poursuite de la guerre, et ceux qui
placent leurs espoirs dans une paix immédiate et l'activation
des antagonismes sociaux. Les *Thèses d'avril,* publiées le 4 et
adoptées à la fin du mois par la 7e Conférence du parti bolchevik, dénoncent le chantage à la guerre patriotique et assignent
aux masses populaires la tâche d'instaurer une république des
soviets.

La force de Lénine et des bolcheviks va être d'ériger en
mouvement de masse un défaitisme révolutionnaire encore
balbutiant. Après le défilé pacifiste du 18 avril (1er mai), les
journées semi-insurrectionnelles des 20 et 21 entraînent la
démission de Milioukov et de Goutchkov, respectivement
ministres des Affaires étrangères et de la Guerre. Le 5 mai est
formé un nouveau gouvernement Lvov où entrent, aux côtés
des libéraux, des socialistes-révolutionnaires comme Tchernov
et des mencheviks comme Tséretelli. Kerenski, également

membre du Soviet, est promu à la Guerre. Le soutien du Congrès panrusse des soviets, dominé par les socialistes modérés, est acquis, mais le renforcement des bolcheviks dans les centres urbains et la préparation de l'offensive Kerenski-Kornilov invitent à la riposte malgré les conseils de prudence de Lénine. Celle-ci est, en effet, prématurée. Si la journée pacifiste du 18 juin peut être considérée comme un succès, celles des 3-5 juillet se soldent par une trentaine de morts et une dure répression. Privé d'une presse légale, décapité, le parti bolchevik est provisoirement réduit à la clandestinité et à l'inaction.

Devenu, après trois semaines de tractations laborieuses, chef d'un nouveau cabinet majoritairement socialiste, Kerenski est apparemment l'homme fort du moment. Son verbe enflammé lui vaut, même au front, d'incontestables succès d'orateur. Mais la désagrégation de l'État se poursuit. Impuissant à enrayer l'inflation, le désordre dans les campagnes, la généralisation du lock-out patronal, le gouvernement provisoire échoue totalement à rassembler les forces vives de la révolution. Dans ce climat anarchique, les milieux conservateurs et militaires encouragent les menées contre-révolutionnaires du général Kornilov, candidat au rôle de « sauveur du pays ». Mais sa tentative de putsch sur la capitale échoue, fin août, devant la détermination des soviets locaux et des cheminots. Bien qu'investi des pleins pouvoirs, Kerenski n'en sort pas renforcé pour autant. Les véritables maîtres de Petrograd sont désormais les marins de Cronstadt et la Garde rouge en voie de reconstitution. Amorcée depuis juillet, la bolchevisation des soviets s'accélère en septembre. Dès lors, le problème de la prise du pouvoir est posé. Dans ses *Lettres* au Comité central, Lénine, toujours réfugié en Finlande, adjure le parti de s'y préparer, mais se heurte à Kamenev et à Zinoviev, acquis à la solution « légaliste », qui sortira inexorablement du IIe Congrès des soviets fixé au 20 octobre. Ce n'est qu'après son retour en Russie que Lénine, soutenu par Sverdlov, parvient à retourner le Comité central en faveur de l'insurrection. Celle-ci est activement préparée par Trotski, devenu entretemps président du Soviet. Il peut compter sur le Comité militaire révolutionnaire, organe légal noyauté par les bolcheviks, sur la flotte de la Baltique, la Garde rouge et une partie de la garnison. Annoncée par les salves du croiseur *Aurore,* la prise du pouvoir se déroule, sans résistance majeure, les 24 et 25 octobre. Le II<sup>e</sup> Congrès des soviets, qui comprend une courte majorité bolchevique, adopte le 26 les nouveaux décrets sur la paix et la terre, et entérine la formation d'un *sovnarkom* (gouvernement) entièrement bolchevik. Dans les jours suivants, la victoire de Pulkovo écarte provisoirement la menace d'une reconquête de Petrograd, et les principales villes russes se rallient, non sans violences comme à Moscou, au nouveau pouvoir.

Avec le recul du temps, la « grande révolution d'Octobre » s'est révélée davantage un coup d'État réussi qu'une révolution. Non que le parti bolchevik n'ait en quelques mois considérablement accru son audience [1]. Mais son implantation est demeurée strictement urbaine et la révolution sociale, dans ses composantes majeures, n'a été réalisée que dans les années suivantes. De toutes les « journées » de l'année 1917, celles d'octobre ont réuni la participation populaire la plus faible. Et si la prise du pouvoir a été précédée d'une intense préparation, on a justement remarqué que la désaffection à l'égard du gouvernement provisoire est moins due à l'agitation bolchevique qu'à la capacité de Lénine et du parti d'articuler en slogans ou en manifestations le pacifisme spontané de la population [2]. La victoire léniniste s'inscrit dans le cadre d'une double carence : l'effondrement du pouvoir gouvernemental et l'absence d'une alternative politique crédible après l'échec de la relève bourgeoise (avril), du socialisme modéré (juillet) et de la réaction (fin août). Face à une direction hésitante, le génie politique de Lénine aura été d'imposer un pari insurrectionnel admirablement servi par les circonstances.

Ces restrictions ne réduisent en rien l'immense portée de l'événement. Les conséquences de la révolution d'Octobre sur l'issue du conflit sont certes modestes, car la défection militaire de la Russie, entérinée par le traité de Brest-Litovsk du 3 mars 1918, ne peut empêcher la victoire alliée. Mais la création du Komintern, un an plus tard, aura pour effet de

1. Les effectifs du parti passent de 17 000 à 115 000 membres de février à octobre 1917.
2. M. Malia, *Comprendre la révolution russe,* Paris, Éd. du Seuil, 1980, coll. « Points », p. 109. Pour une analyse détaillée, cf. M. Ferro, *la Révolution russe,* Paris, Aubier-Montaigne, 1967-1976, 2 vol.

bouleverser le paysage politique et, indirectement, syndical, dans de nombreux pays. Plus encore, la résistance du pouvoir bolchevik aux assauts de la contre-révolution, sa consolidation à travers les expériences contradictoires de la NEP et du stalinisme annoncent, avec l'affirmation de la puissance américaine, la bipolarité qui caractérise le second XX$^e$ siècle.

## Une rupture féconde ?

Il est traditionnel d'assigner à la Première Guerre mondiale des conséquences dramatiques et d'imputer à l'Europe des traités de paix les fragilités des crises et des conflits ultérieurs. S'il est vrai que de cette longue guerre civile l'Europe sort démographiquement saignée et financièrement épuisée, toutes ses implications ne sont pas aussi sombres. Politiquement et économiquement, la guerre a pu faciliter les adaptations ou promouvoir de nouvelles formes d'organisation.

### La victoire de la démocratie
### et les promesses d'un nouvel ordre international.

L'abolition des grands empires autocratiques et, *a contrario,* la victoire des puissances alliées sont chargées d'une signification dont les contemporains ont eu une claire conscience et que les négociateurs des traités de paix ont tenté de mettre en œuvre dans la réorganisation de l'Europe [1]. La victoire des démocraties s'identifiant à celle de l'idée démocratique, il convient, pour que la civilisation européenne perdure, de réorganiser l'ensemble du jeu international et des structures politiques. Ainsi les traités ne visent-ils pas à rétablir un *statu quo ante,* ni à régler le contentieux militaire par la seule imposition d'une indemnité de guerre. Ils entendent, au contraire, supprimer les motifs d'une conflagration ultérieure par la liquidation des litiges européens et des tensions impérialistes dans le monde. Dès lors, la « contagion démocratique » constitue un préalable à cette réorganisation, en même

1. Pour l'analyse des traités de paix, cf. J. Droz, *l'Histoire diplomatique de 1648 à 1919,* Paris, Dalloz, 1982, et M. Launay, *Versailles, une paix bâclée ?,* Bruxelles, Ed. Complexe, 1981.

temps qu'elle procède de la remise en cause des équilibres diplomatiques antérieurs. Ainsi convient-il d'identifier deux modes de démocratisation. D'une part, les vainqueurs poursuivent la démocratisation de leur propre régime [1] — en une sorte de culte civique unificateur —, tandis qu'ils soutiennent l'instauration de républiques parlementaires dans les États issus des traités [2]. D'autre part, l'Allemagne et l'Autriche « subissent » la transformation de leurs régimes monarchiques en républiques, au nom de la sécurité et d'une vision historique dans laquelle l'Allemagne impériale et impérialiste représente le mal absolu.

Cette attitude suppose conjointement un double choix idéologique. En vertu du droit des peuples à disposer d'eux-mêmes, de nouveaux États-nations sont apparus ou ont réapparu aux dépens des Empires russe, austro-hongrois et ottoman. Après la guerre, près de 30 millions d'individus s'émancipent des tutelles « étrangères ». Mais s'agit-il de la reconnaissance du principe des nationalités ou d'une vision réactualisée de l'équilibre des nations ? Le concept de réparation d'une « injustice historique » commise à l'égard de la Pologne, de la Bosnie ou de la France implique la reconstitution d'un équilibre diplomatique autour des puissances victorieuses, dès lors que ce sont elles qui disent le droit. On en verra la preuve dans les limites mêmes rencontrées par le principe des nationalités. Celui-ci est ignoré pour les anciennes colonies allemandes ; en outre, son application entraîne l'apparition de nouvelles minorités dont les traités doivent garantir le statut [3]. Enfin, les intérêts économiques et stratégiques se sont imposés au principe des nationalités, notamment par l'affirmation des « droits historiques ». Ainsi les questions de Fiume, des Sudètes ou de Teschen — en Silésie — sont-elles réglées en fonction des impératifs stratégiques et/ou économiques, sans que l'on tienne compte des équilibres démographiques locaux : les

---

1. Ainsi, la Grande-Bretagne supprime les dernières exceptions au suffrage universel, l'Italie applique les modalités de la loi électorale de 1912 et la France, la représentation proportionnelle.
2. C'est le cas de la Roumanie, de la Yougoslavie, de la Pologne, des États baltes, de la Finlande et de la Tchécoslovaquie.
3. Articles 86 et 93 du traité de Versailles pour la Tchécoslovaquie et la Pologne. Articles 51 et 60 du traité de Saint-Germain pour la Roumanie et la Serbie.

6 millions de tonnes annuels produits par le gisement houiller d'Ostrava sont essentiels pour l'approvisionnement de l'industrie métallurgique tchèque, même si la région ne compte que 27 % de Tchèques contre 55 % de Polonais. Il convient donc de nuancer fortement l'impression de rupture, popularisée par la diffusion de l'idéal wilsonien : face à l'extrême imbrication des peuples européens, le redécoupage opéré par les vainqueurs s'apparente plutôt à une balkanisation qu'à l'esquisse d'une nouvelle géographie européenne. Sans y voir nécessairement le produit d'un calcul délibéré pour créer de nouvelles « chasses gardées », la restructuration européenne apparaît économiquement mal évaluée et politiquement dirigée contre les menaces bolchevique et allemande [1]. Et lorsque Clemenceau évoque la « noble candeur » du président Wilson en jouant sur l'homophonie trompeuse du terme, il souligne implicitement le décalage existant entre la tentation de redresser le passé et la prise de conscience des contraintes historiques.

Le choix idéologique semble plus net en ce qui concerne l'Allemagne. Le traité de Versailles comporte une intention historique justicière et une volonté moralisatrice, visant à prémunir les Alliés contre une éventuelle revanche allemande en déclarant cette dernière « responsable [2] » des hostilités. L'Allemagne est d'abord expulsée du jeu diplomatique : elle n'est admise ni à la discussion du traité de paix, ni à en critiquer les conclusions. Le thème du *diktat* trouve ici son origine première, que la remise d'un texte allié présenté comme *ne varietur*, le 7 mai 1919, ne fait que confirmer. Surtout, l'Allemagne est rayée du nombre des grandes puissances au titre des parties IV, V et VIII du traité de Versailles : non seulement elle perd ses anciennes colonies, mais elle se trouve expropriée de tous ses intérêts en Europe centrale et orientale. Son armée est limitée à un effectif de 100 000 sol-

---

1. Cf. notamment l'analyse de A. J. Mayer, *Politics and Diplomacy of Peacemaking : Containment and Counterrevolution at Versailles, 1918-1919*, Londres, 1968.
2. La controverse franco-allemande à propos de l'interprétation du terme *Kriegsschuldfrage* est analysée par M. Gunzenhauser dans *Die Pariser Friedenskonferenz 1919 und die Friedensvertrag 1919-1920*, Francfort, 1970. Sur l'idée de responsabilité, on consultera H. Elcock, *Portrait of a Decision*, Londres, 1972.

dats et de 15 000 marins, dans le cadre d'une armée de métier. Décision doublement symbolique, en regard du type de guerre rencontré en 1914 et en ce qu'elle menace la sécurité absolue d'un pays qui ne peut plus garantir la paix. Enfin, l'article 231 établit les responsabilités de l'Allemagne et prévoit des réparations et des restitutions, ce qui atteste à nouveau le caractère justicier du traité.

Dès 1919, certains observateurs [1] ont dénoncé les clauses extravagantes imposées à l'Allemagne. Sans revenir sur cette controverse, il nous semble que l'aspect extraordinaire des décisions de 1919 s'inscrit dans une logique économique et diplomatique. La mise entre parenthèses de l'impérialisme allemand offrait aux vainqueurs la possibilité de trouver un compromis entre les impérialismes traditionnels — britannique et français — et les impérialismes montants — américain et japonais. A la volonté américaine de liberté des mers et de suppression du monopole commercial des Occidentaux dans leurs colonies répondent les livraisons de matières premières et de produits industriels par l'Allemagne à la France. Au souci des Anglo-Saxons de préserver le marché allemand correspondent les garanties diplomatiques sur la sécurité de la France et la possibilité pour celle-ci de créer une situation de fait en Rhénanie, donc d'imposer le respect des clauses du traité. En ce sens, la rupture diplomatique instaurée par le traité n'était-elle pas indispensable pour que fût établi un équilibre entre les impérialismes vainqueurs ? On objectera, à juste titre, que les buts de guerre de l'Entente s'étaient tardivement dessinés, à partir du mois de décembre 1916. Cependant, la déclaration des Quatorze Points de Wilson, le 8 janvier 1918, montre, jusque dans son agencement, la primauté des questions économiques : celles-ci sont abordées dans les cinq premiers points, alors que l'« autonomie » des nationalités d'Autriche-Hongrie et de l'Empire ottoman est envisagée en dixième point. Les dispositions du traité confirment l'intention

---

1. Le texte le plus célèbre est celui de J. M. Keynes, *les Conséquences économiques de la paix,* Paris, 1920. On en lira l'analyse critique dans E. Mantoux, *la Paix calomniée ou « les Conséquences économiques » de M. Keynes,* Paris, 1946. Le débat reste d'actualité : Cf. la conférence *Reparations Reconsidered,* organisée, en décembre 1976, par l'American Historical Association.

des autorités. Ainsi l'article 268 stipule-t-il que les produits
fabriqués en Alsace-Lorraine seraient, pendant cinq ans, reçus
sur le territoire allemand en franchise, pour un tonnage égal à
celui qui était placé en Allemagne avant 1914 par la Lorraine,
la Saxe et le Luxembourg. Les industries sidérurgiques et
textiles françaises utilisaient donc le traité pour prévenir la
crise de surproduction que risquait d'entraîner le retour de
l'Alsace-Lorraine à la France. Dans la mesure où l'industrie
nationale était dans l'incapacité économique de conquérir les
marchés détenus par l'industrie allemande, le *diktat* diplomatique était un artifice inévitable et, sur ce point, préparé de
longue date, puisqu'un comité d'études, regroupant l'élite du
patronat français, avait été créé dès le mois de février 1915 [1].

Les intérêts économiques vitaux des vainqueurs rejoignent
ainsi les intentions politiques dans la définition d'un projet
dualiste : « La reconstruction d'une Europe prospère et ouverte
à la pénétration économique des États-Unis (c'est-à-dire res-
pectant le principe de la porte ouverte), mais aussi d'une
Europe pacifique, où les affrontements nationaux ne risque-
raient plus d'entraîner l'Amérique dans un conflit qu'elle
n'avait pas voulu [2]. » Loin de conforter l'hypothèse d'un isolationnisme américain au lendemain de la guerre, les recherches historiques récentes ont montré combien avait prévalu
l'idée d'une solidarité d'intérêts entre les États-Unis et l'Europe. Celle-ci se manifeste, lors de la Conférence de la paix,
dans le rôle d'arbitre tenu par le président Wilson : les Alliés
ne pouvaient se passer de l'aide financière américaine et
avaient besoin du soutien politique des Américains contre les
bolcheviks. Les Américains étaient donc libres de proposer
leur mode de reconstruction économique, en écartant les projets anglais d'emprunt consenti aux vaincus et aux pays neufs,
comme l'idée allemande d'une commercialisation des Répara-

1. J. Marseille et A. Plessis proposent une étude lumineuse de cet aspect
dans *Vive la crise et l'inflation*, Paris, Hachette, 1983, p. 75-80. Dans le
comité d'études économiques et administratives relatives à l'Alsace-Lorraine,
présidé par Jules Siegfried, on relève les noms de Cavallie, Dollfuss, Gillet,
Kuhlmann, Peyerimhoff, Renault et Wendel.
2. D. Artaud, « Aux origines de l'atlantisme : la recherche d'un équilibre
européen au lendemain de la Première Guerre mondiale », *Relations internationales*, n° 10, 1977, p. 116.

tions par le biais d'un financement américain[1]. De même Wilson pouvait-il privilégier des moyens d'action politiques qui concrétisaient le nouveau rapport de forces entre les puissances, sans entraver la réorganisation économique autour des États-Unis. Le pacte de la Société des Nations, adopté le 28 avril 1919, illustre le succès de la politique américaine : celui-ci ne prévoit ni force internationale permanente, ni automaticité des sanctions militaires, ni l'institution d'un contrôle international. D'emblée, la Société des Nations, qui représente en théorie l'universalisation du régime parlementaire et le triomphe du droit sur la force, réduit en fait le champ diplomatique : l'alternative des années de paix entre une diplomatie de coups de force et une diplomatie de compromis négociés n'est plus fondée. Qu'il s'agisse des rivalités financières ou des rancœurs politiques, les remises en cause non seulement sont concevables mais acquièrent une forte probabilité de réalisation. De ce point de vue, il est excessif d'insister sur la rupture que représenteraient l'élection du républicain Harding à la présidence des États-Unis et le retrait des Américains de la SDN. Parce qu'ils ont les moyens économiques et financiers de peser sur l'Europe, les États-Unis vont continuer d'infléchir la politique des vainqueurs et des vaincus au mieux de leurs intérêts.

On peut alors s'interroger sur la cohésion du « bloc idéologique », défini par l'affirmation du droit, le respect du *statu quo* de Versailles et l'extension de la démocratie. L'étude du comportement des *policy-makers* américains illustre la nouvelle répartition des responsabilités qui s'esquisse à partir de 1920. D'une part, les fonctionnaires américains — tels R. Leffingwell, secrétaire adjoint au Trésor, H. Hoover, secrétaire au Commerce, et B. Strong, gouverneur de la Banque fédérale de New York — se proposent d'utiliser les conditions économiques et politiques issues de la guerre pour promouvoir l'intégration des pays européens autour des États-Unis. Ainsi B. Strong, tout en réaffirmant son intérêt pour les questions européennes, n'eut-il de cesse, jusqu'en 1924, d'interpréter à

1. D. Artaud, « L'impérialisme américain en Europe au lendemain de la Première Guerre mondiale », *Relations Internationales,* n° 8, 1976. Cf. aussi Costigliola, « The Other Side of Isolationism », *Journal of American History,* déc. 1977.

son avantage les conséquences du traité de Versailles. D'autre part, les banquiers américains montrèrent beaucoup de réserve face aux raisonnements développés par les fonctionnaires britanniques ou français : « Leurs décisions d'investissement sont prises en fonction du climat politique européen, mais [ils] restent étrangers au détail du règlement des difficultés de l'après-guerre, en particulier à celui des Réparations, qui ne les concerne pas [1]. » Ce comportement paradoxal illustre l'ambiguïté fondamentale du règlement de Versailles : comment procéder à un transfert économique et financier par des moyens essentiellement politiques, psychologiques, voire militaires ? L'intervention américaine avait eu l'effet d'escamoter en partie le problème jusqu'en 1920 ; mais elle avait laissé subsister la fiction d'un consortium de vainqueurs, alors que l'arbitrage américain tendait, dès 1917, à l'élaboration d'une communauté atlantique.

### Les conditions d'une croissance renouvelée.

Au travers des dispositions du traité de Versailles concernant l'Allemagne, les vainqueurs avaient, de manière implicite, instruit le procès du développement économique et de la capacité dévastatrice acquis par les États industriels. Cette culpabilisation correspondait à la fois au choc psychologique entraîné par les destructions et à la prise de conscience rétrospective de l'impréparation des économies à la durée et à l'ampleur de l'effort de la guerre. Loin d'y voir une sorte d'infirmité de l'imagination, cette attitude s'inscrit, à notre sens, dans la logique d'un comportement marqué par la prédominance du court terme : en 1914 comme en 1918, les industriels, les États-Majors ou la Bourse spéculent sur un ajustement rapide des tensions internationales. Ces réactions s'expliquent largement par le type et le rythme de croissance observés depuis le début du siècle : la répétition des crises économiques n'avait nullement empêché les profits d'atteindre, en 1912, des sommets [2]. Dans ces conditions, la problé-

1. J. Valette, *Problèmes des relations internationales 1918-1949,* Paris, SEDES, 1980, p. 25.
2. Cf. les travaux d'A. Biriotti, D. Journet et F. Sermier, « Les taux de profit sur longue période et l'évolution de l'économie française aux xixe et xxe siècles », *INSEE,* janv. 1976.

matique traditionnelle sur l'économie de guerre semble peu
opératoire [1]. Pas plus que la guerre n'a promu l'industrialisation, l'appauvrissement entraîné par les combats ne saurait
masquer les renouvellements sectoriels, techniques et géographiques induits par le conflit. En ce sens, il convient de
nuancer l'idée d'une mobilisation des économies qui serait une
« divine surprise ». Le phénomène essentiel de ces années
demeure la capacité d'adaptation du capitalisme : « Les destructions à court et à moyen terme peuvent coexister avec la
poursuite de la croissance dominante par des moyens sortant
de l'ordinaire [2]. »

Même s'il est hors de question d'ignorer l'impact de la
guerre, et surtout ses conséquences inégales, force est de
constater que le conflit n'a pas inversé la tendance longue,
entamée depuis la fin du XIXe siècle. De ce point de vue, la
guerre ne constitue pas une « crise » puisqu'il n'y a pas retournement de la conjoncture mais décrochage. Elle est vécue
comme un phénomène irrationnel, d'où l'extrême confusion
des analyses contemporaines sur l'inflation. En 1919, la
hausse des prix témoigne d'une activité économique soutenue ;
c'est là le signe clair qu'une dépression n'est pas à craindre.
On a souvent évoqué l'« intoxication inflationniste » dont auraient été victimes les Européens — et particulièrement les
Français. Comment aurait-il pu en être autrement, du moins
dans un premier temps, dès lors que l'inflation laissait espérer
le maintien du plein-emploi, de l'expansion industrielle et de
l'activité commerciale internationale ? Il faut voir là une des
raisons essentielles de la croyance en un « retour à la normale » : l'inflation était considérée comme un dérèglement
passager et il importait de consolider les transformations in-
duites par la guerre. Le choix des termes — *normalcy* ou
*business as usual* — est révélateur de la confiance des entrepreneurs et des financiers dans une reconstruction rapide. Sans
vouloir chercher de justification rétrospective, le retour de la

---

1. Cette problématique a été développée par A. Milward, *The Economic
Effects of the Two World Wars on Britain*, Cambridge, 1975. On trouvera
deux illustrations contradictoires dans P. Fridenson, *l'Autre Front, Cahiers
du Mouvement social*, no 2, 1977, p. 8-11, et F. Braudel et E. Labrousse,
*Histoire économique et sociale de la France*, Paris, PUF, 1980, t. IV, vol. 2,
p. 635 *sq.* — 2. P. Fridenson, *op. cit.*, p. 8.

prospérité s'expliquerait difficilement s'il y avait eu bouleversement majeur du système. En tout état de cause, la reprise de
l'investissement, la hausse des profits et l'amélioration de la
productivité montrent que l'image d'une Europe engourdie est
erronée.

Au contraire, la guerre a démontré les capacités d'adaptation technique du capitalisme. La mobilisation industrielle
confirme deux évolutions entamées pendant la Grande Dépression : la coexistence possible du capital et de l'État au
service d'une finalité commune, et la primauté de la croissance intensive sur la croissance extensive. Ce dernier aspect
est le plus spectaculaire : en mai 1915, les pays de l'Entente
accusaient une baisse de 20 % de leurs productions de base par
rapport à 1914 ; deux ans plus tard, celles-ci étaient revenues à
un niveau voisin de celui de 1914 et représentaient le triple de
la production des puissances centrales. Contrairement à une
thèse répandue, ce relèvement ne s'est pas opéré par de nouveaux progrès scientifiques, même dans les branches directement concernées par l'approvisionnement militaire, comme la
chimie, la construction aéronautique ou automobile [1]. La
guerre a permis de perfectionner des procédés existants, d'utiliser des techniques économes en énergie et en main-d'œuvre :
dans l'industrie métallurgique française, l'extension du taylorisme se traduisit par des gains de productivité atteignant
jusqu'à 50 % [2]. En ce sens, la mobilisation industrielle représente bien une prolongation. D'une part, le taylorisme et la
division du travail appliqués dans les industries de pointe ne
sont guère différents, dans leur conception, des améliorations
continues apportées par les entrepreneurs dans l'industrie textile ou la construction mécanique — et la reconversion réussie
de sociétés telles que Jaeger-Le Coultre ou Renault en témoigne. D'autre part, la guerre a précipité le mouvement d'intégration verticale des entreprises — depuis le laboratoire
jusqu'à l'entreprise — afin de résoudre les goulets d'étran-

1. G. Hardach, *Der erst Weltkrieg,* Munich, 1973, chap. IV. Pour l'aéronautique, on consultera l'article de J.-M. Laux, « Gnôme et Rhône : une firme
de moteurs d'avion durant la Grande Guerre », *in* P. Fridenson, *op. cit.,*
p. 171-187.
2. G. Hardach, « La mobilisation industrielle en 1914-1918 : production,
planification et idéologie », *in* P. Fridenson, *op. cit.,* p. 86.

glement créés par le déroulement des hostilités. Ici encore, l'adaptation à la conjoncture montre la flexibilité des structures de production. On en voudra pour preuve la délocalisation réussie de nombreuses entreprises industrielles, après la perte des départements du Nord : le développement des usines Schneider en Normandie, l'implantation d'établissements dans le Sud-Est ou le quadruplement des bâtiments, de l'outillage et du personnel dans l'industrie automobile.

En tout état de cause, le capitalisme a trouvé des ressources adéquates pour répondre aux exigences du conflit. Ainsi, bien que l'invasion allemande eût réduit de 58 % la production d'acier français, les usines d'armement atteignirent, à la fin de l'été 1915, les objectifs de production fixés par le haut commandement en septembre 1914. Mais la guerre n'est pas seulement prolongation, elle est également amplification. L'intensification des cadences, la parcellisation des tâches et la spécialisation dans les industries de guerre concrétisent la mise en place d'une nouvelle organisation du travail et de la production. Aussi convient-il d'apprécier en se sens l'appel à la main-d'œuvre féminine : en 1918, celle-ci constituait 15 % de la population active en France, 35 % en Allemagne et en Grande-Bretagne. Face aux exigences immédiates, le capitalisme répond par l'expansion des capacités de production et la concentration industrielle, comme le souligne F. Caron : « Ce mouvement apparaît comme l'aboutissement de la période d'expansion industrielle rapide esquissée dès 1896 et qui, nous l'avons dit, s'accélère depuis 1906. Car la dimension des firmes absorbées et absorbantes s'accroît au fur et à mesure que se développe le "cycle d'expansion". Tout se passe comme si ces fusions avaient rendu au système économique un équilibre qui était le sien au début du siècle [1]. »

Cette adaptation impliquait conjointement une réorganisation des structures industrielles et une redéfinition du rôle de l'État. Les cartels nationaux devinrent les partenaires obligés des gouvernements, autant pour assurer la répartition des commandes que pour adapter la capacité de production aux demandes de l'État-Major ou aux fluctuations de la

1. F. Caron, in *Histoire économique et sociale de la France, op. cit.*, p. 782.

main-d'œuvre. On mesurera l'ampleur de l'effort accompli en remarquant que les industries d'armement françaises occupaient 1,7 million d'ouvriers en 1918 contre 50 000 en 1914. A des degrés divers, ce phénomène fut commun à l'ensemble des belligérants : en Allemagne et aux États-Unis, on assista à une véritable fusion institutionnelle des trusts et de l'appareil d'État, puisque l'adhésion aux cartels fut rendue obligatoire en Allemagne à partir de 1915, tandis que la création du War Industries Board conduisit à la suspension pratique de la loi anti-trust. Dans les autres pays, les entreprises et l'État se comportèrent davantage en partenaires, ce qui n'empêcha nullement la mise en place d'un système de production organisé autour du principe de la sous-traitance. En 1919, la commission britannique d'enquête sur les trusts pouvait se déclarer « satisfaite de l'accélération rapide de la concentration et [estimer que] le pouvoir des concentrations s'était sensiblement accru grâce à la guerre [1] ».

Le recours aux ententes ne relevait pas d'une démarche originale : en période d'activité économique soutenue, on avait pu observer leur multiplication, autant pour répondre à la menace de la concurrence étrangère que pour préserver le profit et l'autofinancement. Ces ententes constituaient donc, avant la guerre, une réponse — souvent empirique mais dynamique — face à l'élasticité de la demande. La mobilisation économique a entraîné une généralisation du processus, à la fois sous la pression des événements, de l'État et de l'armée. La décision politique l'emporte désormais sur les initiatives patronales, mais il serait abusif d'évoquer une quelconque « relève » du libéralisme traditionnel par un interventionnisme étatique. Cette transition ne pouvait s'effectuer pour la simple raison qu'elle était déjà entamée. Il conviendrait d'ailleurs de parler de « gestion conjointe ». A ce titre, l'intervention des militaires et de certains hommes politiques est significative. En Allemagne, la création des offices des matières premières et agricoles s'effectue à l'initiative de W. Rathenau, de von Moellendorff et du général Groener ; en France et en Angleterre se constitua une liaison « armée-industrie-pouvoirs publics »

1. *Report on Trusts,* 1919, Cd 9236, p. 11. Pour la France, cf. l'art. cité de G. Hardach, *in* P. Fridenson, *op. cit.,* p. 91, et celui de R. O. Paxton, *ibid.,* p. 165-168.

après la nomination d'A. Thomas au sous-secrétariat d'État à l'Armement et celle de D. Lloyd George au ministère de l'Armement. Mais cette extension du rôle de l'État ne signifiait nullement qu'il contrôlait l'industrie, *a fortiori* qu'il « intervenait à tous les niveaux, en violant les doctrines traditionnelles du libéralisme économique [1] ». L'urgence de la situation requérait, en effet, l'acceptation du système, et non sa remise en cause. L'État reçoit délégation partielle des pouvoirs économiques dans les domaines où son intervention était déjà perceptible — agriculture, productions de base et armement. Aussi son action est-elle, conformément aux conceptions libérales, réglementaire, incitative et conjoncturelle. La création des offices, le contrôle de la production industrielle, le recensement des marchandises et la fixation d'un ordre de priorité dans les fabrications visent à améliorer le fonctionnement de l'économie et à répondre aux perturbations entraînées par le blocus des côtes allemandes ou la guerre sous-marine contre l'Entente [2]. Aux États-Unis, le vote de la loi Lever, en août 1917, sur les ressources alimentaires et celui du projet Overman, en avril 1918, sur la mobilisation industrielle sont conçus d'abord comme les moyens d'adapter l'offre de produits américains à la demande européenne.

Ces initiatives sont-elles alors si essentielles que l'on puisse évoquer une redéfinition des politiques économiques ? La réponse est délicate, en raison de l'imbrication entre les contraintes militaires et économiques. Il convient tout d'abord de préciser que le terme « planification » de guerre ne recouvre pas la même signification qu'aujourd'hui : il traduisait une volonté de contrôle, sans que fût envisagé l'avenir à long terme par des choix raisonnés d'investissement. La planification de guerre ne visait pas au développpement de l'économie, mais à la croissance de la production dans les secteurs stratégiques. En outre, les pouvoirs publics privilégiaient l'adaptation rapide à la situation de pénurie, sans tenir compte des effets pervers de leur intervention. Ainsi, les taxations et les contingentements, loin d'être un facteur de stabilité économique, favorisaient l'inflation, parce que les entreprises avaient

1. J.-N. Jeanneney, *les Sociétés en guerre,* Paris, Presses de la FNSP, 1980, p. 55. — 2. Cf. E.M.H. Lloyd, *Experiments in State Control,* Oxford, 1924, p. 389-392.

le loisir de calculer leurs prix en fonction des impôts sur les bénéfices et de l'amortissement du matériel, ce qui les incitait à s'endetter à long terme. Parallèlement, le renchérissement du financement des approvisionnements et l'attente de la paix entraînaient la constitution d'importants actifs disponibles. A l'évidence, les raisonnements en termes de stocks et de flux demeuraient empiriques.

Comment ne pas observer, cependant, le rôle de l'État dans l'organisation du marché du travail, du crédit et du contrôle des prix ? Même s'il n'existe ni rupture idéologique, ni action isolée des pouvoirs publics, ceux-ci sont associés à l'ébauche d'une économie mixte, au nom de l'intérêt national et avec le soutien de l'opinion. Certes, cette insertion ne fut ni méthodique, ni régulière, ni irréversible. Mais ce sont bien les avances consenties par l'État aux industriels qui permirent, en Europe continentale, de relancer la production au moment où les banques étaient paralysées. De même, l'augmentation vertigineuse des dépenses des administrations locales et des États américains [1] montre que le principe de l'intervention de la puissance publique dans la vie économique était désormais admis. Un des principaux acquis de la guerre aurait ainsi été d'« éduquer » les hommes politiques et les fonctionnaires, autant que d'accoutumer les industriels à l'idée d'une coresponsabilité dans la gestion de l'économie.

Encore convient-il de remarquer que l'attrait des profits constituait, pour les industriels, une motivation plus puissante que le civisme ou la répartition des tâches. Les entreprises approvisionnant directement les armées connurent des profits exceptionnels : 17 % dans la chimie allemande, 23 % pour la construction mécanique américaine. L'ampleur de ces chiffres ne doit pas surprendre ; elle s'inscrit dans le mouvement d'essor des profits qui caractérise la période 1904-1913. Le maintien des profits permettait donc de financer les investissements requis par la poursuite de la guerre. On comprend alors que les hommes politiques et les industriels aient repoussé l'idée d'une militarisation des industries de guerre. En février 1918, A. Thomas justifiait la faible taxation des bénéfices industriels

---

1. Celles-ci passent respectivement de 2 à 4,6 milliards de dollars et de 388 à 1 400 millions de dollars entre 1913 et 1922.

en invoquant « le goût de l'entreprise et le goût du risque »,
tandis que F. de Wendel, dès juin 1916, voyait dans « l'intérêt » une des clefs de la mobilisation industrielle. Ce consensus
autour d'une rationalité économique définie par un triple mot
d'ordre — productivisme, profit et nationalisme — représente, en dernière analyse, la véritable « rupture » des années
de guerre.

## Le poids d'une guerre

A considérer l'ampleur de la saignée démographique subie
par l'Europe, on serait tenté de généraliser le paradoxe développé par R. Aron [1] : si la victoire fut désastreuse pour les pays
de l'Entente, elle s'avéra dramatique pour les puissances centrales. Les pertes militaires s'élèvent à 0,8 million [2], auquel il
convient d'ajouter au moins 5 millions de morts pendant la
guerre civile et la guerre d'intervention en Russie. Les pertes
civiles atteignent de 2,5 à 3 millions et l'on compte 6,5 millions d'invalides, 4,3 millions de veuves et 8 millions d'orphelins. Ces chiffres traduisent la triple rupture induite par la
guerre : la capacité des techniques de destruction a rendu
caduque l'idée d'une guerre limitée à un « sanctuaire » géographique ; la durée du conflit a entraîné la disparition de la

1. R. Aron, *Paix et Guerre entre les nations*, Paris, Calmann-Lévy, rééd.
1984.
2. A partir des travaux de P. Guillaume, in *Histoire économique et sociale
du monde, op. cit.*, t. V, p. 60-61, on peut proposer le bilan suivant :

|  | *(milliers de morts)* | *(% de la population active masculine)* |
|---|---|---|
| *Puissances centrales* | | |
| Allemagne | 2 000 | 15,1 |
| Autriche-Hongrie | 1 540 | 17,1 |
| Bulgarie | 33 | 8,2 |
| *Pays de l'Entente* | | |
| Russie (jusqu'en 1917) | 1 700 | 9,7 |
| France | 1 400 | 10,5 |
| Italie | 750 | 6,2 |
| Grande-Bretagne | 740 | 5,1 |
| Serbie | 370 | — |
| Roumanie | 250 | 11 |
| Belgique | 40 | 2 |

majeure partie des forces vives des nations (en Allemagne, la tranche d'âge 20/39 ans a supporté 85 % des excédents de décès); enfin, la charge financière représentée par les pensions allouées aux victimes, ainsi que l'influence de ces dernières sur les comportements politiques et moraux, contribue à déstabiliser les sociétés européennes.

Au-delà de l'épuisement démographique des peuples, les inégalités devant la mort devaient perturber durablement l'équilibre des sociétés. En dépit des incertitudes statistiques, deux catégories apparaissent particulièrement touchées : les paysans et les élites intellectuelles. En Grande-Bretagne, l'expression «génération perdue» est employée dès 1921 pour évoquer le souvenir des diplômés d'Oxford ou de Cambridge tombés au front; en France, les promotions de toutes les grandes écoles sont décimées par la guerre : les pertes atteignent 50 % pour la majorité des dix promotions précédant le conflit. Ainsi se trouvaient instaurées, de fait, les conditions d'une gérontocratie, donnée essentielle de l'entre-deux-guerres européen. Comment concevoir, en effet, que ces hommes d'expérience, nés à l'époque du capitalisme et de l'Europe triomphants, aient pu envisager une autre solution que le retour à cet âge d'or?

La surmortalité paysanne constitue un facteur moins sensible à l'échelle de l'Europe, à l'exception de la France où plus de 10 % des actifs masculins ont été tués. C'est davantage la différence de statut entre le paysan et l'ouvrier qualifié — rappelé souvent à l'arrière pour assurer la production d'armements — qui engendre des antagonismes sociaux, perceptibles dès 1917 : «Non seulement les ouvriers sont protégés contre la mort, non seulement ils sont payés, mal peut-être mais enfin ils sont payés, alors que nous ne le sommes pas, et en plus ils se mettent en grève [1]!» Le déclin démographique de la paysannerie, en ce qu'il se double d'une frustration sociale, constitue une menace de dislocation des équilibres traditionnels.

Pour autant, la guerre a-t-elle modifié le rythme démographique de l'Europe, tel que ce dernier apparaissait depuis le

1. A. Ducasse, J. Meyer et G. Perreux, *Vie et Mort des Français 1914-1918,* Paris, Hachette, 1949, p. 255.

début du siècle ? Il est permis d'en douter aussi bien à propos
de la surmortalité civile que d'une éventuelle « revanche des
berceaux » après 1918. On observe ainsi que les taux bruts de
mortalité et ceux de mortalité infantile s'élèvent sensiblement,
sans connaître de poussée exceptionnelle : en France et en
Allemagne, les taux bruts de mortalité civile restent inférieurs
à ceux de 1911 pendant toute la durée de la guerre. De même
convient-il de ne pas surestimer le lien entre le conflit et
l'épidémie de grippe de 1918, dans la mesure où les pays
neutres — tels l'Espagne et la Suède — sont atteints dans des
proportions comparables. Certes, l'épuisement des populations en guerre a vraisemblablement amplifié le phénomène :
on compte 675 000 morts pour la seule année 1918 en France,
en Grande-Bretagne, en Allemagne et en Italie. Mais la guerre
ne peut être tenue pour cause principale de cet accident ; elle a
constitué une sorte de palier dans les progrès de la médecine et
de l'hygiène, dont la prolongation aboutit à recréer des conditions peu différentes de celles qui favorisèrent l'éclosion des
grandes épidémies du XIXᵉ siècle.

L'incidence des hostilités sur la natalité est plus spectaculaire : jusqu'en 1917, le taux brut de natalité diminue de 25 à
50 % dans tous les pays belligérants ; en revanche, les années
1918-1920 voient un rétablissement rapide puisque les taux
d'avant-guerre sont partout dépassés, sauf en Allemagne.
Toutefois, si l'on replace ces fluctuations dans le mouvement
général et continu de chute de la natalité qui affecte — à des
degrés divers — l'Europe depuis le début du siècle, on
constate que la guerre a entraîné une harmonisation des comportements natalistes à un niveau déprimé, voisin de 19 à
21 ‰. En tout état de cause, cette stabilisation ne pouvait
correspondre à une prise de conscience de l'ampleur du problème démographique.

Si l'« impôt du sang » fut perçu comme une catastrophe, on
demeure surpris des illusions monétaires entretenues par les
contemporains, face à l'héritage exceptionnellement lourd
laissé par la guerre [1]. Au nom de réflexes libéraux identiques à
ceux de 1913, les économistes et les banquiers français dénoncent en 1919 « le scandale de la vie chère » et se refusent à

---

1. On estime à 338 milliards de dollars le coût global de la guerre.

envisager l'idée d'une dévaluation, comme ils avaient écarté en 1915 celle d'un contrôle des changes. C'est seulement à partir de 1922 que le terme d'inflation s'imposera dans les débats économiques [1], reconnaissance tardive des changements décisifs introduits par la guerre. Ce décalage s'explique par la difficulté, pour les contemporains, de saisir l'ampleur quantitative de bouleversements dont les mécanismes et les manifestations étaient connus.

La guerre a entraîné, sur le plan intérieur, trois ruptures majeures qui n'apparaissent pas cependant comme incohérentes dans le mouvement cyclique de l'économie. Les transformations subies par la masse monétaire constituèrent la principale rupture. Celle-ci fut d'abord affectée dans sa structure, avec la disparition des pièces d'or et d'argent de la circulation et le gonflement démesuré de la circulation fiduciaire, qui décupla en Allemagne et en Angleterre tandis qu'elle quintuplait en France. Surtout, le mode de création de la masse monétaire impliquait l'abandon de l'étalon-or, puisque les banques centrales se trouvaient dépossédées de leur pouvoir de contrôle, soit par l'impression directe des billets par l'État en Angleterre, soit par le recours aux avances de la Banque de France et le lancement de bons du Trésor. Ce gonflement monétaire et l'accroissement de la demande par rapport à une offre raréfiée entraînèrent la hausse généralisée des prix. Entre 1914 et 1918, l'indice des prix de gros, qui était demeuré quasi stable depuis 1850, est multiplié par 2 dans les pays anglo-saxons et par 3,5 sur le continent européen. Enfin, la guerre a entraîné une chute de l'ordre de 10 % du revenu national des belligérants, à un moment où l'État devait opérer des choix décisifs entre les exigences de la reconstruction et le financement des charges créées par la guerre — dette publique, pensions aux anciens combattants et dépenses militaires.

On peut alors s'interroger sur l'origine des illusions entretenues par les contemporains. Celles-ci proviennent d'abord d'une connaissance tardive et empirique de l'ampleur des problèmes monétaires. En 1914, l'objectif des autorités était d'éviter une panique boursière et financière, dans la mesure où

---

1. L'usage en est généralisé lors des discussions de la semaine de la Monnaie, en 1922.

le système monétaire international était considéré comme la
clef de voûte de l'économie. Aussi, jusqu'en 1917, les gouvernants eurent-ils recours à des procédés traditionnels, tels
que l'instauration du cours forcé des billets, l'appel aux réserves métalliques détenues par les particuliers ou la mobilisation
de l'épargne intérieure [1]. Ces mesures présentaient un risque
inflationniste mesuré, au moins en regard d'expériences comparables en 1848 et en 1870. Mais le coût et la durée de la
guerre contraignirent les autorités à réexaminer les deux questions auxquelles elles croyaient avoir répondu : comment
payer et qui va payer ? Seulement, leur marge de manœuvre
s'était considérablement réduite parce qu'il n'existait pas de
solution pour concilier les nécessités financières avec les comportements monétaires et sociaux. Les États devaient à la fois
maintenir leur politique d'aisance monétaire pour soutenir
l'effort de guerre et rationaliser leur gestion financière afin
d'optimiser les ressources collectées et de limiter les tensions
inflationnistes. Au nom de l'intérêt national, ils imposaient un
effort fiscal, tandis qu'ils dépendaient des avances des banques centrales et qu'ils incitaient les particuliers à souscrire
aux emprunts à court terme en proposant des taux d'intérêt
élevés. Les pouvoirs publics s'assignaient des tâches qu'ils
n'étaient pas en mesure d'accomplir, autant par inexpérience
qu'en regard des traditions financières et sociales.

En ce sens, il convient de nuancer certaines affirmations
selon lesquelles « la politique financière de la France pendant
la guerre restera le modèle de ce qu'il ne faut pas faire [2] ». Les
gouvernants n'avaient d'autre solution que d'utiliser l'expédient des bons de la Défense, dès lors que la guerre requérait
un effort disproportionné aux moyens des pays et que
l'augmentation de la fiscalité [3] fut envisagée en dernier re-

1. Les dettes publiques de la France atteignent, en francs, 219 milliards en
1919, celles de l'Angleterre 197 milliards, celles de l'Allemagne 169 milliards et celles des États-Unis 111,5 milliards.
2. G. Jèze, cité par J. Bouvier et F. Caron, *op. cit.,* p. 637.
3. La pression fiscale permit de couvrir 28 % des dépenses dans les pays
anglo-saxons, 16 % en France et 14 % en Allemagne. Sur le rôle tenu par la
politique fiscale pendant la guerre, cf. *The Economist,* 5 mai 1917, et
E.V. Morgan, *Studies in British Financial Policy, 1914-1925,* Londres,
1952, p. 99.

cours, plutôt comme une façon de renforcer le contrôle de l'État que comme une source de recettes importante. Les contemporains réalisèrent, dès 1918, les risques inflationnistes d'une telle politique : ainsi le rapport Cunliffe évoqua-t-il la spirale inflationniste suscitée par l'excédent des engagements de l'État. Mais ils ne comprirent pas que l'ampleur de l'endettement intérieur et, surtout, le poids de la dette flottante ne pourraient être contrebalancés dans l'immédiat, ni par la fixation d'une forte indemnité de guerre, ni par le recouvrement des placements à long terme effectués avant 1914. Cette persistance des illusions monétaires, fondée sur une sorte d'intériorisation de la stabilité, eut deux conséquences à court terme : les hésitations des politiques de lutte contre l'inflation et la difficulté de définir les priorités dans le rétablissement de l'équilibre financier. La guerre avait introduit une rationalité nouvelle dans la gestion de l'économie parce que l'État avait concentré entre ses mains l'essentiel des pouvoirs. Mais la « légitimité financière » appartenait aux banquiers : le conflit ou, à tout le moins, les incertitudes suscitées par le transfert de responsabilités étaient donc inévitables.

Aux incertitudes intérieures, les Européens opposent volontiers les perspectives de reprise du commerce international et la puissance du capital investi, même si celui-ci a été entamé par les frais de guerre. La Grande-Bretagne ne reconquiert-elle pas la place de première nation commerçante aux dépens des États-Unis dès 1920 ? Une fois encore, les contemporains ont mésestimé les effets de la guerre. Celle-ci a tout d'abord fragmenté l'unité de l'espace économique européen : les pays de l'Entente ont été contraints de resserrer leurs liens avec les États-Unis, les Empires centraux ont vu leurs stocks s'épuiser et les pays nouvellement créés en Europe centrale ne disposent ni de structure financière, ni d'une armature industrielle cohérente. En outre, les Européens ont méconnu l'importance du renversement opéré avec les États-Unis. Ceux-ci avaient pris le relais de l'Europe en Amérique latine, soutenaient leur activité industrielle en s'imposant comme principaux acheteurs de matières premières dans le monde et, surtout, étaient devenus créanciers de l'Europe. Cette situation provenait de la dépendance financière contractée par les pays de l'Entente à partir d'avril 1917, tout autant que des achats

massifs réalisés aux États-Unis [1]. Le lien transatlantique ainsi
créé était double, puisqu'il concernait les entreprises et les
États et qu'il associait le rétablissement de la situation financière des Alliés au maintien de l'activité économique américaine. Or, du fait des besoins financiers des belligérants, le
volume de l'investissement international avait diminué de
25 %, tombant à 33 milliards de dollars : cette réduction handicapait les possibilités de rétablissement à court terme du
commerce européen. Enfin, le dollar se trouvait désormais au
cœur des rapports internationaux, mais, par une sorte de carence conceptuelle héritée du fonctionnement en apparence
mécanique de l'étalon-or, ni les Américains ni les Européens
ne s'inquiétèrent des conditions nécessaires au rétablissement
de l'équilibre monétaire. Lorsque, en novembre 1918, la livre
et le franc restèrent surévalués en raison de leur lien avec le
dollar ou quand la spéculation sur les monnaies reprit à partir
de l'année 1919, les pouvoirs publics adoptèrent une attitude
passive.

Cette méconnaissance s'accompagnait de projets économiques sensiblement différents. En Europe, la guerre avait entraîné un transfert partiel de l'épargne nationale au profit des
entreprises industrielles impliquées dans l'effort militaire : le
capital avait changé de fonction, sous l'impulsion de l'État qui
était devenu un partenaire indispensable dans la réorganisation
économique. En revanche, les banques et les trusts américains
avaient conservé leur influence économique et souhaitaient le
retour à la normale, parce que les besoins du marché intérieur

---

1. Montant des dettes interalliées en 1919, d'après J. M. Keynes, *Œuvres
complètes*, vol. XVI, p. 420 :

|  |  | PRÊTÉ PAR | | |
|---|---|---|---|---|
|  |  | USA | Grande-Bretagne | France | *en millions de livres** |
|  | Grande-Bret. | 800 | — | — |  |
|  | France | 485 | 390 | — |  |
| DÛ | Italie | 275 | 390 | 35 |  |
| PAR | Belgique | 56 | 90 | 90 |  |
|  | Russie | 38 | 520 | 160 |  |
|  | *Total* | 1 668 | 1 451 | 365 | *3 484* |

* 1 livre = 25,22 franc-or.

et les conquêtes commerciales à l'extérieur offraient des possibilités de croissance renouvelées : « Pour le secteur privé, il s'agissait de consolider l'acquis ; c'est-à-dire de transformer des sources de gain d'origine accidentelle en formes stables de profit [1]. » Les deux parties n'entendaient donc pas le terme « consolidation » dans le même sens : les banques centrales européennes pratiquaient une politique d'argent à bon marché pour consolider les dettes à court terme, tandis que les investisseurs américains cherchaient des secteurs à bénéfices rapides. Or, l'Europe continentale ne pouvait plus compter sur les prêts du gouvernement américain [2] et devait combler un déficit commercial supérieur à 13 milliards de dollars : le recours aux emprunts privés était devenu une nécessité, et il entraîna une augmentation de 20 % de la circulation monétaire.

Dans ces conditions, la reprise de l'activité économique en 1919-1920 apparaît artificielle, non seulement en raison de son caractère inflationniste, mais parce qu'elle reposait sur des antagonismes nationaux non résolus. Les Britanniques, qui avaient perdu 25 % du montant de leurs placements, craignaient la puissance financière américaine ; les Français et les Allemands virent les effets de la reprise manufacturière anéantis par la poussée de l'inflation ; quant aux Américains, l'activité économique leur permettait de concurrencer les positions commerciales européennes et d'écarter l'éventualité d'une réduction des dettes de guerre. La multiplication de ces rivalités concourait à la formation d'un isolationnisme financier rampant entre les Alliés.

Cette situation fut aggravée par l'impasse des négociations sur la question des Réparations et des dettes de guerre. En juin 1919, la Conférence de la paix s'était achevée sans que le montant ni le rythme des paiements de réparations fussent fixés, sans que le problème des changes eût été abordé et après que l'on eut écarté l'éventualité d'un emprunt de reconstruction. Les Alliés se bornèrent à exiger un premier versement de

1. H. Morsel, « La position financière et économique de l'Europe au lendemain de la Première Guerre mondiale », *Relations internationales,* n° 8, 1976, p. 315.
2. L'emprunt d'avril 1919 constitue le dernier prêt public important aux Européens (1,5 milliard de dollars). Les deux emprunts lancés aux États-Unis par les Européens en 1919-1920 rapportèrent 600 000 dollars. Cf. D. Artaud, *la Reconstruction de l'Europe,* Paris, Colin, 1973, p. 15.

20 milliards de marks-or avant le 1$^{er}$ mai 1921 et à proposer la création d'une commission des Réparations. En apparence, cette décision permettait de concilier les exigences divergentes des Alliés, qui oscillaient de 40 milliards de marks-or pour J. M. Keynes à une fourchette de 124-188 milliards pour les Français et jusqu'à 230 milliards pour Lord Cunliffe. En fait, le report de la fixation du montant des Réparations permettait aux autorités de bénéficier de l'apaisement des passions partisanes pour consolider leur position économique. Engagés dans une triple course de vitesse avec leurs concurrents européens — y compris l'Allemagne —, les États-Unis et l'évolution de leur situation intérieure, les gouvernements français et anglais cherchaient à éviter tout affrontement direct et à empêcher l'établissement d'hégémonies rivales. Cette délicate politique d'équilibre renforçait les incertitudes monétaires et politiques, d'autant que, dès février 1919, les Britanniques se montraient sceptiques sur les perspectives d'une pression à long terme exercée contre l'Allemagne [1].

L'échec de la Conférence de la paix renforçait la position américaine, à un moment où les vainqueurs européens se trouvaient à court de crédits pour amorcer leur reconstruction. Mais il la rendait également plus difficilement tenable à moyen terme : garder des créances sur l'Europe, protéger la valeur du dollar et assurer la force de Wall Street face à la City n'était concevable que si l'Europe retrouvait son équilibre économique. Aussi les plans élaborés en 1919-1920 [2] présentent-ils comme une nécessité ce que Keynes avait avancé dès avril 1919 : l'internationalisation du règlement — désormais conjoint — des Réparations et des dettes constitue une garantie politique face aux exigences nationalistes, en même temps qu'une condition de la reprise économique grâce à la caution des États-Unis. Cette solution présentait l'avantage, pour les

1. Lloyd George et ses ministres estimaient à « dix ans » la durée maximale de pression que l'on pouvait exercer sur l'Allemagne ; cf. Archives britanniques, Public Record Office, *Minute du Conseil des ministres du 25 février 1919,* cab. 23, n° 9, n° 536.
2. Deux plans proposés lors de la Conférence de la paix influencèrent le débat sur les dettes et les Réparations : celui de Keynes (avril 1919) et la réponse américaine (mai 1919). Après leur échec, le mémorandum d'Amsterdam (janvier 1920) propose une synthèse, inspirée des conceptions des milieux d'affaires occidentaux.

autorités monétaires, d'évaluer le lien véritable existant entre une politique économique définie et le comportement du marché face à l'évolution de la situation politique internationale. Mais cela ne résolvait pas la question essentielle de savoir si l'Europe allait au désastre économique ou si elle disposait des éléments nécessaires à une reprise rapide de l'activité. La nature de la relance de 1920 ne manqua pas de conforter les inquiétudes des Américains sur l'incurie financière des Européens, tandis que ces derniers déploraient le désintérêt des Américains. Les antagonismes commerciaux se doublaient ainsi d'une opposition idéologique sur les modalités d'une restauration/rénovation de la puissance européenne.

Que reste-t-il de la résolution unitaire des combattants d'août 1914? L'expérience de la mort et la compagnie quotidienne de la peur ont progressivement sapé les contreforts du consensus instauré en 1914 et engendré des sentiments contradictoires. Au nom des souvenirs immédiats de la guerre, les anciens combattants dénoncent la barbarie morale des conflits, mais exaltent l'espérance d'une vie que «l'on veut» meilleure [1]. L'ampleur des dévastations apparaît à certains contemporains comme le signe de civilisations désormais figées et vouées à un déclin irréversible [2]. Cependant, quatre années de privations donnent à la paix et au modèle démocratique une valeur symbolique exceptionnelle : la guerre a aussi exacerbé les aspirations au bien-être, à la propriété et à la sécurité morale ou financière. Comment ne pas imaginer que le resserrement des sociétés sur elles-mêmes face au danger militaire ne puisse trouver sa traduction après 1918? Mais la fraternité du temps de guerre relève à la fois d'une valorisation idéologique, conduisant au conformisme — voire à l'intolérance — par la recherche de la cohésion nationale, et d'une solidarité circonstancielle — liée à l'expérience d'une guerre subie — qui suffisent à donner aux choix personnels ultérieurs une légitimité irréfutable.

1. Cf. A. Prost, *les Anciens Combattants et la Société française, 1914-1939,* Paris, Presses de la FNSP, 1977, 3 vol., et *les Anciens Combattants,* Paris, Julliard, coll. «Archives», 1977, p. 35-39.
2. C'est le moment de la parution en France du livre d'O. Spengler, *le Déclin de l'Occident,* écrit en 1917. On le rapprochera des analyses de Paul Valéry dans *la Crise de l'Esprit,* avril 1919.

Ces ambivalences expliquent l'effritement rapide du consensus social après 1918, en même temps que la recherche d'une cohérence interne face aux incertitudes. Cette quête d'identité concerne des catégories transnationales — comme les anciens combattants —, des groupes socioprofessionnels, voire un pays tout entier. La mobilisation prolongée avait entraîné l'apparition d'un concept à la fois moral et politique : l'«esprit combattant». Forgée au nom de l'intérêt général, cette notion est progressivement détournée de son sens après la fin de la guerre et devient le prétexte d'une courte mais violente manifestation de conformisme idéologique et social. De ce point de vue, l'exemple américain est le plus significatif parce qu'il révèle l'ambiguïté de la croisade patriotique. Dès janvier 1919, l'opinion publique s'inquiète de la vague de grèves et de violences qui semble menacer l'Amérique. Après la grève générale de Seattle et celle de la police de Boston, en septembre, l'intervention du gouvernement fédéral et la multiplication d'émeutes spontanées «anti-rouges» donnent naissance à la Red Scare. Celle-ci coïncide avec la résurgence du Ku-Klux-Klan, rassemblant la petite bourgeoisie blanche protestante autour de la défense de la civilisation, des foyers et de la morale. Enfin, l'application du 18e amendement sur la prohibition de l'alcool représente la victoire du monde des campagnes, de la petite ville, des classes moyennes protestantes sur le monde «matérialiste, jouisseur et laxiste» des grandes villes.

Au-delà des différences nationales, l'état d'esprit du temps de guerre se traduit donc par une volonté moralisatrice de portée générale. Celle-ci laissa des traces profondes : suspicion renforcée à l'égard de l'intervention de l'État et des politiciens, méfiance nouvelle à l'égard d'un syndicalisme où beaucoup voient l'influence des bolcheviks après la création de la IIIe Internationale, ignorance surtout de la vie publique parce que les combattants croient à l'existence d'une collectivité nationale supérieure aux intérêts de classe, tandis que la génération nouvelle manifeste peu d'intérêt pour la politique. A vrai dire, ces modes de pensée prolongent de façon caricaturale les tensions suscitées pendant la guerre entre les paysans et les ouvriers, entre les nouveaux riches et les rentiers ruinés ou les pauvres. Mais, alors que la guerre avait estompé les différences sociales au profit de la valorisation des collectivités nationales, la paix fait resurgir avec une intensité particulière les antagonismes de classes ou ethniques : les anciens combattants, les ouvriers et les minorités raciales refusent d'être tenus en lisière des sociétés restaurées.

Ce rapport de forces se trouve exacerbé par la prise de conscience de la fragilité des régimes politiques, face aux bouleversements issus de la guerre et de la révolution russe. Au cours de l'année 1919, les tentatives de révolution nationale et sociale dans les empires vaincus, les flambées de grèves violentes dans les démocraties victorieuses sont le signe d'une interrogation sur l'avenir politique de l'Europe. La vacance du pouvoir, en Europe centrale, ou l'épuisement des régimes vainqueurs ne suffisent pas à expliquer cette situation : le mouvement spartakiste, les révolutions agraires et les revendications syndicales traduisent conjointement la dégénérescence des groupes sociaux dominants et la recherche de modèles originaux. Ainsi se mêlent inextricablement la crainte devant la vague révolutionnaire venue de l'est et la volonté d'utiliser ce mouvement pour promouvoir des réformes. Cela explique les hésitations des différents protagonistes et le caractère inachevé ou l'échec des tentatives révolutionnaires. En Italie, ni la CGL, ni le parti socialiste ne sont capables de canaliser les mouvements de grève et ils se contentent de les utiliser pour annoncer le « châtiment » inéluctable de la bourgeoisie [1]. De même, en Europe centrale et orientale, on compte vingt et un pays touchés par les réformes agraires, mais le reflux de la vague agrarienne s'amorce dès le début des années vingt, ce qui laisse la modernisation économique et sociale inachevée. Le triomphe des démocraties s'associe avec la renaissance des conflits de classes et la constitution de partis de masse parmi la paysannerie, les classes moyennes et, dans une moindre mesure, le prolétariat ouvrier [2].

Il convient cependant de ne pas exagérer l'ampleur de ce désarroi. Certes, les avant-gardes culturelles — en particulier

---

1. En 1919, Treves, l'un des dirigeants du parti socialiste italien, prononça devant la Chambre des Députés un discours que l'on a intitulé « le discours du Châtiment ».

2. Ainsi, la naissance du mouvement fasciste en 1919, à Milan, et le rôle du parti agrarien tchécoslovaque dirigé par A. Svehla.

le mouvement Dada et l'expressionnisme allemand — fondent
leur démarche sur la triple dénonciation d'une société qui a
rendu la guerre possible, d'une science dont les progrès ont
servi à la disparition d'une génération et d'un nationalisme
présenté comme le terreau des affrontements futurs. Mais il
s'agit davantage d'une désarticulation de la pensée et de l'art
sans répercussion sensible dans l'opinion, au moins jusqu'à
l'apparition du mouvement surréaliste. Il conviendrait plutôt
d'évoquer l'incertitude des opinions publiques face à l'accélération des mutations sociales entamées depuis le début du
siècle. La transformation de la condition féminine représente
l'aspect le plus spectaculaire. L'uniformisation des modes de
vie, la réduction des écarts salariaux, l'insertion des femmes
dans les luttes sociales et surtout — dans les pays anglo-
saxons — la reconnaissance progressive de l'égalité juridique,
avec l'obtention du droit de vote, sont autant de signes d'une
homogénéisation des sociétés. Après avoir remplacé l'homme
pendant la guerre, la femme devient libre de choisir son
métier, de fréquenter seule les endroits publics ou de demander le divorce pour cause d'adultère. Les conditions économiques du temps de guerre ont ainsi constitué le préalable indispensable à l'émancipation féminine des années vingt. Certes,
cela ne suffit ni à garantir le maintien des positions acquises
— notamment dans les campagnes —, ni à permettre un
amalgame complet des conditions ; mais il s'est produit un
phénomène de clapet qui a rendu irréversible l'irruption des
jeunes filles dans l'enseignement secondaire et des femmes sur
le marché du travail. Ce rééquilibrage s'inscrit dans un mouvement plus général de redistribution de la richesse nationale :
l'alourdissement de la fiscalité et l'augmentation des droits de
succession, dans les pays anglo-saxons, l'imposition partielle
sur les bénéfices de guerre entraînent une fermeture relative de
l'éventail des revenus. Plus qu'un bouleversement des conditions, la guerre a entraîné la disparition de préjugés sociaux,
sous l'effet de la mobilisation des énergies.

## Le mythe du retour à la normale

*Les fragilités de l'Europe de Versailles.*

Alors que Clemenceau avait proclamé, lors de la signature du traité de Versailles, le 28 juin 1919, l'établissement d'une paix « durable et définitive », l'ambition des « faiseurs de paix » se trouve menacée d'emblée par la perte de contrôle partielle de l'Europe sur son propre destin. Celle-ci se manifeste d'abord au plan diplomatique : les traités ne fondent pas le nouvel ordre international sur un consensus accepté par les grandes puissances, puisque la Russie et l'Allemagne ont été écartées de leur élaboration et que l'application des traités suppose le fonctionnement de garanties internationales, donc la participation des États-Unis. En outre, la création de la SDN implique une mondialisation des rapports internationaux qui confère aux problèmes diplomatiques une dimension nouvelle, en même temps qu'elle interdit à l'Europe de les régler par des conférences ponctuelles comme au XIX$^e$ siècle. Ainsi, la légitimité de l'Europe de Versailles est-elle doublement aléatoire. Elle repose sur la participation égalitaire de toutes les grandes puissances ; or, les Américains peuvent craindre que la victoire ne donne à l'Angleterre les moyens de restaurer sa suprématie mondiale. La SDN représenterait pour eux un faux-semblant de démocratie internationale, tandis que les Européens fondent l'élaboration d'un nouvel ordre international sur une coresponsabilité avec les États-Unis. Dans le même temps, l'hostilité de l'Allemagne, de la Russie puis de l'Italie aux traités conduit, de fait, à la division de l'Europe en deux blocs antagonistes : celui des démocraties libérales du défenseur du *statu quo,* et celui des États révisionnistes adversaire de cet ordre idéologique et institutionnel. Loin de constituer un système international « modéré », les traités instaurent une situation « révolutionnaire » [1], sous l'apparence de la cohérence et d'une certaine homogénéité diplomatique.

L'ébranlement des impérialismes concrétise la remise en

1. Opposition formulée par H. Kissinger, in *le Chemin de la paix,* trad. fr. Paris, Denoël, 1972, p. 121.

cause de l'omniprésence européenne. La mobilisation économique et démographique des colonies a permis l'avènement
d'industries locales, la diffusion d'idées nouvelles et la prise
de conscience d'une possible contestation de l'ordre colonial.
De plus au Moyen-Orient et en Chine, les concessions accor-
dées par les Européens pour protéger le canal de Suez et
entraîner l'intervention chinoise en 1917 ont accéléré le réveil
des nationalismes locaux : à la Conférence de la paix, la Chine
réclame l'abrogation des « traités inégaux ». Face à cette prise
de parole, l'Europe est d'autant plus désarmée que ses intérêts
ne peuvent plus être défendus au nom de la justice universelle.
Dès 1919, les idéaux wilsoniens et l'expérience bolchevique
ont une valeur messianique qui rend idéologiquement caduc le
mythe du rayonnement civilisateur de l'Europe. Ainsi le principe du *self-government* inspire-t-il la mise en place du système des mandats territoriaux, sous l'égide de la SDN. Même
si l'accession au *self-government* doit être progressive et ne
règle pas le problème de la dépendance économique, l'objectif
est bien d'« assurer le développement des territoires au bénéfice de ceux qui y vivent ». Parallèlement, les deux premiers
congrès de l'Internationale communiste, en 1919 et en 1920,
se proposent d'encourager les mouvements d'émancipation et
de lutter contre l'impérialisme, décrit comme fondement de la
stabilité du capitalisme.

Enfin, la restauration des échanges internationaux s'opère
au détriment de l'Europe. Les nations occidentales se montrent d'abord soucieuses de reconquérir les positions abandon-
nées aux Japonais et aux Américains, en même temps qu'elles
intensifient leurs liens avec leurs colonies. L'Europe orientale,
victime de sa balkanisation politique, trouve des débouchés
insuffisants pour ses produits agricoles et — compte tenu des
droits de douane élevés, de son faible pouvoir d'achat et de
son degré d'industrialisation — constitue un marché restreint
pour les produits manufacturés d'Europe occidentale. A cela
s'ajoute le retrait de la Russie dans l'échange international : en
1913, les pays européens fournissaient 72 % des importations
russes et recevaient 88 % des exportations [1]. L'absence russe

    1. A. Rowley, *l'Évolution économique de la Russie de 1850 à 1914,* Paris,
SEDES, 1982, p. 160.

et les divisions locales laissent l'Europe face à la perspective d'une coopération inégale avec les États-Unis.

Certes, les vainqueurs européens disposent de la puissance militaire, des atouts politiques et juridiques tirés du traité de Versailles, puis de la mise en place de la SDN et de la perspective des Réparations. Ils ont donc les moyens de pratiquer une politique de force pour faire respecter leurs intérêts. Mais sont-ils encore capables de définir des objectifs communs ? Trois problèmes majeurs permettent d'en douter. La fin de la guerre voit la résurgence des rivalités européennes en Méditerranée : Français et Britanniques s'opposent sur le conflit gréco-turc, sur la question du contrôle des Détroits et se disputent des zones d'influence en Syrie et en Irak. En revanche, ils s'accordent facilement pour ne pas soutenir activement les revendications italiennes sur les terres irrédentes, contestées à la Yougoslavie : les Français craignent l'expansionnisme italien dans l'Adriatique et les Britanniques entretiennent cette division franco-italienne, dans l'espoir de conserver leur contrôle sur la Méditerranée.

La désunion entre vainqueurs se retrouve également dans les inquiétudes européennes, après le rejet du traité de Versailles par le Sénat américain en mars 1920. Les Européens y virent une manifestation d'égoïsme, alors que les États-Unis avaient toujours refusé de diluer leur indépendance dans des organismes internationaux pendant le conflit. Le terme même d'«isolationnisme» utilisé par les Européens dénote leur incompréhension de l'attitude américaine, puisque les Américains parlent d'«indépendance» et n'évoquent pratiquement jamais l'isolationnisme jusqu'en 1924[1]. En fait, les États-Unis souhaitent concilier des champs diplomatiques et économiques divergents : ils sont soucieux de rétablir leur influence en Amérique centrale et au Mexique, d'écarter la menace de la concurrence japonaise sur le marché chinois et de consolider leur influence financière et économique en Europe. La garantie d'une complète liberté de manœuvre était donc constitutive de la politique américaine ; elle correspondait en fait à la volonté d'intervenir dans le jeu international au nom de leur strict intérêt. Cette attitude ne différait guère de celle adoptée

1. Cf. l'analyse de S. Aldler, *The Uncertain Giant 1921-1941. American Foreign Policy Between the Wars*, Londres, 1969.

par les Européens avant 1914, mais elle était difficilement
compréhensible pour ces derniers parce qu'elle impliquait que
la supériorité économique des États-Unis s'imposât à la légitimité politique des revendications européennes.

En ce sens, l'immédiat après-guerre révèle des clivages
nationaux et conceptuels qui se cristallisent autour d'un thème
essentiel, celui de la sécurité. L'objectif majeur de l'Allemagne est de se réinsérer dans le système international, afin de
pouvoir participer à la reconstruction économique de l'Europe
et d'obtenir une révision partielle du traité de Versailles.
Compte tenu du rapport des forces en 1919 et des limitations
apportées à ses moyens d'action diplomatiques, la politique
allemande demeure, dans un premier temps, fondée sur une
révision pacifique des traités. Celle-ci correspondait aux objectifs du ministère des Affaires étrangères, à l'idéologie des
partis dominants jusqu'aux élections de 1920[1], mais également à l'attitude des milieux d'affaires, enclins à faire de la
restauration de la primauté industrielle allemande l'instrument
d'une politique extérieure dirigée contre l'expansionnisme
français[2]. Cette politique rencontrait en partie les intentions
des Anglo-Saxons. Ces derniers souhaitaient à la fois maintenir un équilibre entre les puissances continentales pour empêcher l'instauration d'une hégémonie française, utiliser le poids
des forces conservatrices allemandes contre l'extension du
bolchevisme en Europe centrale, et donner à l'Allemagne des
garanties suffisantes afin de désamorcer ses velléités revan-
chardes. Cependant, au-delà de ces objectifs communs, les
Britanniques entendaient utiliser le problème de la sécurité
comme moyen de rétablir leur domination mondiale face aux
États-Unis. Au moment où le principe du *two-powers standard* était menacé par la montée des impérialismes navals
japonais et américain et par l'avènement de l'arme aérienne,
une réorganisation financière sous le contrôle britannique apparaissait comme l'assise d'une paix durable[3]. Ces attitudes

1. Il s'agit du parti social-démocrate (SPD), des démocrates du DDP et des
catholiques du « Centre ».
2. G. Castellan, *l'Allemagne de Weimar, 1918-1933,* Paris, Colin, 1969,
p. 58, et G. Raphaël, *Walther Rathenau, ses idées et ses projets d'organisation économique,* Paris, 1919.
3. M. Gilbert, *The Roots of Appeasement,* Londres, 1966, p. 30-38.

se définissaient en regard de la position de la France. En effet, bien que celle-ci n'eût pu assurer sa sécurité par le contrôle permanent de toute la frontière rhénane et en raison de la non-ratification du traité de garantie franco-américain, elle occupait militairement pour quinze ans la rive gauche du Rhin, avec des possibilités théoriques de prolongation si les conditions de sécurité ou de Réparations n'étaient pas accomplies. La France, privée des garanties interalliées, se trouvait incitée à fonder sa sécurité sur une stratégie à court terme exploitant les mouvements autonomistes et séparatistes allemands, tout en déployant un impérialisme diplomatique et économique en Europe centrale afin de répondre à son propre isolement par celui de l'Allemagne [1].

Chaque puissance, dès lors, tente de bâtir sa propre construction idéologique et politique. Anglais et Américains n'imaginent pas que le problème de la sécurité puisse se poser, dans la mesure où le traité de Versailles a « extirpé » les racines du militarisme allemand. De même, Français et Allemands attachent une importance inverse au poids des forces du moment (politiques et militaires) et des forces profondes (démographiques et économiques). Ces visions imaginaires d'un nouvel ordre mondial deviennent désormais des « savoirs » qui menacent l'équilibre international puisqu'ils prétendent l'ordonner.

### *Déséquilibres économiques et incertitudes diplomatiques.*

Pour consolider l'équilibre diplomatique de Versailles, il importait que l'année 1920 coïncidât avec la stabilisation monétaire et la reprise de la production. En apparence, les premiers mois confirmèrent ce diagnostic : en mars, la courbe des principaux indicateurs économiques atteignit son sommet depuis 1918, et l'indice de la production industrielle rejoignit presque celui de 1913. Pour les autorités monétaires, les effets combinés de la hausse des taux d'intérêt et de la réduction de

---

1. G. Soutou, « L'impérialisme du pauvre : la politique économique du gouvernement français en Europe centrale et orientale de 1918 à 1929 », *Relations internationales,* n° 7, 1976, p. 218-239. Sur l'ensemble des rapports franco-allemands, cf. J. Bariéty et R. Poidevin, *Les Relations franco-allemandes, 1815-1975,* Paris, Colin, 1977.

la circulation fiduciaire avaient permis d'obtenir ce résultat positif. A l'arrêt « automatique » de l'inflation par le resserrement du crédit, devait succéder une politique d'encouragement à l'épargne pour financer la reprise des échanges et la reconstruction.

En fait, l'ampleur du décalage avec la réalité économique ne laisse pas de surprendre. Dès le mois d'avril 1920, l'indice de la production manufacturière britannique perdit plusieurs points sur son homologue américain, suivi par les indices européens et japonais au cours de l'été. Parallèlement, la baisse de l'argent métal affecta les commandes des industries de base vers les pays neufs et les colonies. En novembre, la parité des monnaies européennes vis-à-vis du dollar retombait à son niveau plancher. Ainsi, les autorités monétaires se révélaient incapables de rétablir des conditions économiques stables, alors qu'elles avaient entrepris, depuis la fin de l'année 1919, de pratiquer une politique déflationniste. Ce gauchissement engendra un effet cumulatif consolidant la tendance à la baisse : en Angleterre, l'épargne aux mains des particuliers diminua, en volume, de 40 % entre avril 1920 et juillet 1921. Il devenait impossible d'appliquer la deuxième partie du projet de redressement économique, puisque le retournement de la confiance des milieux financiers incitait les investisseurs à l'inaction. L'ambition initiale des gouvernements se réduisait à la sauvegarde des parités monétaires, avec des moyens inadaptés par leur ampleur et leur manque de souplesse. Le dérèglement du crédit intérieur et la précarité des flux de crédits internationaux montraient que les causes de l'inflation n'étaient pas résorbées.

Dans la mesure où chacun croyait être revenu à une économie de quasi-plein-emploi comparable à celle d'avant-guerre, cette erreur d'appréciation est-elle compréhensible ? Elle repose en premier lieu sur une mauvaise estimation de l'ampleur du réajustement agricole. Pendant la guerre, l'augmentation de la demande des produits agricoles avait entraîné, aux États-Unis, un doublement des prix et une hausse de 75 % dans les pays neufs. Cette hausse constitua un stimulant pour l'accroissement des quantités produites mais le rétablissement de la production européenne et la reconstitution des flottes commerciales entraînèrent une crise massive de surproduction. Si la crise était prévisible, son ampleur surprit : les prix agricoles américains diminuèrent de moitié en un an, revenant à un niveau proche de celui de 1913. Loin de favoriser un rétablissement des circuits d'échanges traditionnels, ce réajustement brutal déclencha une « crise des ciseaux », d'autant plus longue que la rigidité des coûts de production et la relative flexibilité de la production industrielle permirent de limiter la baisse des prix industriels.

Il n'en reste pas moins que cette baisse — de l'ordre de 20 à 30 % — entraîna la généralisation de la crise. Celle-ci se développa en deux temps. Au cours de l'été 1920, furent touchées les industries qui avaient connu une croissance spectaculaire grâce à la guerre et développé une capacité de production supérieure aux possibilités d'absorption d'un marché dont la stabilisation avait été accélérée par le resserrement du crédit et la baisse des prix. Puis, les industries — tels les transports — dont la prospérité dépendait d'une relative élasticité des marchés furent les principales victimes du renouveau de la concurrence, de la multiplication des barrières douanières et de l'instabilité des changes. Dans ce processus, la responsabilité des pouvoirs publics apparaît décisive : pour trouver du capital, les entreprises devaient pratiquer une politique de déstockage, ce qui accentuait encore les incidences de la baisse des prix. En outre, réduire l'inflation par une baisse générale des revenus et des prix ne représentait pas un simple changement d'échelle : l'effet psychologique néfaste de la baisse des prix était d'autant plus important que la reprise des achats serait plus lente et modifiée dans sa répartition par l'ampleur de la déflation.

On ne peut donc parler d'erreur d'appréciation : débarrassés des échéances électorales et des exigences de la démobilisation, les gouvernements des pays vainqueurs ont entrepris, à des degrés divers, une action d'assainissement. De ce point de vue, il convient plutôt d'évoquer leur responsabilité conjointe dans le déclenchement de la crise que de l'attribuer aux États-Unis. En privilégiant la lutte contre les facteurs monétaires, au nom de la théorie quantitative de la monnaie et des prix, les pouvoirs publics ont exclu l'éventualité d'une régulation généralisée des échanges. La crise a ainsi consolidé la force de l'économie dominante : le stock d'or monétaire des États-Unis augmente de

57 % de 1920 à 1924, et passe de 30 à 44 % du total mondial. A l'inverse, la restriction des crédits américains touche simultanément l'Europe, victime du *dollar gap* — ce qui conduit la plupart des pays d'Europe orientale à pratiquer une politique de laxisme monétaire —, et les pays bénéficiaires de la guerre, frappés par la réduction des importations américaines.

L'hypothétique solidarité économique internationale élaborée en 1919 apparaît définitivement compromise. La crise entraîne tout d'abord le retournement de la conjoncture internationale sur le marché des produits bruts. Les termes de l'échange se dégradent au détriment des pays dominés et la stagnation de la demande de matières premières se prolonge jusqu'en 1924. En second lieu, la crise confirme le retour aux pratiques protectionnistes : en 1921, les États-Unis portent leurs droits de douane à 30 %, puis à 33 % en 1922 ; de même, la Grande-Bretagne protège ses industries traditionnelles par une taxe de 33 % sur les produits étrangers concurrents. L'abandon du principe wilsonien de la non-discrimination commerciale handicapait particulièrement les nations vaincues, qui s'étaient vu imposer la clause de la nation la plus favorisée, sans réciprocité, pour une durée de trois à cinq ans.

La crise économique conduit surtout à une exaspération des tensions internationales sur le problème des Réparations. Leur paiement n'apparaît plus seulement comme le préalable au relèvement de l'Europe, mais comme le moyen de résorber le déficit budgétaire et d'arrêter la dépréciation monétaire. Cependant, ces préoccupations se doublent de deux interrogations nouvelles, surgies à la faveur de la crise : convient-il de privilégier une solution économique ou financière, de favoriser une relance généralisée ou l'exécution du traité ? Comment établir l'ordre des priorités nationales et la capacité réelle de paiement de l'Allemagne, touchée par une inflation galopante ? Dans un premier temps, le développement de la crise incite les vainqueurs à privilégier ce dernier point. Après que la répartition entre Alliés des Réparations à percevoir fut fixée à la conférence de Spa[1], la conférence de Londres, en

---

1. En juillet 1920, la part de chaque bénéficiaire s'établit ainsi :

|               |                       |
| ------------- | --------------------- |
| France 52 %   | Belgique 8 %          |
| Royaume-Uni 22 % | Pays balkaniques 6,5 % |
| Italie 10 %   |                       |

mars 1921, détermine un montant compris entre 200 et 226 milliards de marks-or. Chiffre considérable, qui correspondait aux estimations les plus optimistes proposées par Lord Cunliffe à la Conférence de la paix. Le poids des passions partisanes et les promesses affichées pendant les campagnes électorales conduisent les hommes politiques à exiger des transferts financiers à court terme, dans l'espoir de sortir de la récession économique sans briser les cadres de l'économie libérale du XIXᵉ siècle. Par une singulière inversion de leurs analyses initiales, Briand et Lloyd George se rejoignent pour préconiser une politique de force contre l'Allemagne [1]. Après la fixation définitive du montant des Réparations à 132 milliards de marks-or, en avril 1921, les Alliés exigent l'acceptation de ce chiffre par les Allemands, sous la menace d'une occupation de la Ruhr.

Mais l'accord du nouveau gouvernement allemand, dirigé par Wirth, ne règle en rien le problème. Il ouvre en fait la voie à une série d'actions diplomatiques où s'affrontent des projets économiques antagonistes. La tentative de rapprochement franco-allemand constitue la première manifestation de ces reclassements internationaux. En apparence, l'accord de Wiesbaden, signé le 6 octobre 1921 entre Rathenau et Loucheur, correspond à une vision complémentaire de la « réalisation » des Réparations. La livraison d'importantes quantités de charbon et de produits industriels lourds pouvait permettre à la France de reconstruire ses régions dévastées et à l'industrie allemande de disposer d'un marché élargi. Cet accord s'inscrivait dans la ligne du projet sidérurgique élaboré par J. Seydoux en 1919, tandis que les Allemands voyaient dans la coopération industrielle une manière d'éviter le recours à la politique des « gages productifs ».

Mais ce système ne constituait nullement un moyen d'éluder le problème monétaire des transferts. La fourniture gratuite de biens manufacturés par l'Allemagne bouleverserait autant les circuits commerciaux internationaux qu'un fort excédent d'exportations ; d'autre part, le fait pour l'Allemagne de payer sur son budget la production de biens qui ne lui

---

1. En avril 1921, Briand parle de « mettre la main au collet » de l'Allemagne et Lloyd George pense que « l'Allemagne peut et doit payer ».

profiteraient pas était aussi inflationniste que la charge budgétaire consacrée aux paiements en espèces. L'accord apparaît en fait inspiré par des considérations politiques à court terme. Rathenau cherchait à éviter l'occupation de la Ruhr par la France et à consolider l'image diplomatique de l'Allemagne, en arguant de sa « bonne volonté » mais de son impuissance financière [1]. Quant aux Français, divisés sur l'opportunité du projet, ils entendaient l'utiliser comme élément des négociations avec l'Angleterre. En tout état de cause, les deux camps n'avaient rien proposé qui fût susceptible de pallier la réduction du portefeuille commercial du Système fédéral de réserve américain [2]. Au contraire, l'accord de Wiesbaden avait accentué les craintes anglo-saxonnes face à la menace d'un impérialisme économique français, instauré sur les ruines du système des Réparations.

De ce point de vue, la conférence de Washington sur le désarmement traduit les volontés anglo-saxonnes de réorganisation diplomatique et constitue une riposte aux initiatives françaises. Le thème de la conférence — la réduction des armements navals — paraît sans lien direct avec le problème des Réparations. En fait, ses résultats allaient concrétiser les clivages diplomatiques. En échange de la parité navale avec les États-Unis et du moratoire sur les constructions, la Grande-Bretagne abandonnait à la fois son alliance avec le Japon, l'éventualité de participer à un front des débiteurs européens face aux Américains et la possibilité de renoncer à ses créances interalliées, puisque les États-Unis n'abandonnaient pas les leurs. En pratique, les Anglais entérinaient la position des Américains, qui se refusaient à reconnaître une quelconque liaison entre les Réparations et les dettes. L'esquisse d'un axe Londres-Washington se trouvait confortée par la mise à l'écart de la France. Réduite à la parité navale avec l'Italie — ce qui

---

1. La première hypothèse est avancée par J. Bariéty, _op. cit._; la seconde semble justifiée par la demande de moratoire formulée le 14 décembre 1921 pour les échéances de janvier et de février 1922.

2. Évolution du portefeuille américain en valeurs européennes :

| | | | |
|---|---|---|---|
| _1914_ | 195,5 (millions de dollars) | _1920_ | 1 578 |
| _1919_ | 1 489 | _1921_ | 1 113 (juin) |
| | | | 659 (décembre) |

créait un motif de rivalité en Méditerranée —, la France ne
rencontra aucun soutien à ses propositions de désarmement
terrestre. A l'évidence, la conception économique du désarmement envisagé par les Anglo-Saxons ne recoupait pas les
préoccupations stratégiques françaises.

Pour autant, le rapprochement anglo-américain ne réglait en
aucune manière les problèmes économiques et financiers de
la Grande-Bretagne. Pour que le Royaume-Uni retrouvât son
influence internationale, il fallait associer l'ensemble des
grandes puissances à l'effort de redressement européen : l'ambition de Lloyd George est de démontrer l'inefficacité des
actions individualistes, que celles-ci soient américaines, françaises ou russes. Cet effort constant pour engager un processus
d'accords internationaux représente un des traits originaux du
nationalisme britannique. Écartant l'idée qu'un redressement
économique de l'Allemagne puisse conduire à un danger militaire nouveau, les autorités anglaises entendent contribuer au
rétablissement du libéralisme économique, ultime phase du
retour à la normale. Or, ce projet repose sur la reconnaissance
diplomatique de l'Allemagne et de la Russie bolchevique, à un
moment où s'éloigne la perspective de voir les États-Unis faire
des concessions sur les dettes et où les ravages de l'inflation
conduisent l'Allemagne à multiplier les demandes de moratoire[1]. Le soutien de la France est donc indispensable, en
même temps que l'octroi de concessions en matière de Réparations. Pour y parvenir, les Britanniques ne peuvent proposer
que des avantages diplomatiques, en contradiction avec la
politique de non-engagement poursuivie par le Foreign Office
depuis Versailles.

L'attitude des Britanniques révèle l'incapacité des Européens à proposer une solution économique et diplomatique au
problème des transferts. Après l'échec de la conférence de
Cannes, en janvier 1922, celui de la conférence de Gênes et

1. En février 1922, les États-Unis concrétisent leurs exigences en créant
une commission spéciale pour négocier, avec chaque débiteur séparément, le
règlement des dettes. Parallèlement, l'inflation allemande se développe ainsi :

| | | | | |
|---|---|---|---|---|
| *décembre 1921* : | 1 mark-or | = | 46 | marks-papier |
| *mars    1922* : | — | = | 65 | — |
| *juin    1922* : | — | = | 90 | — |
| *septembre 1922* : | — | = | 349 | — |
| *décembre 1922* : | — | = | 1 778 | — |

surtout la signature simultanée des accords de Rapallo entre
l'Allemagne et la Russie montrent la dépendance des démocraties. D'une part, le rapprochement germano-russe menaçait
l'équilibre géopolitique en Europe orientale et permettait à
l'Allemagne d'exercer une pression diplomatique sur les Occidentaux pour obtenir des aménagements dans le règlement
des Réparations. D'autre part, l'adoption du Gold Exchange
Standard consacrait la suprématie du dollar et revenait à s'aligner sur la politique de stérilisation de l'or, suivie par les
États-Unis depuis 1920. En effet, le choix des deux monnaies
clefs susceptibles de constituer les réserves monétaires des
pays ne doit pas faire illusion : la livre sterling n'était nullement en mesure de concurrencer le dollar, en avril 1922.
Mais, de l'avis même des experts de la SDN, la Grande-Bretagne était le seul pays belligérant à pouvoir rétablir sa parité-or : la valeur d'exemple du retour à la stabilité des monnaies
justifiait rétroactivement le bien-fondé des politiques déflationnistes. Ainsi le Royaume-Uni se trouvait-il doublement
menacé par les contraintes liées au rôle international retrouvé
de la livre et par les fluctuations de l'économie américaine.
L'ébauche de solidarité européenne, entamée au début de
l'année, n'allait guère résister à ces échecs : après l'abandon
du projet de consortium européen pour la Russie, la note
Balfour marque le retour de la diplomatie anglaise à ses
principes d'équilibre et de « moralisation » des relations internationales. A ses yeux, les Réparations et les dettes doivent
être liées, mais il convient de réduire le montant des Réparations afin de ne pas en bloquer le fonctionnement. De plus, le
Royaume-Uni devait donner l'exemple de la réorganisation
financière et consolider sa dette avec les États-Unis. A l'évidence, ces propositions ne pouvaient rencontrer l'assentiment
des Français et des Américains. Car la moralisation britannique impliquait des concessions politiques et financières inac-
ceptables par les gouvernements, les opinions publiques et les
milieux d'affaires. En fait, la décision anglaise parachève
l'isolement des trois puissances dominantes. Celles-ci cam-
pent désormais sur des positions inconciliables, alors que leur
analyse repose sur un constat identique : la nécessité de réorganiser les finances allemandes, d'empêcher une démonétisa-
tion du mark et de fonder cette reconstruction sur un emprunt

international. La multiplication des comités d'experts, le rejet
de leurs résolutions en même temps que la confiance en leurs
capacités à résoudre les antagonismes, autant de symboles des
illusions entretenues tout au long de l'année 1922. C'était
vouloir considérer le problème des Réparations comme le
règlement d'une société en faillite, alors que les experts eux-
mêmes n'échappaient pas au poids des tropismes nationaux [1].

En ce sens, l'occupation de la Ruhr par la France, le
11 janvier 1923, représentait un moyen de sortir de l'impasse
financière et diplomatique. Loin d'être une action irréfléchie,
l'intervention française avait été préparée depuis 1920 et elle
ne surprit nullement les Britanniques, qui l'escomptaient depuis le mois de juillet 1922. Ceux-ci espéraient en retirer un
avantage politique, avec la condamnation de la France par les
États-Unis, et financier, grâce au lancement de l'emprunt
allemand par la Banque d'Angleterre [2]. Le succès initial de
l'occupation résultait ainsi de la passivité volontaire des Anglais, de l'attitude initialement favorable des Américains
— ce qui était inattendu — et de la décomposition financière
et politique de l'Allemagne.

Comment exploiter ce succès ? Beaucoup se sont interrogés
sur l'attitude de Poincaré en septembre-octobre 1923, puis sur
sa volte-face et l'acceptation du comité d'experts chargé de
déterminer la capacité de paiement de l'Allemagne. L'attitude
des Anglo-Saxons représente, à notre sens, le déterminant
majeur de la politique française. La décision de janvier 1923
visait d'abord à faire pression sur les Anglo-Américains en
mettant en évidence la complexité du problème des Réparations. Du point de vue français, les questions du charbon, de la
concurrence sidérurgique, de la fiscalité ou des dettes constituaient des priorités, tout autant que le redressement allemand.
Or, les Britanniques étaient incapables de savoir si l'Allemagne allait au désastre économique ou si elle disposait des

1. Sur le rôle des experts, on consultera l'analyse du discours de
C. Hughes par D. Artaud, *la Question des dettes interalliées et la Recons-
truction de l'Europe*, Presses univ. de Lille, 1976, p. 50-53, ainsi que
D. Mc Intosh, « Mantoux versus Keynes : A note on German income and the
Reparation Controversy », *Economic Journal*, déc. 1977.

2. Cf. R.S. Sayers, *The Bank of England, 1891-1944*, Londres, 1976,
p. 180.

éléments nécessaires à une rapide reprise d'activité. Ils demeurèrent donc dans l'expectative, jusqu'au moment où la menace d'une dislocation politique de l'Allemagne se matérialisa avec le projet d'une entité rhénane autonome. Pour le gouverneur de la Banque d'Angleterre, M. Norman — appuyé par B. Strong, de New York —, la création d'une banque rhénane représentait la fin des ambitions de stabilisation monétaire. Parallèlement, les gouvernements américain et britannique craignaient que l'effacement diplomatique de l'Allemagne ne laissât place à une hégémonie française, sans règlement des Réparations.

Aussi les Anglo-Saxons vont-ils conduire une politique en deux temps. En octobre, les États-Unis se réinsèrent dans le jeu international en participant au comité d'experts, sans que soit posée en préalable la fixation du montant des dettes françaises. A partir de janvier 1924, les Anglo-Saxons exercent une double pression financière pour contraindre la France à assouplir ses positions diplomatiques. Au niveau institutionnel, Norman patronne la politique d'assainissement financier entamée par Schacht, tandis que les banques américaines et allemandes spéculent contre le franc [1]. La double riposte des Anglo-Saxons achève de débloquer la situation internationale et ouvre la voie à l'adoption du plan Dawes. L'initiative de Poincaré apparaît donc à l'origine du processus de normalisation des rapports économiques. Mais, en revanche, la France sort financièrement et diplomatiquement affaiblie de l'épisode, parce qu'elle ne dispose pas des moyens de consolider son avantage initial. Elle doit partager son succès avec ses rivaux, ce qui revient à dépasser le contentieux franco-allemand au profit d'une réorganisation sous l'égide américaine.

---

1. Cf. l'analyse de S. A. Schuker, *The End of French Predominance in Europe,* Univ. of North Carolina Press, 1976.

# 2

*Les incertitudes économiques
et sociales
de l'entre-deux-guerres*

# 1

# *La prospérité et ses limites*

Parce qu'elles échappaient en partie à la prévision et au contrôle humain, les fluctuations économiques des années vingt ont été apparentées aux variations météorologiques. Le ralentissement puis la reprise de l'activité industrielle, les difficultés de l'emploi et l'instabilité des prix ont compromis l'exploitation de la victoire pour les Alliés et un redressement rapide pour les pays vaincus ou dépendants. Pour autant, le retour à la prospérité était une exigence que les gouvernants devaient satisfaire à court terme, dans la mesure où les contemporains s'attachaient essentiellement à comparer la conjoncture avec celle de l'immédiat avant-guerre. Aussi ne peut-on interpréter ces années comme l'illustration d'un conflit entre deux politiques, l'une de conciliation sociale, l'autre de fermeté économique, écartant l'idée d'un quelconque poids supplémentaire qui entraverait le retour à l'équilibre financier. En fait, c'est progressivement que les dépenses, les effectifs et les salaires ont été modifiés : dans des pays traumatisés par le sacrifice démographique de la guerre, les autorités ont longtemps hésité entre une politique de relance — donc de mutation — industrielle et des mesures visant à limiter les conséquences humaines du chômage ou de la pauvreté. Et les experts financiers les plus avertis estimaient qu'il aurait été impossible d'agir autrement, en raison des « milliers de nœuds gordiens » qui liaient l'État à la vie économique.

En 1923, trop d'incertitudes demeurent pour que les gouvernements se tiennent assurés de leurs choix. Le conflit ne se situe pas seulement entre l'économique et le social. L'enjeu, c'est la définition de politiques qui permettent une reconstruction réussie autant que l'assimilation des bouleversements des

sociétés, à l'intérieur de cadres économiques et politiques pour
partie remodelés. Malgré la discrétion des gouvernants sur ce
sujet et l'attention inégale que leur porte l'historiographie, ces
composantes ont contribué, par leur évolution interne et celle
de leurs rapports, à créer des politiques originales dont un des
objectifs essentiels était d'empêcher que le sentiment national
ne s'évanouît devant les difficultés de l'après-guerre. Certes,
nous ne pourrons suivre toutes les controverses et les négociations qui ont concouru à l'élaboration de ces politiques, mais il
faut avoir présentes à l'esprit leur variété et leur influence
quotidienne sur l'orientation des pays. Pourquoi les gouvernements ont-ils privilégié certaines tâches et quels résultats en
escomptaient-ils ? S'agissait-il, pour les Européens, de renouer à la première occasion avec la domination du XIX$^e$ siècle
et, pour les « nouvelles puissances », de s'imposer comme
centre de pouvoir ?

Cette problématique dépasse l'étude de la remise en ordre
des structures économiques. Elle doit inciter à réfléchir sur la
brièveté de la « prospérité des années vingt », à la fois en
regard de celle de la période 1896-1914 et de la croissance
ralentie — ou de la décroissance — des années trente. Jamais
la croissance des années vingt n'a assuré le plein-emploi :
entre 1926 et 1929, l'Europe compte plus de 4 millions de
chômeurs. Comment expliquer les à-coups de la croissance
industrielle et les disparités dans l'amélioration du revenu
national ? La « stagnation » évoquée par I. Svennilson trouve-
rait-elle sa justification dans les rythmes discordants du retour
à la normale, qui représenterait alors l'illusion d'un nouveau
départ et non l'apurement des comptes de la guerre ?

Déjà, la crise économique de 1920-1921 et l'affaire de la
Ruhr avaient montré combien l'idée du retour à la stabilité
recouvrait des acceptations divergentes. Réduire les affrontements à l'interprétation et à l'application du traité de Versailles constituait un moyen commode d'échapper à une hypothétique remise en ordre, au nom de l'équilibre antérieur à 1914.
C'était surtout privilégier l'efficacité de mesures domestiques
que chacun s'ingéniait à présenter comme les conditions du
rétablissement de la prospérité. Plus la dépendance financière,
diplomatique et économique des pays s'accentuait, plus les
décisions étaient ethnocentrées. De ce point de vue, l'analyse

des politiques économiques met en évidence le conflit existant entre les tropismes coutumiers des nations et les réalités de la puissance. Mais l'évolution de la conjoncture, les modifications du système économique mondial et les rivalités nationales vont contribuer à dissiper les illusions. En définitive, les années qui précèdent la crise de 1929 ne sont-elles pas l'illustration d'une double gageure : celle des Européens de refuser la fatalité du déclin, et celle des nouvelles puissances de s'assurer une zone de prospérité, à l'abri des tempêtes économiques ?

## Le temps des experts

Avec les turbulences économiques et sociales de l'après-guerre, le personnage de l'homme d'affaires éclectique s'estompe devant celui du spécialiste. Croire qu'en déterminant de façon scientifique ou objective les possibilités des économies on résoudrait leurs problèmes structurels, n'était pas une idée neuve. Le contrôle que les autorités avaient exercé pendant quatre ans sur la production et les marchés avait constitué une première tentative réussie de gestion macro-économique. Mais, après la guerre, les experts furent investis d'un rôle qui dépassait largement leurs attributions initiales. Face aux mouvements de fond qui affectaient le système capitaliste, ils devaient réconcilier la théorie économique avec la réalité. Comparable en cela à l'homme d'État idéal, l'expert a pour tâche de diagnostiquer le mal et de proposer des remèdes qui satisfassent les ambitions de l'homme politique et les aspirations de l'électeur.

Après la crise de reconversion de 1921, trois sujets majeurs d'inquiétude ressortent des analyses contemporaines : les dérèglements démographiques, qu'il s'agisse de l'affaissement du rythme occidental, de la menace d'explosion en Europe orientale ou de la montée généralisée du chômage ; l'avenir incertain des paysans, bénéficiaires de la reprise de 1906 et surtout de la demande du temps de guerre ; enfin, la place des industries traditionnelles dans un tissu économique en cours de recomposition. L'argument démographique tient une place prépondérante dans les analyses historiques, en raison de la

propagande hitlérienne des années trente, du *baby boom* inattendu de l'après-guerre et surtout du cas spécifique de la
France, victime de son faible taux de natalité antérieur et de
ses pertes de guerre [1]. En fait, la majorité des pays européens
connut, dans les années vingt, un taux d'accroissement naturel
voisin de 1,5 %. Plus que l'affaissement démographique, le
déséquilibre entre l'augmentation de la population en âge de
travailler et l'accroissement de la production industrielle nécessitait une adaptation délicate.

En Europe centrale et méridionale, le cloisonnement de
l'espace interne et le tarissement des possibilités d'émigration
vers l'Amérique du Nord constituaient de sérieux goulets
d'étranglement. Ces pays amorçaient leur transition démographique, et, bien que le taux de fécondité eût commencé de
décroître en Pologne et en Roumanie avant 1914, le rythme
d'accroissement de ces populations était double de celui de
l'Europe du Nord et supérieur de moitié à celui de l'Europe
occidentale. Avec la disparition de l'Empire austro-hongrois,
l'émigration devenait le principal exutoire à la surcharge démographique. Mais seuls 318 000 ressortissants s'installèrent
chaque année à l'étranger entre 1921 et 1930, chiffre trois fois
inférieur à celui d'avant-guerre. Dans ces pays essentiellement
agraires, l'engorgement démographique freinait l'expansion
d'un marché intérieur industriel et accentuait la montée du
chômage, aggravant ainsi les risques de déstabilisation sociale
et politique. La nouvelle législation américaine sur l'immigration explique l'ampleur de cette contraction. Si le vote du
Quota Act, en mai 1921, représentait une mesure temporaire
improvisée, limitant le nombre d'entrées annuelles à 3 % du
nombre des nationaux de chaque pays établis aux États-Unis
en 1910, le National Origins Act de 1924 relevait d'un choix
économique délibéré. Aux yeux des Américains, la complémentarité historique entre leurs besoins de main-d'œuvre et le
courant migratoire européen était dépassée. Seule une immigration européenne qualifiée — esquisse du *brain drain* —
était souhaitable, puisque les immigrants canadiens ou mexi-
cains fournissaient une main-d'œuvre à bon marché. D'où la

1. Ainsi, les articles d'A. Landry sur les conséquences de la dépopulation,
in *la Révolution démographique, études et essais sur les problèmes de population*, Paris, 1934.

réduction des quotas à 2 % des nationaux résidant aux États-Unis en 1890 et la non-application de la loi aux citoyens du Nouveau Monde. L'attitude des Américains contribuait ainsi indirectement à rendre plus aléatoire, pour l'Europe orientale, une solution au lancinant problème des transferts.

Pour les belligérants occidentaux, le problème se pose moins en termes d'emploi que de mutations socioprofessionnelles [1]. La guerre n'a pas ralenti l'extension de la population active, grâce à la féminisation accrue des emplois et, en Europe, au vieillissement des actifs. Ainsi se concrétise un phénomène entamé au début du siècle : les femmes s'orientent de plus en plus vers les emplois de bureau, tandis que s'efface l'image de la domestique, de la femme à l'usine pendant la guerre ou des employées à domicile. Il ne s'agit cependant nullement d'une révolution, car l'emploi féminin demeure déqualifié par rapport au travail masculin : la femme est infirmière ou sage-femme, l'homme, médecin. Cette dichotomie se renforce même après la guerre puisque, aux États-Unis, on compte 6 800 femmes médecins en 1930 contre 9 000 en 1910. Cette insertion difficile illustre la complexité des reclassements individuels après 1918, marqués, en Europe, par le repli temporaire de l'activité nationale vers les secteurs vitaux — agriculture et industrie — et, aux États-Unis, par le boom des « cols-blancs ». Au moment où se manifestait une aspiration généralisée au mieux-être matériel, il est surprenant de constater combien les contemporains négligèrent l'adaptation des sociétés aux mutations économiques, ainsi que les signes de blocages structurels que constituaient la montée et la persistance du chômage en Grande-Bretagne comme en Suède [2] et les sureffectifs des secteurs ferroviaire, minier ou textile aux États-Unis.

Tout se passe comme si la croissance de la productivité devait rééquilibrer les distorsions du système capitaliste. Cette attitude s'explique largement par la crainte de la surproduction et de la surcapitalisation dans les industries anciennes, sources

1. Même dans l'Angleterre du « million » de chômeurs, jusqu'en 1926 tout au moins.
2. En 1925, le taux de chômage atteint 11 % des salariés, d'après W. Galenson et A. Zellner, « International Comparison of Unemployment Rates », in *The Measurement and Behavior of Unemployment*, Princeton, 1957.

de la prospérité d'avant-guerre. L'irruption des pays neufs, comme le Japon ou l'Australie, et l'expansion des géants industriels — tels US Steel ou Armstrong-Vickers, qui contrôlent jusqu'au tiers de la production nationale — ont précipité le mouvement de concentration, perceptible depuis 1906 et accentué par l'effort de guerre. Dans un premier temps, cette réorganisation est technique et commerciale. La concentration géographique et la fabrication massive de produits standardisés caractérisent ces cartels, qui sont, en partie, dus à l'initiative des États. En Allemagne, cinq producteurs fournissent 75 % du fer et de l'acier, tandis que Renault, Citroën et Peugeot assurent 65 % du marché français de l'automobile en 1927. Entre 1925 et 1929, les fusions inter-entreprises et l'apparition des trusts, à l'exemple des États-Unis, consolident ce processus de domination. Dans ce pays, on compte près de 5 000 absorptions entre 1925 et 1929, dont 1 245 pour la seule année 1929. Toutefois, cette réponse au sous-emploi d'une partie de l'appareil productif est loin de garantir le retour à la prospérité. Certes, les concentrations soutiennent le développement en mettant fin aux concurrences inter-firmes, comme en témoigne le rétablissement de la firme britannique United Steel Company, créée en 1918 pour rationaliser et concentrer la production sidérurgique. Il n'en reste pas moins que l'industrie européenne de l'acier fonctionne en permanence en dessous de ses capacités de production. La course à la rationalisation se révélait insuffisante pour combattre la baisse de la demande, des prix et des profits, d'autant que la concurrence des pays neufs [1] et la montée du protectionnisme aggravaient le marasme.

Au moment où l'ossification progressive des marchés avait réduit les capacités propres de régulation du système, les contemporains se tournèrent presque intuitivement vers l'État. Quelle que fût la stratégie choisie — cartel, rationalisation ou malthusianisme de la production —, celle-ci impliquait un reniement partiel du principe de la libre concurrence. Sur ce point, le jugement de Svennilson stigmatisant « les imperfections du libéralisme [qui] furent remplacées en partie par les

---

1. Entre 1913 et 1936, la production des sidérurgies d'outre-mer passe de 1,2 à 9,6 millions de tonnes.

imperfections de l'interventionnisme » est erroné. Toute l'expérience acquise entre 1914 et 1921 incitait à se tourner vers
l'État pour assurer la survie et les progrès du capitalisme.
Pendant ces années, l'accroissement de la taille des gouvernements avait été bien plus rapide que celui de l'activité
économique : les représentants des pouvoirs publics s'étaient
infiltrés dans les commissions, avaient pris en charge les
dossiers de reconstruction, d'indemnisation et de restructuration industrielle. Cette présence multiforme, produit du temps
de guerre, excluait l'éventualité pratique d'un « retour à la
normale ». Bon gré mal gré, les experts, par leur nombre et
leur compétence, avaient acquis une autonomie de décision
dans le jeu économique. De plus, la multiplication des données disponibles autant que leur nécessité pour élaborer les
politiques économiques rendaient indispensable la présence
des experts.

Mais celle-ci était d'abord le produit d'une destructuration
de l'environnement économique. Le rôle de l'État, l'existence
d'un chômage incompressible et l'incertitude d'une expansion
régulière constituaient désormais des données incontourna-
bles. La question était de les intégrer dans une politique
cohérente. Aussi semble-t-il inopportun de s'interroger sur la
présence excessive des pouvoirs publics, sur le caractère empirique des mesures adoptées ou sur le retard de la pensée
économique. L'improvisation était inévitable, et l'on doit
plutôt souligner l'émergence de trois idées autour desquelles
les politiques de lutte contre la grande crise s'élaboreront. Il
importait, en premier lieu, de préserver les agriculteurs d'une
détérioration brutale de leurs revenus, en raison de l'augmentation des productions, du ralentissement de la demande et du
renchérissement des coûts intermédiaires et du loyer de l'argent. De ce point de vue, les politiques de stockage décidées
par les gouvernements prévinrent l'effondrement des marchés
agro-alimentaires jusqu'en 1927. Le terme de « dépression
agricole » couramment utilisé pour les années vingt semble
donc impropre. Non seulement les paysans ne connurent pas
de « crise des ciseaux » comparable à celle de la fin du
XIXᵉ siècle, mais, dans un contexte déflationniste généralisé,
la valeur des exportations alimentaires mondiales progressa
jusqu'en 1928, enrayant partiellement la détérioration des

termes de l'échange observée avant 1914 [1]. Certes, ces mesures interventionnistes étaient insuffisantes pour maintenir le pouvoir d'achat agricole à son niveau de l'immédiat après-guerre et inciter des paysans lourdement endettés à réduire leur production. Pour autant, les années 1924-1928 soutiennent la comparaison avec les années 1907-1914, comme en témoignent la progression de l'équipement technique [2] et la transformation des modes de vie, grâce à l'électrification des campagnes, à la popularisation de la radio et, aux États-Unis, de l'automobile. On comprend que l'accroissement brutal des stocks à partir de 1927 soit apparu comme une menace temporaire, voire une surcharge « nécessaire » pour répondre à la probable demande d'économies engagées sur la voie de l'expansion.

Bien qu'elle se soit manifestée de manière plus ponctuelle, l'action des pouvoirs publics dans l'industrie s'inspire d'une même volonté de réduire les ciseaux inter-produits, au prix parfois d'une rigidité artificielle des prix. Ainsi, la création de l'Entente internationale de l'acier, en septembre 1926, sous les auspices d'E. Mayrisch et de Thyssen, illustre la coopération entre industriels et gouvernants afin de décongestionner le marché européen. Pour imparfaite qu'elle ait été, notamment en matière d'investissements, cette association instaure les premiers linéaments d'une « planification » à l'échelle européenne dont la CECA n'est, en définitive, que l'aboutissement. De même, les premiers projets de grands travaux décidés par les gouvernements britannique, en 1923-1924, et allemand, en 1926-1927, montrent combien les contemporains avaient conscience de la fragilité du tissu industriel ancien et de la nécessité de créer rapidement des emplois pour préserver l'armistice social instauré difficilement après 1921. Experts et industriels élaborent ainsi un *self-government* industriel.

Le phénomène de concentration financière fournit un premier élément explicatif de cette convergence. Le recours aux sources externes de financement conférait aux « responsables économiques » un rôle majeur, autant par rapport aux capitalistes familiaux qu'aux directeurs techniques. Aux États-Unis,

---

1. Cf., sur ce point, les calculs de H. Fleisig, in H. Van der Wee, *The Great Depression Revisited,* La Haye, 1973.
2. Entre 1919 et 1929, le nombre de tracteurs passe de 80 000 à 850 000 aux États-Unis et de 2 500 à 27 000 en France.

les cadres du secteur financier ont pour mission de réunir les capitaux permettant de diversifier et de délocaliser les centres de fabrication. Parallèlement, les Européens devaient se procurer auprès des gouvernements ou des banques l'argent nécessaire à la reconstruction et à la modernisation. Ainsi, en 1925, la Deutsche Bank détenait-elle des participations dans plus de deux cents sociétés industrielles. Les exigences financières précipitaient l'avènement des *managers,* au nom d'une efficacité qui permettait de rétablir l'autorité du personnel de direction, sans que le réseau des relations tissé avec les pouvoirs publics soit compromis. Encore fallait-il proposer une doctrine pouvant intégrer l'appel croissant aux ressources humaines et matérielles requis par l'expansion, autant que les progrès techniques révélés par la guerre. Ce fut le rôle du taylorisme. En ce qu'elle représentait une méthode adaptée à l'ampleur des problèmes de l'économie d'après-guerre, la gestion scientifique du travail devint un mot d'ordre, une justification morale de l'appropriation du savoir technique en vue d'accroître la productivité du travail.

Certes, les idées tayloriennes ne furent pas appliquées à une large échelle. En France, seuls quelques ingénieurs, comme Ernest Mattern chez Peugeot [1], proposèrent ce type de rationalisation. Aux États-Unis même, le nombre d'ouvriers concernés par la taylorisation ne dépassa pas 50 000 personnes, comme le reconnut Taylor. De ce point de vue, il est abusif d'affirmer que le taylorisme a transformé « la cité en lieu privilégié de l'accumulation du capital sur la base des seuls critères de rentabilité privée [2] ». En revanche, par son application à des sociétés installées dans des secteurs de pointe, le taylorisme fut un vecteur primordial de la « révolution managériale » et de la diffusion du modèle américain. On en voudra pour preuve l'influence des théories d'harmonisation sociale proposées par Karol Adamiecki, dans son cours d'organisation industrielle et de management, professé à partir de 1922 à l'Institut polytechnique de Varsovie. Entre 1919 et

---

1. « Ernest Mattern, un taylorien au travail », in *le Taylorisme,* O. Pastré et M. de Montmollin éd., Paris, La Découverte, 1984.
2. Hypothèse avancée par B. Rosier et P. Dockès, *Rythmes économiques. Crises et changement social. Une perspective historique,* Paris, La Découverte, 1983, p. 149.

1928, six instituts européens furent créés pour élaborer une véritable méthodologie du taylorisme et du management [1]. Au prix d'un détour indispensable par les États-Unis, et sans qu'il y eût d'idée originale par rapport à l'avant-guerre, l'organisation scientifique du travail offrait la meilleure réponse aux incertitudes de la reconstruction et à la fin du paradigme de l'équilibre néo-classique. Par leur compétence reconnue et l'influence de leurs décisions, l'expert et le *cadre* se rejoignaient comme symboles d'une prospérité retrouvée.

Cette évolution permet de comprendre l'attachement des contemporains au seul visage d'une industrie dynamique. De fait, les changements techniques, essentiellement fondés sur l'héritage des innovations d'avant-guerre, se poursuivent pendant la période 1919-1939, ce qui explique les capacités de mobilisation lors du réarmement ainsi que le maintien, jusqu'en 1938, d'une croissance industrielle souvent plus que compensatrice des effets de la crise. Les vrais bénéficiaires de la guerre sont bien ces industries jeunes qui ont assuré leur développement au service des armées : la radio, le téléphone, l'aviation et l'automobile. Ces activités profitent d'une révolution énergétique et technologique. Grâce aux progrès de la transmission du courant électrique à haute tension et à grande distance, ainsi qu'à la baisse de la consommation du charbon dans les centrales thermiques, l'électrification des moyens de production se généralise : la production d'électricité augmente de 8 % par an en moyenne, tandis que le prix du kilowattheure baisse de 2 à 6 %. L'électricité devient la condition du passage à une société de consommation et à l'affirmation de la primauté des industries « aval », caractérisées par leur technique plus élaborée et leur adéquation avec le marché porteur des classes moyennes urbanisées. Le triomphe de la radio, véritable « luxe populaire [2] », dépasse celui de la bicyclette de 1900. Sa demande se révèle insensible aux fluctuations cycliques : aux États-Unis, le nombre des postes progresse de 100 000 en 1922 à 2 millions en 1925 ; en Grande-Bretagne et surtout en Allemagne, la croissance est « exponentielle »,

---

1. Les deux premiers congrès internationaux du management se tinrent à Prague, en 1924, et à Bruxelles en 1925.

2. D. Landes, *l'Europe technicienne*, Paris, Gallimard, 1969, p. 495.

puisque l'on passe d'une diffusion confidentielle en 1919 à 3 millions de postes en 1929, puis 9 millions en Angleterre et 13,7 millions en Allemagne à la veille de la guerre.

De la même façon, l'utilisation du moteur à combustion interne dans l'agriculture et les transports constitue l'autre facteur de la croissance des industries nouvelles. Si l'aviation civile éprouve d'indéniables difficultés pendant les années vingt, l'automobile devient le luxe des classes moyennes. En accélérant les processus de concentration, de rationalisation et de diversification, les sociétés ont produit plus de véhicules, les ont vendus à prix moindre [1] et ont joué un rôle d'industrie d'entraînement identique à celui des chemins de fer au XIXe siècle, notamment pour les secteurs pétrolier et sidérurgique. Certes, il convient de ne pas surestimer la force de ce dynamisme, surtout en Europe : l'industrie automobile ne fut pas immunisée contre la crise de 1921 et les contraintes d'autofinancement ont créé bien des difficultés chez Citroën, Peugeot ou Austin. En outre, la démocratisation de la voiture reste esquissée : en 1922, le modèle le plus courant des voitures Citroën représente de quinze à dix-huit mois de salaire pour un ouvrier qualifié de la région parisienne ; aux États-Unis, la Ford T coûte trois mois de travail. Néanmoins, les effets positifs de ce dynamisme en chaîne masquaient largement les lézardes du « socle industriel » : le retour à la normale s'apparentait davantage à une course en avant.

## Les ambiguïtés de la stabilisation internationale

La mise en place du Gold Exchange Standard, à la suite de la conférence de Gênes, avait conforté l'espoir d'un retour rapide à la stabilité monétaire. Outre la simplicité de ses principes et la souplesse de sa mise en œuvre, le nouveau système officialisait une tendance observée avant la guerre : en 1925, le pourcentage des réserves en devises était équivalent à celui de 1914. Le Gold Exchange Standard apparaissait

1. En 1913, les trois principaux pays producteurs européens fabriquent 426 000 voitures et les Américains, 1 258 000 ; en 1930, 3,7 contre 26,5 millions. Dans le même temps, le prix de la Ford T passe de 1 000 dollars (1908) à 300 dollars (1924).

comme l'antichambre du Gold Standard et les Britanniques ne s'y trompèrent pas, utilisant spontanément le second terme et « oubliant » ainsi les aménagements apportés en 1925 [1]. En fait, la concertation internationale, à l'origine de cette stabilisation, allait se révéler d'autant plus aléatoire que les imperfections du montage financier laissaient présager sa propre désintégration.

Le Gold Exchange Standard supposait d'abord une stabilisation monétaire quasi simultanée, à des taux relativement voisins. Or, il n'en fut rien, les pays européens opérant en désordre et au hasard, avec pour unique critère l'adoption d'un taux de change que l'on pensait pouvoir défendre contre la spéculation :

| Dates et niveaux de stabilisation des monnaies européennes [2] | | | |
|---|---|---|---|
| | *Retour à la parité-or d'avant 1914* | *Situation comprise entre 10 et 25 % de la valeur 1914* | *Stabilisation inférieure à 10 %* | *Nouvelles monnaies* |
| *1922* | Suède | | | Autriche |
| *1923* | | Tchécoslovaquie (14 %) | | |
| *1924* | Pays-Bas Suisse | | | Allemagne Hongrie |
| *1925* | Grande-Bret. | | Yougoslavie (9 %) | |
| *1926* | Danemark | Belgique (14 %) France (20 %) | | Pologne |
| *1927* | | Italie (25 %) | Roumanie (3 %) | |
| *1928* | Norvège | | Grèce (7 %) | |

Comment imaginer que pût fonctionner durablement un système fondé sur une telle « cacophonie » monétaire ? Dans le seul écart des taux britanniques et français, on peut deviner

1. Le Gold Bullion Standard assurait la convertibilité à partir du seuil minimal d'un lingot d'or, soit 12,4 kg.
2. D'après *Course and Control of Inflation,* SDN, 1946; les dates renvoient aux stabilisations *de facto* pour la France, la Pologne et la Roumanie.

que les rivalités et les rancœurs réciproques vont se nourrir de cette stabilisation illusoire. Ainsi, les Anglais, ayant surévalué la parité de leur monnaie, hésitèrent en permanence à s'imposer des mesures déflationnistes encore plus draconiennes. Ils préféraient considérer que leur effort était maximal, compte tenu du nombre de chômeurs, et demander la compréhension financière des États-Unis, tout en accusant la France de saboter l'entente internationale. Celle-ci, pour sa part, refusa après 1926 d'accepter le rééquilibrage inflationniste, constitutif du mécanisme du Gold Standard [1]. Banquiers et hommes politiques étaient en fait d'accord sur un point : les mouvements d'or ne devaient pas affecter la situation intérieure. Il y avait donc une contradiction majeure entre les ambitions internationalistes et la réalité des égoïsmes monétaires.

Une telle situation était propice aux spéculations, puisque chacun cherchait à augmenter ses réserves en or dans l'attente du retour au Gold Standard généralisé, tout en profitant des possibilités spéculatives offertes par les avoirs à court terme sur les marchés anglais et américain. Dès lors, le mécanisme de stabilisation était nécessairement vicié puisque les deux principaux centres financiers, Londres et New York, subissaient et entretenaient la spéculation. Les Britanniques, dépourvus de réserves en or suffisantes pour faire face à leurs engagements à court terme, pratiquaient une politique d'argent cher contre New York et Paris, sans que le flux des sorties d'or s'interrompe complètement. Ils cumulaient ainsi les inconvénients d'une spéculation de rendement sur les taux d'intérêt, d'une autre de précaution en fonction du stock d'or et d'une troisième de nature diplomatique, utilisant la faiblesse de la livre. Les Américains, principaux détenteurs d'or, étaient dans une position beaucoup plus favorable, mais ils devaient à la fois favoriser le rétablissement monétaire par leurs crédits, éviter que celui-ci n'entraîne des sorties d'or massives et concurrencer les Anglais pour la suprématie financière. Aussi leur attitude apparaît-elle souvent contradictoire : tout en stérilisant leur or, les États-Unis ont pratiqué des taux d'intérêt artificiellement bas pour accélérer la reconstitution des réser-

---

1. Entre 1927 et 1929, les prix de gros baissèrent de 2,8 % d'après A. H. Meltzer, « Monetary and Other Explanations of the Great Depression », *Journal of Monetary Economics*, II, 1976.

ves en devises. Mais comme ils refusaient, dans le même temps, d'ajuster à la hausse leurs prix intérieurs pour ne pas casser l'expansion, le résultat obtenu fut inverse de celui désiré ; l'or continua d'arriver aux États-Unis et une double spéculation se développa en faveur du dollar[1] et des valeurs boursières. L'alignement de la France sur ce type de comportement, à partir de 1928, confirme le déséquilibre inhérent au Gold Exchange Standard. Certes, cette rivalité ne constituait pas en elle-même un facteur d'effondrement du système, pour autant que les acteurs arbitrent dans le sens de l'intérêt général. Non seulement cette éventualité était douteuse, mais les crises du franc[2], de la lire et du shilling montrèrent combien l'imbrication des antagonismes politiques et économiques rendait hypothétique l'adoption de mesures non partisanes, en cas de crise monétaire majeure.

Pour autant, la stabilisation monétaire permettait d'achever la reconstitution des flux financiers internationaux, indispensable pour régler le problème des dettes de guerre, des Réparations et des prêts à la reconstruction. Aux yeux des contemporains, le nouveau réseau financier était proche de celui existant en 1914 : les trois mêmes pays — États-Unis, Grande-Bretagne et France — exportaient leurs capitaux vers des pays neufs ou des colonies. Seule la hiérarchie des pays créditeurs s'était modifiée avec l'irruption au premier plan des États-Unis, tandis que la situation de l'Allemagne s'expliquait facilement par sa défaite (voir tableau ci-contre).

En fait, derrière le retour à la normale on distingue une transformation majeure : les capitaux se dirigent désormais vers les pays industrialisés. A la place des flux « en cascade » agencés par Londres ou Paris à destination des pays neufs ou des colonies, une matrice complexe s'impose, première esquisse de la multipolarisation des flux financiers. La Grande-Bretagne se préoccupe d'abord d'investir aux États-Unis, dans l'espoir de préserver son *leadership* bancaire face à la

---

1. De 1920 à 1929, le stock d'or des États-Unis s'accrut de 1,355 milliard de dollars.

2. Sur le cas français, on consultera J.-N. Jeanneney, « De la spéculation financière comme arme diplomatique », et J.-C. Debeir, « La crise du franc de 1924. Un exemple de spéculation internationale », in *Relations internationales*, n° 13, 1978, p. 5-27 et 29-49.

**Tableau des mouvements de capitaux**
(en millions de dollars)

|  |  | 1924 | 1925 | 1926 | 1927 | 1928 | 1929 | 1930 | 1931 |
|---|---|---|---|---|---|---|---|---|---|
| États-Unis { | long terme | - 672 | - 543 | - 696 | - 991 | - 798 | - 240 | - 221 | + 215 |
| | court terme | + 119 | - 106 | + 419 | + 585 | - 348 | - 4 | - 479 | - 637 |
| Grande-Bretagne | | - 380 | - 261 | + 126 | - 385 | - 569 | - 574 | - 112 | + 313 |
| France | | - 535 | - 450 | - 483 | - 504 | - 236 | + 20 | + 257 | + 791 |
| Allemagne { | long terme | + 238 | + 289 | + 346 | + 424 | + 426 | + 157 | + 266 | + 43 |
| | court terme | + 227 | + 549 | - 170 | + 613 | + 541 | + 325 | - 137 | - 583 |
| Australie | | + 118 | + 150 | + 232 | + 187 | + 209 | + 250 | + 40 | - 50 |
| Argentine | | + 126 | + 145 | + 111 | + 61 | + 131 | - 10 | + 287 | - 89 |

(Left margin groups: CRÉDITEUR — États-Unis, Grande-Bretagne, France; DÉBITEUR — Allemagne, Australie, Argentine)

1. ONU, *Les Mouvements internationaux de capitaux entre les deux guerres*, New York, 1949, p. 21-22.

concurrence américaine : incapables de rivaliser en quantité, les Britanniques utilisent leur expérience du marché international pour spéculer à Wall Street, ce qui a pour effet d'accélérer la mobilité des capitaux et d'accroître les risques pesant sur leur propre marché à court terme. Si l'objectif des Anglais avait réellement été de reconstruire un système de paiements bilatéraux, et non de lutter pour la primauté financière, nul doute qu'ils auraient davantage investi en Europe, afin d'alimenter en retour le flux de *hot money* et de donner à ces pays les moyens d'augmenter leurs excédents commerciaux indispensables au remboursement des dettes. De même, l'exportation massive de capitaux français jusqu'en 1927-1928 ne signifie pas que la France a repris sa politique traditionnelle d'investissements à long terme en Europe centrale et méridionale. Probablement échaudés par leurs déboires en Russie, inquiets de l'instabilité monétaire intérieure et parfois de l'évolution politique, les financiers investissent à court terme à Londres et à New York. Ces transferts accréditent l'impression d'une stabilisation internationale, mais celle-ci est factice et aléatoire, puisque les Français opèrent, à partir de 1928, le retrait brutal de ces fonds, en tenant compte uniquement de leur assainissement intérieur. Enfin, l'attitude de l'Allemagne illustre de manière caricaturale le laxisme des responsables financiers : ayant reçu deux fois plus de capitaux que n'en nécessitait le règlement des Réparations, elle pouvait à son tour se réintroduire dans le jeu international et placer 4 milliards de *Rentenmarks* à long terme dans les pays industrialisés. A l'évidence, la question des dettes était passée à l'arrière-plan des préoccupations européennes.

Face à ce qu'il faut bien appeler l'inconscience de ces puissances, la stabilité financière mondiale reposait sur le comportement des États-Unis. Si l'on considère le montant des capitaux exportés et l'activité déployée par les agents des banques américaines entre 1925 et 1929, les Américains ont effectivement assumé leur *leadership* financier. En 1929, leurs investissements directs se montent à 7,6 milliards de dollars et leurs investissement de portefeuille, à 7,8 milliards de dollars. L'ensemble a quintuplé depuis 1914 et représente 84 % du montant des placements britanniques : les Anglo-Saxons contrôlent désormais les deux tiers des investissements

mondiaux. Par ailleurs, les Américains sont les premiers artisans du redressement financier de l'Allemagne [1]. Pour impressionnante que soit cette insertion, un examen plus approfondi
conduit à trois constatations paradoxales : les Américains
n'investissent pas assez à l'étranger et concentrent à l'excès
des prêts dont le rendement n'est pas suffisamment élevé pour
être constamment attractif. En 1929, les investissements bruts
représentent 3,9 % de la richesse nationale et de la formation
de capital, chiffres dérisoires si l'on songe qu'au début du
siècle les Britanniques assuraient la moitié de leur formation
de capital brut grâce aux investissements extérieurs [2]. La
«faim de capitaux» nécessitée par la prospérité intérieure
explique en partie cette situation : les capitaux manquaient
pour satisfaire à la fois les demandes de Wall Street et des
marchés étrangers. Mais ceux-ci s'orientèrent vers la Bourse à
partir de 1928 en raison du faible écart de rendement entre les
deux investissements ; la prime à l'exportation, voisine de
1,2 %, était insuffisante pour attirer les capitaux, compte tenu
du risque politique et économique de ces placements. Le
*dollar gap* était le produit de l'activité industrielle américaine
tout autant que des besoins européens. De même, il convient
de nuancer l'image des capitalistes américains investissant
massivement dans l'industrie européenne ou sur les marchés
des pays neufs. Les sommes étaient certes importantes pour
les pays d'accueil ; elles étaient minimes à l'échelle américaine : l'industrie électromécanique et cinq produits bruts
concentraient une part significative des placements [3]. C'est
seulement avec la crise et l'édification des forteresses douanières que les grandes compagnies américaines précipiteront
leur implantation étrangère.

Aussi semble-t-il peu pertinent de stigmatiser l'incurie des

1. Les Américains ont financé 80 % des emprunts gouvernementaux,
75 % de ceux des Länder et 56 % de ceux des firmes et des banques privées ;
cf. F. C. Costigliola, «The United States and the Reconstruction of Germany», *Business History Review,* L, 1976.
2. S. Kuznets, *Capital in the American Economy : its Formation and
Financing,* Princeton, 1961, p. 64-65 et 128-129.
3. Le ratio des investissements directs extérieurs par rapport aux investissements domestiques est toujours inférieur à 2 %. Les cinq produits bruts
sont : les bananes, le sucre, le cuivre, le pétrole et les métaux précieux.

Américains. Ceux-ci acceptèrent de tenir leur rôle de financier
international, tant que les priorités extérieures n'empiétèrent
pas sur les exigences nationales. La Federal Bank pratiqua
ainsi une politique du taux d'escompte plutôt favorable à la
livre, pourvu que l'équilibre de Wall Street ne parût pas
menacé. Certes, les républicains admettaient la nécessité
d'une coopération internationale et ils profitaient de leur prospérité pour s'implanter davantage en Amérique latine et en
Europe, jouant avec efficacité le rôle d'élément modérateur
entre Paris, Londres et Berlin. Mais leur projet financier
apparaît d'abord mal conçu : les Américains n'ont pas assuré
leur hégémonie financière ni songé à mettre sur pied un organisme prêteur international [1]. Ensuite, il est trop ambitieux, en
regard des demandes nationales et extérieures et du caractère
volatile de contributions largement privées. L'impression dominante est, en dernière analyse, celle d'une incapacité à
penser en termes modernes les exigences internationales
d'après-guerre, alors que la prospérité intérieure reposait sur
l'optimisation du système financier. On y verra la manifestation de l'intérêt bien compris des pays anglo-saxons, les Britanniques trouvant dans l'inexpérience de leurs rivaux un
moyen de consolider leur zone sterling et les Américains
voyant leur suprématie économique se traduire par des avantages politiques. En un sens, ce nouveau système international
était un tribut payé à la prospérité des premières années du
siècle.

Dans l'inachèvement de cette communauté atlantique, l'essor tardif des échanges internationaux et les obstacles rencon-
trés tiennent une place appréciable. Les tensions s'impliquent
ici les unes les autres : les trois conférences douanières placées
sous l'égide de la SDN entre 1927 et 1929 se concluent par des
vœux pieux, dans la mesure où les pays européens sont tentés
de protéger la reconstitution de leur potentiel et les pays neufs
de sauvegarder leur industrie encore fragile. Dans ces conditions, les réflexes protectionnistes, réapparus lors de la crise
de 1921, devinrent des habitudes. Ces entraves constituaient le
premier handicap au rétablissement d'une activité internationale, dont la croissance était désormais sensiblement plus

1. La Banque des règlements internationaux date de 1930.

lente que celle de la production manufacturière. En effet, les tarifs protectionnistes représentaient un moyen commode de préserver le niveau des prix industriels, ce qui permettait de compenser l'importation croissante de produits de base, au risque d'une surproduction. Cette pratique doit s'interpréter en fonction des changements intervenus dans la géographie du commerce extérieur. Les années vingt sont marquées par l'effritement de la prédominance européenne, dû à la rupture de son unité économique, à l'«éloignement» des États-Unis et à la diversification du commerce mondial. L'Europe est devenue plus indépendante du reste du monde, son implantation aux États-Unis est concurrencée par le Japon et le Canada, et elle ne compte plus que six pays parmi les dix premiers commerçants contre huit en 1913.

Cette redistribution correspond à une nouvelle hiérarchie des puissances commerciales. La Grande-Bretagne conserve le premier rang, essentiellement en raison de la force d'inertie des structures existantes : elle demeure le premier importateur du monde, mais le déficit s'est creusé, atteignant 35 % en 1929 contre 17,4 % en 1913. Seul l'excédent de sa balance avec l'Inde lui offre toujours l'occasion de se procurer des devises étrangères pour combler partiellement son déficit avec l'Europe et l'Amérique. Les États-Unis concurrencent désormais la Grande-Bretagne, mais cette progression résulte surtout des avantages comparatifs propres à ce pays : les exportations de produits bruts constituent un tiers des exportations totales et celles de produits alimentaires, 18 %. L'Amérique ne participe pas davantage au commerce des produits industriels, elle échange des matières premières, comme si les ressources mondiales représentaient le réservoir de sa croissance nationale. De ce point de vue, le rôle croissant des colonies dans les échanges internationaux confirme l'affaiblissement des métropoles. Certes, la part des empires progresse, mais le commerce colonial s'est accru plus rapidement et se diversifie, ébauche de relations triangulaires avec les pays voisins ou les États-Unis [1]. Enfin, la volonté de radier l'Allemagne du concert des puissances impérialistes prive l'Europe

---

1. Le cas est particulièrement net pour les Indes néerlandaises et les colonies portugaises. En revanche, les exportations de la France passent de 13,6 à 18,8 %.

continentale du pays le plus capable de rétablir la cohésion des échanges intra-européens, surtout après la fermeture du marché russe. Aussi le rétablissement des équilibres commerciaux après 1924 ne doit-il pas faire illusion : la progression du commerce international demeure étroitement dépendante des fluctuations de la conjoncture américaine, puisque ce pays à la fois était principal commerçant de produits bruts et imposait la compétitivité de ses prix et de ses produits de pointe.

On comprend, dès lors, qu'il soit difficile d'attribuer un qualificatif aux années 1924-1929 et que contemporains ou historiens les aient invoquées rétrospectivement pour stigmatiser le « Sedan » économique français en 1939, célébrer la « renaissance » britannique des années trente ou envisager l'hypothèse d'une stagnation généralisée, symbole de l'essoufflement de l'esprit créatif des premiers temps du siècle. Pour la première fois depuis 1870, le rythme synchrone qui caractérisait l'évolution des économies semble s'être brisé. De fait, sur un plan général, les progrès de la productivité, de la production industrielle, voire des échanges, s'opposent à la croissance ralentie du revenu national par tête, à la persistance du chômage et aux turbulences monétaires. Les discordances par pays ne sont pas moins déroutantes : doit-on considérer que l'Angleterre constitue une exception à la prospérité générale, alors que le salaire réel résiste à la baisse et que s'accélère l'expansion des industries nouvelles ? De même, le rattrapage spectaculaire effectué par la France en termes de productivité et de profit est-il suffisant pour admettre que la France malthusienne a vécu ? Aucune mesure ne permet d'établir directement l'instabilité de la période, ni de quantifier l'importance des récessions de 1926 en Angleterre et en Allemagne ou de 1927 aux États-Unis ; cependant, chacun s'accorde à distinguer de multiples signes d'incertitude, associant boom et déflation, prospérité et inflation.

Trois remarques permettent de lever en partie cette ambiguïté. La période 1925-1929 constitue d'abord l'aboutissement du rattrapage des années de guerre et de stabilisation. De ce point de vue, il n'est guère surprenant que le logement, la Bourse et les profits industriels soient les signes les plus manifestes de la prospérité. Aux États-Unis comme en Europe, l'investissement immobilier et le nombre de logements construits atteignent leur maximum entre 1925 et 1928; le chiffre d'affaires du secteur a doublé depuis 1919, sous l'impulsion des pouvoirs publics et de la demande des classes moyennes. De même, l'augmentation sans précédent de la productivité par tête dans les industries françaises après 1921 exprime le comblement brutal du retard accumulé depuis 1913[1], à la faveur de la reconstruction de la «zone rouge» et de la reprise des exportations. Dans ces domaines, l'euphorie devait nécessairement être de courte durée, d'autant que les pouvoirs publics manipulaient mal les politiques d'*open-market* en Bourse et répugnaient à maintenir des prélèvements fiscaux spécialement affectés au logement. Déjà, au début de l'année 1929, le chiffre d'affaires de l'immobilier américain était retombé à 10,8 milliards de dollars contre 12,1 en 1926 : résultat encore brillant, qui infirme les analyses attribuant à l'effondrement du boom immobilier une responsabilité majeure dans le déclenchement de la crise. Le repli du marché, particulièrement celui des constructions individuelles, annonçait une période d'ajustement conjoncturel, qui ne paraissait pas, néanmoins, susceptible de casser l'expansion de la demande, à moyen terme[2].

Dans le même temps, ces années coïncident avec un bouleversement des normes de production dans les secteurs de pointe, sans que les modes de consommation se soient adaptés avec la même rapidité. Cette situation s'observe aussi bien dans les pays attardés que dans les nations industrielles. Ainsi s'explique le fait qu'en Europe centrale le secteur manufacturier n'ait pas augmenté son poids relatif dans l'économie[3], en

1. La productivité par tête progresse de 5,8 % par an en moyenne entre 1920 et 1930, contre une baisse de 1,8 % de 1913 à 1920. Consulter les calculs du CORDES, 1977, t. III, p. 81-86, et les travaux de M. Basle, J. Mazier et J.-F. Vidal, «Croissance sectorielle, accumulation et emploi en longue période», *Rapport de la DGRST,* oct. 1978.
2. L'analyse de P. Temin est convaincante, in *Did Monetary Forces Cause the Great Depression?,* New York, 1976. De même, l'activité du Bâtiment se maintient dans l'ensemble des pays européens jusqu'en 1939, à l'exception de la Finlande et de l'Allemagne.
3. A. Teichova, «Structural Change and Industrialisation in Inter-War Central-East Europe», in *Disparities in Economic Development since the Industrial Revolution,* P. Bairoch et M. Lévy-Leboyer, éd., Londres, 1981, p. 175-185.

dépit d'un taux de croissance qui atteint jusqu'à 6 % en 1926-1928 : il n'existe pas de lien entre les productions et le niveau de vie des habitants. Les succès de la métallurgie tchécoslovaque ne doivent pas faire illusion ; ils sont liés à la demande étrangère. Seule l'industrie textile hongroise connaît une relative prospérité, car ses produits sont adaptés au marché local. L'hypothétique avantage d'une industrialisation tardive, défendu par A. Gerschenkron [1], se heurte à la médiocrité des revenus : en 1929, l'Europe de l'Est est à la fois victime d'une hypertrophie industrielle et contrainte de pratiquer un protectionnisme qui ralentit la modernisation et accentue son retard sur l'Europe occidentale. Dans les pays industriels, la reconnaissance de fait d'un salaire minimal au lendemain de la guerre ne s'accompagne pas d'une croissance au prorata des gains de productivité. Le boom de la production et de l'accumulation dans les industries nouvelles rencontre donc un blocage imprévu : la détérioration du revenu réel de la paysannerie en 1928-1929, et les conséquences des tensions inflationnistes européennes sur le revenu des rentiers combinent leurs effets à ceux de la progression ralentie des salaires ouvriers. Ainsi la révolution automobile voit-elle ses perspectives d'entraînement s'amoindrir, au moment où la production atteint des chiffres records. En 1929, les États-Unis produisent 5,6 millions de véhicules et l'on compte une automobile pour cinq personnes ; mais le parc est en majorité possédé par ceux qui peuvent payer à crédit, industriels, commerçants, cadres et ouvriers qualifiés. La démocratisation de l'automobile progresse désormais moins vite que la production ; le financement de l'achat l'emporte sur les gains de productivité. On en voudra pour preuve le sous-équipement de l'Europe en 1929 [2] et la reprise du mouvement d'automobilisation pendant la crise, grâce à la résistance du salaire réel. L'insuffisance de la progression des salaires fait peser une menace à court terme sur un facteur décisif de propagation de la prospérité.

S'il n'est pas surprenant que les contemporains aient mésestimé les risques de blocage de l'accumulation intensive

1. A. Gerschenkron, *Economic Perspective in Backwardness,* New York, 1961.
2. En 1929, on compte 1 automobile pour 38 habitants en France, 1 pour 40 en Angleterre, 1 pour 45 au Danemark et 1 pour 192 en Italie.

dans les industries modernes, les politiques financières orthodoxes, conçues comme soubassement de la prospérité, paraissent avoir précipité la cristallisation des difficultés. En associant la déflation à l'élan industriel, les dirigeants étaient
persuadés d'avoir trouvé la clef du retour à l'âge d'or d'avant-
guerre. Aussi le tour de vis fiscal, nécessaire au rétablissement
budgétaire, n'est-il pas apparu comme contradictoire avec la
prospérité. Cette stratégie supposait que l'inflation n'avait pas
modifié l'équilibre économique et social existant en 1914 et
que les stabilisations monétaires ne seraient pas perverties par
les rivalités nationales. Cela supposait surtout que les contemporains excluaient *a priori* tout lien entre inflation et retour à
la normale, entre inflation et reprise du commerce extérieur.
Sur tous ces points, les gouvernements se sont lourdement
trompés. Leur aveuglement est souvent attribué à une médiocre information statistique, à leur impossibilité technique de
peser sur toutes les composantes de la demande, aux espoirs et
aux craintes liés aux Réparations et à l'absence de prêteur en
dernier recours, rôle jadis dévolu à Londres. Ces raisons
tendent à sous-estimer le nationalisme des politiques financières et l'absence de lucidité des choix économiques.

On en voudra pour preuve l'histoire des stabilisations en
Europe continentale. Entre 1922 et 1924, l'Allemagne et la
Russie bolchevique sont victimes d'une hyper-inflation, tandis
que l'Autriche puis la France — de 1924 à 1926 — sont en
proie à de fortes tensions inflationnistes. Face à cette menace
de paralysie, la solidarité internationale s'appliqua tardivement en France et en Allemagne et, en dépit des projets de
M. Norman, gouverneur de la Banque d'Angleterre, ignora la
Russie. Seule l'Autriche bénéficia d'un prêt rapide, à un taux
d'intérêt élevé, destiné exclusivement à combler le déficit
budgétaire. Au lieu de privilégier l'investissement — donc le
redressement économique de l'Autriche —, la SDN avait
choisi d'encourager la déflation, seule politique « saine » à ses
yeux. Ces crédits aboutirent à un double résultat : une spéculation boursière qui ne reposait pas sur la croissance industrielle mais sur des anticipations inflationnistes et une spéculation financière contre le franc, entre mars et juillet 1924,
dans laquelle la Banque nationale perdit un tiers de ses réserves, ce qui nécessita un nouvel apport de capitaux internatio-

naux [1]. Le cas de l'Autriche est exemplaire, mais nullement paradoxal : jusqu'en 1929, les Anglo-Saxons ont imposé leurs conditions, en s'assurant qu'ils pourraient à la fois récupérer leurs capitaux et toucher des intérêts rémunérateurs. Ils ont de ce fait prêté à leur convenance et à des taux excessifs, sans se préoccuper d'une reconstruction européenne générale. Les politiques déflationnistes ont parachevé l'illusion d'un retour à l'ordre, mais les sacrifices réclamés par les gouvernements rendaient plus fragile un équilibre social ébranlé par les crises inflationnistes. Certes, l'image de populations entières ruinées par l'inflation puis souffrant de la déflation relève du mythe : les grands industriels, les ouvriers et les petits fonctionnaires ont profité des troubles monétaires en Allemagne comme en Autriche [2]. Le cas des paysans est plus incertain car, si leur endettement a été anéanti par l'inflation, les fluctuations des prix et des récoltes agricoles ont engendré conjoncturellement des détériorations brutales, dont la plus marquée est la « crise des ciseaux » russe d'août 1922 à l'automne 1923. Les véritables perdants de l'inflation sont les banques, les détenteurs de rentes et de capitaux et ceux qui vivent d'un revenu fixe [3]. A ceux-là s'ajoutent les chômeurs, une fois les stabilisations monétaires opérées. Le monde du travail l'emporte, au prix d'une remise en cause du statut des classes moyennes, principales bénéficiaires de la « Belle Époque » et soutiens des politiques de retour à la normale. Le temps de la radicalisation n'est pas venu, mais les ressentiments s'exacerbent contre une prospérité qui leur échappe.

1. E. März, « Comment on Policy in the Crises of 1920 and 1929 », in C. P. Kindleberger, *Mania, Panics and Crashes*, Cambridge Univ. Press, 1983, p. 190.
2. Cf. les travaux de K. Laursen et J. Pedersen, *The German Inflation, 1918-1923*, Amsterdam, 1964, et de C. L. Holtfrerich, « Domestic and Foreign Expectations and the Demand for Money during the German Inflation, 1920-1923 », in C.P. Kindleberger, *op. cit.*, p. 117-131.
3. D'après H. Morsel, in *Histoire économique et sociale du monde, op. cit.*, p. 325, on peut estimer à 25 % du capital antérieur ce que conservèrent les épargnants allemands après la stabilisation (mai 1925). Chiffre comparable à la situation française après la stabilisation Poincaré.

# 2

## Les bouleversements
## des années trente

Pourquoi une crise banale et classique a-t-elle constitué le plus grand traumatisme économique de l'époque contemporaine? Le retournement à la baisse de 1929 n'avait rien d'exceptionnel puisqu'il respectait la chronologie cyclique des crises du XIX$^e$ siècle. Comme le remarque A. Sauvy, « la crise vient à son heure [1] », huit ans après la crise de reconversion de 1920-1921. De même, le krach de Wall Street, en octobre 1929, est d'une remarquable banalité : il s'est déroulé suivant le même schéma que celui de 1882 en France ou de 1907 aux États-Unis. La chute des cours des valeurs est intervenue avec l'arrêt des crédits-reports pratiqués par les courtiers américains et anglais : les prêts pour achats « à la marge », dont le montant avait doublé entre décembre 1927 et le 4 octobre 1929, premier jour de baisse, et atteint 8,5 milliards de dollars, se trouvent en deux mois réduits de moitié, dès lors que les banques et surtout les sociétés commerciales et industrielles n'alimentent plus la spéculation. Quant au prétexte et aux manifestations immédiates de la crise, ils ne diffèrent pas des expériences antérieures. La faillite frauduleuse du groupe Hatry, le 20 septembre à Londres, incite les gros porteurs à se retirer du marché, avant que ne s'enchaînent baisse des profits, du commerce international et des taux d'intérêt, montée des faillites et du chômage. Même le nombre des suicides, complaisamment évoqué par les journaux britanniques, ne

1. A. Sauvy, *Histoire économique et sociale de la France entre les deux guerres,* Paris, Economica, 1984, t. I, p. 95.

marque pas de progression sensible quel qu'ait été le désir collectif de désigner des coupables [1].

Tout change si l'on considère l'ampleur et la durée de la crise. Celle-ci s'ouvre par le plus long et le plus intense krach boursier de l'histoire : après la cession de 13 millions de titres, le jeudi 24 octobre, et de 16,5 millions le 29, les courtiers et les banquiers liquidèrent leurs portefeuilles pendant vingt-deux jours pour faire face à leurs créanciers. Puis, de 1929 à 1933, les principaux indicateurs économiques enregistrent des baisses spectaculaires, de l'ordre de 30 % pour le produit intérieur brut en volume des États-Unis et de 45 % pour le produit national brut évalué en dollars courants. Les facteurs dépressifs conjuguent leurs effets, et leur enchaînement est tellement dévastateur que l'idée d'un retour à la normale est balayée : en 1936, 10 % de la population active américaine se trouve au chômage ; ce chiffre, qui constitue l'étiage des années trente, correspond au maximum atteint pendant la crise de 1921 ! L'explication fondamentale de la crise de 1929 relève alors de l'analyse du système économique : faut-il considérer que l'accumulation d'erreurs accidentelles a desta-bilisé les mécanismes du capitalisme, ou bien que les dérè-glements de la reconstruction annonçaient une nécessaire re-composition des équilibres domestiques et internationaux ?

## Quelle crise de 1929 ?

Dater les débuts de la crise du krach boursier de Wall Street relève d'une simplification douteuse, si l'on examine les sour-ces statistiques disponibles. Les plus classiques [2] démontrent que l'activité économique culmine en Allemagne au mois d'avril 1929, puis en juin et juillet pour la Grande-Bretagne et les États-Unis, tandis que la France conserverait son dyna-misme jusqu'en mars 1930. Prolongeant cette analyse, la Brookings Institution puis A. Sauvy [3] ont mis en évidence la

1. Cf. la description de J. K. Galbraith, in *la Crise économique de 1929*, Paris, Gallimard, 1961, p. 151.
2. A. F. Burns et W. C. Mitchell, *Measuring Business Cycles*, New York, 1946.
3. Brookings Institution, *America's Capacity to Consume*, Washington, 1934 ; A. Sauvy, *op. cit.*, t. I, p. 103.

sensibilité précoce des indices spéculatifs à la détérioration de la conjoncture : les prix de gros anglais et français ont baissé dès février et mars 1929, suivis par les prix belges et italiens, alors que les prix de gros ne baissent qu'à partir d'octobre 1929 aux États-Unis. Cette chute des prix de gros illustre — de façon immédiate, puisque les charges fixes de distribution ne sont pas intégrées — les fluctuations brutales qui se sont produites sur le cours des matières premières depuis 1925 : l'Australie et l'Indonésie sont menacées depuis 1927, la Finlande, le Brésil et l'Allemagne depuis l'hiver 1928, la Pologne, le Canada et l'Argentine étant touchés au printemps 1929. Si l'on ajoute que le retournement boursier s'opère lors du premier semestre 1927 en Allemagne et en mars 1929 à Paris et à Londres, on constate que le déclenchement de la crise n'est rien moins qu'américain et que le dater du krach Hatry ou du « jeudi noir » relève d'une vulgarisation commode. On se gardera même d'affirmer, comme A. Sauvy, que « février 1929 marque bien l'orée de la chute », en raison de la baisse du prix des matières premières. Une étude par pays et par produit permet d'observer que la baisse est générale dès 1927 et que le coton, le café ou la laine ont entamé leur déclin depuis 1924-1925. En fait, les signes inquiétants décelés lors des processus de reconstruction se sont généralisés, au point de favoriser l'éclatement de multiples foyers de crise en 1929. Par son importance, l'effondrement américain concrétise plutôt la prise de conscience du passage de la prospérité aux temps difficiles.

Comment expliquer alors la violence et la durée particulières de la crise américaine ? De prime abord, les événements de l'année 1929 ne sont pas annonciateurs d'une catastrophe économique : le fléchissement de l'activité industrielle, l'aggravation des difficultés agricoles et la saturation relative du marché immobilier étaient dans une certaine mesure escomptés. En effet, ce déclin se dessinait depuis 1928 pour les biens de consommation, quoiqu'il demeurât inférieur au ralentissement observé en 1924-1925. Le sentiment d'une surcapacité productive jointe à une saturation des marchés porteurs reste encore ténu et l'investissement demeure proche de 1927, en diminution régulière depuis 1925. Certes, depuis 1928, un déséquilibre net apparaît entre les investissements en capital

fixe ou en biens de consommation durables et ceux réalisés
dans les biens non durables, ce qui risquait d'accentuer les
effets du ralentissement de la demande. Cependant, même
après l'effondrement de Wall Street, la baisse de la valeur du
patrimoine n'a pas entraîné d'affaiblissement brutal de la demande et les entreprises n'ont pas semblé lourdement pénali-
sées par le tarissement de cette source de financement. Les
effets du krach semblèrent s'estomper au premier trimestre
1930, lorsque les cours de la Bourse retrouvèrent un niveau
proche de celui de 1928. A cette date, l'état d'esprit des
entrepreneurs et les prévisions des économistes ne traduisaient
pas une conjoncture dépressive exceptionnelle. Ce comportement n'a rien de paradoxal, dans la mesure où la Bourse
finançait seulement 6 % de l'investissement brut privé et où la
chute des actions concernait au plus 8 % de la population
américaine. L'attitude des autorités fédérales contribuait à
conforter ce sentiment : après l'annonce d'une légère réduction
d'impôts par le président Hoover pour soutenir le pouvoir
d'achat, les instances monétaires intervinrent sur le marché
financier par les opérations d'*open-market*, afin de soulager
les banques en difficulté et de leur permettre de restaurer leur
liquidité, entamée par la baisse de leurs avoirs.

Mais ces quelques mois devaient constituer une simple
accalmie, puisque les facteurs de déclenchement et de prolongation de la crise restaient opératoires. Et, au premier chef, les
forces déflationnistes, qu'elles soient monétaires ou sociales.
A la suite de M. Friedman [1], nombre d'analystes ont dénoncé
« l'ineptie de la politique monétaire » des autorités fédérales au
moment du krach et jusqu'en octobre 1931. Loin de soutenir
massivement les banques en difficulté, elles ont précipité leur
effondrement en pratiquant d'abord une politique d'argent
cher pour casser la spéculation puis une politique d'argent
facile, en baissant le taux de l'escompte, ce qui n'avait pas
d'effet de reprise, compte tenu de la chute du stock de monnaie et de l'attentisme des investisseurs. Mais les décideurs
financiers américains étaient-ils en mesure d'envisager une
autre politique ? On a beaucoup insisté sur la disparition de

1. M. Friedman et A. Schwartz, *The Great Contraction, 1929-1933*, Princeton, 1973.

B. Strong, gouverneur de la Banque fédérale de New York jusqu'en 1928, qui aurait laissé des banquiers désemparés face à la crise, ainsi que sur l'inconscience des grands banquiers privés en matière de crédits ou sur l'attitude ambiguë d'A. Mellon, banquier et secrétaire d'État au Trésor [1]. En fait, rien dans la carrière de B. Strong ne prouve qu'il eût pratiqué une autre politique, mais cette cristallisation sur un « homme providentiel » dévoile le caractère artisanal du système américain et la structure déficiente des sociétés financières. Les banques ne pouvaient à la fois entretenir la spéculation, en être victimes et organiser le marché boursier : elles devaient d'abord surveiller leur concurrence interne — on compte à l'époque près de 27 000 banques — et celle des *investment* ou des *holding* trusts. On objectera, à juste titre, que les 250 premières banques disposaient de plus de la moitié des ressources et que, au plus fort de la prospérité, 50 banques fermaient leurs portes chaque mois. Instabilité et dynamisme étaient donc constitutifs du système bancaire américain, dont l'équilibre reposait, dans le meilleur des cas, sur une adéquation entre les spéculations des institutions financières et celles des petits porteurs régionaux [2]. En tout état de cause, un tel schéma était inopérant pour enrayer une panique financière qui se développerait par capillarité dans les établissements des régions rurales : en octobre 1929, aucune tentative de stabilisation — qu'elle ait été publique ou privée [3] — ne s'avéra efficace contre le sauve-qui-peut généralisé des investisseurs. Ceux-ci s'attendaient à la fermeture de la Bourse, comme en 1873, et leur ruée vers la liquidité constitua une précaution avant l'inévitable purge déflationniste et son cortège de faillites bancaires. La force des comportements coutumiers semble donc plus décisive que « l'ineptie des politiques » : par amateurisme et par une croyance injustifiée dans le caractère raisonnable des comportements individuels, les banquiers américains ont contribué à la vitesse de propagation de la crise, com-

---

1. M. Friedman, *ibid.*, et J. K. Galbraith, *op. cit.*, chap. III.
2. I. Mintz, *Deterioration in the Quality of the Bonds Issued in the United States, 1920-1930,* New York, 1951.
3. De janvier à octobre 1929, les banquiers new-yorkais réduisent de 30 % leurs prêts aux courtiers, mais cela est insuffisant face à l'augmentation de 80 % des placements exogènes.

me s'ils avaient eux-mêmes refusé de modifier leur attitude.

La conduite irraisonnée des financiers ne suffit cependant pas à expliquer la profondeur du recul. En 1924 et en 1927, le dynamisme du logement et des industries nouvelles avait permis de surmonter en quelques mois les renversements de la conjoncture. Or, en 1929, le système de crédit semble paralysé et la consommation individuelle, désorganisée : les Américains ne répondent pas à la crise. Convient-il alors d'incriminer la « répartition extrêmement inégale », selon J. K. Galbraith, des revenus en 1929 ? Hypothèse séduisante, qui fournit une réponse à la spéculation boursière et au blocage de la consommation des nouveaux produits. Les mauvaises répartitions entre revenus urbains et ruraux, entre profits et salaires, expliqueraient la violence de la crise. En dépit de leurs nombreuses lacunes, les estimations statistiques récentes confirment l'intuition de J. K. Galbraith : les progrès du revenu étaient trop modestes pour que l'activité économique conservât son rythme. Non que la sous-consommation fût généralisée ou que les déséquilibres dans la répartition des revenus se fussent aggravés en 1928-1929 [1]. En revanche, l'écart persistant entre salaires et profits hypothéquait à terme la stabilité des débouchés, donc l'efficacité, voire l'opportunité de la standardisation. Certes, ce passage à l'accumulation intensive concernait une minorité d'entreprises, mais c'étaient les plus représentatives de la « prospérité ». Leur affaiblissement a précipité le retournement des anticipations patronales : chute des investissements et licenciements vont de pair. Cette stratégie de rupture constitue une spécificité majeure de la crise. Au moment où la confiance disparaît, les entrepreneurs découvrent l'instabilité du système de crédit à court terme, et la difficulté de conserver, avec des rémunérations en baisse, des travailleurs accoutumés depuis dix ans à des relèvements de salaires. Le retrait précipité s'impose, en l'absence de toute réflexion antérieure. Les conditions d'un blocage complet sont alors en place : la chute des emplois réduit la consommation puisque les allocations-chômage sont, à cette date, quasi inexistantes, tandis que le ralentissement de la demande ac-

1. Cf. les calculs de P. Temin, *op. cit.*, et ceux de J. Potter, *The American Economy Between the World Wars*, New York, 1974.

centue le désinvestissement et la surproduction sectorielle, tout en incitant les entrepreneurs à peser également sur les salaires, qui leur apparaissent la seule composante flexible.

Hommes politiques et responsables financiers semblent curieusement absents dans ce processus, au point que les contemporains ont fait de leur incompétence une des causes majeures de la crise. Mais la condamnation paraît un peu rapide : en octobre et en novembre 1929, la Federal Reserve transgressa ses principes de neutralité en doublant le montant de ses interventions financières ; de même, face à la prolongation de la récession, le président Hoover décida, en 1931, d'allouer des subventions aux États pour secourir les chômeurs, d'acheter des produits agricoles et de remédier à la crise des banques, par l'intermédiaire de la National Credit Corporation chargée d'octroyer des crédits aux banques locales en difficulté. Or, ces initiatives se révélèrent inopérantes parce que ni leur montant, ni leur mise en œuvre n'étaient adaptés à la crise. Ce décalage fournit l'explication la plus plausible du passage de la crise boursière à la crise économique : les autorités étaient conscientes de l'importance du krach boursier, mais elles n'imaginèrent pas de politique spécifique, puisque les premières opérations d'*open-market* et la baisse des taux d'intérêt « devaient » juguler la récession, comme en 1924 et en 1927 [1]. En fait, la baisse des prix ne put être freinée, et, en deux ans, l'activité manufacturière baissa de 20 %. A la crise des banques en Bourse s'ajoutaient celles de l'approvisionnement bancaire, des industries et du commerce intérieur. Rétrospectivement, l'attachement des financiers aux variations du taux d'intérêt apparaît comme une erreur primordiale. Celle-ci résulte plutôt d'une incapacité à expérimenter des solutions originales. Déjà, en 1906-1907, le maniement des taux d'intérêt n'avait pu empêcher le déclenchement de la crise boursière ; en 1929, personne ne songea à réexaminer une politique coutumière et pseudo-rationnelle, qui permettait de respecter les principes de l'orthodoxie monétaire, tout en favorisant la mise en place d'une politique

1. K. Brunner et A. H. Meltzer, « What Did We Learn from the Monetary Experience of the United States in the Great Depression ? », *The Canadian Journal of Economics*, I, 1968.

monétaire expansionniste. Les précédents historiques servaient de caution à la fatalité de la crise.

Les conditions financières et commerciales de l'extension
internationale de la crise étaient ainsi réunies. L'arrêt des
exportations de capitaux américains et le reflux des capitaux
flottants européens en constituèrent la première manifestation.
L'Allemagne, contrainte de se retourner vers Londres et Paris
pour financer le déficit de sa balance des comptes, mit en
œuvre une politique déflationniste draconienne dans l'espoir
de conserver la confiance des investisseurs à court terme. Le
paiement des Réparations interdisait toute stratégie monétaire
expansionniste et, *a fortiori,* une dévaluation, puisque les
remboursements s'effectuaient principalement en devises
étrangères. L'équilibre externe impliquait par conséquent
l'aggravation de la crise économique et sociale intérieure,
avec ses conséquences politiques, ce qui avait pour effet
d'amoindrir encore la confiance des investisseurs et d'exposer
donc l'Allemagne au risque d'une crise financière généralisée.
La situation des pays neufs était plus préoccupante car les
capitaux américains assuraient l'essentiel des investissements
de développement et du service de la dette. Dès 1930, l'Amérique latine, l'Australie et le Canada furent victimes d'une
crise des paiements continue, le rapatriement des profits réalisés dans les investissements directs s'ajoutant à l'interruption
des prêts. Les pays débiteurs durent ainsi se départir de leurs
réserves en or, mais le refus des États-Unis et de la France de
pratiquer une politique monétaire expansionniste réduisait à
néant les effets compensateurs du Gold Exchange Standard.
Déflation et perte de confiance précipitaient la désintégration
du système monétaire : dès 1930, l'Argentine, le Brésil,
l'Australie et la Nouvelle-Zélande abandonnaient le Gold
Standard.

La régression des échanges et le renforcement du protectionnisme américain amplifièrent les conséquences des problèmes financiers. Second importateur mondial, les États-Unis
virent en trois ans leurs importations diminuer de 70 % en
valeur et de 43 % en volume. De plus, l'adoption du tarif
protectionniste Hawley-Smoot, en juin 1930, concrétisait la
volonté des Américains de privilégier leur marché intérieur, au
risque d'un ralentissement supplémentaire de l'activité éco-

nomique. Le déséquilibre des échanges mondiaux, un moment atténué entre 1925 et 1928, ne pouvait que se creuser. La résistance du commerce international à la crise jusqu'en 1932 ne doit pas faire illusion; elle est due à la moindre contraction du commerce des produits de base, dont les prix sont très déprimés, tandis que production industrielle et échanges sont désormais déconnectés. Cette situation apparaît comme le produit direct de la guerre et de l'appauvrissement des mondes dominés. La perte des marchés russe et ottoman, la baisse de l'argent-métal et la surproduction agricole ont provoqué une crise des débouchés d'autant plus aiguë que les années vingt avaient été marquées par un effort continu de rationalisation dans les pays industriels. Aux contemporains, le monde pouvait bien sembler «régi par une sorte de loi de Malthus à rebours. Les appareils de production se sont accrus suivant une progression géométrique alors que les consommateurs ne s'accroissaient que suivant une progression arithmétique [1]». La résistance des importations dans les pays industriels s'explique par l'avantage cumulé d'une chute progressive des revenus, de termes de l'échange très favorables et de la concentration des échanges avec les possessions d'outre-mer. L'Europe et les États-Unis pouvaient supporter un éventuel déficit commercial, pas les pays neufs, étranglés par la chute du prix des produits de base et par le poids de leur endettement. Le caractère politique des relations marchandes entre grandes puissances et pays neufs ou colonisés se trouve renforcé, puisque les premières privilégient leur zone d'influence [2] et que les seconds, dans l'incapacité sociale de régler leurs comptes [3], n'honorent plus leurs engagements financiers mais doivent commercer toujours plus avec les pays riches pour préserver leur seule source de financement. L'autarcie des années 1932-1939 s'esquisse doublement: tandis que l'Allemagne, l'Italie ou le Japon s'efforcent de rejoindre le «club» des puissances coloniales afin de s'assurer des débou-

---

1. J. Demangeon, «Aspects nouveaux de l'économie internationale», *Annales de géographie,* nos 19 et 20, 15 janv. et 15 mars 1932, p. 7.
2. Les Philippines, 12e fournisseur des États-Unis en 1929, accèdent au 7e rang en 1931.
3. Les pays d'Amérique latine auraient dû réduire de 60 % leur niveau d'importations en 1929 pour financer leurs charges extérieures.

chés, l'enlisement des pays dominés dans la dépression renforce leur sclérose rurale et fait apparaître les pôles d'industrialisation, tels Dakar, Bombay ou Buenos Aires, comme des excroissances inadaptées à la société locale.

Les déséquilibres de la balance des paiements — provoqués par les mouvements des capitaux à court terme, le freinage des placements à long terme et l'atonie du commerce international — ont créé les conditions d'une crise financière mondiale. Mais, contrairement aux apparences, celle-ci ne se déroule pas en chaîne et ne découle pas de l'inaction des banques centrales. La rivalité autant que l'inexpérience des banquiers précipitent l'éclatement d'une crise généralisée, dont la faillite de la banque viennoise, la Kredit Anstalt, en mai 1931, constitue la manifestation la plus visible et non le point de départ. L'année 1930 est en effet marquée par une reprise des exportations de capitaux américains à court terme, par l'émission de l'emprunt Young destiné au financement des Réparations et par l'octroi de crédits nouveaux aux principaux pays endettés, le Brésil, le Canada, l'Argentine et l'Autriche. Pour autant, ce répit n'incita nullement les banques centrales à coopérer; chacune s'évertuait à préserver ses intérêts et accessoirement l'équilibre financier international, dans la mesure où ce dernier répondait aux préoccupations nationales. Ainsi, Français et Américains profitèrent de l'appréciation de leurs monnaies pour accroître leurs réserves en or et utiliser leurs prêts à des fins politiques, sans envisager la moindre réduction des dettes de guerre. De même, les Britanniques, inquiets du gel de leurs avoirs dans les pays du Commonwealth qui avaient mis en place un contrôle des changes, prohibèrent tout prêt en dehors de l'Empire. La montée des égoïsmes nationaux rendait les marchés financiers particulièrement réceptifs aux moindres signes de crise, comme si les autorités monétaires avaient admis le caractère inexorable des troubles financiers [1].

Quatre événements concrétisèrent ce pessimisme ambiant. En novembre 1930, la Banque de France dut intervenir sur le marché des changes pour faire face à un brutal retrait des placements sur le marché de Londres. Dans le même temps,

1. S. V. Clarke, *Central Bank Cooperation, 1924-1931,* New York, 1967, p. 185-202.

les États-Unis connurent une seconde vague de faillites bancaires, touchant 608 établissements, dont la Banque des États-Unis, ce qui entraîna une nouvelle course à la liquidité. Les Britanniques rencontrèrent, en décembre, des difficultés similaires, bien qu'il n'y eût pas d'épidémie de faillites. Enfin, la médiocre cotation de l'emprunt Young, à 30 % en dessous du pair, traduisait l'inquiétude des investisseurs, après les premiers succès électoraux d'Hitler en septembre 1930. En ce sens, la faillite du Kredit Anstalt ne constituait qu'un épisode supplémentaire de la décomposition du système monétaire, ce qui explique le caractère tardif du soutien international et la médiocrité des concours financiers. Conformément aux habitudes prises depuis 1929, les banques centrales et les investisseurs privés se soucièrent d'abord de récupérer le maximum de leurs avoirs et d'obtenir des concessions politiques [1], avant d'être pénalisés par le gel des créances et le contrôle des changes.

Mais la crise avait atteint, en quelque sorte, une vitesse propre qui la rendait insensible aux thérapeutiques classiques. En témoignent l'inefficacité du moratoire d'un an sur les dettes de guerre et les Réparations, annoncé en juin par le président Hoover, ainsi que celle de la fermeture des banques allemandes, du 13 au 15 juillet, après la faillite de la Danat Bank. Tout au long du XIXe siècle, et encore en 1914, la fermeture des marchés financiers ou des banques et le recours aux moratoires — officiels ou tacites — avaient fourni les délais nécessaires à la remise en ordre du système monétaire. En 1931, tous semblent hésitants à « acheter » ce temps indispensable. On y verra la conséquence de l'absence d'un prêteur en dernier recours, au rôle officiellement reconnu [2]; mais la raison majeure réside probablement dans l'affrontement triangulaire Londres, New York, Paris. Depuis la suspension de la solidarité interalliée, en mars 1918, ces trois places financières s'efforçaient d'instaurer leur suprématie ou de la recouvrer. En vain, dans la mesure où les instruments — maniement du taux d'escompte et thésaurisation de l'or — étaient inadaptés au gonflement des liquidités internationales et où les

1. La France s'efforce de contraindre l'Autriche à renoncer à son projet d'union douanière avec l'Allemagne.
2. Idée développée par C. P. Kindleberger, *op. cit.*, chap. IX et X.

ambitions se bornaient à restaurer un hypothétique âge d'or et
à s'en approprier les fruits. Une sorte de crispation idéologique s'est ainsi installée entre des pays que leur victoire avait
obnubilés, au point de leur faire confondre concurrence et
rivalité. La crise de la livre sterling, à l'été 1931, illustre de
manière exemplaire l'incohérence de ces politiques. Lorsque
New York et Paris décident d'accorder un crédit de 650 millions de dollars à Londres, c'est afin d'éviter une augmentation trop brutale du taux d'escompte, non pour porter secours à
une monnaie dont tous les experts savent, depuis 1925, la
surévaluation et qui n'a pas connu de dépréciation particulière
depuis le début de l'année [1]. Dans un marché de capitaux
désorganisé et peu demandeur, le retour de Londres à sa
politique traditionnelle de taux d'intérêt était à la fois trop
tardif pour enrayer la crise et handicapait les stabilisations
française et américaine. Contrairement à l'hypothèse avancée
par F. von Hayek [2], le gouvernement anglais n'était nullement
résigné à la dévaluation de sa monnaie puisqu'il acceptait le
marché franco-américain : sauvegarde de la livre contre argent
facile. Encore aurait-il fallu que le gouvernement d'Union
nationale parût capable de résorber le déficit budgétaire dénoncé par le rapport May et que la réaction des marins britanniques ne semblât pas annonciatrice de troubles sociaux. En
septembre 1931, l'opération franco-américaine était à renouveler, mais dans un climat spéculatif préjudiciable et avec la
perspective d'une crise analogue, quoique de moindre effet,
en Hollande. La suspension temporaire de la convertibilité en
or de la livre sterling concrétisait l'impuissance britannique.
Elle montrait surtout les réticences des grandes puissances à
envisager des remèdes communs à la crise, chacune préférant
se satisfaire de victoires à la Pyrrhus, les Français se vengeant
à cette occasion de la spéculation de 1924.

Ainsi s'impose l'idée d'un basculement généralisé des économies dans une dépression dont les enchaînements apparents
reflètent les capacités inégales de résistance financière. Même
l'image classique d'une France, « île heureuse », atteinte tardi-

---

1. Cf. F. Capie et M. Collins, *The Inter-War British Economy : a Statis-
tcal Abstract, Manchester Univ. Press,* 1983, chap. VII et VIII.
2. F. von Hayek, « L'étalon-or ; son évolution », *Revue d'économie politique,* nov.-déc. 1966.

vement par la crise, doit être retouchée [1]. De prime abord, la solidité du franc, le petit nombre de chômeurs et l'absence de faillites bancaires ou industrielles spectaculaires incitent à admettre une spécificité nationale : la France ne dispose-t-elle pas d'un taux de couverture monétaire exceptionnel en Europe, grâce à ses 4 910 tonnes d'or de réserve ? De même, seuls 50 000 chômeurs sont officiellement recensés en mars 1931 et l'indice global de la production industrielle continue de progresser, entre 1927 et le second trimestre 1930, au rythme de 11,2 % par an. Pourtant, certains indicateurs laissent entrevoir une situation plus inquiétante : au fléchissement des indices boursiers et des exportations s'ajoute la crise précoce des industries de qualité et de biens de consommation courante. Le textile, l'automobile et le caoutchouc sont touchés avant la fin de 1929, en raison notamment du renchérissement des produits français à l'exportation. Enfin l'« inexistence » du chômage s'explique par la médiocrité des statistiques disponibles avant 1931 [2] et, surtout, par le départ massif des étrangers, estimé à 770 000 par le ministère du Travail entre 1926 et 1929. Convient-il alors de dater la crise française en 1926-1927, au moment où la stabilisation du franc réduirait les possibilités d'exportation et laisserait apparaître l'inadéquation entre la demande et les capacités de production ?

L'enjeu dépasse la simple rectification chronologique. Il est en effet tentant de chercher l'ultime ressort de la dépression dans l'incapacité des revenus monétaires d'augmenter au même rythme que la production de biens de consommation. La France, et l'Europe, auraient été victimes d'une diffusion trop lente du salariat dans des économies à dominante rurale ou artisanale, où le salaire réel ouvrier progressait de façon insuffisante, alors que les États-Unis connaissaient des difficultés pour adapter production standardisée et niveaux de

1. J. Marseille, « Les origines "inopportunes" de la crise de 1929 en France », *Revue économique*, n° 4, 1980 ; H. Bertrand *et al.*, « Les deux crises des années 1930 et des années 1970 ; une analyse en sections productives dans le cas de l'économie française », *Revue économique*, mars 1982 ; critique in J.-C. Asselain, *Histoire économique et sociale de la France du XVIIIᵉ siècle à nos jours*, Paris, Éd. du Seuil, 1984, coll. « Points », t. II, p. 92-95.

2. La statistique mensuelle du chômage par le ministère du Travail date de janvier 1931. Celle-ci mésestime le nombre des chômeurs à temps partiel.

consommation. En outre, la baisse du revenu agricole — qui atteint 16 % en France de 1930 à 1932 et 27 % en Europe centrale — se conjuguerait aux habitudes d'autosuffisance pour épuiser le renouvellement des biens de consommation. Doit-on pour autant conclure au blocage simultané des modes de régulation concurrentielle et des processus d'accumulation intensive ? Cette hypothèse a le mérite de fournir une explication à l'omniprésence et à la profondeur de la crise, mais on ne peut réduire ses causes à l'interaction entre les agrégats sociaux. Les données statistiques concernant le salaire réel ouvrier et les revenus des autres catégories demeurent en effet incomplètes, hétérogènes à l'échelle des pays et les résultats divergent sensiblement. De plus, et le cas de la France en témoigne, on ne saurait écarter l'incidence de perturbations sectorielles liées à des facteurs externes, comme le blocage des courants d'échange sous l'effet des mesures protectionnistes. Surtout, à partir de 1926, le partage entre salaires et profits évolue en faveur des salaires, en France comme en Grande-Bretagne [1] : redressement des salaires réels et maintien de taux de profit élevés coexistent, ce qui contredit l'interprétation globale de la crise en termes de sous-consommation. De ce point de vue, les controverses sur l'antériorité ou le caractère tardif de la crise française détournent de l'observation essentielle : la France de 1929 présente, comme ses partenaires européens mais dans une moindre mesure, une situation potentiellement instable. Loin de comparer le cas français aux effondrements allemand ou américain, on le rapprochera de l'évolution lente de l'Angleterre. Ces pays, aux structures économiques proches, entrent dans la dépression lorsque l'«amortisseur financier» cesse de compenser l'affaiblissement commercial. Dans un régime de change fixe, la crise sanctionne leur passage au cercle vicieux de la monnaie surévaluée puis à celui de la dégradation des spécialisations.

Toutefois, même si l'on ne considère pas la crise comme un

---

1. R. Hope, «Profits in British Industry from 1924 to 1935», *Oxford Economic Papers*, I, 1949; M. Baslé, J. Mazier et J.-F. Vidal, «Croissance sectorielle et accumulation en longue période», *Statistiques et Études financières*, nº 40, série orange, 1979. Cette situation paradoxale permet de comprendre comment des esprits aussi avertis que C. Rist pouvaient, en 1933, soutenir qu'il n'y avait pas de crise en France !

état pathologique ou inéluctable du capitalisme, l'attitude des contemporains ne laisse pas de surprendre. Pourquoi ont-ils eu le réflexe de se sauver, au double sens du mot, en accordant leur confiance à des hommes politiques — Poincaré —, des banquiers — Norman ou Schacht —, et des principes — la stabilité des monnaies rattachées à l'or? On touche ici à un paradoxe essentiel de cette période, face auquel historiens et économistes doivent se contenter de conclusions provisoires. Cet aveuglement consenti n'évitait-il pas de s'interroger sur les blocages du système économique d'après-guerre? Ainsi, l'exaspération des profits en France et aux États-Unis, à des niveaux largement supérieurs à ceux de 1913, était de nature conjoncturelle, dès lors qu'elle reposait principalement sur des gains de productivité liés à des innovations d'avant-guerre et sur des investissements de capacité, exigés par l'effort de guerre, puis par la remise en ordre des économies. Or, Français et Américains ont polarisé leur attention sur l'«euphorie des affaires»: en 1929, les augmentations de capital et les investissements bancaires dépassent de beaucoup les sommets atteints entre 1926 et 1928. Mais ceux-ci contribuent à accélérer encore la vitesse annuelle d'accroissement des profits, sans entraîner une poussée des masses de profits, compte tenu de la chute des débouchés extérieurs, de la résistance des salaires et de la stabilité des prix industriels. L'image de la prospérité oblitère la réflexion sur ses déterminants. En 1929 comme en 1932, les contemporains n'ont pas voulu voir que leurs décisions rationnelles, inspirées par leur expérience financière d'avant-guerre, ne correspondaient plus à l'état du monde. Ils ont privilégié le maintien des équilibres intérieurs, parce que l'intervention des banques et les mesures déflationnistes pouvaient préserver un *statu quo* politiquement souhaité et socialement rassurant. Mais la guerre, la reconstruction et la croissance avaient renforcé le rôle prépondérant de la contrainte externe; la sauvegarde de l'équilibre extérieur impliquait une redéfinition des politiques nationales. Aucun décideur ne l'a accepté, au nom d'une confiance ancienne à rétablir ou à conserver, échappatoire naturelle face à une crise que chacun s'ingéniait à ne pas penser.

Ainsi s'installe le temps des occasions manquées. En esquisser la chronologie ne vise pas à dénoncer l'«ineptie» d'une génération, mais plutôt à souligner le fossé permanent entre le raisonnable et la politique économique. A trois reprises [1], les autorités fédérales auraient eu la possibilité d'enrayer les paniques bancaires par une intervention sur le marché financier : 400 millions de dollars auraient économisé 6 milliards de pertes ! L'inaction des pouvoirs publics américains symbolise l'attitude des contemporains : le refus d'arbitrer instantanément entre deux politiques et, *a fortiori,* celui d'anticiper sur le comportement du marché. De même qu'ils acceptaient un déplacement brutal du partage salaires/profits, les gouvernants ont subi à la fois les effets des paniques financières et le choc de deux chômages, liés au manque de débouchés et à la médiocre rentabilité des activités traditionnelles. Erreurs répétées d'analyse et de prévision, certes, mais aussi incapacité des hommes à mesurer l'ampleur et l'urgence des solutions concevables : la crise était bien « surhumaine », comme le pressentait Keynes [2].

## Stratégies de crise

Trois ans après le début de la crise, le tissu industriel a retrouvé, par nécessité, une élasticité à la production qui rend vraisemblable l'éventualité d'une reprise de la consommation, parce que l'épargne des particuliers trouve peu d'occasions de s'employer, que le renouvellement des équipements s'impose et que les salaires réels, pour les personnes effectivement employées, continuent de progresser. Pour autant, les années 1932-1933 symbolisent l'enracinement de la dépression et la dislocation d'économies de plus en plus désunies, tentées par des solutions individuelles, à court terme et précaires. Est-ce à dire que l'ampleur de la dépression excluait toute sortie de crise « mécanique » et exigeait une intervention généralisée de l'État, mise en place progressivement ? La réponse est ambiguë, dans la mesure où l'action des pouvoirs publics s'exerce aussi bien sur des points précis que sur l'ensemble de l'économie et qu'elle relève à la fois de l'opportunisme politique,

1. M. Friedman, *op. cit.,* p. 129, évoque trois occasions : janvier-octobre 1930, janvier-août 1931, septembre 1931-janvier 1932.
2. J. M. Keynes, *A Treatise on Money, op. cit.,* p. 255.

de l'évolution économique, voire de justifications morales. C'est pourquoi il est encore plus difficile d'estimer les résultats des politiques anti-crises que d'en analyser les desseins. Doit-on, par exemple, attribuer la reprise américaine de 1933 [1] à l'application du premier New Deal rooseveltien ou à l'écoulement des stocks accumulés depuis le début de la crise ? D'une façon générale, les stratégies de reprise se révèlent incomplètes et mal maîtrisées, d'où leurs résultats inattendus et contradictoires, comportant des aspects positifs souvent ignorés par l'opinion, préoccupée par l'enlisement global des économies. Plutôt que de dresser un bilan arbitraire de ces politiques, il semble donc plus judicieux d'utiliser les décisions prises entre 1930 et 1939 comme une sorte de contre-épreuve pour évaluer les motivations et l'efficacité des attitudes face à la crise.

### Des relations économiques sous contrôle.

Le cloisonnement des échanges internationaux et la constitution de zones monétaires s'apparentent à des actions réflexes, d'autant plus difficiles à contrôler que les marges de manœuvre financières et tarifaires s'étaient dangereusement amenuisées après plusieurs années de déficit budgétaire. 1931 marque, de ce point de vue, une étape dans l'escalade douanière et monétaire. En mai, le Brésil instaure le contrôle des changes ; il est suivi par six pays d'Amérique latine et cinq nations européennes, dont l'Allemagne, en juillet 1931. Cette disposition permettait non seulement de se protéger de la concurrence étrangère, mais aussi d'orienter les flux commerciaux par des accords de *clearing,* dont le rôle était de compenser les transactions sans transferts de fonds, puisque l'équilibre des échanges était automatique et lié aux quantités commercialisées de part et d'autre [2]. Contingentement et compensation se complétaient pour réduire les mouvements commerciaux au strict nécessaire, tout en contraignant les pays les plus démunis à une solidarité/dépendance vis-à-vis des gran-

1. Entre mars et juillet 1933, la production industrielle retrouve le niveau moyen d'avant la crise, soit une progression de 50 %.
2. La France adopte la même stratégie en créant, en décembre 1931, l'Office de compensation.

des puissances. Toutefois, les démocraties répugnaient à utiliser le contrôle des changes parce que celui-ci aurait handicapé leur activité financière, déclenché des mesures de rétorsion entravant le rapatriement des dividendes et que la liberté de circulation monétaire apparaissait comme la marque des démocraties industrielles. C'est pourquoi les restrictions directes ou indirectes aux échanges devinrent la règle commune à mesure que la « guerre économique » s'enracinait dans les comportements.

Encore convient-il de distinguer le choc supporté par les pays dominés de la réorientation effectuée par les nations développées. Les premiers subissent la baisse simultanée de leurs exportations de produits primaires et des investissements internationaux, anticipant leur quasi-insolvabilité. En 1932, 44 pays neufs ont vu leurs exportations baisser de 40 à 80 % par rapport à 1929, et ce phénomène se prolonge jusqu'en 1935 [1]. Face à cette asphyxie financière et commerciale, les pays dominés doivent à la fois dévaluer, adopter un contrôle des changes et limiter leurs importations. Toutefois, ce type de protectionnisme défensif ne résiste guère aux contraintes imposées par les grandes puissances : en 1933, contre le maintien de leurs exportations de viande vers le Royaume-Uni, les Argentins accordent une préférence aux produits manufacturés anglais, laissent entrer en franchise le charbon anglais et suspendent le contrôle des changes sur le transfert des dividendes payables en sterling jusqu'à concurrence du montant des exportations vers la Grande-Bretagne, forme de *clearing* indirect.

Le protectionnisme des pays industriels correspond plutôt à une réorientation commerciale vers des marchés captifs, dans le cas anglo-français, autonome, pour les États-Unis, ou délaissés, comme les marchés d'Europe centrale, conquis par l'Allemagne à la suite du retrait des démocraties. On a souvent décrit le repli impérial comme une réponse illusoire et égoïste à la dégradation du commerce international. De fait, Anglais et Français se souciaient surtout de se procurer des matières premières et alimentaires à prix avantageux, tout en écoulant leurs produits manufacturés, sans favoriser le développement

1. S. G. Triantis, *Cyclical Changes in Trade Balances of Countries Exporting Primary Products, 1927-1933*, Toronto, 1967.

des activités locales. L'esprit de la conférence d'Ottawa, en juillet 1932, et de l'Exposition coloniale, inaugurée à Paris en 1931, traduit l'inquiétude des deux nations, soucieuses de masquer leur dépendance croissante à l'égard du monde et l'effacement de leur prestige international. Mais le compromis signé par les Anglais comme l'attitude empirique et plus dogmatique des Français [1] constituent également l'amorce d'une reconversion, dépassant une restructuration commerciale conjoncturelle [2]. En témoignent les progrès de l'industrialisation indienne autour de Bombay ou de Calcutta et l'apparition de pôles industriels urbains dans les colonies d'Afrique. Les barrières douanières ont renforcé la cohésion des ensembles commerciaux impériaux en dépit des résistances, voire de l'incompréhension nationale [3]. Solution simple, le « mythe impérial » permettait de préserver les industries traditionnelles européennes les plus menacées, d'économiser les réserves monétaires et de briser l'enchaînement fatal de la déflation et du chômage exporté. Rétrospectivement, il est facile de constater que le protectionnisme n'eut pas les vertus escomptées par les contemporains : il ne favorisa ni la reprise des affaires, ni le redressement des prix ou des exportations. De même, la multiplication des accords bilatéraux n'a nullement assuré la reconquête des marchés, mais plutôt un redécoupage géographique, où les relations de voisinage et les liens historiques s'avèrent décisifs. Ainsi les Britanniques imposent-ils leur charbon aux pays scandinaves au détriment de la Pologne et de l'Allemagne, mais ces dernières évincent les Anglais en Italie et, partiellement, en France. Choix politi-

---

1. Il suffit d'évoquer l'échec de la conférence économique impériale de 1934-1935.
2. Part de l'Empire dans le commerce extérieur :

| | France | | Grande-Bretagne | |
|---|---|---|---|---|
| | *Import.* | *Export.* | *Import.* | *Export.* |
| *1913* ........ | 10 % | 15 % | 25 % | 34 % |
| *1927-1929* | 12 % | 17 % | 27 % | 36 % |
| *1931-1933* | 19 % | 26 % | 29 % | 37 % |
| *1936-1938* | 26 % | 31 % | 38 % | 41 % |

3. C.-R. Ageron, « Le mythe impérial », in colloque sur *la Puissance, 1938-1939*, R. Girault et R. Frank éd., Paris, Presses de la Sorbonne, 1984.

ques à usage interne, protectionnisme et relations bilatérales
représentent des compensations autant mythiques que réelles,
où l'exaltation de la durée et de l'homogénéité sert à tracer des
perspectives de sortie de crise.

La constitution des zones monétaires, bien qu'elle fût complémentaire des cloisonnements commerciaux, se révéla plus
aléatoire, en raison des multiples porosités et des rivalités
anciennes que la crise n'avait pas atténuées. Ainsi, contrairement à l'application automatique des accords d'Ottawa, l'alignement des parités sur la livre sterling reflétait l'inégalité des
capacités économiques et le degré d'intégration dans la sphère
monétaire anglaise : tandis que les pays scandinaves ou le
Portugal s'adaptaient strictement, l'Australie et la Nouvelle-
Zélande — lourdement endettées et isolées — se tenaient à
20 % en dessous de la nouvelle parité ; enfin, le Canada — à
la croisée des zones sterling et dollar — choisit un cours
médian, à 15 % au-dessus de la livre, qui confortait sa position de plaque tournante financière. Cette absence de cohésion
véritable — les relations dans la zone dollar restent informelles et le bloc-or de juillet 1933 constitue une réponse forcée
aux Américains — explique l'improvisation des politiques.
Un seul objectif commun : l'or. On oublie trop souvent, en
effet, que la production d'or connut un boom spectaculaire
pendant la crise, doublant en dix ans, pour atteindre
1 232 tonnes en 1939, soit dix fois le chiffre de 1875. Le
mythe des métaux précieux ressuscite au moment où s'esquisse une nouvelle géographie des relations financières ;
mais, contrairement aux rapprochements historiques suggérés
par Keynes [1], le mouvement des années trente privilégie la
valeur interne de la monnaie et il n'entraîne pas de reprise
généralisée et durable de l'économie. Défendre son stock d'or
permet de préserver la base du système bancaire et de tenir son
rang de grande puissance.

Le manque d'homogénéité de ces politiques laissait présager l'échec de la conférence de Londres, en juillet 1933.
Ainsi, tout en annonçant son intention de préserver l'équilibre
budgétaire et en refusant de s'engager aux côtés d'H. Hoover
pour juguler les effets de la panique bancaire de mars 1933,

1. J. M. Keynes, *A Treatise on Money, op. cit.*, p. 70-72.

F. D. Roosevelt multiplia les déclarations ambiguës sur la défense de la parité-or du dollar ou l'éventualité d'une dévaluation. Cette indécision eut deux conséquences : la crise bancaire se traduisit, en dépit de la fermeture provisoire des établissements, par la faillite de 2 000 sociétés, et Roosevelt fut contraint de pratiquer une politique financière plus drastique que celle de son prédécesseur[1]. La suspension de la convertibilité-or du dollar, l'instauration d'un contrôle des changes, puis l'interdiction d'exporter le métal ou de le thésauriser procèdent d'une intuition nationaliste et non d'une volonté de réorganiser le système monétaire international. On assiste alors à un étonnant chassé-croisé : les États-Unis, créditeurs du monde, acceptent un dollar flottant, tandis que les Européens continentaux prônent des parités fixes. En fait, les Américains adoptent une tactique similaire à celle utilisée au lendemain de la guerre de Sécession : ils achètent d'abord de l'or à des cours croissants, pour faire baisser le cours du dollar et augmenter la valeur du stock d'or, puis ils exploitent la stabilisation du dollar à 41 % de sa valeur-or, en janvier 1934, afin de drainer les capitaux étrangers en quête de sécurité, ce qui leur permet, en contrepartie, de continuer leur accumulation d'or et de porter la valeur de leur stock de 7,4 à 17,6 milliards de dollars entre 1934 et 1939. A l'inverse, les pays du bloc-or espèrent profiter de leurs réserves et de la stabilité de leurs prix pour imposer leur autorité en Europe centrale et orientale. Les échecs successifs de la conférence de Genève, en 1930-1931, et du projet de libre-échange organisé[2], en août 1932, leur avaient fait prendre conscience de la vanité de négociations commerciales où les intérêts particuliers l'emportaient sur les espoirs multilatéraux. Il n'est donc guère surprenant que ces pays aient choisi une solution monétaire impliquant le renforcement des liens bilatéraux : la déflation et la crainte d'une crise financière « à l'américaine » justifiaient

1. Comme le souligne M. Friedman, *op. cit.*, p. 35, Hoover avait proposé à Roosevelt une partie de ces mesures, auxquelles ce dernier avait refusé de s'associer.
2. R. Girault, « Crise économique et protectionnisme, hier et aujourd'hui », *Relations internationales*, nº 16, 1978, p. 377, et A. Fleury, « Un sursaut antiprotectionniste dans le contexte de la crise économique de 1929 : le projet d'une trêve douanière plurilatérale », *Relations internationales*, nº 39, 1984, p. 333-354.

l'adoption de solutions partielles, en dépit des recommandations des experts, voire des déclarations d'intention. En fait, la
conférence de Londres constituait un prétexte dangereux plutôt qu'une perspective de rémission, dès lors qu'aucun des
deux camps n'était assuré de résultats tangibles. Elle légitimait
*a posteriori* les tendances au nationalisme et écartait toute
nouvelle tentative de règlement multilatéral. En ce sens, la
politique nazie ne fit que pousser à sa logique extrême ce
raisonnement en instaurant deux types de monnaies, l'un à usage
interne qui excluait la dévaluation, l'autre destiné à solder les
avoirs étrangers bloqués en Allemagne et affecté de multiples
dévaluations sélectives dont l'ampleur, comprise entre 42 et
88 %, permettait de réorienter la direction des échanges et de
conserver l'excédent de la balance commerciale.

Face à cette évolution irrésistible, les tentatives de coopération internationale ou de cartellisation font figure d'occasions
manquées. Le vote du Reciprocal Trade Agreement Act, en
1934, laissa aux États-Unis la possibilité de conforter leurs
relations bilatérales avec les pays d'Amérique latine, par le
biais d'une réduction modulable des tarifs douaniers
— jusqu'à 50 %. Malgré les vingt-neuf accords passés par les
États-Unis jusqu'en 1945, cette trêve douanière n'entraîna
qu'une modeste reprise des échanges de produits bruts. De
même, la déclaration commune signée à Washington en septembre 1936, par l'Amérique, la France et la Grande-Bretagne
apparaît rétrospectivement comme un simple armistice dans la
guerre monétaire, alors qu'elle ébauchait un nouveau système
international. Tout en entérinant la dévaluation française,
l'accord concrétisait le détachement forcé de l'étalon-or et
constituait un appel à un *Economic Appeasement,* dans l'esprit
des conversations diplomatiques entreprises depuis le début de
l'année, auquel devaient souscrire la Belgique, les Pays-Bas et
la Suisse. De plus, il coïncidait avec les conversations Blum-
Schacht sur la réinsertion coloniale de l'Allemagne et avec le
projet d'une conférence économique internationale, objet de la
mission Van Zeeland [1], en 1936-1938. Pour autant, les arrière-

___

1. Paul Van Zeeland, Premier ministre belge jusqu'en octobre 1938. Cf.
M. Dumoulin, « La mission Van Zeeland », *Relations internationales,* nᵒ 39,
1984.

pensées monétaires demeuraient, aussi bien pour la France, qui escomptait à moyen terme la restauration de l'étalon-or, que pour la Grande-Bretagne, qui profita de la faiblesse du franc pour attirer dans sa zone monétaire la drachme grecque et la piastre turque et qui s'ingénia à saboter la portée du rapport Van Zeeland, dès que celui-ci parut susceptible d'entraîner la signature d'un accord international, aliénant la liberté de manœuvre de la diplomatie britannique. Seuls résultats tangibles, des accords *swaps* permirent le rétablissement de courants monétaires modestes entre les trois puissances. Étrange destinée de ces accords qui appartiennent à l'histoire de la construction européenne et atlantique, et dont le bien-fondé fut seulement reconnu à la fin de la guerre avec la création du FMI, abrogeant les dispositions de 1936 pour élargir à l'échelle du monde l'idée d'une démonétarisation de l'or. Procédant d'une logique voisine, les ententes entre pays producteurs visent à soutenir les cours en agissant sur l'offre. Les cartels de l'étain et du caoutchouc reflètent ces initiatives et leur succès mitigé. L'accord de 1931 sur l'étain et celui de 1934 sur le caoutchouc instaurent des quotas de production et d'exportation qui entraînent une hausse modérée des cours. Ceux-ci demeurent cependant respectivement à 70 et 35 % de leur niveau de 1929 ; à l'évidence, la prise de conscience des pays neufs producteurs ne débouche pas sur une « prise de parole ».

Dans ces conditions, la rigidité du commerce international se renforce progressivement. La crise confirme les tendances antérieures de la répartition géographique des échanges :

|  | *Pourcentages* | | | |
|  | Import. | | Export. | |
|  | *1929* | *1937* | *1929* | *1937* |
|---|---|---|---|---|
| Europe | 55 | 56 | 49 | 45,5 |
| Amérique du Nord | 16 | 14 | 19,5 | 17 |
| Asie | 13 | 14 | 15 | 16,5 |
| Amérique latine | 7,5 | 7 | 9,5 | 10,5 |
| Afrique | 5 | 6 | 4,5 | 7 |
| Océanie | 3,5 | 3 | 2,5 | 3,5 |
|  | 100 | 100 | 100 | 100 |

Toutefois, cette stabilité masque la diminution des relations entre pays industriels au profit des importations en provenance des pays spécialisés dans l'exportation de produits primaires, malgré la baisse des cours. On y verra l'effet des habitudes de consommation alimentaire, de l'amélioration des termes de l'échange et des politiques de réarmement, à partir de 1936. Mais la raison essentielle demeure le reclassement des hiérarchies commerciales à l'intérieur des ensembles géographiques : la poussée des exportations allemandes de produits manufacturés compense le repli britannique et l'effondrement français. L'image d'un commerce figé se double en fait d'un reclassement en fonction des capacités de résistance à la crise. Alors que la Grande-Bretagne est victime de la structure de ses exportations traditionnelles, autour du textile, l'Allemagne profite de la moindre régression des échanges manufacturés, de la compétitivité de ses produits et de sa stratégie de *clearing* pour porter sa part de marché de 37,8 à 42,5 % entre 1929 et 1937. Elle devient le second fournisseur de l'Amérique latine. L'offensive commerciale du Japon est encore plus spectaculaire : celui-ci se place au premier rang des fournisseurs de la Chine et au second de ceux des Indes. L'Asie absorbe désormais 72 % de ses exportations et fournit 58 % de ses importations. L'intensification des échanges métropole/colonies et de la concurrence avec les pays anglo-saxons se concrétise par la formation d'une nouvelle zone commerciale dont les contours, empiétant sur ceux des puissances occidentales, isolent encore davantage les pays dominés. Rigidité des échanges et rivalités internationales parachèvent la dislocation d'un commerce en régression.

### Fausses solutions et transformations profondes.

Le monde des années vingt avait été dominé par les banquiers et les experts. Les années de crise allaient favoriser l'essor des « techniciens » de gouvernement et d'entreprise. Cette redistribution progressive du pouvoir passait par l'échec des solutions économiques orthodoxes, ce qui ne semblait nullement inéluctable. Si les politiques déflationnistes paraissent rétrospectivement inadaptées et susceptibles d'avoir entretenu la dépression, elles n'étaient dépourvues ni d'arguments théoriques, ni de bon sens apparent. Prolongement normal des théories quantitatives et des théories des changes, la déflation recueillait, sous ces deux formes, l'assentiment de tous les économistes [1]. La déflation budgétaire présentait l'avantage de la simplicité. L'assainissement des finances publiques reproduisait les règles de la bonne gestion privée : ajuster les dépenses à des recettes moindres était un slogan politique commode et électoralement rentable. Cette lutte contre le laxisme de l'État rejoignait la croyance des financiers dans les vertus d'une stabilisation de l'activité économique par le contrôle — ici, la réduction — des moyens de paiement en circulation. Parallèlement, la déflation économique avait pour objectif de diminuer les prix intérieurs, en pesant notamment sur les salaires, afin de relancer les exportations et la production. Elle trouvait sa justification dans les perturbations observées sur les marchés des changes depuis 1918 et dans l'idée d'un nécessaire ajustement des prix au mouvement des paiements internationaux.

Tous les pays connurent une combinaison plus ou moins prolongée de ces politiques. Jusqu'à la crise monétaire de 1931, celles-ci présentent une grande homogénéité : réduction des dépenses et des aides gouvernementales, diminution des salaires des fonctionnaires et des allocations-chômage, malthusianisme agricole et industriel, relèvement des impôts directs et/ou indirects, enfin recours systématique au protectionnisme.

L'objectif commun est d'éviter la dévaluation, qui, en raison des présupposés théoriques et de l'état d'esprit du moment, apparaît, depuis l'avènement d'un régime communiste, comme l'« arrêt de mort » du capitalisme [2]. Dans un tel contexte, le degré des mesures déflationnistes reflète la capacité de résistance financière des nations. L'Allemagne, sous la conduite de Brüning, adopta des mesures drastiques, amputant d'abord les salaires des fonctionnaires de 10 % en 1930, puis

---

1. J. A. Schumpeter, *Histoire de l'analyse économique*, Paris, Gallimard, 1984, t. III, p. 455-462. On remarquera que J. M. Keynes, dans *Tract on Monetary Reform*, soutient la théorie quantitative.
2. Hypothèse attribuée à Lénine par J. M. Keynes in *The Economic Consequences of the Peace, op. cit.*, p. 220, et confirmée par les déclarations de Preobrajenski.

tous les traitements de 6 % en 1931 ; dans le même temps, l'allocation-chômage était baissée à deux reprises. La Grande-Bretagne accentua sa politique d'austérité, dans l'espoir de retrouver dès 1930 un budget équilibré, ce que devaient démentir les conclusions du rapport May, qui estimèrent le déficit à 120 millions de livres. A l'évidence, après dix ans de déflation, les vertus des coupes sombres dans le budget prônées par les financiers britanniques se heurtaient à un volume incompressible de dépenses et à la résistance des salaires. La situation des États-Unis et de la France était moins inquiétante, grâce à la stabilité provisoire de leurs monnaies. Ils pouvaient associer la réduction des dépenses publiques avec des mesures de relance, par le biais de facilités monétaires, de la mise en œuvre du plan d'outillage national imaginé par A. Tardieu ou de mesures de soutien aux agriculteurs telles que l'Agricultural Marketing Act qui permettait d'allouer des prêts d'un montant de 500 millions de dollars aux coopératives agricoles.

La crise financière de 1931 entraîna un gauchissement des politiques déflationnistes, qui s'efforcèrent de combiner stabilisation économique et relance de la production, dans un cadre de plus en plus national. Politique d'argent à bon marché et soutien conjoncturel des secteurs en difficulté caractérisent les stratégies adoptées par le cabinet britannique d'Union nationale, le président Hoover et le gouvernement Laval. Les résultats sont, pour le moins, contradictoires : aux États-Unis, entre 1932 et 1933, la production industrielle progresse de 16 %, mais la moitié des capacités de production reste inutilisée ; en France, la production industrielle se redresse légèrement pendant le second semestre 1935, mais demeure à 25 % au-dessous du maximum de 1930 et fort loin de la performance anglaise, car la Grande-Bretagne retrouve dès 1934 le niveau de production, déprimé, de 1929. Outre leur coût social et politique élevé, ces dispositions semblent sans prise véritable sur les retournements cahotiques de la conjoncture. On touche ici aux contradictions fondamentales des politiques déflationnistes.

Imaginer un alignement général et simultané des prix intérieurs et extérieurs était illusoire dans une telle atmosphère de compétition douanière et monétaire. De plus, la protection des agriculteurs et des industriels favorisait le maintien de niveaux de production élevés pour les premiers et de prix rigides pour les seconds. En voulant faire plus que ce qu'une gestion orthodoxe impliquait, les contemporains attendaient de cet excès même un sursaut, sans comprendre que la prolongation de la crise raréfiait les recettes et contraignait les pouvoirs publics à renforcer leur intervention pour préserver l'équilibre social.

En dépit de la médiocrité de leurs résultats, les politiques déflationnistes eurent néanmoins la vertu de démystifier l'éventuel « retour à la normale ». En fait, leur échec servit surtout de justification commode aux gouvernements lors des dévaluations précipitées des années 1931-1933. Ces dernières tinrent lieu un temps de stratégie anti-crise, mais la dislocation et le cloisonnement des échanges rendaient très aléatoires les espoirs de rétablissement durable et généralisé par ce biais. Ainsi, la dévaluation britannique enraya la chute des exportations, mais n'empêcha ni la contraction du commerce extérieur, ni le maintien d'un fort déficit commercial. De même, la dévaluation japonaise, présentée comme la condition de l'expansion commerciale des années trente, a vu ses effets souvent surestimés : les Japonais concurrençaient les Britanniques depuis 1921, et la dépréciation du yen permit de réduire, sans le combler, un déficit commercial présent depuis 1920 et alimenté par la croissance intérieure autant que par la structure triangulaire des échanges nippons.

Une stratégie de crise restait à inventer, en un moment où le modèle américain des années vingt faisait figure d'utopie et où l'échec des déflations avait détruit les bases du compromis social, tout en discréditant ses idéologues économistes et ses praticiens politiques. Revanche involontaire de l'homme de la rue sur l'expert, du travailleur sur le technicien ou l'ingénieur, la crise a précipité l'avènement d'une nouvelle génération d'économistes et de cadres, soucieux d'une efficacité à court terme plus que de théorisation. Pour autant, il serait à la fois anachronique et dangereux d'évoquer une « révolution keynésienne » ou « managériale ». Les recherches demeuraient parallèles, par ignorance de langage et surtout par comportement nationaliste coutumier, renforcé par le souvenir des déboires américains et aggravé par le désordre des échanges internatio-

naux [1]. De plus, on voit mal comment la publication tardive
des principaux travaux aurait pu influencer directement des
politiques de reflation élaborées dans l'urgence de la dépression : la *Théorie générale* date de 1936 et les publications
d'E. Lundberg ou d'E. Lindahl, chefs de file de l'école sué-
doise, sont traduites en anglais à la veille de la guerre.

Mais il serait simpliste de réduire à l'air du temps l'émergence de ce nouvel état d'esprit. Keynes, ses contradicteurs et
ses épigones apportaient une première réponse aux hiatus entre
intervention de l'État et démocratie parlementaire, entre capitalisme libéral et projet d'organisation sociale. Certes, leur
influence resta oblique, et l'assimilation du premier New Deal
ou du Front populaire [2] aux politiques keynésiennes relève de
l'abus de langage. Pourtant, grâce aux liens qu'ils tissèrent
avec les pouvoirs publics, ces conseillers firent prendre
conscience de la dimension morale de la crise. En dénonçant
la « stupidité » du chômage et l'« horreur » de la pauvreté,
Keynes et ses pairs favorisaient le rassemblement de l'opinion
autour d'une volonté de régénération sociale nationale. Parmi
ces multiples propositions, on distinguera trois apports majeurs : les interventions contra-cycliques, l'élaboration d'un
« plan » économique et le thème du « multiplicateur d'emploi ». Les deux premières idées étaient apparues bien avant la
crise de 1929 : le plan Freycinet de 1879 constituait déjà
l'amorce d'une intervention contra-cyclique des autorités,
tandis que l'expression « planification », employée pour la
première fois par le ministère allemand des Affaires économiques en 1919, fut popularisée par l'expérience bolchevique et
le courant « planiste ». La dépression eut pour effet de cristalli-
ser l'attention des contemporains sur ce type d'intervention et
de faire se multiplier les initiatives nationales, issues d'un

1. B. Ohlin, « On the Slow Development of the Total Demand Idea in
Economic Theory », *Journal of Economic Literature,* XII, 3, sept. 1974.
Keynes ignorait les travaux des économistes allemands et scandinaves. Seul le
groupe « X-Crise » publia, à partir de 1935, de nombreuses études sur les
expériences étrangères ; cf. *l'Ouvrage du cinquantenaire,* Paris, Economica,
1981.
2.    Même pour le second gouvernement Blum, alors que le discours
d'investiture est souvent considéré comme la première manifestation d'une
politique keynésienne en France.

réformisme empirique dans lequel se retrouvaient syndicalistes et jeunes économistes. L'Allemagne adopta ainsi le plan WTB [1], en 1932, avant de lancer, en 1934, son premier plan quadriennal axé sur une muliplication des grands travaux d'équipement et sur une reprise de la consommation de biens durables. Qu'il s'agisse des systèmes économiques ou de l'analyse micro-économique, les partisans de cette intervention croissante du pouvoir avaient gagné leur pari : l'État ne se contentait plus de gérer; il prévoyait, il harmonisait l'activité économique et sociale, sans que les finalités de son rôle parussent encore douteuses, du moins jusqu'en 1936. De même, l'idée du multiplicateur d'emploi, fondée sur l'effet dynamique du déficit budgétaire, se déplaça du champ des discussions entre économistes pour devenir, à partir de 1935-1936, une des orientations directrices des politiques économiques occidentales, à l'exception notable de celle de la Grande-Bretagne. L'endettement public et le gonflement induit de la masse monétaire procédaient plutôt d'une réaction conjoncturelle et permettaient l'exploitation de la masse des liquidités sans emploi. Il n'en reste pas moins que cette intervention aboutit à imposer l'État comme créateur de monnaie et à renforcer son contrôle sur l'appareil bancaire. Réponse tardive aux banqueroutes des années 1929-1933 et nécessaire instrument d'une politique de relance publique, la tutelle des pouvoirs publics constituait la condition liminaire à une stratégie de soutien des principaux secteurs productifs.

La course aux armements et la guerre rendent délicate l'estimation des résultats. L'homogénéisation des conceptions et des pratiques demeure l'aspect le plus marquant. A l'émergence du manager, promoteur d'une nouvelle rationalisation du travail sur les décombres du modèle entrepreneurial décrit par les néo-classiques, correspond l'avènement du technocrate, investi des responsabilités accrues de l'État [2]. Mais cette mutation considérable ne provient pas seulement d'une réac-

1. Le plan Woytinski, Tarnow et Baade, adopté par les syndicats allemands, prévoyait la relance de la consommation par le gonflement des liquidités.
2. A cette époque paraissent les travaux de L. Urwick et J. Elbourne. Cf. D. Hall, H.C.L. de Bettignies et G. Amado-Fischgrund, « The European Business Elite », *European Business*, oct. 1969.

tion spontanée à la crise ou d'une évolution inhérente au capitalisme ; elle est une innovation qui se diffuse progressivement et rencontre de nombreuses résistances, des ouvriers aux contremaîtres, des théoriciens du libéralisme orthodoxe aux adversaires de l'« américanisation » et/ou de l'étatisation des sociétés. Ces réticences trouvent leur origine dans la crainte du chômage et, de manière plus diffuse, dans les inquiétudes suscitées par un système d'organisation qui menaçait les fonctions de contrôle décentralisées et impliquait une division du travail internationale. Les grèves de 1933-1934 témoignent autant de la peur ouvrière que d'une combativité retrouvée face aux désillusions de la crise et aux incertitudes du progrès [1].

Ces nouvelles dispositions permirent cependant l'intervention des pouvoirs publics dans plusieurs secteurs de l'économie. Et, en premier lieu, dans l'agriculture, où les deux stratégies initiales, le protectionnisme et les mesures non tarifaires — contingentements, quotas et achats liés — avaient fait long feu. Quatre années de crise et douze de marasme quasi permanent avaient fini par convaincre les autorités d'un nécessaire accommodement avec les mécanismes du marché, d'autant que la paysannerie paraissait indispensable à la défense de la démocratie comme à l'avènement d'un « ordre nouveau ». Les pays libéraux privilégièrent le relèvement du revenu agricole, par le biais de subventions et de réduction des superficies ou de la production, sous le contrôle d'offices publics. Avec le vote de la loi sur la crise agricole de 1933, les Pays-Bas furent le premier pays à structurer complètement leurs marchés par type de produits. Ils furent partiellement imités par l'ensemble des démocraties, que celles-ci soient mono-exportatrices, comme le Danemark et la Suisse, ou grands producteurs, comme les États-Unis et la France. Les prix « de parité » instaurés par l'Agricultural Adjustment Act ou le mode de fixation des cours du blé au sein de l'ONIB [2] sont donc loin d'être originaux, et leurs objectifs ne dépassent

---

1. Ainsi la grève de neuf mois aux aciéries J. Johnson Nephews, en 1934, contre l'application du système Bedaux.
2. L'Office national interprofessionnel du blé fut mis en place par le gouvernement Blum en juin 1936.

guère le stade des ajustements saisonniers. En revanche, le principe des négociations bi- ou tripartites et l'acceptation des conséquences inflationnistes de cette politique concrétisent le changement des mentalités, avec l'amorce d'une socialisation de la crise agricole.

La politique d'indépendance alimentaire pratiquée par les pays totalitaires relève d'une exigence particulière — l'insuffisance des productions nationales — et d'une intention idéologique, la communauté paysanne constituant « l'épine dorsale de la nation, la source de sa force militaire et la gardienne des vertus traditionnelles contre les influences étrangères [1] ». Les modalités de mise en œuvre, au-delà des rythmes différents, sont marquées par une double préoccupation : créer indirectement du travail et rétablir le fonctionnement normal de l'économie privée, donc limiter dans le temps l'action des pouvoirs publics. Les mesures prises par le Reich en 1933 illustrent en fait la pénétration des autorités dans le domaine agricole. Celle-ci s'opère d'abord par l'abaissement des taux d'intérêt du crédit agricole, de l'impôt sur le chiffre d'affaires et de l'impôt foncier : au total, l'État prend à sa charge 730 millions de marks. Les lois de septembre lui donnent le monopole sur les importations, les facteurs de production et de répartition des produits agricoles et la fixation des prix. Couronnement de cette réorganisation, le « domaine héréditaire » et la Corporation nourricière du Reich reproduisent à l'échelon individuel et régional la hiérarchie sociale imposée par le pouvoir. En donnant aux Allemands de « pure race » une exploitation indivisible, incessible et transmissible par héritage à un seul des enfants, l'État attache le paysan à sa terre, quel qu'en soit le revenu, et conserve un droit de contrôle. De même, les cercles paysans organisent non seulement la production mais la surveillance de la main-d'œuvre, afin de limiter l'exode rural, et l'agencement de la vie quotidienne. Cette politique permit de refermer les ciseaux des prix agricoles et industriels en trois ans et de décupler le bénéfice brut des paysans. Pour autant, les importations se révélaient toujours indispensables, et, comme dans les démocraties, les consommateurs financèrent,

---

1. Société impériale agricole du Japon, citée par G. C. Allen, *A Short Economic History of Modern Japan*, Londres, 1946, p. 110.

à raison d'une hausse de 3,5 % l'an du coût de la nourriture, le redressement agricole.

Les résultats mitigés des politiques de soutien agricole s'expliquent par l'impossibilité de combiner les intérêts des paysans avec ceux des consommateurs et d'obtenir une action internationale sur les prix, les productions et les tarifs douaniers [1]. Ces obstacles ne pesaient pas sur l'industrie, aussi l'État fut-il en mesure d'intervenir directement et de contribuer à la concentration des entreprises. Encore convient-il de ne pas surestimer l'action directe, dont les manifestations, pour spectaculaires qu'elles aient été, restent peu nombreuses dans les démocraties et temporaires dans les pays fascistes. En Europe, la mise en œuvre des grands travaux se heurtait aux réticences des financiers, empreints du souvenir de l'équilibre budgétaire et hostiles à la création monétaire massive, ainsi qu'aux souhaits des travailleurs et des gouvernants de gauche : privilégier le pouvoir d'achat entravait les possibilités de reprise directe, mais préservait l'équilibre social. Ce fut davantage sous la pression des circonstances que Blum ou Ramsay MacDonald engagèrent des travaux d'équipement, au même titre qu'ils renflouèrent Air France et BOAC, les transports londoniens et les compagnies ferroviaires. Les termes de « grands travaux » et de « nationalisation » apparaissent ici excessifs, tant l'absence de coordination et de stratégie est manifeste ; l'idée d'un « secourisme d'utilité publique » semble plus adéquate.

De prime abord, l'exemple américain tranche sur les prudences européennes : le National Industrial Recovery Act (NIRA) de juin 1933 comportait un fonds de travaux publics de 3,3 milliards de dollars, la Civil Work Administration embaucha 4 millions de chômeurs en six mois, et l'aménagement de la Tennessee Valley revitalisa l'agriculture locale et entraîna l'implantation d'industries électrochimiques. Pour autant, l'efficacité à court terme de ces mesures se révéla modeste, au point que l'on comptait 11,3 millions de chômeurs en décembre 1934. D'aucuns [2] ont souligné l'impor-

---

1. On en voudra pour preuve l'échec de l'Accord international du blé, d'avril 1933, qui était pourtant le premier accord significatif sur les produits alimentaires depuis 1902.

2. Ainsi J. Néré, *la Crise de 1929*, Paris, Colin, 1973, p. 149.

tance des réticences psychologiques à investir, après le choc de 1929, ou l'influence du conseiller de Roosevelt, Harold Ickes, premier administrateur du programme de grands travaux, qui aurait privilégié la rentabilité à long terme des investissements. Sans écarter ces hypothèses, la faiblesse du déficit budgétaire jusqu'à l'automne 1934 met en évidence la prudence des autorités américaines, soucieuses de répartir leurs crédits entre les allocations-chômage et la création d'emplois. Il faut attendre le second New Deal et l'instauration de la Works Progress Administration pour qu'une politique d'emploi directe entraîne une réduction sensible mais temporaire du chômage, qui, après l'étiage de 1937 avec 7,7 millions d'inactifs, remonte à plus de 10 millions l'année suivante. Les fluctuations de la courbe du chômage incitent à relativiser l'importance de l'intervention fédérale, capable de « doper » l'économie américaine, non de la réinstaller sur le chemin d'une reprise régulière. Ce constat en demi-teinte pourrait s'appliquer également aux pays totalitaires, qui, comme l'Allemagne, pratiquèrent des interventions massives et ponctuelles en mobilisant les capitaux publics et privés, afin d'augmenter la demande sur le marché du travail. Les deux programmes Reinhardt de juin et septembre 1933 mobilisèrent 4 milliards de marks, financés à parts égales, pour la construction routière et immobilière. Ils furent complétés par les actions des institutions publiques autonomes, à concurrence de 3,5 milliards de marks. Au total, l'État a consacré en deux ans 3,3 milliards de marks à l'intervention directe, au risque de tirer des traites financières sur l'avenir, puisque le montant global des crédits dépasse celui de la circulation fiduciaire. En dépit de la réduction de 6 à 2,6 millions du nombre des chômeurs, le Reich se trouve confronté, comme ses concurrents, à la fragilité financière de son économie.

Échappant à ces contraintes financières permanentes, l'intervention indirecte de l'État répondait à l'inquiétude des entrepreneurs et des particuliers sur les dérèglements du capitalisme. Elle accentuait le mouvement de cartellisation entamé dès 1920, mais en infléchissait le sens : à la dynamique expansionniste des années 1925-1930 succéda une conception malthusienne, où les priorités devinrent la sauvegarde de prix minimaux et le rétablissement d'une adéquation, souvent artificielle, entre production et consommation. Si l'on ne peut parler de régulation du système productif, en raison notamment des effets pervers sur les prix, les dispositions du NIRA ou de la loi de cartellisation allemande établissaient les conditions d'un nouveau rapport salarial autour du modèle taylorien, moyen implicite de réhabiliter l'entreprise privée. On en voudra pour preuve le succès des cartels industriels internationaux à partir de 1931-1932 : l'Entente internationale de l'acier regroupe dix producteurs européens et survit à l'avènement d'Hitler puis à la montée des tensions. Malgré ses divisions politiques, l'Europe de 1939 compte près de trois cents cartels internationaux. La prolifération de ces regroupements participe de la naissance d'un nouvel univers technique et économique, concrétisé par l'envahissement des groupes industriels.

Les scientifiques ne furent pourtant pas épargnés par la crise : en Allemagne, plus de 50 000 diplômés et 20 % des chimistes se trouvaient sans emploi en 1933. Autrichiens et Hollandais craignaient que le désœuvrement des étudiants n'entraînât des troubles politiques. Surtout, les « ingénieurs » furent accusés d'avoir contribué au gâchis technologique et humain que constituaient chômage et surproduction. Ils furent associés aux patrons et aux hommes politiques, incapables d'exploiter les innovations pour surmonter la pauvreté. Le progrès fut rendu responsable de la prolongation du chômage, puisque l'automatisation et la standardisation supprimaient des emplois, tandis que les nouveaux procédés parurent favoriser la course aux armements lorsque les Italiens utilisèrent du gaz toxique dans leur expédition d'Abyssinie [1]. La génération des années trente voulait du travail et du pain, les savants lui offraient des découvertes sur la biochimie et l'atome. Cet éloignement du quotidien et le silence des scientifiques sur les remèdes à la crise expliquent l'impression fausse de stagnation technique et de désintéressement des responsables politiques. En fait, dès 1932, plusieurs d'entre eux, dont O. Mosley et H. MacMillan, souhaitèrent qu'un « nouvel univers scientifique » rétablît la capacité industrielle du Vieux Monde. La création du CNRS, en 1936, et le gonflement généralisé des

1. Sur ces critiques, cf. l'ouvrage de J. Huxley, *If I were a Dictator*, Londres, 1934.

dépenses de recherche-développement [1] concrétisèrent cette volonté politique d'organiser la communauté scientifique et d'accélérer la promotion de l'invention par le passage à l'innovation. L'avant-guerre marque la fin du mythe de l'ingénieur solitaire et génial. Ainsi, le soutien des pouvoirs publics et l'action des firmes pour surmonter les blocages techniques révélés par la crise favorisèrent le perfectionnement des découvertes du début du siècle. Les progrès des techniques du transport, l'essor de la chimie et le triomphe de l'électricité traçaient des voies d'avenir, au moment où les contemporains s'interrogeaient sur l'éventualité d'un renouvellement. L'apparition du turboréacteur, en 1937, l'utilisation des polymères et des matières plastiques étaient certes les effets du réarmement et de l'autarcie, mais elles annonçaient des bouleversements industriels.

L'importance des investissements techniques précipita, en effet, les regroupements intersectoriels et transnationaux. Fondée en 1927, la société Unilever, à capitaux anglo-hollandais, qui contrôlait le marché des corps gras, investit dans le textile, la pêche et les plantations. Grâce au renforcement du contrôle sur les banques, les États se trouvèrent «associés» à cet essor des compagnies multinationales, en même temps que la modernisation des législations renforçait la sécurité du système financier. En Suisse, en Belgique, en Italie et en Allemagne, les lois sur les banques et le crédit de 1934-1936 entérinèrent cette rénovation, sans pour autant figer la concurrence ou empêcher la reprivatisation des banques d'affaires. L'avènement de nébuleuses bancaires, pendants et souvent concurrentes des groupes industriels, illustre la capacité de réaction du capitalisme et l'adaptation de l'administration économique face à l'urgence du moment.

Ces conceptions économicistes de l'affrontement entre puissances permettent de comprendre le caractère tardif de l'intensification des dépenses militaires et l'absence de «planification» stricte de l'effort de guerre [2]. Jusqu'en 1937, les

---

1. En Grande-Bretagne, le budget de la recherche passe de 1,6 à 5,4 millions de livres entre 1933 et 1938 ; les subventions aux associations scientifiques doublent et atteignent 372 000 livres.
2. A. Rowley, «Pour vaincre la crise... la guerre !», l'*Histoire*, n° 58, juill.-août 1983.

démocrates — autant par fidélité à la déflation qu'au souvenir de l'esprit de Genève — demeurèrent sceptiques sur les vertus d'une telle thérapeutique. Américains et Britanniques redoutaient le déclenchement d'une nouvelle crise financière si les dépenses de guerre s'accroissaient. Pour leur part, les Allemands doutaient des capacités de réponse de leur industrie et n'envisageaient nullement l'interruption des investissements dans le secteur des biens de consommation, ni celle des dépenses publiques non militaires. Le «plan» Goering adopté en 1936 constituait davantage un catalogue de mesures, sur lequel le ministre de la Guerre, von Blomberg, émit de sérieuses réserves. C'est donc progressivement, entre 1935 et 1938, que s'est opérée une sorte de glissement dans les finalités des politiques économiques. Il fallait d'abord que les circuits financiers et les conditions d'une utilisation optimale de l'industrie fussent rétablis : « L'armée a besoin des bases capitalistes », déclarait Schacht en novembre 1935. Or, en 1938, les Européens manquaient encore de main-d'œuvre qualifiée et d'outillage approprié [1] et l'on ne peut guère parler de « mobilisation » des travailleurs, dans la mesure où les horaires quotidiens restèrent inférieurs à huit heures, même en Allemagne. Tout se passe comme si démocrates et dictateurs voulaient « les canons *et* le beurre ». Au moment où le Trésor britannique acceptait, pour la première fois depuis 1918, l'accroissement massif du budget de la Défense, le Foreign Office soutenait les initiatives de la SDN afin d'organiser une conférence internationale sur les grands travaux, et N. Chamberlain proposait la revalorisation du *dole*.

En ce sens, les décisions de l'année 1938 constituent une ligne de partage des eaux entre la relance économique et la marche à la guerre. Le 12 mars 1938, l'Anschluss constitua un démenti évident aux déclarations de Schacht qui, la veille, annonçait que les dépenses de l'État devraient désormais être exclusivement financées par les revenus fiscaux et les emprunts. L'annexion de l'Autriche augmentait les ressources naturelles et les possibilités industrielles du Reich, tout en lui

---

1. D'après B. H. Klein, *Germany's Economic Preparations for War*, Harvard Univ. Press, 1959, il manquait à l'industrie allemande 500 000 travailleurs qualifiés au début de 1938.

apportant 400 000 chômeurs. Le retour à l'«état de plein-emploi» et l'idée d'une économie fonctionnant à plein rendement furent ainsi abandonnés, au profit de la politique du préfinancement : le «nouveau plan financier» de mai 1939 orientait définitivement l'économie allemande vers la guerre, par le biais d'une mobilisation massive et rapide de nouvelles ressources monétaires. Cette sanction à l'égard d'une politique financière orthodoxe se produit au même moment dans les démocraties. La France et l'Angleterre conçoivent l'idée d'une guerre dans laquelle elles pourraient utiliser les ressources de leurs empires coloniaux et leurs réserves bancaires ou métalliques — cette «quatrième force armée» —, afin d'attendre l'épuisement de l'économie allemande. A la mobilisation «en largeur» du Reich, conforme à la stratégie du *Blitz Krieg,* répondait la préparation «en profondeur» des pays libéraux. Même s'ils n'étaient pas prêts à faire la guerre en 1938, ce changement d'attitude montre que les pays européens préféraient le risque d'un conflit à celui d'une nouvelle dépression. C'est pourquoi l'année 1939 apparaît dominée par le sentiment du redressement, dans les démocraties, et de l'approfondissement de l'effort de guerre, dans les pays fascistes. La crainte de la décadence, d'une part, et l'expansionnisme, de l'autre, concouraient à justifier les préparatifs économiques.

### Les voies des pays neufs

Il semblera peut-être paradoxal de trouver ici rassemblées les expériences soviétique, australienne ou latino-américaine. Leurs histoires, leurs conceptions et leurs champs d'application rendent vaine toute comparaison. Pourtant, elles recèlent au moins un point commun : leur rapport au monde industriel capitaliste, à cet ensemble transatlantique touché par la crise. Cette préoccupation est à l'évidence plus marquée chez les dirigeants néo-zélandais ou australiens, pour qui les relations avec la Grande-Bretagne sont déterminantes, que parmi les autorités soviétiques. Comment ne pas constater, toutefois, que les années trente coïncident avec la mise au point du modèle, de la politique économique et des techniques de planification spécifiques de l'URSS? Forgé comme instrument d'une stratégie de développement révolutionnaire, le modèle centralisé se définit «contre» le capitalisme, en même temps que la politique économique répond à des impératifs de circonstance, qu'il s'agisse de développer l'industrie pour remplacer les produits importés ou pour faire face à une agression militaire des États capitalistes. Mais ces expériences lointaines ne passent pas inaperçues en Occident. Les Européens vont à Moscou ou à Auckland observer la mise en œuvre de politiques qui tentent elles aussi d'associer industrialisation, croissance et transformations sociales.

Confrontée aux problèmes de la guerre, de la révolution et du développement, l'économie soviétique apparaît en perpétuel état de mobilisation. D'où l'importance du «plan, qui vise à transformer, dans les délais les plus brefs, les proportions économiques fondamentales [1]». Déjà, à l'époque du communisme de guerre, les VIIIe et IXe Congrès du parti avaient débattu des nécessités d'une planification pour gérer l'industrie nationalisée. Mais, malgré la création du Gosplan en septembre 1921 et le plan d'électrification, l'organisme central demeure, jusqu'en 1925-1927, un observatoire de la vie économique et ses recommandations conservent une valeur indicative. Les difficultés de la NEP et les rivalités politiques au sein du PCUS expliquent seulement en partie le passage à une stratégie volontariste. Au travers des controverses entre Boukharine et Preobrajenski resurgit la question posée à la Russie depuis la fin du XIXe siècle : le développement économique passe-t-il par la maximisation du produit agricole ou bien par la modification radicale de la productivité marginale du travail? Or, le pays subit, dans les années 1925-1927, un processus de déconcentration industrielle et l'arrêt des investissements étrangers, tandis que le niveau de la production agricole, proche de celui de 1913, plafonne. Relever le défi industriel supposait donc que l'on actualisât l'idée de la «croissance non balancée», envisagée par Witte [2] : la concen-

---

1. J.-C. Asselain, *Plan et Profit en économie socialiste*, Paris, Presses de la FNSP, 1981, p. 84.
2. A. Rowley, *l'Évolution économique de la Russie de 1850 à 1914, op. cit.*, p. 205-209.

tration des investissements dans l'industrie lourde devait dégager une accumulation de capital suffisante pour entraîner l'ensemble de l'économie. Ainsi peut-on comprendre la surenchère entre le Gosplan et le Conseil supérieur de l'économie nationale, qui conduisit à modifier des objectifs déjà ambitieux pour imposer des taux sans précédent [1]. Compte tenu de l'insuffisance des capitaux, du manque de techniciens et de la médiocrité des réseaux d'échange, ces choix impliquaient un prélèvement renforcé sur l'agriculture, une orientation du commerce extérieur et une diminution de la consommation, alors que la fixation d'objectifs très « tendus » ne laissait aucune marge de sécurité.

A l'origine, le premier plan quinquennal prévoyait une collectivisation progressive de l'agriculture et l'accroissement massif des importations de biens d'équipement. La réticence des paysans moyens à l'égard du *kolkhoze* et l'irruption de la crise internationale allaient modifier ces projets. En fonction des prévisions de croissance dans les secteurs prioritaires, Staline se trouvait contraint d'accélérer, par des mesures coercitives, la collectivisation et les prélèvements, afin de trouver des ressources financières nécessaires à la modernisation industrielle et à l'achat des matériels étrangers. La « dékoulakisation » procura ainsi 400 millions de roubles en deux ans, tandis que l'intégration dans les kolkhozes avait pour but de maintenir le volume d'exportations céréalières, quelles que fussent la perte de productivité, l'intensité de la demande intérieure non satisfaite et la dégradation des termes de l'échange. En ce sens, la pause du printemps 1930 traduit plutôt les difficultés pratiques de la collectivisation qu'un changement d'orientation : à la violence se substitua le poids de la fiscalité sur les paysans individuels. En 1931, deux paysans sur trois appartenaient au secteur collectivisé et l'année suivante voit l'achèvement du processus. La dékoulakisation a ainsi « institutionnalisé » le phénomène des ciseaux observé pendant la NEP : en 1938, le gain annuel moyen d'un

---

1. En 1927, l'accroissement de la production industrielle est fixé à 12 % par an ; dans la version définitive d'avril 1929, il passe à 23 %. Cf. E. Zaleski, *Planification de la croissance et Fluctuations économiques en URSS*, Paris, SEDES, 1962, t. I, p. 54.

kolkhozien représente 8 % du salaire d'un ouvrier de l'industrie. Certes, le lopin individuel joue un rôle indispensable dans la survie des paysans et dans la constitution d'un revenu supplémentaire, mais le paysan russe connaîtra, jusqu'en 1953, une diminution continue de son revenu. Ce déclin fut accentué par le contrôle direct exercé sur les échanges extérieurs : exporter à n'importe quel prix, tel fut l'objectif des pouvoirs publics, soucieux de financer l'effort d'accumulation [1]. Ces contraintes pesaient sur l'ensemble de la population : en 1932-1934, l'URSS exportait 45 % de sa production de beurre et d'engrais, bien que le marché intérieur fût sous-approvisionné. En 1938 encore, les céréales constituaient 22 % de la valeur des exportations soviétiques. La réduction de l'ouverture économique résulte de la crise occidentale et non du choix délibéré d'une croissance autarcique. Comme sa devancière tsariste, l'URSS des années trente doit combiner essor industriel et politique d'innovation économe en capital. Aussi, jusqu'en 1931-1932, compte-t-elle toujours sur les machines et les capitaux européens. Ce fut seulement en 1933 que les dévaluations et la dislocation du commerce international entraînèrent l'apparition du concept de « crise générale du capitalisme » qui officialisait la coupure fondamentale entre les deux économies [2].

Dresser un bilan de cette stratégie cohérente d'industrialisation est délicat, dans la mesure où les statistiques sont peu fiables et où la priorité accordée aux secteurs de base estompe la perspective générale. En effet, les succès de l'industrie lourde furent obtenus grâce à un dépassement constant des

---

1. Structure des importations soviétiques (en %), d'après F. D. Holzman, in S. Kuznets, *Economic Trends in the Soviet Union*, Cambridge, Mass., 1963, p. 296-297 :

|                               | 1913 | 1928 | 1929-1932 | 1938 |
|-------------------------------|------|------|-----------|------|
| Machines                      | 15,9 | 23,9 | 46,3      | 34,5 |
| Minerais et métaux            | 8,3  | 14,1 | 21,4      | 28,4 |
| Matières premières textiles   | 18,3 | 26,6 | 10,8      | 9,7  |
| Biens de consommation         | 27   | 20   | 9         | 7    |

2. Cf. L. M. Tikos, « Waiting for the World Revolution, Soviet Reactions to the Great Depression », in Van der Wee, *op. cit.* Ainsi, les premières analyses d'E. Varga mettent en évidence la capacité de résistance du capitalisme.

prévisions d'investissement : non seulement le secteur A reçut 86 % des sommes allouées à l'industrie, mais la répartition effective des crédits en cours de plan accentua davantage la prééminence de ce domaine. Il est vrai que, lors du second plan, l'imminence de la guerre servit de justification à ce déséquilibre. Globalement, les résultats industriels des deux premiers plans sont impressionnants : grâce à une production qui augmente de 9 % par an, l'industrie fournit, en 1936, 66 % du revenu national contre 45 % en 1928. Pourtant, en raison de la fixation d'objectifs démesurés, certains secteurs prioritaires n'atteignent pas les prévisions initiales, notamment pour le ciment, l'acier et l'électricité. Jusqu'en 1932-1933, ce sont les importations de matériel occidental qui permettent la réalisation, voire le dépassement, des plans de construction mécanique et électrique : à la fin du premier plan quinquennal, l'URSS importe 78 % de ses machines-outils, mais affiche un résultat double de celui prévu par le plan. L'atténuation de cette dépendance technique constitue une des différences entre les deux plans : largement héritière d'une structure économique semi-coloniale, l'URSS échappe à cette situation pendant le second quinquennat. La restructuration géographique opérée en Oural et en Sibérie occidentale et la formation accélérée d'ouvriers qualifiés à partir de 1935 permettent de retrouver des gains de productivité, alors que celle-ci avait baissé de 27 % lors du premier plan. L'exploit de Stakhanov, le 31 août 1935, symbolise les contradictions de cette politique volontariste : l'URSS est désormais capable de battre des records de production, au moment où les services du plan dénoncent le gaspillage des fonds, la mauvaise utilisation des heures de travail et l'insuffisance de la comptabilité.

Ces performances industrielles ne s'accompagnent ni d'une amélioration du niveau de vie, ni d'une transformation radicale de la structure de consommation. A quoi sert la quasi-gratuité du logement, lorsque la part du PNB consacrée au bâtiment et aux investissements sociaux passe de 3,5 à 6,5 % en deux quinquennats ? Le recul de la consommation privée, proche de 17 % du PNB, n'est pas compensé par le développement de la consommation collective. Tout se passe comme si les emplois finals soustraits au marché profitaient aux investissements d'État. Ce glissement continu illustre la contradiction existant entre le modèle soviétique et la réalité russe : la planification résout d'autant moins les problèmes de productivité que la relation profit/salaires est devenue caduque. Aussi l'Union soviétique connaît-elle une inflation de pénurie : hormis de 1936 à 1938, les prix de détail augmentent continûment, si bien qu'en deux quinquennats ils auront été multipliés par 4,5 et la masse salariale par 20. Touchée de manière oblique par la dépression occidentale, l'URSS subit une « crise de développement », dont témoignent la paupérisation des paysans et la différenciation importante des salaires, véritable grille de lecture des disparités sociales intérieures. Comment une économie que n'épargnent ni l'inflation, ni la baisse du niveau de vie et du salaire réel a-t-elle pu représenter une alternative crédible au capitalisme et, à tout le moins, inspirer des réflexions originales sur les stratégies anti-crise ? Les performances quantitatives d'une industrie planifiée fournissent une première réponse : dès 1932, l'URSS détient le premier rang en Europe pour la production de machines, de tracteurs et de pétrole. Autant de succès qui renforcent l'adhésion des contemporains envers une intervention massive de l'État, quelles que soient les illusions entretenues sur l'efficacité de la mobilisation des masses ou sur la révision en hausse des objectifs primitifs, comme moyen de gouvernement et justification rétrospective. Mais la raison essentielle demeure la résorption du chômage initial et, surtout, la capacité de donner du travail à tous : le premier plan prévoyait une augmentation de 36 % de la main-d'œuvre industrielle ; celle-ci doubla. Entre 1928 et 1940, le nombre des salariés passe de 11,4 millions à 33,9 millions : l'édification d'un pays industriel, urbanisé et jeune dans lequel travail et croissance sont associés « justifie » le poids des privations et l'exclusion des paysans. La régénération sociale l'emporte sur l'analyse économique.

L'URSS ne constitue pas un exemple isolé dans cette quête d'efficience sociale. Les pays d'Europe du Nord furent les premiers à mettre en pratique une politique anticyclique inspirée des propositions de Keynes et de l'école scandinave. En 1937, le budget suédois présenté par D. Hammarskjöld stipulait que les dépenses de capital seraient couvertes par l'emprunt afin d'accélérer le renouvellement des matériels. Pourtant, l'originalité de ces actions et la prospérité de la Scandinavie à la veille de la guerre furent méconnues, au point que les commentateurs s'attachèrent à souligner la chute de la natalité et une propension douteuse des habitants au suicide. Ces présupposés traduisent le désarroi idéologique des Occidentaux, peu enclins à admettre l'efficacité d'un « réformisme révolutionnaire » et pacifique lorsqu'il s'applique à leur porte. En revanche, le réformisme d'Australasie, pratiqué aussi bien par les libéraux australiens que par les travaillistes néo-zélandais, constituait un champ d'expérimentation suffisamment éloigné pour que les Anglo-Saxons y puisent d'utiles enseignements. Ainsi, le vote du Social Security Act néo-zélandais, en septembre 1938, représentait la première tentative cohérente de *Welfare State,* tant par le caractère global de la couverture sociale que par l'instauration d'un mode de financement tripartite [1]. Compte tenu du déséquilibre de la balance des paiements, une telle politique n'était pas envisageable sans le réaménagement des relations avec la Grande-Bretagne et l'intrusion du pouvoir central pour coordonner politique sociale et réorganisation économique. Instrument d'une prise de conscience nationale, le réformisme australasien, bien qu'il ait été beaucoup moins original et novateur que son homologue scandinave, rencontre un écho particulier chez les Anglo-Saxons : d'anciennes colonies, des pays neufs peuvent symboliser le bien-être social, puisque leur niveau de vie s'élève de 1929 à 1938 et que l'espérance de vie est supérieure de dix ans à celle des nations européennes. Réformateurs plutôt que réformistes, ces pays d'Océanie témoignent qu'un consensus social empirique, même s'il n'offre pas de solution immédiate à la crise, préserve à la fois démocratie et revenu.

Au demeurant, cette tentative de rassemblement n'est pas propre aux pays du Commonwealth : parmi les nations émancipées de la tutelle coloniale, l'Amérique latine offre un exemple de stratégie alternative. Mais, à la différence des expériences russe ou australasienne, les solutions s'inscrivent d'emblée dans une perspective nationaliste et autarcique, où le repliement apparaît comme une réponse à la désagrégation économique et sociale des années de prospérité. Ainsi, le

1. L.C. Knowles, *The Economic Development of the British Overseas Empire,* Londres, 1961, t. III.

« populisme » du président brésilien Vargas vise à canaliser les aspirations de citadins déracinés et appauvris, par le biais d'une nationalisation des actifs étrangers et d'une politique d'industrialisation par « substitution aux importations ». Le retrait partiel des industries et des capitaux occidentaux a ouvert une sorte d'espace national de croissance que le protectionnisme et le contrôle des changes préservent des retournements conjoncturels. Espace étroit, puisque les grandes puissances — américaine et allemande surtout — se soucient d'organiser leurs zones monétaro-économiques, mais espace suffisant pour que la production industrielle progresse de 11 % par an entre 1933 et 1939, alors qu'elle n'avait pas dépassé 3 % dans les années vingt. Faut-il parler de « stratégie anticyclique et de mise en place de leviers de politique économique » au Brésil ou au Mexique ? Certes, la réforme agraire de L. Cardenas, en 1934, puis la création de la Nacional Financiera et de la compagnie pétrolière mexicaine PEMEX représentent un triptyque cohérent d'intervention publique. Mais il ne s'agit nullement d'une politique de pouvoir d'achat, ni d'un embryon de réformisme ; ces mesures semblent plutôt destinées à combattre les manifestations d'une crise antérieure et spécifique aux mondes périphériques, révélée par les effets induits de la dépression occidentale. Le décalage entre la perception des crises laisse planer la menace d'une déformation rapide des solutions envisagées : la personnification du pouvoir fait alors office de remède miracle, ouvrant par exemple la voie au « péronisme » argentin des années quarante et à ses réponses autoritaires.

# 3

# *Le remodelage des sociétés*

Les heures fortes de l'histoire et de la culture sonnent rarement à la même horloge, comme on serait tenté de le croire. Il semblerait naturel qu'à la fièvre des événements politiques majeurs correspondent une éclosion de chefs-d'œuvre, le surgissement de nouveaux noms. Rien de tel pour la période de la Libération ou la naissance de la III⁰ République : en ces deux occasions, sur le devant de la scène se retrouvent des talents confirmés, souvent célèbres. Aussi, la période qui s'ouvre par la publication des *Champs magnétiques* de Breton et Soupault et culmine avec le coup de théâtre du *Voyage au bout de la nuit* de Céline, en 1932, est bien exceptionnelle. A la mesure du choc et du bonheur éprouvés par un pays menacé d'une défaite définitive. La guerre, ses grands hommes et ses événements dramatiques ont ainsi alimenté instantanément la littérature, les arts et le mouvement des sociétés, sans laisser aux contemporains le temps d'une accommodation du regard. Comme si la mémoire, la légende et la nostalgie avaient précipité leur travail.

Resserrement des sociétés sur elles-mêmes et itinéraires personnels coexistent pendant vingt ans, même dans les pays qui, comme les États-Unis, se sont trouvés plus loin du champ des opérations. Le souvenir de l'inégalité devant la mort se transforme en dénonciation de l'inégalité devant la vie, tandis que la figure de l'ancien combattant rappelle la fraternité des tranchées et le brassage des classes sociales. Le climat de hâte extrême du temps de guerre semble se prolonger autant dans les aspirations sociales ou quotidiennes des populations que dans l'exaltation d'un monde disparu. Au «*De Profundis* d'une Europe qui semblait déjà ne pas pouvoir en réchapper» font écho « les bruits magnifiques des catastrophes verticales et des événements historiques » [1].


## Le premier après-guerre

Établir un bilan serait par trop réducteur, tant les dichotomies traditionnelles sont ici mouvantes ou contournées. Commémoration et rupture sont deux formes d'incantation face à la question majeure posée en 1919 : la guerre marque-t-elle une étape — et de quelle nature — ou bien faut-il refermer au plus vite cette parenthèse ? La réponse est d'abord individuelle, tant le souvenir du conflit et des premières années du siècle détermine les attitudes courantes. En édifiant des monuments aux morts ou en associant — dans les images d'Épinal, les récits et les vitraux d'église [2] — patriotisme et souffrance, les contemporains ne remplissent pas seulement un devoir pieux ; ils exaltent leur nostalgie d'un certain équilibre, d'une « Belle Époque » magnifiée alors qu'elle a été à peine entrevue. Mais ce retour sur le proche passé s'accompagne de la saisie brutale de la discontinuité introduite par la guerre. Écarter le souvenir, insister sur la différence radicale permettent alors de conjurer le passé et d'oublier que la filiation linéaire de l'histoire s'est interrompue. Certes les *roaring twenties* ou la révolution surréaliste concernent une minorité de personnes, sont traversées de multiples scissions et durent, au total, assez peu de temps. Elles contribuent pourtant à l'alchimie d'une génération, en ce qu'elles contraignent chacun à définir, par la nature de son souvenir, son identité.

La nostalgie fournit le thème rassembleur de la commémoration. Mais il ne s'agit plus, comme au XIXᵉ siècle, de « s'inventer une tradition » ; il importe de la retrouver et de la protéger contre des ennemis, réels ou fantasmés. Le Français contre l'Allemand, le démocrate contre le bolchevik, les « petits » contre les « gros », les « vrais » combattants contre les

1. P. Morand, *Fermé la nuit*, 1923, et A. Breton et Ph. Soupault, *Champs magnétiques*, 1919.
2. Sur la France, on consultera les deux articles de R. Girardet et A. Prost, in *les Lieux de mémoire*, P. Nora éd., t. I, *la République*, Paris, Gallimard, 1984.

profiteurs de guerre, les «bons citoyens» contre les révolutionnaires, les marginaux ou les étrangers, tous ces stéréotypes
renvoient à une nation idéalisée, que l'adversité récente a
encore exaltée. Étonnant consensus qui efface, un temps, les
conceptions divergentes du contrat social dans les démocraties
anglo-saxonnes et sur le continent. Une sorte d'allergie au
pluralisme se manifeste, au moment où les gouvernements
prônent le rassemblement et la reconstruction. Henry Ford
dénonce, dans son journal, «l'Internationale juive», faisant
écho aux 4,5 millions d'adhérents du KKK qui exècrent les
Noirs, les étrangers et l'Église catholique. Un curieux compromis s'opère ainsi entre le souvenir d'un âge d'or et la
réutilisation de ses mythes face à l'incapacité des citoyens de
comprendre les transformations en cours. Lorsque les révolutions agraires éclatent en Europe orientale, l'inquiétude des
paysans quant à l'avenir de l'industrialisation est aussi forte
que les haines accumulées contre la noblesse, les Juifs ou les
Autrichiens. Expression d'implications personnelles provisoirement rassemblées, la colère des paysans croates et rou-
mains débouche sur l'exaltation d'un retour utopique à l'équilibre rural précapitaliste.

Cette nostalgie individuelle est bien l'une des formes du
conservatisme, mais on imagine mal comment les classes
moyennes ou les paysans auraient accepté de supporter sans
ressentiment la disparition d'un monde familier. De ce point
de vue, la perception de la réalité, parfois approximative,
renforçait les attitudes défensives. En témoigne d'abord le
comportement précautionneux des bourgeoisies européennes
dans la gestion de leur patrimoine : la défiance touche les
valeurs étrangères mais surtout les banques. Faute de savoir
comment placer son argent, on le garde sous forme de semi-li-
quidité. Inquiets sur la régularité de leurs revenus, les chefs de
famille s'attachent à conserver leur emploi, même après avoir
établi leurs enfants, et modifient leurs dépenses domestiques :
dans la France de 1927, le loyer ne représente plus que 10 %
du budget contre 14 % auparavant; les achats alimentaires
passent de 24 à 20 % et le montant des gages versés aux
domestiques, de 6,5 à 4 %. Entre la volonté de conserver une
bonne pour tenir son rang et les difficultés du temps, nombre
de ménages trouvent un substitut grâce aux progrès techni-

ques : l'aspirateur et l'automobile, modernes et chers, permettent de maintenir son *standing* et de se passer des services d'un domestique [1]. Plus généralement, la remise en ordre des économies et l'installation de nouveaux régimes politiques en Europe orientale à partir de 1923 coïncident avec le retour des vertus d'avant-guerre. Avec Herriot et Baldwin, c'est la « majorité silencieuse » qui arrive au pouvoir et se rassure en contemplant son image : « Ce sont la bonne odeur des champs, la saveur de la pomme et de la noisette, toutes les qualités et les traditions simples, sans prétention, salubres, modestes mais essentielles de l'Angleterre que M. Baldwin a substituées à la lourde, pesante, surchargée, décadente atmosphère des jours d'après-guerre [2]. »

En dépit des réticences de l'opinion moyenne, comment ne pas souligner cependant le formidable appel d'air créé par les *roaring twenties ?* Le bouleversement de la mode féminine ou la vogue du jazz, des night-clubs et des cocktails correspondent à un nouvel art de vivre, à l'avènement d'une société de consommation. Le réduire au « dévergondage », au snobisme ou à un passe-temps réservé aux *bright young things* revient à mésestimer le trouble d'une génération et sa volonté de vivre dans son temps. C'est surtout oublier qu'une partie de la génération du feu avait manifesté avant la guerre son goût de l'action, ses aspirations à une nouvelle morale, sa passion pour l'aventure et le sport. Comment aurait-elle pu se reconnaître dans les professions de foi d'un Herriot, partisan des droits de la femme à condition qu'ils ne sortent pas du cadre municipal, favorable à l'égalité des sexes mais inquiet des ravages de l' « excitation intellectuelle » chez les filles ? Les hommes politiques rappellent le souvenir de la génération perdue et les menaces de dévitalisation interne que les pertes démographiques font peser sur les sociétés européennes. Mais s'agit-il vraiment de cela pour des jeunes gens plus soucieux de modernité que de synthèse patriotique ? La guerre les a projetés hors de la continuité sociale et le retour à la paix voit la confirmation d'une gérontocratie fondant la cohésion des

1. M. Perrot, *le Mode de vie des familles bourgeoises, 1873-1953*, Paris, Presses de la FNSP, 2e éd, 1982.
2. Le *Times*, cité par G. Dupeux et B. Michel, in *Histoire économique et sociale du monde, op. cit.*, p. 226.

régimes sur la commémoration. La vogue de l'américanisme constitue alors un moyen commode d'affirmer le refus d'un retour à un âge d'or mythique et d'un discours puritain. Pour les étudiants d'Oxford et ceux du quartier Latin, la *flapper* n'est pas seulement le type idéal d'une jeune femme excentrique, dégagée des conventions sociales et des tabous; son maquillage, ses vêtements masculins ou ses robes au-dessus du genou, son goût pour la cigarette ou les night-clubs sont autant d'encoches à la règle de vie du XIXᵉ siècle. A l'intemporel qui présidait à la formation de la femme se heurtent désormais les exigences matérielles: faut-il toujours forger une compagne de l'homme, responsable de ses devoirs, une mère dont les enfants seront l'honneur d'une nation? En retour, au travers des critiques contre la jeunesse américaine et ses zélateurs, on devine l'affleurement d'un nationalisme « fermé », où la remise en cause du monopole culturel européen passe pour de la vulgarité. On en voudra pour preuve les réactions britanniques face à l'invasion des films américains, accusés d'amoralité et surtout de ne pas être *truly British*. Mais, malgré les mesures protectionnistes prises en 1927, 85 % des films projetés en Angleterre dans les années vingt continuent de provenir d'Hollywood. Dans des sociétés soucieuses de célébrer leur passé, l'intrusion de la modernité américaine prend la forme d'un défi adressé par une jeunesse.

Cet affrontement participe de ce qu'on a coutume d'appeler, à la suite de Spengler et de Valéry, la « crise » européenne. Mais l'idée de dénouement — constitutive de l'étymologie médicale du terme — s'accompagne d'un profond renouvellement qui touche les individus comme les institutions. Celui-ci s'explique par la réaction des survivants de la guerre, révoltés par l'utilisation de la science pendant le conflit et soucieux d'empêcher le retour des nationalismes par l'édification d'une culture transnationale. Ces exigences internationales, parce qu'elles échappent à l'enracinement dans le terreau patriotique, favorisent l'émergence de nouvelles sensibilités, dont l'Allemagne de Weimar offre une sorte d'archétype, à la fois dans le rapport aux valeurs pour la science et dans l'affirmation de valeurs pour la création culturelle. Au désenchantement du monde par la science répond l'ambition du Bauhaus d'associer l'art et la technique dans un univers où l'harmonie

serait sociale et esthétique. Les travaux d'Einstein sur la rela-
tivité, ceux de Schrödinger sur la mécanique ondulatoire,
l'adaptation de la phénoménologie de Husserl aux concepts
éthiques par Max Scheler et les intuitions d'Heidegger, tous
donnent de l'univers, cosmique ou humain, une image inachevée, dans laquelle on ne peut plus lire ni destin, ni devoir. On
reste pourtant loin du pessimisme professé par Spengler :
même si la guerre représente un risque majeur, le rôle du
scientifique est, par son prestige et sa fonction, qui « l'immu-
nise contre les perversions nationalistes », de contribuer à
repousser cette éventualité, « quels que soient les moyens
utilisés, qu'on ne peut fixer par avance [1] ». De même, le
rapport entre démocratisation et les travaux du Bauhaus [2] repose sur l'élaboration d'une mémoire universaliste et résolument moderniste. L'important réside dans ce besoin de rechercher de nouvelles valeurs, comme pour échapper à la fragilité
diplomatique de l'après-guerre. En ce qu'ils réussissent à faire
d'une aventure nationale particulière le symbole d'une avant-
garde émancipatrice, Klee, Moholy, Gropius et Mies van der
Rohe contribuent au rassemblement européen esquissé dans
les années vingt. Devant le cloisonnement des pays, ces ar-
tistes-techniciens, même s'ils restent en marge, montrent que
le fonds commun d'une culture transnationale doit s'ancrer
dans la vie quotidienne.

Les démocraties pouvaient-elles assimiler ces conceptions
novatrices, en un moment où, spontanément, les populations
aspiraient à la sécurité et à la réconciliation avec une Allemagne faible ? L'influence directe fut, dans le meilleur des cas,
oblique en raison d'une méfiance réciproque. Les hommes
politiques soupçonnaient le Bauhaus de faire l'apologie du
communisme, et, dès 1925, celui-ci dut émigrer de Dessau à
Berlin. De plus, l' « art fonctionnel » du Bauhaus, même s'il
utilisait des méthodes et des matériaux nouveaux, semblait
s'adresser à une élite sociale, alors que l'homme de la rue
attendait la construction de logements en masse. Ce fossé, les
artistes du Bauhaus répugnèrent parfois à le combler, parce

---

1. A. Einstein et S. Freud, *Pourquoi la guerre ?*, Dijon, 1933, p. 13.
2. Cf. H. M. Wingler, *Das Bauhaus*, Bramsche, 1968, et B. Miller-Lane,
*Architecture in Germany, 1918-1945*, Cambridge, Mass., 1968.

qu'ils doutaient de l'adhésion d'une opinion trop influençable. Paradoxalement, l'arrivée d'Hitler au pouvoir confirma les réticences des artistes et l'importance de leur œuvre. La suppression du Bauhaus, en 1933, conforta le mépris d'un G. Grosz «pour une foule moutonnière, qui prenait un plaisir pervers à choisir son propre boucher [1]»; mais elle fit comprendre aux autres nations que se brisait l'amalgame reliant démocratie allemande et progrès, au service de la légitimation de la république de Weimar. L'enseignement du Bauhaus devint alors un modèle, repris et «popularisé» par Le Corbusier et F. L. Wright: l'adaptation précise aux besoins d'une civilisation industrielle introduisait l'art dans la vie de tous les jours.

Il n'est donc guère surprenant que cet esprit d'ouverture ait surtout touché les institutions et les créateurs plutôt que l'opinion. Et, au premier chef, les Églises désireuses de promouvoir un internationalisme chrétien qui définirait les exigences du temps de paix et éduquerait les esprits en modifiant leurs comportements. Qu'il s'agisse du groupe constitué autour du *Bulletin catholique international* ou des milieux engagés dans le catholicisme social, leur ambition vise à développer une nouvelle pratique religieuse adaptée à l'attente des populations urbaines [2]. Bien que les limites pratiques d'un tel regain soient vite apparues, avec la formation de conservatoires dans les sociétés de forte chrétienté — en Morbihan et en Bavière par exemple —, les Églises ont reconquis une clientèle et recréé une religiosité populaire unificatrice. Sous les diversités nationales et les tempéraments individuels, on retrouve, dans la littérature et l'art, ce même pressentiment d'une révolution profonde dans l'homme et dans ses rapports avec le monde. La recherche esthétique, la création d'un monde de fantaisie ou le dépaysement dans la découverte d'univers inconnus traduisent une urgence de profiter de la vie, sans se masquer l'impuissance de l'homme moderne. Autant de préoccupations qui rejoignent celles des écrivains austro-hongrois à la veille de la guerre: comment faire comprendre à un milieu — celui des classes moyennes — que ses valeurs traditionnelles s'écrou-

1. G. Grosz, *A Little Yes and a Big No,* New York, 1946, p. 318.

2. Cf. les articles de J. Gadille et de M. Vaïsse, in «Les Églises chrétiennes et la vie internationale au XXᵉ siècle», *Relations internationales,* nᵒ 27, 1981. .

lent? Comment montrer la vanité et le tragique de l'existence
humaine, à ceux qui sont à la fois lecteurs et objets d'analyse?
en « scrutant les sombres recoins de la psychologie », au point
que l'on pourrait généraliser le jugement de I. Richards sur
T. S. Eliot et « son obsession permanente du sexe, le problème de notre génération, comme la religion était celui de la
précédente [1] ». L'irrationnel et l'immoral ne permettent-ils pas
à V. Woolf, S. Fitzgerald, M. Proust et F. Kafka de suggérer
que l'amour et la beauté restent à découvrir, au-delà de la
surface lisse du quotidien? L'art des années vingt paraît ainsi
étrangement porteur des désillusions imminentes de l'entre-
deux-guerres. Comme dans les *Compositions* de Kandinsky,
la satisfaction du désir apparaît indéfiniment remise et l'attente
aussi vaine que nécessaire.

Cette liberté créatrice s'inscrit dans une métamorphose, peu
évidente mais active, des anciens outils de la culture de masse
et des formes de sociabilité, tels qu'ils avaient émergé à la fin
du XIXe siècle. La fin des grandes expositions universelles et
les mutations de la presse en constituent les premiers signes.
Au siècle précédent, les expositions avaient pour but de fami-
liariser des sociétés en majorité rurales à la puissance industrielle et d'offrir une fête populaire où le progrès technique
revêtait des aspects merveilleux — que l'on songe à la « Fée
électricité » de 1900 —, alors que sa technologie le rendait de
plus en plus incompréhensible aux contemporains. Les expositions de l'entre-deux-guerres abandonnent ces perspectives
pédagogiques et distrayantes; elles deviennent des foires spé-
cialisées où chaque pays, en construisant son pavillon, fait
étalage de ses performances. Ainsi, le pavillon soviétique de
Melnikov, à l'exposition des Arts décoratifs de Paris en 1925,
consacre le retour de l'URSS sur la scène internationale et
celui de Mies van der Rohe, la renaissance de l'Allemagne,
lors de l'exposition de 1929 à Barcelone.

En revanche, aux yeux du lecteur, la presse a peu changé.
Son écriture reste empreinte des marques d'une littérature
populaire, où le feuilleton, les faits divers, voire les nouvelles
« anticipées », occupent une place essentielle [2]. La presse de-

1. Richards, *Principles of Literary Criticism,* New York, 1934, p. 292.
2. Outre la célèbre édition spéciale du 9 mai 1927 « décrivant » l'arrivée
triomphale de Nungesser et Coli aux États-Unis, on rappellera que le groupe

meure toujours donneuse de leçons, soucieuse de la morale plutôt que des faits et porteuse d'un message civique de plus en plus appuyé, au rythme de l'aggravation des tensions. Cette permanence masque pourtant une évolution économique et l'apparition de médias destinés à un public spécifique. Les années vingt voient en effet le triomphe du *big business* : en 1929, la presse britannique se place au douzième rang des industries, dépassant les constructions navales. Les coûts de fabrication, le financement des agences d'information et des correspondants ont accéléré un processus de concentration entamé vers 1900. Le groupe Westminster Press contrôle, en 1921, 36 journaux de province anglais et le groupe Stinnes, 60 journaux allemands. Dans un marché où la concurrence se rigidifie, s'imposent la recherche d'une rentabilité commerciale supplémentaire — par le biais de la publicité — et celle de nouveaux lecteurs — avec le développement d'une presse enfantine ou des premiers magazines féminins —, tandis que des liaisons horizontales s'ébauchent avec la radio et le cinéma.

Cette diversification des organes de presse et le succès du cinéma reposent-ils sur la « prospérité » économique des années vingt ? La croissance entraîne moins une mutation technique qu'une modification des statuts sociaux, moins une rupture culturelle que le déplacement des consensus nationaux vers des valeurs originales : le présent, la consommation, la paix, les loisirs et la modernité. Comme le montre l'évolution des consommations privées (cf. le tableau), les changements quantitatifs sont mesurés, car le revenu réel progresse lentement. En outre, la modification des habitudes alimentaires déborde le temps d'une génération, ce que souligne le palier des années trente, alors que le prix des produits alimentaires a baissé avec la crise. On devine cependant l'interaction de la hausse des revenus et du progrès technique dans la part grandissante tenue par les services, quelle que soit l'imprécision de la notion en 1920. Est-ce le résultat de la diffusion de l'électricité et de l'eau courante avec le boom du logement, la répercussion de l'élan automobile ou simplement un effet de mode,

britannique Harmsworth a annoncé quatre fois l'assassinat de Lénine entre 1917 et 1922. Sur la France, cf. A. Rossel, *Histoire de France à travers les journaux du temps passé*, t. IV, Paris, 1984.

| 1. Répartition du produit national (en monnaie courante) | | | |
|---|---|---|---|
| | *Consommation privée* | *Dépenses publiques* | *Formation brute de capital fixe* |
| **Autriche** | | | |
| *1924-1930* | 76,1 % | 9,5 % | 14,4 % |
| *1931-1937* | 81,9 % | 12,9 % | 5,2 % |
| **Allemagne** | | | |
| *1924-1928* | 77 % | 6,3 % | 16,7 % |
| *1929-1938* | 73,2 % | 12,8 % | 14 % |
| **Norvège** | | | |
| *1925-1934* | 77,5 % | 8,7 % | 13,8 % |
| *1930-1939* | 72,7 % | 8,4 % | 18,8 % |
| **Royaume-Uni** | | | |
| *1921-1929* | 82 % | 8,9 % | 9,1 % |
| *1930-1939* | 79,7 % | 11,4 % | 8,9 % |

**2. Éléments significatifs de la structure de la consommation privée (prix courants)**

| | | Alimentation, boissons, tabac | Habillement | Logement | Services |
|---|---|---|---|---|---|
| 1921-1925 | Italie | 66 % | 9 % | 2 % | 16 % |
| | Pays-Bas | 42 % | 15 % | 10 % | 18 % |
| | Royaume-Uni | 41 % | 11 % | 8,5 % | 19,5 % |
| 1926-1930 | Italie | 63 % | 8,5 % | 2 % | 19 % |
| | Pays-Bas | 40 % | 14,5 % | 10 % | 18,5 % |
| | Royaume-Uni | 37 % | 11 % | 9,5 % | 20,5 % |
| 1931-1935 | Italie | 59 % | 7,5 % | 2,5 % | 25 % |
| | Pays-Bas | 37 % | 13 % | 9,5 % | 20 % |
| | Royaume-Uni | 34 % | 10 % | 10,5 % | 22 % |
| 1936-1940 | Italie | 56 % | 8,5 % | 3 % | 25 % |
| | Pays-Bas | 37 % | 13 % | 10 % | 20 % |
| | Royaume-Uni | 33 % | 10 % | 10,5 % | 22 % |

D'après B. Barberi, *I consumi Nel Primo Secolo Dell'Unita D'Italia*, Milan, 1961 ; A. Barten et J.I. Viorst, «De consumptiere bestedingen van gezinshuishoudingen in Nederland, 1921-1939 en 1948-1958», *Econometric Institute of the Nederlands School of Economics*, 1962 ; C.H. Feinstein, *National Income, Expenditure and Output of the United Kingdom, 1855-1965*, Cambridge Univ. Press, 1972.

comme la vogue des crèmes glacées qui débute en Angleterre dans les années vingt ? Par-delà les péripéties, les résultats sont clairs : les sociétés occidentales ont entamé l'homogénéisation de leurs modes de vie.

Est-ce à dire qu'elles tombent dans la banalisation et l'uniformité ? En dépit du contrôle de l'industrie cinématographique par les États-Unis et l'Allemagne [1], le cinéma ne saurait être réduit à un instrument de propagande, chargé de diffuser auprès des spectateurs l'idéologie d'une économie dominante. En fait, aucun pays ne renonce à ses prétentions de vouloir incarner une légitimité culturelle [2]. De plus, la culture de masse reste nourrie de sentiments diversifiés et contradictoires. Il existe trop de résistances, régionales ou sociales, pour que l'on tienne acquise l'homogénéisation. Les langues et les folklores celtes restent vivaces jusqu'à la veille de la guerre, et, si l'embourgeoisement des conditions de vie a ouvert d'autres horizons, les traits spécifiques de la famille ouvrière ou paysanne demeurent. Le cinéma, la radio et le sport peuvent jouer leur rôle d'uniformisation du rêve, de la culture et des loisirs, ils n'en sont pas moins modelés sur l'image de marque qu'entend se donner un pays et par les réflexes ou les idées reçues de l'opinion publique. Au moment où le football s'affirme comme sport de masse et réunit plusieurs dizaines de milliers de spectateurs dans les stades, les gouvernements commencent de détourner l'idéal olympique : « Il ne s'agit plus d'hygiène, de santé, de meilleure vie, de race plus forte : il s'agit de propagande, de publicité, de victoire [3]. » Comment ne pas opposer le succès populaire des jeux Olympiques de 1924, à Paris, aux discussions qui entourèrent leur préparation et virent resurgir les questions financières, la place de l'éducation physique à l'école et, bien sûr, le rôle de l'État ?

Les sociétés occidentales cumulent donc les caractères traditionnels de stratification et de centralisation avec les pro-

1. On évoquera l'influence de Kodak, par l'intermédiaire de sa filiale Motion Picture Patents Co, et de l'UFA ou de la Bavaria en Allemagne. Les deux pays se partagent le monopole technique du son dès 1930.
2. Cf. M. Ferro, *l'Histoire sous surveillance*, Paris, Calmann-Lévy, 1985 ; les discours cinématographiques français et russes fournissent deux exemples convaincants.
3. H. Decoin, *la Presse*, 14 nov. 1927, cité par D. Braun, « Le sport français entre les deux guerres », *Relations internationales*, n° 38, 1984.

blèmes nouveaux que leur impose l'avènement d'un monde industriel plus complexe. Ainsi, l'émergence d'une classe moyenne aux contours imprécis, définissable par son degré de qualification plutôt que par son mode de vie, s'accompagne de disparités géographiques accrues et de l'éviction des rentiers et des paysans, soucieux, au contraire, de préserver leur spécificité sociale [1]. Cette cohabitation délicate permet de comprendre comment la concurrence des stéréotypes d'avant-guerre et des sentiments spontanés de l'opinion a pu déboucher sur une nouvelle « querelle des Anciens et des Modernes », de Moscou à New York. L'Europe emprunte des formes, des rythmes et des modes à la Russie de Kandinsky ou de Stravinski comme à ses colonies et à l'Amérique de Ford et du jazz. Mais elle ne se contente pas de les poser « en collage » sur ses propres compositions, elle s'approprie ces apports extérieurs et tente de les intégrer, à des degrés divers, dans son environnement coutumier. De la sorte, les motifs « cubistes », inspirés de l'Afrique, qui envahissent tissus et bijoux, prolongent la vogue de l'orientalisme des années 1900, même si les vêtements ou les accessoires — du jersey à la montre-bracelet — sont adaptés aux nouvelles conditions d'existence des héros de Paul Morand. C'est pourquoi l'idée d'une civilisation — à sauvegarder, à exalter ou à exporter — s'impose à celle d'une culture transmissible. Les convergences/concurrences mondiales incitent les sociétés à intérioriser leurs conflits, leurs contradictions et leurs transformations, alors qu'elles tendaient, avant 1914, à en rejeter la responsabilité sur leurs dirigeants.

## De la méconnaissance au témoignage

La postérité a conféré à la crise de 1929 la réputation d'une rupture inaugurale. En fait, il conviendrait plutôt d'évoquer, jusqu'en 1935 au moins, l'incapacité des sociétés à accepter la vérité des faits, à décider et à traiter les vrais conflits. Opposer à l'optimisme des « années folles » le désenchantement et l'inquiétude des premières années de crise semble peu justifié. Le

1. Aux États-Unis, le National Industries Conference Board relève, entre 1920 et 1929, des écarts de 1 à 4 dans la rémunération des travailleurs du Sud (Atlanta) et de ceux du Nord-Est (Chicago).

trait dominant est, au contraire, la lenteur des réactions : lenteur chez les gouvernants qui poursuivent une politique déflationniste, lenteur de l'opinion publique qui soutient toujours
en 1932 ces mêmes dirigeants, lenteur des ouvriers qui continuent d'abandonner leurs organisations syndicales au moment
où ils pourraient envisager une action de masse [1], lenteur enfin
dans la compréhension de la crise par les responsables syndicaux. A cela s'ajoute l'étanchéité relative entre les mouvements culturels et la situation économique. Ni la littérature, ni
le cinéma américains ne connaissent par exemple de bouleversements spectaculaires. Les personnages et les thèmes des
romans de Faulkner, de D. Hammett ou d'Hemingway restent
longtemps étrangers à la dégradation du climat économique :
le succès de *Red Harvest,* paru en 1929, ne réside ni dans la
transgression, ni dans le réalisme des situations — autant de
« nouveautés » qui dataient des premières nouvelles d'Hammett, éditées en 1923 dans *Black Mask* —, mais dans la force
d'un *thriller* où l'émotion compte plus que la détection du
coupable ou la peinture de la prohibition.

L'évolution du cinéma est encore plus contradictoire, car
1929 correspond à la victoire du « parlant », utilisé par la
Warner en 1927 pour tenter d'échapper à la faillite. Le succès
commercial de cette innovation, illustré par la reprise des
exportations de films grâce au doublage, place l'industrie
cinématographique à l'écart du mouvement général des affaires. En un moment où Lubitsch, Hawks, McCarey et Capra
assurent le triomphe de la comédie américaine, il serait tentant
d'imaginer que les spectateurs essaient de se changer les idées
en suivant les pérégrinations de Claudette Colbert ou de Gin-
ger Rogers à la recherche du mari idéal, dans une Amérique
où les chercheurs d'or et les journalistes perpétuent le rêve de
la prospérité. En fait, on ne distingue guère de bifurcation
dans le choix des thèmes : de Lincoln à Scarface, c'est la
même mémoire d'une Amérique exceptionnelle qui inspire
réalisateurs et, fait nouveau, producteurs.

Au demeurant, on voit mal comment cinéastes ou romanciers auraient pu d'emblée saisir la dimension de la crise et, *a*

---

1. Dans une industrie qui emploie aux États-Unis 400 000 ouvriers en
1929, l'Association des travailleurs du fer, de l'acier et de l'étain voit ses
adhérents passer de 31 500 en 1920 à 8 900 en 1929 et à 5 000 en 1932.

*fortiori,* l'annoncer. En 1930, Sinclair Lewis reçoit le prix Nobel de littérature pour une œuvre enracinée dans l'Amérique des classes moyennes, de l'industrialisation et du modernisme. *Babitt* et *Elmer Gantry* symbolisent les aspects contrastés du rêve américain, plutôt que sa fin : en un sens, Babitt est « cousin germain » de Pickwick et représentant d'un monde anglo-saxon confiant dans son avenir. Cet état d'esprit se transforme peu à peu, à mesure que le chômage devient une obsession quotidienne. Les enquêtes de Bakke à Londres et de Lazarsfeld à Marienthal, près de Vienne, marquent la prise de conscience d'une partie des intellectuels. Celle-ci débouche sur des solutions pratiques, de première urgence — du secours alimentaire aux travaux ruraux —, dont certaines seront reprises dans le second New Deal [1]. Pour autant, cette réaction marginale ne saurait dissimuler que les ouvriers, les syndicats et les intellectuels battent en retraite devant les progrès du chômage, au point de retrouver des réflexes anciens. La xénophobie, l'hostilité contre la rationalisation de la production — forme nouvelle de la lutte de l'ouvrier contre les machines —, le nationalisme culturel et économique : autant de rengaines qui n'offrent pas d'issue à la crise mais qui entretiennent, *a contrario,* le souvenir de l'âge d'or, celui d'une civilisation où aurait existé un équilibre mythique [2].

Derrière ces comportements se dissimule l'impuissance des contemporains face à une crise qui divise et qui appauvrit. Dans les *Hoovervilles* du Michigan, dans les *Humpies* de Perth et de Liverpool, dans les « bidonvilles » de Lyon, la faim, le froid et, parfois, la mort sont au rendez-vous des laissés-pour-compte d'une prospérité évanouie et des oubliés de la crise : durant l'hiver 1933-1934, 26 personnes meurent de faim à New York et plus de 100 pour l'ensemble des États-Unis. Le chômage conduit à l'exclusion sociale, voire à la délinquance, comme le soulignent l'Américain J. Farrell, l'Autrichien R. Brunngraber ou l'Allemand H. Fallada [3]. La détresse ma-

1. E. W. Bakke, *The Unemployed Man,* Londres, 1933 ; P. F. Lazarsfeld, M. Jahoda et H. Zeisel, *Die Arbeitlosen von Marienthal,* Vienne, 1932. Lazarsfeld travaillera dans l'équipe Roosevelt à partir de 1934.
2. Cf. *Sparkenbroke* de Morgan et les romans de G. Greene.
3. Cf. J. Farrell, *Judgment Day,* 1935 ; R. Brunngraber, *Karl et le XXᵉ siècle,* 1933 ; H. Fallada, *Et maintenant mon bonhomme ?,* 1932.

térielle et le sentiment d'une crise interminable conjuguent leurs effets pour donner l'impression d'un effondrement moral des populations. La perte de l'emploi constitue une menace autrement grave que la diminution des salaires, car celle-ci est compensée par la baisse des prix. Ceux qui conservent une occupation bénéficient ainsi d'une amélioration paradoxale de leur niveau de vie. En tout état de cause, ces distorsions affaiblissent la cohésion des sociétés et leur capacité de résistance aux dérives autoritaires. Elles entravent également les possibilités de reprise par la consommation, dans la mesure où les catégories sociales réduisent, par force ou précaution, leur consommation alimentaire, suppriment leurs achats de biens non durables et maintiennent des dépenses comme les paris, le thé ou le café, qui semblent destinées à faire oublier les difficultés du temps.

Aussi la résistance incontestable des salaires à la baisse ne suffit-elle pas à dissiper l'impression générale de recul. Celle-

| Salaires hebdomadaire[1] | Allemagne | USA | France | Grande-Bretagne | Suède |
|---|---|---|---|---|---|
| 1913 | 63 | 119 | 49 | 88 | 79 |
| 1926 | 63 | 149 | 57 | 100 | 86 |
| 1929 | 69 | 156 | 61 | 104 | 106 |
| 1931 | 79 | 160 | 63 | 107 | 109 |
| 1933 | 76 | 136 | 64 | 112 | 105 |
| 1935 | 73 | 153 | 65 | 112 | 108 |
| 1937 | 73 | 172 | 73 | 114 | 110 |
| 1939 | 78 | 164 | 64 | 108 | 112 |

ci trouve son origine dans le sentiment partagé que la crise menace chacun et que les échappatoires individuelles sont des recours naturels mais peu sûrs, comme en témoigne la scolarisation. Le nombre des étudiants et des lycéens progresse régulièrement jusqu'en 1935-1936, car les parents prolongent les études de leurs enfants, afin de retarder leur entrée sur le marché du travail et non de leur faire acquérir une spécialisation. Ainsi se met en place un processus de régression éducative : les entreprises embauchant moins, un personnel plus

1. Salaires hebdomadaires réels calculés d'après E. H. Phelps-Brown et M. H. Browne, *A Century of Pay*, Londres, 1963, avec base 100 (1926) pour la Grande-Bretagne.

qualifié doit accepter des postes de niveau inférieur et les enseignants, trop peu nombreux pour former convenablement la population scolarisée, sont encore surnuméraires en regard de l'activité économique. Le gouvernement hollandais, incapable d'assurer la formation d'étudiants dont le nombre avait triplé entre 1910 et 1935, envisagea même la fermeture de l'université de Groningue pour cause d'engorgement démographique.

En fait, à juste titre ou non, chaque catégorie sociale s'estime perdante après cinq années de dépression. Les paysans, victimes des difficultés accumulées depuis quinze ans, sont financièrement épuisés : les dettes contractées pour la mécanisation et la réfection des fermes sont un fardeau trop lourd à porter en période de baisse continue des prix agricoles. Inquiets de voir un univers construit autour du village laisser la place à la ville, sans que l'usine leur fournisse un lieu d'accueil, ils n'hésitent plus à abandonner leurs terres lorsqu'un accident climatique — comme la sécheresse de 1934 aux États-Unis — menace leur existence, ou bien ils tentent, tel Grenadou [1], de reconstituer un monde clos et autonome. Pour leur part, les travailleurs manuels et les salariés du secteur privé, menacés par la précarité de leur emploi, adoptent une attitude contradictoire : ils dénoncent les effets de la rationalisation, réclament des mesures ségrégationnistes et recherchent des postes dans les entreprises modernes des grandes villes où l'automatisation et la parcellisation des tâches s'accompagnent de salaires supérieurs de 9 à 25 % [2]. Enfin, fonctionnaires et détenteurs du capital s'estiment lésés : les premiers par l'amputation de leurs traitements « en contrepartie » de la garantie de travail, les seconds par l'effondrement des profits, encore que celui-ci pénalise surtout l'investissement.

Le sentiment des contemporains l'emporte ici sur la réalité des privations. La part des revenus consacrée aux dépenses alimentaires reste stationnaire et la structure des budgets familiaux se modifie faiblement : la génération des années trente a aussi peu répercuté la crise que sa devancière, la

---

1. E. Grenadou, *Grenadou, vie d'un paysan français,* Éd. du Seuil, 1978.
2. Phénomène commun aux pays industriels et aux pays neufs ; cf. au Brésil la « loi des deux tiers » de 1931 qui institue l'emploi obligatoire de deux tiers de nationaux dans chaque entreprise.

prospérité. L'image de la dépression l'a donc emporté sur la réalité statistique [1], parce qu'elle s'accompagnait d'une prise de conscience décalée. Le témoignage succède à la méconnaissance, sans qu'il y ait perception véritable de l'ampleur de la crise. Ainsi le livre du photographe W. Evans et de l'écrivain J. Agee se transforme-t-il en réquisitoire contre la pauvreté des paysans de l'Alabama, tandis que G. Orwell, dans le *Quai de Wigan* [2], décrit la marginalisation des mineurs anglais qui ont, au XIX^e siècle, fait la prospérité du pays. Parce que la crise leur échappe, les écrivains sont conduits à dénoncer l'absurdité de destins perdus dans des univers économiques injustes et les menaces qui pèsent sur l'équilibre social des démocraties. La fuite reste la seule issue : départ vers un horizon mythique et retour à une solidarité illusoire pour les héros de Steinbeck, poursuite d'une quête à jamais insatisfaite chez les personnages de Chandler. Le piège de la crise devient une sorte de labyrinthe dont l'homme ne peut s'échapper.

Cette recréation présente des degrés fort différents. Les romanciers américains des années 1935-1939 cherchent moins à donner une vision réaliste de la crise qu'à suggérer la décomposition d'une organisation sociale. Reprenant les mythes fondateurs des États-Unis — de la colonisation pour Steinbeck au progrès pour Dos Passos et à l'urbanisation chez Himes et Chandler —, ceux-ci procèdent à un renversement simplificateur des valeurs nationales : leurs héros incarnent l'individu moral, vivant avec des questions comme réponses. Les fermiers de Steinbeck ou le Phil Marlowe de Chandler n'ont pas à expliquer l'aspect tragique des années trente, ni à lui donner un sens. Ils montrent le monde tel qu'il est, insensé, et le laissent tel, en suspens. Parce qu'ils ont peut-être des vérités à vendre, les auteurs européens semblent préférer la fatalité inscrite dans la mécanique sociale à celle des personnages. L'histoire de la crise se transforme alors, pour Priestley et Bernanos, en une enquête « nocturne » sur les démons et sur les peurs de sociétés qui se sont écartées du chemin de la

1. Cf. les calculs d'A. Maddison, *Economic History of Europe,* Londres, Fontana, 1978, chap. IX.
2. J. Agee et W. Evans, *Louons maintenant les grands hommes,* éd. en 1939, trad. fr. Plon, 1972 ; G. Orwell, *le Quai de Wigan,* éd. en 1937, trad. fr. Champ libre, 1982.

civilisation. Les héros de Kurt Weill et de l'expressionnisme allemand sont brutalement de retour et, dans les villes où «marchent» les chômeurs, des êtres déracinés, à la manière des tableaux de Gromaire, sont livrés à la violence, au racisme et à la corruption.

Il n'est donc guère surprenant que les contemporains aient simultanément cherché à limiter les conséquences du chômage et à se mobiliser — ponctuellement ou de façon organisée — contre l'inefficacité des stratégies gouvernementales et les aspects très partiels d'un *Welfare State,* qui remplissait mal son rôle d'assistance et n'avait rien à voir avec l'«État de bien-être» promis par les hommes politiques. Mais le thème de la justice sociale rencontre peu de succès et les nouvelles formes de solidarité se limitent à quelques cas isolés : en Norvège, les ouvriers acceptent de renoncer aux heures supplémentaires, au cumul d'emplois et au double salaire par ménage ; mais des projets identiques échouent en Belgique et en Grande-Bretagne. Les revendications spontanées constituent alors une forme de témoignage de l'intensité de la crise. Dans les marches de la faim qui commencent en 1931, au travers des mutineries anglaises de 1931 ou françaises de 1935 et des émeutes en Nouvelle-Zélande et en Hongrie, on retrouve non seulement les victimes de la crise mais les oubliés de l'entre-deux-guerres : vétérans de la guerre 1914-1918 qui réclament leurs pensions, chômeurs des vieilles industries du XIXᵉ siècle et derniers arrivants — paysans ou immigrés — dans des économies au ralenti. Pour ceux-ci, trouver une rémunération sous forme de salaire ou d'allocation est devenu une idée fixe, mais ils cherchent autant des témoignages de considération par fidélité au passé, celui de la guerre et celui, plus diffus, des nations. Cette dimension de la crise, où jouent mentalités et statuts sociaux, est perceptible dans quelques œuvres majeures. Il ne paraît pas en effet extravagant de rapprocher l'exigence de solidarité réclamée par ces citoyens avec la description de la misère paysanne espagnole dans *Terre sans pain* de L. Buñuel, et surtout avec deux films aux finalités presque inverses, *Notre pain quotidien* de K. Vidor et *le Crime de M. Lange* de J. Renoir. Échapper à la hiérarchie de l'usine, briser l'uniformité du tissu urbain ; peu importe au fond que cela soit par la fuite ou par la lutte sociale puisque le travail, l'effort et la communauté sont seuls rédempteurs. Comme le note Kandinsky à son arrivée à Paris, au moment où il peint *Chacun pour soi,* les sociétés cloisonnées tendent à recomposer un univers « en réponse à l'incertitude ».

Ces inquiétudes, conjuguées à la prise de conscience décalée de la crise, permettent de comprendre le passage progressif du témoignage immédiat à l'organisation, entre 1933 et 1936. De l'année 1933, l'opinion publique a d'abord retenu l'aggravation de la situation économique, après le répit de 1932, puis l'arrivée au pouvoir d'Hitler et la militarisation des régimes japonais et latino-américains. Comment gouverner, avec quelles finalités et quelles modifications dans la vie quotidienne ? A ces questions urgentes, partis politiques, syndicats et intellectuels ont apporté au moins un élément de réponse commun, en prônant l'intérêt général, celui de toutes les classes ou corps sociaux. Cette attitude s'explique en partie par l'approfondissement de la dépression. A mesure que la masse des paysans et des ouvriers, autrefois fluide, se fige devant la rigidité des structures économiques et la chute des emplois, elle se rattache à des conceptions moins aléatoires que la mobilité sociale ou la révolution future. Au-delà des clivages coutumiers réapparaissent un certain nombre d'idées anciennes, du patriotisme à la charité, de l'unité syndicale à la dénonciation des excès de la civilisation industrielle et au recentrage sur la vie familiale. Des écrivains aussi différents que G. Duhamel, E. Dabit ou L. Guilloux s'accordent dans une apologie des « petits », de l'artisan au paysan et à l'ouvrier, soucieux de qualité, susceptibles de s'insérer dans une société « à dimension humaine » [1]. Au désarroi des premières années se substituent quelques idées mobilisatrices : défendre l'individu contre la machine qui le prive de travail, exalter les grands travaux faits « à la pelle et à la pioche », multiplier les associations — ethniques, régionales ou professionnelles — pour en faire les instruments d'une nouvelle solidarité.

Mais la mémoire n'est plus seule à l'œuvre. Les contempo-

---

1. Cf. G. Duhamel, *Scènes de la vie future,* Paris, 1930 ; E. Dabit, *Villa-Oasis ou les Faux Bourgeois,* 1931 ; L. Guilloux, *Angelina,* 1934 ; sur ces derniers écrivains, cf. J. E. Flower, *Literature and the Left in France,* Londres, 1983. Un courant identique est développé en Italie avec G. Lombroso-Ferrero et aux États-Unis avec J. Dos Passos.

rains ont pris conscience que le XIX<sup>e</sup> siècle s'était enfui avec la crise. La modernité s'est imposée et a chassé dans les musées le souvenir des traditions rurales [1]. Leur célébration est associée à l'exaltation de la jeunesse et d'un mot nouveau, le couple. Certes, le refus de l'américanisation des sociétés sert toujours d'exutoire à certains, mais les contemporains sont désormais plus sensibles à la volonté de Roosevelt de défendre le travail, le pain et la démocratie. Le succès politique du New Deal réside davantage dans les codes salariaux et de concurrence du NIRA que dans la nouveauté des choix économiques. Au même titre que les congés payés et la réduction de la semaine de travail à 40 heures, avec ou sans diminution proportionnelle de salaire, ces mesures avaient pour vertu majeure de montrer que le traitement social de la crise préservait l'équilibre des sociétés, démocratiques mais aussi fascistes. Pourtant, ces discours modernistes ont une curieuse tonalité « stratégique ». En France, la célébration de la « qualité nationale » s'oppose de manière défensive à tout ce qui menace un équilibre historique, tandis que l'Italie, au travers d'un film comme *Scipion l'Africain* de C. Gallone, tente de se rattacher sans solution de continuité à la Rome impériale pour affirmer la primauté du nouveau type de civilisation fasciste. Par-delà un discours qui relève souvent de la propagande et une imagerie naïve, on devine les perceptions décalées de la réalité : à une opinion qui découvre l'étendue de la crise et ignore la gravité des tensions internationales, les responsables politiques et économiques proposent un discours général et incantatoire. On sait comment devait se dénouer cette conspiration du silence...

---

1. C'est en 1937 que s'ouvre le musée des Arts et Traditions populaires.

# 3

## *Les évolutions politiques de l'entre-deux-guerres*

Le XIXᵉ siècle avait vu l'affirmation de l'idéologie démo-li-
bérale et, à partir de 1848, la conquête progressive de la
démocratie politique. Conquête inégalement rapide et d'ampleur variable, mais suffisamment générale pour que le suffrage universel et les principales libertés publiques puissent
être considérés en 1914 comme des acquis intangibles. A ce
mouvement ascendant, la Première Guerre mondiale a semblé
apporter une consécration. D'emblée définie, et non sans abus
de langage, comme une croisade de la liberté et du droit menée
par les Alliés contre l'autocratie des Empires centraux, cette
signification est devenue plus crédible en 1917 avec l'effondrement du tsarisme et l'entrée en guerre des États-Unis. La
victoire de l'Entente coïncide bien avec de nouveaux progrès
de la démocratie et une extension de son aire d'exercice. La
condamnation de la diplomatie secrète et le pacifisme ambiant
invitent à construire une démocratie internationale dont la
SDN sera l'instrument et le symbole. Dans leurs structures
internes, les États progressent dans la même voie avec l'extension du droit de suffrage qui acquiert son universalité complète, doublée d'une féminisation au moins partielle. Surtout,
la dislocation des Empires centraux ouvre la voie à l'instauration de régimes ouvertement démocratiques. Cette mutation
s'opère par le biais de révolutions qui renversent les anciennes
classes dirigeantes déconsidérées par la défaite ou bien, dans
les États nouvellement créés, par un alignement plus ou moins
spontané sur les institutions des vainqueurs.

Le legs de la Première Guerre mondiale est pourtant ambi-
valent, car il fait apparaître des évolutions en sens contraire.
La révolution soviétique et sa consolidation ont érigé la Russie

en un pôle d'opposition irréductible à l'ordre libéral, contre lequel le Komintern va diriger, dès le lendemain de la guerre, ses premiers assauts. Plus directement, la guerre a signifié un peu partout la mise en parenthèses de la démocratie. La suspension des élections et de la liberté de la presse, le dessaisissement au moins partiel du pouvoir de contrôle des assemblées parlementaires, et jusqu'au conformisme ambiant qui assimilait toute critique à une trahison, ont déshabitué les nations belligérantes de la démocratie. A l'inverse, de nouvelles valeurs se sont ancrées dans les mentalités : celles de l'union sacrée, de l'ordre, de la discipline et de la hiérarchie, dont nombre d'anciens combattants conservent la nostalgie après le retour à la paix.

De ces deux tendances, la seconde va l'emporter largement. Le retour au jeu normal de la démocratie libérale, son épanouissement dans les pays d'adoption récente auraient supposé le maintien des équilibres de toutes natures qui régissaient les sociétés d'avant-guerre. Or, ces équilibres ont été rompus ou au moins entamés. Par ses incidences financières, notamment, la guerre a opéré un appauvrissement des couches moyennes et ouvrières, et une redistribution du pouvoir social au profit de catégories possédantes dont l'attachement à la démocratie va se révéler pour le moins fragile. Parallèlement, la guerre a légué à l'État libéral un ensemble de tâches auxquelles il était mal préparé, et dont la crise de 1929 va encore accuser la carence. Ainsi s'opère la conjonction des facteurs essentiels de la crise de la démocratie : le rétrécissement de ses bases sociales et l'inadaptation de ses modes de régulation. Le succès des idéologies totalitaires trouve là son explication. Communisme et fascisme diffèrent fondamentalement par leur vision du monde et par les forces sociales qui les animent ; mais ils convergent dans la dénonciation des tares du vieil ordre libéral et peuvent se targuer, au moins en apparence, des mérites de l'efficacité.

# 1

# *La crise de la démocratie libérale*

La contraction de l'espace démocratique est l'une des caractéristiques majeures de l'entre-deux-guerres. Amorcée dès les années vingt par l'effet combiné de la réaction antibolchevique et des difficultés de tous ordres qui étreignent l'Europe d'après-guerre, elle connaît, dans le sillage de l'Allemagne, un deuxième reflux consécutif à la crise de 1929. A la veille de la Seconde Guerre mondiale, la démocratie libérale se réduit, et non sans de sérieuses remises en question, à ses bastions originels de l'Europe du Nord-Ouest.

Dans ce processus de régression, les démocraties plus ou moins récemment implantées de l'Europe centrale et méditerranéenne sont les premières atteintes. Pays d'économie dépendante et fragile, très tributaires des fluctuations mondiales et des capitaux étrangers, leurs structures sociales ne se prêtent pas, sauf exception, à l'acclimatation rapide du régime représentatif. Le surpeuplement rural et l'arriération des masses paysannes, une classe ouvrière encore embryonnaire, l'étroitesse des bases bourgeoises laissent la réalité de l'influence sociale et du pouvoir politique à une aristocratie foncière naturellement portée à l'autorité. Outre que nombre de ces États, nés du démembrement de l'Empire russe ou austro-hongrois, ont un long passé de minorité assujettie, l'instauration d'un régime constitutionnel ne signifie nullement un ralliement durable à la démocratie. Celle-ci implique une tradition historique, des cadres expérimentés, dont la plupart de ces États sont dépourvus, à l'exception de la Tchécoslovaquie qui, bénéficiant d'une différenciation sociale et d'une vitalité culturelle exceptionnelles, a maintenu jusqu'à sa dislocation les institutions pluralistes dont elle s'était dotée en 1920.

L'existence d'un cadre territorial fragile a joué dans le même sens, dans la mesure où les convoitises des petites ou grandes puissances, la composition pluri-ethnique de certains États ont accrédité très tôt la nécessité d'un pouvoir fort. Dans ce contexte, l'expérience démocratique va se révéler brève : de quelques mois à quelques années, sans que la conversion au fascisme, ou à ses divers substituts, soit immédiate. Dans un certain nombre de cas, une transition s'observe, où le maintien d'une façade parlementaire et pluraliste va de pair avec un exercice personnalisé et autoritaire du pouvoir [1].

Dans les pays économiquement développés, où un héritage historique et une configuration sociale appropriée lui confèrent une implantation plus large, la démocratie résiste généralement mieux, mais donne des signes évidents d'essoufflement. Encore est-il difficile de généraliser une situation qui fait apparaître des cas d'espèce aussi différents que ceux de l'Allemagne, de la France et des pays anglo-saxons. L'enracinement variable des traditions démocratiques, la plus ou moins forte amplitude des crises économiques et financières, l'aptitude inégale des catégories dirigeantes à réviser les dogmes et à promouvoir des solutions neuves commandent des évolutions très diverses. Mais un peu partout s'observent en Europe les signes d'un dysfonctionnement de l'État libéral, incapable de faire face, par la lourdeur de ses procédures délibératives et par l'impréparation de ses cadres politiques, aux défis de la reconstruction et de la crise de 1929. La démocratie libérale s'était identifiée à la stabilité monétaire et au capitalisme triomphant. Elle s'identifie aussi, comme mode d'organisation rationnel de la communauté civique, aux valeurs positivistes qui s'étaient érigées en idéologie dominante des sociétés industrielles. Or, l'inflation des années vingt et la crise des années trente sapent les assises sociales du libéralisme en détournant, inégalement selon les pays, une partie de la classe moyenne des partis libéraux et une fraction de la classe ouvrière de la social-démocratie. Dans le premier cas agit la réalité ou le spectre d'une prolétarisation, dans le second le chômage et l'attraction exercée par le communisme soviéti-

1. Telle est, par exemple, la signification du régime de Mgr Seipel en Autriche de 1922 à 1929, des premières années de la régence de l'amiral Horthy en Hongrie et de la présidence de Pilsudski en Pologne.

que. Cette radicalisation des choix, quasi inexistante dans les pays anglo-saxons, est aisément observable en France, fatale pour la démocratie en Allemagne et en Italie. Elle s'inscrit dans une crise des représentations idéologiques, au reste décelable dès avant 1914, qui substitue aux certitudes de la raison triomphante et organisatrice la révolte et le doute d'une génération traumatisée par la guerre. A l'épuisement de la pensée libérale, qui survit par l'expression d'une nostalgie plus que par le renouvellement, répondent la vogue des mouvements esthétiques radicalement contestataires de l'univers bourgeois ou l'adhésion irrationnelle des masses aux diverses constructions du totalitarisme.

Intimement liée au sentiment du déclin de l'Europe et d'une décadence de la civilisation occidentale, la crise de la démocratie a été normalement perçue par les observateurs de l'époque [1]. Mais cette lucidité s'est très inégalement traduite dans les faits. Paradoxalement, c'est dans les pays où elle était le moins menacée que la démocratie libérale s'est le mieux réformée, par un rééquilibrage des pouvoirs et un accroissement des moyens de l'exécutif en Angleterre, par un renforcement de l'État fédéral et de l'autorité présidentielle aux États-Unis. En France, où les projets de réforme n'ont pas manqué, le cadre institutionnel n'a pas été sérieusement amendé, même par la pratique, courante à partir de 1934, des décrets-lois. Sur le terrain politique, l'enracinement du radicalisme dans la classe moyenne et la vigueur de la riposte populaire aux débordements de l'extrême droite ont eu raison des menaces qui pesaient sur la démocratie républicaine, sortie néanmoins bien affaiblie de la crise des années trente. Pays de tradition démocratique moins ancienne et plus incomplète, l'Italie et l'Allemagne offrent un troisième type d'évolution dont le terme est le fascisme.

---

1. Parmi bien d'autres, on relèvera quelques titres significatifs qui s'échelonnent entre 1930 et 1945 : J. Benda, *la Grande Épreuve des démocrates,* W. Lippmann, *le Crépuscule des démocrates,* J. Jacoby, *le Déclin des grandes démocraties,* J. Barthélémy, *la Crise de la démocratie représentative.*

## Les démocraties anglo-saxonnes

*La Grande-Bretagne.*

Engagées au lendemain de la victoire alliée, les élections de décembre 1918, ou « élections kaki », se ressentent, comme en France, du climat de ferveur patriotique et sont marquées par l'indiscutable popularité de Lloyd George, Premier ministre depuis 1916, crédité du titre d'organisateur de la victoire. Favorisée par le caractère triangulaire de la plupart des affrontements, la coalition de l'Union nationale, composée de conservateurs et de libéraux-nationaux, l'emporte largement avec 484 sièges, l'opposition étant réduite à quelque 200 sièges répartis entre travaillistes, libéraux asquithiens et républicains irlandais, ces derniers refusant au reste de siéger. Ayant jugé opportun de laisser au Premier ministre sortant la responsabilité des mesures inévitablement impopulaires de l'après-guerre, Bonar Law s'efface devant Lloyd George, chef de file des libéraux-nationaux, qui compose un cabinet où les conservateurs, avec Balfour, Austen Chamberlain et Lord Curzon, détiennent les postes clefs.

Parmi les multiples difficultés qui assaillent le gouvernement, la crise économique et l'agitation sociale, qui culminent en 1921, sont sans doute les plus sérieuses. Dans cette conjoncture difficile, Lloyd George sait faire preuve de modération et d'un sens consommé de la manœuvre. Tout en dramatisant le risque de subversion sociale et en prenant, avec l'Emergency Powers Act d'octobre 1920, les mesures préventives adéquates, il s'attache à ne pas rompre le dialogue avec les syndicats. C'est ainsi que seront désamorcés le conflit minier de 1919 et surtout la crise bien plus menaçante du printemps 1921. L'échec de la longue grève des mineurs est incontestable, mais tempéré par les arbitrages des Industrials Courts et par l'instauration de l'assurance-chômage, le *dole*, dont les indemnités parent aux retombées les plus dramatiques de la crise économique. Cette relative compréhension à l'égard du mouvement ouvrier suffit à indisposer le parti conservateur, qui n'a jamais considéré Lloyd George que comme un expédient provisoire. Si on lui reconnaît le mérite d'avoir sauvé l'ordre public et social, on se plaît aussi à aligner les échecs de sa politique extérieure, tant en Russie qu'en Turquie, au moment où la baisse de sa popularité finit par le rendre compromettant. Conduite par Stanley Baldwin, l'offensive aboutit le 19 octobre 1922, lors de la célèbre réunion du Carlton Club, à la démission de Lloyd George, définitivement écarté du pouvoir, et à son remplacement par Bonar Law.

A la différence de la France, coutumière des majorités de substitution sans qu'il en soit référé au corps électoral, Bonar Law jugea conforme aux règles de la démocratie britannique de faire approuver la nouvelle combinaison par des élections, qui eurent lieu en novembre 1922 et qui donnèrent une large majorité aux conservateurs. Avec Bonar Law jusqu'en mai 1923, puis avec Baldwin, ce furent deux années d'immobilisme. La stagnation de la production et des exportations invitant néanmoins à une politique de redressement, Baldwin l'attribua à une insuffisante protection du marché national et fit sensation en annonçant son projet de consulter le pays sur le maintien du libre-échange. La tradition libre-échangiste se combinant à une réaction antipatronale, libéraux et travaillistes progressent aux élections de décembre 1923. Bien qu'ayant conservé le plus grand nombre de sièges, les conservateurs ne peuvent se maintenir au pouvoir, et c'est le travailliste Ramsay MacDonald qui accepte donc de former un cabinet assuré, en principe, du soutien des libéraux en matière sociale et extérieure. Avec Sydney Webb, vétéran du courant fabien, Snowden, très orthodoxe chancelier de l'Échiquier, et quelques représentants du trade-unionisme, le cabinet compose une équipe brillante et représentative des courants du socialisme anglais, mais handicapée par son absence de majorité. D'appliquer le programme du Labour, il n'est donc pas question, mais seulement de gagner la respectabilité d'un parti de gouvernement. Faute de s'attaquer aux grands problèmes économiques et sociaux, une amélioration du système de l'allocation-chômage et un effort en matière de logement tiennent lieu de politique. En fait, le premier prétexte est bon pour mettre volontairement un terme à une expérience qui risquait de déconsidérer le Labour dans la classe ouvrière et qui suscitait diverses critiques au sein du parti. Après moins de neuf mois de gouvernement, MacDonald obtient en octobre 1924 la

| Élections | Travaillistes | Travaillistes-nationaux | Libéraux | Libéraux-nationaux | Conservateurs | Gouvernements |
|---|---|---|---|---|---|---|
| | | | Sièges aux Communes | | | |
| 14 déc. 1918 | 63 | 10 | 28 | 133 | 338 | Lloyd George (déc. 1918-oct. 1922) |
| 15 nov. 1922 | 142 | – | 54 | 62 | 345 | Bonar Law (oct. 1922-mai 1923) Baldwin (mai 1923-janv. 1924) |
| 6 déc. 1923 | 191 | – | 158 | – | 258 | MacDonald (janv.-oct. 1924) |
| 29 oct. 1924 | 151 | – | 40 | – | 419 | Baldwin (nov. 1924-mai 1929) |
| 30 mai 1929 | 288 | – | 59 | – | 260 | MacDonald (juin 1929-août 1931) MacDonald (août-oct. 1931) Union nationale |
| 27 oct. 1931 | 46 + 6 ILP | 13 | 37 | 35 | 473 | MacDonald (nov. 1931-juin 1935) Union nationale Baldwin |
| 14 nov. 1935 | 154 + 4 ILP | 8 | 21 | 36 | 387 | Baldwin (juin 1935-mai 1937) Chamberlain (mai 1937-mai 1940) |

dissolution des Communes. Mais axant maladroitement sa campagne sur les bonnes relations de l'Angleterre avec l'URSS, alors que son adversaire Baldwin fait habilement l'impasse sur la question douanière, MacDonald compromet ses chances. Exploitant sans vergogne, avec le télégramme Zinoviev [1], l'antisoviétisme de l'électorat, les conservateurs retrouvent une confortable majorité, alors que les travaillistes progressent en voix mais reculent en sièges et que le parti libéral connaît sa première grande défaite de l'après-guerre.

Débonnaire et flegmatique, Baldwin va diriger le cabinet jusqu'en 1929, avec Churchill (revenu aux conservateurs) à l'Échiquier et Austen Chamberlain aux Affaires étrangères. Aussi peu imaginatif que possible, il s'en tient à un programme de restauration de la liberté économique, ce qui implique à ses yeux la levée des contraintes que fait peser le syndicalisme sur les entreprises, notamment en matière salariale. Ainsi s'affirme le caractère de classe du gouvernement britannique. Dès le mois de mai 1925, le rétablissement de l'étalon-or et le retour à la parité d'avant-guerre, pour constituer une absurdité économique, comblent dans l'immédiat les vœux des financiers de la City. Surtout, l'épreuve de force avec les syndicats, que Lloyd George avait su différer, est attendue cette fois-ci de pied ferme, et par certains avec jubilation. Un premier conflit avec les mineurs a certes été évité en 1925, mais le repli gouvernemental ne visait qu'à gagner du temps, c'est-à-dire à constituer des stocks et à mettre en place les forces de répression. Le rapport Samuel sur la réorganisation de l'industrie minière faisant droit à la fois aux revendications ouvrières et patronales, ses conclusions sont rejetées par les deux parties. Déclenchée le 3 mai 1926, la grève des mineurs est immédiatement relayée par la grève générale. S'il ne suit pas la droite du parti conservateur qui, avec Churchill, ne rêve que d'en découdre militairement avec les grévistes, Baldwin met en place les mesures d'urgence

1. Ce «télégramme», très vraisemblablement un faux, était adressé par le dirigeant du Komintern au parti communiste britannique, et invitait ce dernier à mener une propagande révolutionnaire auprès des soldats et dans les arsenaux. Bien qu'il ne concernât en rien le parti travailliste, ce dernier fut accusé de collusion au moment où MacDonald préconisait le resserrement des liens avec l'URSS.

prévues et dépose devant la chambre des Communes un texte déclarant illégales les grèves de solidarité. Avant même que celui-ci soit voté, les dirigeants du Trade Union Congress, inquiets des débordements de leur base, ordonnent, le 12 mai, la reprise du travail. Isolés, les mineurs résistent jusqu'en novembre mais doivent à cette date reprendre le travail, avec de notables compressions d'emplois et diminutions de salaires. La réaction patronale, d'une rare virulence pendant cette période, met à profit la retombée des effectifs syndicaux pour dicter au gouvernement le Trade Disputes and Trade Union Act (mai 1927) qui restreint considérablement le droit syndical et le droit de grève, tout en atteignant indirectement le parti travailliste par la révision de son mode traditionnel de financement. Le recours massif aux travailleurs et aux syndicats «jaunes», le soutien de la classe moyenne à la réaction gouvernementale et la molesse des dirigeants du TUC ont donc eu raison de l'un des plus puissants mouvements de grève de l'histoire britannique. Cet échec signe aussi la fin d'une époque, et marque l'avènement d'un syndicalisme modéré, plus favorable à la négociation qu'à l'épreuve de force.

En choisissant délibérément la voie de la restauration du capitalisme libéral, Baldwin était condamné à réussir. Or, la persistance du chômage, jamais inférieur au million malgré une légère décrue à partir de 1927, constitue un incontestable échec à l'heure où la France et l'Allemagne connaissent presque le plein-emploi. Le rajeunissement de l'électorat depuis que le suffrage féminin a été abaissé de trente à vingt et un ans favorise aussi, dans une certaine mesure, les partis d'opposition. Les élections de mai 1929 sont donc un succès pour les travaillistes, qui approchent de très près la majorité absolue des sièges (288 sur 615) et l'occasion d'une légère remontée du parti libéral. Un nouveau cabinet travailliste est formé par MacDonald, avec Snowden à l'Échiquier et Henderson aux Affaires étrangères, moins brillant dans sa composition, mais plus homogène, c'est-à-dire plus modéré, que celui de 1923. Mais sa dépendance à l'égard des libéraux lui laisse une marge de manœuvre tout aussi étroite. Force est de le constater quand le bill d'abrogation de la loi antisyndicale de 1927 doit être retiré après une longue bataille d'amendements. Le cabinet s'en tient donc à des mesures ponctuelles, comme l'extension de l'allocation-chômage, un effort en matière d'habitat social et une aide de l'État en faveur du relèvement des prix agricoles. Mesures bien modestes au regard de la montée inexorable du chômage à partir de la fin de 1929, face à laquelle le gouvernement se trouve paralysé du fait de ses divisions entre les tenants de la déflation budgétaire et ceux de la relance.

C'est la crise financière de l'été 1931 qui va pourtant balayer cette seconde expérience travailliste, à peine moins décevante que la première. Le déficit de la balance des paiements se combinant à une subreptice défiance à l'égard d'un gouvernement travailliste, la Banque d'Angleterre doit faire face à des demandes massives de conversion de sterling en or de la part de déposants étrangers et de diverses banques centrales, au moment où les banques anglaises se trouvent dans l'impossibilité de rapatrier leurs avoirs placés en Autriche et en Allemagne. D'où une hémorragie des réserves d'or de la Banque d'Angleterre, qui culmine en juillet 1931. Au même moment est publié le rapport de la commission May qui préconise de réduire le déficit budgétaire par une amputation des dépenses publiques et un abattement de 20 % de l'allocation-chômage. En accréditant l'idée que le cabinet travailliste est incapable de gérer sainement les finances publiques, ce rapport aggrave la spéculation contre la livre et précipite la crise politique. Cédant aux exigences des libéraux, MacDonald tranche en faveur de la déflation, mais, désavoué par plusieurs ministres travaillistes, remet sa démission le 24 août. Logiquement, une coalition conservatrice-libérale, assurée d'une courte majorité aux Communes, devrait lui succéder. Mais, conseillé par les leaders de ces deux partis, George V invite MacDonald, qui de toute évidence a pris goût à l'exercice du pouvoir, à diriger un gouvernement d'Union nationale. Formé le 24 août au soir, le cabinet comprend quatre travaillistes, autant de conservateurs et deux libéraux. L'équilibre budgétaire est rapidement acquis grâce à un relèvement des impôts, à une réduction des dépenses et à une diminution de 10 % de l'allocation-chômage assortie d'une limitation à vingt-six semaines par an de sa durée de versement. L'hémorragie d'or se poursuivant, et s'accélérant même après la mutinerie des marins basés à Invergordon, en Écosse, la suppression de l'étalon-or est décrétée le 21 septembre 1931. Grâce à quoi la Banque d'Angleterre parvient à sauver son encaisse-or, et, la flottaison de la livre aidant, les exportations reçoivent les effets bénéfiques d'une quasi-dévaluation de l'ordre de 32 %.

Il restait à faire ratifier par le pays ces changements de cap. Conseillées par Baldwin, qui a pris soin de garantir à MacDonald son maintien comme Premier ministre à la tête du futur gouvernement, les élections ont lieu en octobre 1931. Face aux partis travailliste et libéral, l'un et l'autre hésitants et divisés sur la marche à suivre, les conservateurs, véritables inspirateurs des décisions prises durant l'été, ont le vent en poupe. Avec plus de la moitié des voix et plus des deux tiers des sièges, ils remportent leur plus incontestable succès de l'entre-deux-guerres. MacDonald, en rupture avec son parti, est reconduit comme Premier ministre, mais remanie son cabinet en faisant la part belle aux conservateurs, avec Neville-Chamberlain à l'Échiquier, ainsi qu'aux libéraux-nationaux, avec John Simon aux Affaires étrangères et Runciman au Board of Trade. C'est ce gouvernement qui va mettre en œuvre les grandes mesures de redressement économique — refonte du système douanier, soutien des prix agricoles, restructuration industrielle et développement de la demande intérieure — dont on s'accorde à reconnaître qu'elles ont utilement accompagné les effets de la dévaluation et ceux de la reprise mondiale.

Facilitée par les divisions persistantes du travaillisme et par le déclin inéluctable du parti libéral, la prééminence du parti conservateur est désormais totale. Le retrait de MacDonald, obligé par la maladie de quitter le pouvoir en juin 1935, conduit tout naturellement à son remplacement par Baldwin, véritable éminence grise du cabinet sortant. Celui-ci emporte brillamment les élections de novembre 1935, même si les travaillistes retrouvent leur capital de voix de 1929. Formellement, la formule de l'Union nationale est conservée, avec un dissident travailliste et un libéral-national (John Simon) au gouvernement, mais elle n'affecte en rien la domination des conservateurs dans le cabinet Baldwin puis, à partir de mai 1937, dans le cabinet dirigé par Neville Chamberlain. Mais depuis 1935, et abstraction faite de la crise dynastique qui a un moment divisé l'opinion [1], les problèmes de politique intérieure se sont estompés, les préoccupations majeures relevant désormais de la situation internationale et, accessoirement, coloniale.

Ce survol rapide de l'histoire politique britannique suffit à mettre en lumière l'étonnante capacité de résistance des institutions et des valeurs démocratiques d'un peuple confronté pourtant à la plus sévère crise économique de son histoire. Le tripartisme des années vingt a pu dérégler un temps les mécanismes de l'alternance hérités du XIXe siècle, introduire une certaine instabilité gouvernementale entre 1922 et 1924 et obliger à une succession anormalement rapide de consultations électorales [2]. Cela n'a conduit à aucune réaction antiparlementaire, à aucune remise en cause du système institutionnel. Les institutions ont d'ailleurs fait preuve de leur souplesse coutumière en s'adaptant sans heurts aux exigences d'un État moderne : la création de nouveaux ministères, le développement des services de coordination du Premier ministre, la part croissante des projets gouvernementaux dans les textes législatifs ont contribué à accroître l'efficacité du cabinet, sans diminuer les pouvoirs de contrôle du Parlement, à l'intérieur duquel un monocamérisme de fait n'a cessé de s'affirmer.

Signe sans équivoque de la crise de la démocratie libérale sur le continent, la poussée des extrémismes politiques n'a eu en Grande-Bretagne qu'un écho bien affaibli. A gauche, le parti communiste, né en septembre 1920, non d'une scission au sein du parti travailliste mais de la fusion de quelques groupes marxistes, n'est jamais parvenu à une audience d'envergure malgré un contexte social *a priori* favorable. S'il a pu noyauter quelques syndicats, animer des marches de la faim

1. En raison des projets de mariage du nouveau roi, Édouard VIII, avec une Américaine divorcée. La pression de la hiérarchie anglicane et de Baldwin a été assez forte pour l'obliger à abdiquer en 1936. Les sympathies avouées d'Édouard VIII pour la classe ouvrière et celles, plus discrètes, pour les dictatures fascistes n'ont pas été étrangères aux pressions du parti conservateur.

2. Six élections en treize ans, entre 1922 et 1935.

entre 1931 et 1934, séduire, jusqu'au snobisme, intellectuels et étudiants des grandes universités, ses effectifs sont restés dérisoires (généralement inférieurs à 10 000 membres) et sa représentation parlementaire, à peu près nulle [1]. Ses efforts en vue de réaliser, à partir de 1934, l'*United Front* des forces populaires ont rencontré quelque sympathie dans les courants de la gauche travailliste — Independent Labour Party et Socialist League —, mais se sont heurtés à l'opposition catégorique des dirigeants du Labour.

A droite, une tentative de greffe fasciste s'est révélée plus piteuse encore. Transfuge du parti conservateur, brillant ministre et jeune espoir du parti travailliste, sir Oswald Mosley a tenté d'accréditer dans le second cabinet MacDonald les idées keynésiennes d'une relance par la demande intérieure, pour se faire ensuite l'avocat des idées planistes d'Henri de Man. Déçu par la timidité économique du gouvernement, il en démissionne en mai 1930, fonde l'année suivante le New Party, qui échoue totalement aux élections de 1931, puis, en 1932, la British Union of Fascists. Bon orateur, introduit par ses liens familiaux dans la haute société, soutenu un temps par le puissant *Daily Mail* de Lord Rothermere, Mosley s'est inspiré de l'exemple mussolinien tout en intégrant les thèmes du racisme hitlérien. Pour n'avoir jamais dépassé 20 000 adhérents, son parti a pu se livrer à quelques démonstrations de force, surtout dans les quartiers populaires de Londres. Mais le discrédit même qui pesait sur ses méthodes de propagande et diverses lois de circonstance ont eu raison d'un mouvement qui disparaît à peu près totalement en 1936. De même, la séduction qu'ont pu inspirer les doctrines fascistes chez certains intellectuels, comme Henry Williamson, Bernard Shaw, Roy Campbell ou T. S. Eliot, est restée très en deçà de la France et de l'Allemagne [2].

Cette fidélité globale aux valeurs de la démocratie libérale ne trouve pas d'explication suffisante dans l'invocation, commode et rituelle, de la maturité politique d'un peuple respectueux de la tradition, acquis de longue date à la supériorité de ses institutions et réfractaire à toute violence révolu-

1. Deux sièges en 1922, un siège en 1924 et en 1935.
2. Cf. A. Hamilton, *l'Illusion fasciste, les Intellectuels et le Fascisme, 1919-1945*, Paris, Gallimard, 1973, p. 277-311.

tionnaire. Ces données ont assurément joué, mais doivent être complétées par d'autres qui prennent en compte les réalités sociales de l'entre-deux-guerres. On a ainsi fait justement remarquer que les difficultés économiques de la période ont été de pair avec une réduction des inégalités sociales grâce à une progressivité accrue de l'impôt, sans que soient du reste réellement remis en cause les fondements extraordinairement hiérarchiques de la société britannique [1]. Plus clairement encore, l'absence de véritable paupérisation de la classe moyenne, du fait d'une gestion délibérément déflationniste des finances publiques, a soustrait la bourgeoisie à toute tentation du fascisme, rendu d'autant moins crédible que le danger d'une subversion communiste était inexistant. L'instauration de l'allocation-chômage, le fameux *dole*, s'est révélé aussi, malgré les manipulations dont il a fait l'objet, « le meilleur antidote contre-révolutionnaire [2] » pour la classe ouvrière, encadrée par des syndicats très majoritairement acquis, surtout après 1926, aux vertus du réformisme.

Véritable talon d'Achille de la démocratie britannique, la question irlandaise perd de son acuité dans l'opinion, pour connaître un règlement rapide, sinon satisfaisant. L'insurrection de Dublin, en avril 1916, et sa sanglante répression avaient redonné vigueur au sentiment nationaliste et accru l'audience du parti républicain, le Sinn Fein. Celui-ci remporte, aux élections de décembre 1918, 73 sièges sur 106, 26 sièges allant aux unionistes. Entre ces deux tendances, Lloyd George a fait son choix. S'il accepte l'autonomie prévue par le Home Rule bill de 1912 dont le veto de la Chambre des Lords puis la guerre ont retardé l'application, il entend sauvegarder dans l'île certains intérêts britanniques et faire droit aux revendications unionistes des protestants irlandais majoritaires dans les comtés de l'Ulster. Aussi refuse-t-il de reconnaître la République proclamée le 21 janvier 1919 par les sinn-feiners réunis en parlement (le Dail) à Dublin, et oppose-t-il aux attentats de l'Irish Republican Army les sanglantes représailles de sa police spéciale. Pendant deux ans, une guerre fait rage où tous les coups sont permis. L'arbitraire

1. F. Bédarida, *la Société anglaise,* Paris, Arthaud, 1976, p. 256-257.
2. M. Tacel, *le Royaume-Uni de 1867 à 1980,* Paris, Masson, 1981, p. 139.

de la répression, les grèves de la faim des prisonniers politiques irlandais finissent par émouvoir l'opinion britannique, au moment où l'épuisement des forces de l'IRA invite les nationalistes à une négociation vivement encouragée par le roi George V. Lloyd George peut alors dicter aux nationalistes modérés, Griffith et Michael Collins, l'accord de Londres du 6 décembre 1921, aux termes duquel l' « État libre d'Irlande » est érigé en dominion, avec parlement indépendant et gouvernement responsable, six des neuf comtés de l'Ulster demeurant rattachés, mais avec un statut autonome, au Royaume-Uni. Accepté par la plupart des nationalistes, ce traité est rejeté par Eamon de Valera et les extrémistes du Sinn Fein, qui plongent l'Irlande dans une nouvelle et atroce guerre civile. Mais, ayant retiré ses troupes, l'Angleterre peut estimer que la question d'Irlande est, en ce qui la concerne, parvenue à son terme.

S'il fallait désigner les termes d'une crise propre à la Grande-Bretagne de l'entre-deux-guerres, c'est sur l'évolution des partis politiques qu'il conviendrait de s'interroger. S'agissant du parti libéral, le déclin est manifeste, encore qu'il ne faille en précipiter ni la date ni l'ampleur. Certes, dès la chute de Lloyd George, en 1922, il doit se résigner à n'être qu'une force d'appoint, mais il attire encore plus de 17 % des suffrages en 1924 et plus de 22 % en 1929. C'est en 1931, avec à peine plus de 10 % des voix, et, plus encore, en 1935, avec 6,5 %, que le parti whig s'affaisse irrémédiablement, sa représentation en sièges étant encore marginalisée par l'impitoyable scrutin majoritaire à un tour. A cela deux raisons d'évidence. La première tient à son incapacité à renouveler un programme hérité de l'âge victorien et, comme tel, à peu près totalement réalisé. Le suffrage universel, la libéralisation des rouages sociaux, le Home Rule irlandais sont désormais passés dans les faits. Quant à la défense du libre-échange, elle a bien valu au parti un regain d'audience en 1923, mais les mérites d'un protectionnisme modéré, défendu par les conservateurs, l'ont ensuite emporté dans l'opinion. Churchill, qui n'était pas homme à végéter dans une formation sans avenir, l'a bien compris en rejoignant le parti conservateur en 1924. Une tentative de rajeunissement doctrinal, menée entre 1924 et 1929 sous l'impulsion de Lloyd George, et à laquelle ont contribué J. M. Keynes et une équipe d'économistes d'Oxford, n'a pas eu l'écho espéré. L'affaiblissement du parti a également été entretenu par des divisions chroniques et des rivalités d'hommes. Scindé à deux reprises entre libéraux de coalition (Lloyd George) et libéraux asquithiens jusqu'en 1922, puis entre libéraux et libéraux-nationaux, ces derniers ralliés à l'alliance avec les conservateurs à partir de 1931, le parti libéral s'est montré divisé et hésitant à l'égard des choix décisifs proposés au pays. L'opinion a jugé sévèrement ces tergiversations et a préféré, avec réalisme, diriger ses votes vers l'un des deux grands partis plutôt que vers une force tierce en voie de désagrégation.

Fondé nominalement en 1893, sur la base d'une rupture de l'alliance «lib-lab» qui liait l'électorat ouvrier au parti libéral, le parti travailliste ne s'est véritablement organisé qu'au début du siècle. Avec une trentaine d'élus en 1906, une quarantaine en 1910, il s'est affirmé comme un parti original, fondant son recrutement sur ses organisations constitutives essentiellement issues du trade-unionisme. La loi syndicale de 1913, en autorisant les trade-unions à percevoir sur leurs membres une cotisation politique, a permis l'avènement d'un parti de masse, fort de 1 600 000 adhérents en 1914. Les perspectives ouvertes au lendemain de la guerre par l'élargissement du corps électoral vont provoquer, en 1918, une vaste refonte du parti. La première, de nature organisationnelle, transforme le Labour en un parti centralisé et discipliné assis sur un réseau de sections locales et coiffé par un exécutif national toujours dominé, mais dans des proportions moindres qu'auparavant, par les syndicats. La seconde, d'ordre doctrinal, intègre l'idéologie fabienne dans les statuts du parti, en distinguant l'objectif du Labour (l'avènement d'une société socialiste par l'appropriation collective des moyens de production) et les réalisations immédiates (nationalisations, salaire minimal, impôt sur le capital) dans le respect des institutions monarchiques et parlementaires existantes.

Sur ces bases renouvelées, anticapitalistes mais non révolutionnaires, l'ascension du parti travailliste est rapide, facilitée par le contexte de crise du secteur industriel, la paralysie croissante du parti libéral et l'absence de véritable concurrence sur sa gauche. Si les élections de 1918, avec seulement

60 élus pour 388 candidats, sont une déception, celles de 1922 et de 1923 (142 et 191 sièges) permettent de recueillir les fruits d'un travail tenace d'implantation. Les effectifs du parti sont en hausse régulière, atteignant 3 400 000 membres en 1926. La réaction antisyndicale de 1927 lui porte un préjudice certain en substituant le *contracting in* au *contracting out* dans son financement et, par là même, dans son recrutement[1]. Mais le Labour prend sa revanche en 1929, quand aux élections du 30 mai il dépasse 8 millions de voix, soit presque autant que les conservateurs, et devient, avec 288 sièges, la première formation aux Communes.

Pour autant, ses deux expériences gouvernementales de 1924 et de 1929-1931 sont d'irrécusables échecs. La première, il est vrai, n'avait guère d'autre vocation que d'affirmer la capacité du parti à diriger les affaires du pays; mais la seconde, qui avait soulevé de grands espoirs en vue de la résorption du chômage, ne va pas aller au-delà de la gestion timorée d'un capitalisme malade. Dans la condamnation de ce « socialisme de poule mouillée », diverses responsabilités peuvent être invoquées. Celles de MacDonald au premier chef, bon orateur et fin manœuvrier, mais vaniteux et versatile, grisé par l'exercice du pouvoir; celles d'un Snowden, bien oublieux des intransigeances de sa jeunesse; et, d'une façon plus générale, celles d'un milieu parlementaire embourgeoisé, coupé avec le temps de ses attaches ouvrières. On peut aussi déplorer l'indigence de la pensée économique du parti, qui, entre ses objectifs à long terme et les simples mesures d'assistance immédiate, s'est révélé incapable de concevoir la relance d'une économie anémiée en termes de planification ou de redistribution, pour s'en tenir aux formules éculées et inopérantes de la déflation budgétaire.

La « trahison » de MacDonald, qui accepte en 1931 de présider un gouvernement d'Union nationale où les conservateurs dictent leur politique, va ouvrir au sein du parti une crise grave mais salutaire. Certes, les élections de 1931 sont un désastre et le parti, avec 2 350 000 adhérents, se trouve au plus

---

1. La technique du *contracting out* permettait aux trade-unions de percevoir sur leurs adhérents une cotisation politique sauf refus express de leur part. A l'inverse, le *contracting in* ne permet de percevoir cette cotisation que sur autorisation expresse des adhérents.

bas de son audience; mais MacDonald n'a entraîné dans son sillage qu'une poignée de «travaillistes-nationaux». Surtout, sous l'impulsion de Clement Attlee, qui a succédé à Henderson puis à Lansbury à la direction du parti, le Labour renouvelle ses cadres dirigeants et exploite habilement la persistance des difficultés économiques pour amorcer une remontée dont témoignent les élections de 1935. Loin d'accéder à l'intransigeance doctrinale des forces placées à sa gauche — l'Independent Labour Party puis la Socialist League animée par l'austère Stafford Cripps —, le parti travailliste s'applique à jeter les bases d'un socialisme redistributeur, respectueux des libertés individuelles et de la diversité des valeurs, et comme tel capable de rallier la classe moyenne. L'adoption du rapport Beveridge, en pleine guerre, et la victoire électorale de juillet 1945 seront le couronnement et la récompense de cet effort de renouvellement.

Grand bénéficiaire du déclin libéral et des hésitations travaillistes, le parti conservateur domine la période de l'entre-deux-guerres. Parti de l'*Establishment,* de l'Angleterre verte, de l'essentiel des classes moyennes et d'une fraction variable de la classe ouvrière, servi par une excellente machine électorale et par une presse puissante, il a continué d'incarner les aspirations de son électorat traditionnel tout en tirant profit, sans doute plus que les autres, de la féminisation du suffrage. Il a exploité aussi, non sans cynisme, le péril «bolchevique» et a su, mieux que ses adversaires, atténuer les inévitables conflits de personnes et de tendances. Nul doute non plus qu'il n'ait fourni à ses gouvernements successifs des personnalités solides (Baldwin), habiles (Neville Chamberlain) ou brillantes (Anthony Eden). Encore faut-il constater que Chamberlain n'a pas montré comme Premier ministre les qualités dont il avait fait preuve comme chancelier de l'Échiquier, qu'Eden a été contraint à la démission en 1937 et que, en 1940, la brillante personnalité de Churchill a manqué de peu être écartée au profit du terne Halifax. En politique coloniale comme en politique étrangère, les équipes conservatrices n'ont pas fait preuve d'une perspicacité remarquable, même si leur orientation correspondait en gros aux vœux de l'opinion. De même, les dirigeants conservateurs, davantage issus désormais des milieux industriels que de la gentry terrienne, ont pratiqué une politique de classe conforme aux intérêts patronaux, malgré le souhait de jeunes députés de renouer avec le torysme démocratique. Comme au parti travailliste, la nécessité d'un renouvellement s'est fait sentir, qui ne prendra pleinement effet qu'après la guerre.

### Les États-Unis.

L'idéologie progressiste et le zèle réformiste que Theodore Roosevelt et Woodrow Wilson avaient porté à leur plus haut niveau d'expression connaissent, au lendemain de la guerre, une régression évidente. Le conformisme patriotique de l'opinion, l'enrichissement consécutif à l'énorme effort de mobilisation économique ont créé un contexte hostile à la poursuite du progressisme, contre lequel s'esquisse, en 1918, une réaction multiforme. Les cibles en sont le dirigisme économique et fiscal de l'État fédéral, mais aussi le syndicalisme, l'immigration récente et les idéologies venues d'Europe. Dans le désir du « retour à la normale », tel qu'il s'exprime presque unanimement chez les *farmers* et dans les classes moyennes, la haine de l'Allemand, plus ou moins artificiellement entretenue par la presse, se mue en une suspicion contre les étrangers et contre les doctrines accusées de saper les fondements moraux de la société américaine. La vague de grèves souvent ponctuées de violences de l'année 1919 [1], divers attentats terroristes, la création de deux minuscules partis communistes au moment même de la propagation du bolchevisme en Europe accréditent la thèse, complaisamment exploitée, d'un péril rouge. Certes, la *Red Scare* est de courte durée, et la fièvre anticommuniste retombe dans le courant de l'année 1920, mais elle se prolonge par une hystérie xénophobe et par un regain de violence raciale dont témoignent, par exemple, l'arrestation en 1921 des deux anarchistes italiens Sacco et Vanzetti [2], et la recrudescence des émeutes raciales accompa-

1. Les plus importantes sont la grève des ouvriers de l'US Steel, qui dure de septembre 1919 à janvier 1920, et la grève des policiers de Boston, qui scandalisa l'opinion et à l'occasion de laquelle le gouverneur de l'État de Massachusetts, Calvin Coolidge, se fit un nom en recourant à la Garde nationale.
2. Accusés sans preuves formelles d'assassinat, ils seront finalement exécutés en 1927, malgré les campagnes menées en leur faveur tant en Amérique qu'en Europe.

gnées de lynchages. Il est certain que l'inflation d'après-
guerre et la récession économique qui s'amorce durant
l'été 1920 ont contribué à l'exaspération de ces passions, mais
le reflux du progressisme était décelable dans l'opinion dès
avant l'entrée en guerre du pays [1].

Face à ce revirement, le gouvernement et le président Wilson ne parviennent pas à définir une ligne de conduite claire.
Sous l'impulsion de l'attorney général Palmer, qui nourrit des
ambitions présidentielles pour 1920, satisfaction est donnée
aux tenants de la répression par la mise en surveillance,
l'arrestation ou la déportation d'étrangers suspects, de communistes ou supposés tels, de syndicalistes. Mais, parallèlement, les années d'après-guerre sont marquées par la poursuite
de la législation progressiste : démocratisation fiscale par la
progressivité de l'impôt, contrôle fédéral accru sur les chemins de fer et l'électricité, extension du droit de vote aux
femmes. Wilson tente aussi de populariser, lors de la tournée
de propagande qu'il entreprend dans le pays en septembre 1919, les thèmes pacifistes et universalistes qui lui sont
chers. Mais l'opinion ne suit pas. Non qu'elle soit majoritairement hostile à la ratification du traité de Versailles et à
l'adhésion des États-Unis à la SDN, même si elle est sensible à
l'argumentation des républicains qui, avec l'ancien président
Theodore Roosevelt et le sénateur Henry Cabot Lodge, font
valoir les risques de l'internationalisme wilsonien sur la tran-
quillité du peuple américain. C'est avant tout sur des questions
de politique intérieure que s'est opérée la défaite démocrate
telle qu'elle s'est amorcée en 1918 et confirmée en 1920.
Celle-ci n'est pas imputable à un rejet *a priori* de la SDN,
mais avant tout à une répudiation des valeurs progressistes,
telles qu'elles continuaient d'être incarnées par le *ticket*
Cox-F. D. Roosevelt, dans le contexte de récession économique entretenu par la rapidité de la démobilisation militaire et
les à-coups de la reconversion industrielle [2]. Le parti républicain et son candidat Warren G. Harding, faisant cam-

1. Cl. Fohlen, *l'Amérique anglo-saxonne de 1815 à nos jours*, Paris, PUF,
coll. « Nouvelle Clio », 1969, p. 133.
2. Cf. les développements très nets sur ce point de Y.-H. Nouailhat, *les
États-Unis, 1898-1933, l'avènement d'une grande puissance*, Paris, Éd. Richelieu, 1973, p. 291 et 308.

pagne sur les thèmes rassurants du *Back to normalcy,* incarnaient de ce fait les aspirations conservatrices de l'Amérique moyenne.

L'élection de Harding ouvre une période de douze années dominées par les républicains qui, à bien des égards, prolonge les tendances chauvines et réactionnaires observées depuis la fin de la guerre. La médiocrité personnelle des présidents y concourt, au moins jusqu'en 1928, à l'unisson d'un credo politique qui abhorre les fortes personnalités à la tête de l'État. Grave et compassé, tout en sachant être affable et bon vivant dans sa vie privée, parfaitement conscient de son infériorité à sa tâche, Harding n'était qu'un obscur sénateur de l'Ohio, poussé en avant par Cabot Lodge. Personnellement intègre, mais peu regardant dans le choix de ses amis, il a laissé agir autour de lui des personnalités douteuses, tels l'attorney général Daugherty ou le secrétaire à l'Intérieur Fall, convaincus de détournements de fonds, de trafic d'influence et de concessions illicites. Considérablement affecté par ces révélations, Harding meurt en août 1923. Son successeur Calvin Coolidge, facilement élu en 1924 contre un démocrate sans relief, l'avocat John Davis, est un puritain austère qui moralise quelque peu la présidence. Thuriféraire du système capitaliste, dont il célèbre les vertus par de sentencieux aphorismes, il ne manifeste aucun goût pour les affaires publiques et partage son temps, si l'on peut dire, entre le sommeil et l'ennui. On compte assurément, durant ces deux présidences, des personnalités d'envergure comme le secrétaire d'État Charles E. Hughes (jusqu'en 1925) ou le secrétaire au Commerce Herbert Hoover, qui accédera à la présidence en 1928. Ce dernier tente de dégager une philosophie politique de l'ère républicaine, qui assigne à l'État fédéral l'impartialité nécessaire à l'épanouissement des virtualités individuelles [1]. De fait, le laissez-faire triomphe en tous les domaines. Non que l'esprit progressiste soit mort : il reste vivace dans certains États du Middle West, comme en témoigne le score non négligeable du sénateur du Winsconsin Robert La Follette aux élections présidentielles de 1924. Mais il demeure impuissant à entamer le faible intérêt des électeurs pour les joutes politi-

---

1. *American Individualism,* 1922.

ques [1] et l'identification du parti républicain aux jours heureux de la *Prosperity*. En état de division chronique entre une gauche progressiste et une droite conservatrice, le parti démocrate ne cesse de régresser jusqu'en 1930.

Rarement gestion n'aura été si favorable aux puissances d'argent, si évidente la collusion du gouvernement fédéral et du *big business*. Sous l'impulsion du milliardaire Andrew Mellon, inamovible secrétaire au Trésor de 1921 à 1932, la politique gouvernementale prend le contre-pied de l'époque antérieure : protectionnisme renforcé par l'adoption du tarif Fordney-McCumber [2], diminution régulière de l'imposition sur les bénéfices industriels et les hauts revenus, mise en sommeil de la législation anti-trust (avec la complicité bienveillante de la Cour suprême), impossible combat du sénateur Norris pour placer les ressources hydro-électriques sous contrôle fédéral... De façon non moins caractéristique, la majorité républicaine, renforcée par la vieille garde conservatrice du Sud démocrate, appuie, d'autre part, la revendication d'américanisme qui s'est emparée du pays au lendemain de la guerre. Car la modernisation rapide de l'Amérique, l'enrichissement de la classe moyenne, la course effrénée au bien-être donnent paradoxalement une vigueur accrue aux valeurs traditionnelles, brandies contre une évolution qui paraît saper les fondements moraux de la nation. Cette volonté de ressourcement d'une Amérique en quête de son authenticité s'exprime clairement par l'exaltation culturelle de son histoire, de ses héros et de ses mythes telle qu'elle transite par les canaux les plus divers. De façon moins bénigne, elle projette le pays dans l'intolérance et un moralisme agressif, même si le puritanisme est plus ou moins ouvertement transgressé par ceux-là mêmes qui le professent.

Cette orientation réactionnaire, qui combine la peur instinctive de la différence et les frustrations diverses des catégories les moins atteintes par la modernisation, emprunte plusieurs directions. L'hostilité à la nouvelle immigration latine et

1. On ne compte pas moins de 48 % d'abstentions aux élections présidentielles de 1924.
2. Ce tarif, adopté en 1922, fait passer les droits de douane d'un taux moyen de 26 % (tarif Underwood de 1913) à un taux de 33 %. Il sera encore renforcé en 1930 par le tarif Hawley-Smoot.

slave est rendue explicite par les lois des quotas de 1921 et de 1924 [1]. Mais les Juifs sont aussi implicitement menacés par ces textes, au moment où l'antisémitisme s'affirme à travers la propagande du Ku Klux Klan, diverses campagnes de presse et jusqu'à l'instauration du *numerus clausus* dans quelques collèges et universités. Particulièrement exposée à cette vague de *nativisme,* la minorité noire ne peut attendre aucune protection de la Cour suprême, qui maintient intacte sa jurisprudence ségrégationniste, ni du Congrès, qui échoue en 1921 à adopter un *anti-lynchage bill.* Si la pratique du lynchage régresse quelque peu après les terribles émeutes raciales de 1919, l'audience ascendante du Ku Klux Klan jusqu'en 1925 maintient de fortes tensions intercommunautaires dans le Sud et dans les métropoles du Nord-Est, qui expliquent le ralliement enthousiaste de nombreux Noirs en faveur des promesses de « rédemption » africaine du charlatan jamaïcain Marcus Garvey.

Prohibition et fondamentalisme participent davantage du vieux fonds puritain de l'Amérique rurale et protestante. Votée en 1919 et devenue 18e amendement, la prohibition a été imposée à la fédération, malgré une opposition très forte des villes du Nord-Est, par la pression combinée des ligues antialcooliques et du grand patronat. Cette rencontre providentielle des intérêts de la morale et du taylorisme n'a pas eu les effets escomptés. Au mieux la prohibition a-t-elle renfloué le Trésor fédéral par la perception des amendes et amorcé une diminution de la consommation populaire. Pour le reste, ses effets désastreux sur la santé publique, les formes multiples de contrebande et de corruption qu'elle a suscitées, les pratiques criminelles qui lui sont associées sont dans toutes les mémoires. Moins redoutable, la vogue des idées fondamentalistes relève des mêmes fantasmes. Signe des temps, l'ancien leader progressiste et secrétaire d'État de Wilson, William Bryan, ouvre en 1921 une campagne particulièrement active dans le Sud. Universités et collèges du Kentucky ou du Tennessee se voient interdire, au nom de l'intégrisme biblique, l'enseigne-

---

1. La loi de 1921 fixe les quotas annuels d'immigration à 3 % des immigrants de chaque nationalité vivant aux États-Unis en 1910. Celle de 1924 les réduit à 2 % de ceux établis en 1890, date où prévalait encore l'immigration nordique.

ment des théories darwiniennes. Du moins, le procès spectaculaire du Pr Scopes, s'il s'achève par la condamnation de
l'accusé, signe aussi la déroute de Bryan et le reflux de cette
nouvelle forme d'inquisition.

Violence et corruption, intolérance et racisme sont donc
bien les symptômes majeurs d'une crise de la démocratie.
Mais celle-ci est spécifique. Elle ne doit rien à la propagation
d'un quelconque modèle européen, mais bien à une exaspération des tares naturelles de la démocratie américaine dans le
cadre d'une régression des valeurs progressistes. La crise de
1929 va en fournir une preuve supplémentaire. La faillite du
système économique peut susciter animosité et dérision à
l'égard des milieux d'affaires, lever diverses formes de manifestations violentes de la part des chômeurs, des *farmers* ou
des anciens combattants. Mais l'ampleur de la crise sociale ne
détermine aucune remise en cause des institutions, ni des
valeurs fondamentales de la démocratie ; elle n'entretient aucune agitation réellement révolutionnaire et n'introduit aucune
aspiration à un pouvoir totalitaire.

La crise a pour effet politique majeur d'évincer durablement
le parti républicain du pouvoir. Non qu'Hoover ait été si
manifestement inférieur à sa tâche. Personnalité bien supérieure à ses prédécesseurs, qui avait fait la preuve de remarquables talents d'organisateur, il a tenté de mobiliser les
hommes d'affaires pour préserver l'emploi et le revenu des
salariés, et de lutter contre le réflexe désastreux de l'épargne
préventive en période de récession. Mais sa confiance iné-
branlable dans la santé des structures économiques du pays,
son hostilité de principe au déficit budgétaire et à la prise en
charge par l'État fédéral d'une politique massive de transferts
ou de relance lui ont interdit d'aller plus loin. A l'inverse,
l'aide qu'il fit apporter par la Reconstruction Finance Corporation aux banques et aux sociétés en faillite finit par lui
aliéner l'opinion, qui lui reprochait aussi, injustement d'ailleurs, les échecs de sa politique étrangère [1]. Faute d'adversaire
sérieux, la convention républicaine décida pourtant, sans enthousiasme, de le reconduire aux élections présidentielles de
1932.

1. En particulier, l'affaire mandchoue et l'arrêt du remboursement des
dettes alliées. Cf. *infra*, t. II, p. 83 et 87-88.

| Élections présidentielles américaines | | |
|---|---|---|
| *1920* | HARDING | 16 152 000 voix |
| | COX | 9 147 000 voix |
| | DEBS | 920 000 voix |
| *1924* | COOLIDGE | 15 725 000 voix |
| | DAVIS | 8 387 000 voix |
| | LA FOLLETTE | 4 822 000 voix |
| *1928* | HOOVER | 21 392 000 voix |
| | AL. SMITH | 15 016 000 voix |
| *1932* | ROOSEVELT | 22 821 000 voix |
| | HOOVER | 15 762 000 voix |
| *1936* | ROOSEVELT | 27 751 000 voix |
| | LANDON | 16 682 000 voix |
| | LEMKE | 880 000 voix |
| *1940* | ROOSEVELT | 27 243 000 voix |
| | WILLKIE | 22 305 000 voix |
| *1944* | ROOSEVELT | 25 602 000 voix |
| | DEWEY | 22 006 000 voix |

Dans le camp démocrate, la lutte est vive entre Al. Smith, catholique et antiprohibitionniste convaincu, déjà candidat en 1928, John Garner, favori des conservateurs sudistes, et Franklin D. Roosevelt, gouverneur de l'État de New York. Ce dernier est finalement désigné, avec Garner comme candidat à la vice-présidence. Choix judicieux, car Roosevelt avait l'avantage d'un nom célèbre, d'une intelligence très vive et essentiellement pragmatique, d'une personnalité séduisante, et d'un bilan flatteur à la tête de l'État de New York en matière d'aide sociale et de services publics. Sa campagne électorale, infiniment plus brillante que celle d'Hoover, fut cependant bien imprécise. En dehors de la promesse ferme d'abolir la prohibition [1] et de la formule du New Deal qui impliquait un minimum de planification économique, Roosevelt évita de

---

1. La prohibition sera effectivement abolie en décembre 1933 par l'adoption du 21e amendement.

révéler le contenu d'aucune réforme, dans le but évident de ménager les susceptibilités des divers courants du parti démocrate, sans doute aussi parce que ce flou correspondait à son pragmatisme naturel. Mais l'électorat populaire ne s'y trompa pas, ni certains républicains progressistes qui lui apportèrent leur soutien. Marquées par une participation inhabituellement élevée, les élections présidentielles de novembre 1932 sont une large victoire pour Roosevelt, qui l'emporte par plus de 57 % des suffrages, et pour le parti démocrate, qui confirme son avance au Congrès.

L'histoire intérieure des États-Unis entre 1933 et 1941 est dominée par le gigantesque effort de remise en marche et de restructuration de l'appareil productif [1]. Le New Deal, on le sait, n'a été ni un ensemble cohérent de mesures, ni une réussite indiscutable. Comme tel, il a soulevé des oppositions et des déceptions qui vont ponctuer la vie politique américaine. Pour l'essentiel, cette période est traversée par trois crises majeures, de nature très différente et résolues avec un succès inégal.

La première se fait jour en 1934 quand, à la faveur d'un tassement de l'activité réformiste, se dessine une convergence d'oppositions qui risque de mettre en péril l'expérience en cours. A l'extrême droite, Roosevelt n'a guère à redouter des manifestations, au reste légèrement postérieures, du fascisme américain. Quelques intellectuels, comme Seward Collins ou Lawrence Dennis [2], quelques revues, comme l'*American Mercury* ou l'*American Review,* ont tenté sans succès d'en diffuser les thèmes. Des mouvements, comme les Silver Shirts ou le Christian Front, très antisémites, ont pu orchestrer des manifestations bruyantes, mais sans inquiéter sérieusement le régime. L'opposition conservatrice est plus dangereuse. Elle vient moins du parti républicain, affaibli par ses échecs récents, que des milieux d'affaires regroupés, depuis août 1934, dans l'American Liberty League, dominée par le grand capitalisme du Nord-Est, et qui recrute même parmi les démocra-

---

1. Sur les aspects économiques et sociaux du New Deal, cf. *supra,* p. 148-149.
2. Ce dernier, auteur de *The Coming American Fascism,* 1936.

tes en rupture de parti comme All Smith. Dans un pamphlet
paru la même année, *le Défi à la liberté,* l'ancien président
Hoover résume les critiques des tenants du libéralisme intégral
et dénonce dans le New Deal une politique pouvant conduire à
une dictature totalitaire assimilable au fascisme ou au communisme.

Plus inquiétantes encore apparaissent les surenchères déma-
gogiques qui s'expriment «à gauche», à un moment où le
New Deal semble s'essouffler et où Roosevelt souffre, jusque
dans les rangs de son propre parti, d'une crise évidente de
*leadership.* Il faut ranger là les campagnes de l'ambitieux
gouverneur démocrate, puis sénateur de Louisiane Huey
Long. Fort de son action en faveur des humbles de son État,
celui-ci développe un programme hardiment redistributeur qui
connaît un grand succès parmi les populations deshéritées du
Sud et du Middle West. Son organisation, «Share our
Wealth», financée par d'énormes moyens, aurait atteint plus
de 7 millions d'adhérents au début de 1935, au moment où
Long affirme ses ambitions présidentielles. Son assassinat, en
septembre de la même année, a débarrassé Roosevelt, qui
n'était pas parvenu à le discréditer malgré la corruption évidente de la machine démocrate de Louisiane, d'un rival dangereux. Mais, au même moment, le P. Coughlin, prêtre
catholique de la région de Detroit, fonde une «Union nationale
pour la justice sociale» qui développe des thèmes populistes et
antisémites, ainsi qu'un programme inspiré des expériences
catholiques et autoritaires d'Europe centrale. En Californie, il
faut compter avec le mouvement du Dr Townsend qui défend
les droits des personnes âgées, la prohibition et le puritanisme,
et monte de grandes manifestations de mécontentement.

Dans la perspective des élections présidentielles de 1936, le
parti républicain avance la candidature du gouverneur du Kan-
sas Alfred Landon, médiocre orateur, mais personnalité libérale et ouverte. Coughlin (non éligible du fait de sa nationalité
canadienne), Townsend et le successeur de Long, regroupés
dans l'Union Party, désignent un représentant du Dakota du
Nord, William Lemke. La convention démocrate reconduit
sans opposition le *ticket* Roosevelt-Garner. Mais la virulence
des polémiques mettant en jeu l'expérience même du New
Deal, les attaques personnelles, dont il est l'objet, obligent

Roosevelt à une campagne plus nettement partisane qu'en 1932. Contre Landon, qui bénéficie du soutien bruyant des puissances d'argent, et Lemke, qui n'hésite pas à l'assimiler à l'antéchrist, il va s'attacher à rechercher le plus large soutien populaire. Il bénéficie pour ce faire des signes évidents de la reprise économique, ainsi que de l'impact des mesures sociales du second New Deal [1]. De fait, l'élection de novembre 1936 se traduit par la très brillante réélection de Roosevelt (plus de 60 % des suffrages, 423 grands électeurs contre 8) et par une nouvelle avance démocrate au Congrès.

Ce vote était assurément un témoignage de confiance, mais il témoignait surtout en faveur de l'œuvre économique et sociale entreprise. Roosevelt va l'interpréter comme un plébiscite personnel, l'autorisant en particulier à régler ses comptes avec la Cour suprême. Le conflit remonte en fait à mai 1935, quand cette dernière avait, à l'unanimité, invalidé le NIRA comme attentatoire aux dispositions commerciales de la Constitution. L'annulation de l'AAA, en janvier 1936, avait porté un nouveau coup à l'édifice du New Deal. Un nouveau texte législatif avait certes été adopté au mois de mars [2], mais Roosevelt voyait désormais dans l'attitude de la Cour une obstruction de nature politique. Même si l'argumentation juridique ne souffrait aucune critique, la composition de la Cour suprême autorisait à le penser [3]. Aussi envisagea-t-il diverses solutions, comme une modification des compétences de la Cour ou du nombre de ses membres [4]. Mais, habilement, il laissa passer l'orage, et attendit d'être réélu pour présenter, lors d'un message au Congrès du 5 février 1937, un plan de réforme de la justice fédérale. Il s'agissait de nommer un juge supplémentaire, jusqu'à concurrence de six, chaque fois qu'un juge fédéral atteindrait l'âge de soixante-dix

1. En particulier le Social Security Act, qui met sur pied un assez modeste programme d'assurance-vieillesse et d'assurance-chômage, propre néanmoins à désamorcer les surenchères de l'Union Party ; et le Wagner Act, qui reprend, en la précisant, la section 7 a du NIRA invalidé, autorisant les syndicats à négocier des conventions collectives avec le patronat.
2. Le Soil Conservation Act.
3. Sur les neuf juges de 1936, six avaient été nommés à l'époque républicaine, dont le président Charles E. Hughes, deux par Wilson et un par Taft.
4. Le nombre des juges ne relevant pas d'une disposition de la Constitution, la procédure légale ordinaire était suffisante pour le modifier.

ans avec plus de dix années de service. Une fournée de juges permettrait ainsi de renverser la majorité. Ce projet, dont rien n'avait été annoncé durant la campagne présidentielle, fut mal accueilli, Roosevelt donnant l'impression d'assouvir une vengeance politique contre une institution respectée. La Cour suprême va s'attacher, au reste, à dédramatiser le conflit en validant coup sur coup le Wagner Act et le Social Security Act. Ce faisant, elle rend sans objet la poursuite d'un projet qui, en raison de la mauvaise volonté manifeste des *Congressmen*, s'enlise dans le maquis de la procédure parlementaire. La démission d'un juge en 1937, la vacance de trois autres postes dans les années suivantes permettent le renversement de majorité attendu et, pour Roosevelt, concluent aux moindres frais un épisode engagé avec beaucoup de légèreté.

Les très durs conflits sociaux déclenchés par le CIO [1] dans les secteurs de l'automobile et de la métallurgie, la récession ouverte en 1937 par un retour prématuré à l'équilibre budgétaire vont engendrer de nouvelles tensions politiques. Accusé à droite de collusion avec les grévistes, de complaisance à l'égard du patronat par les syndicalistes, Roosevelt souffre en outre d'une certaine lassitude du Congrès où l'on dénonce implicitement la puissance occulte du Brain Trust. Un projet de réforme de l'administration fédérale, rendu nécessaire par l'accroissement du nombre des fonctionnaires et la prolifération des administrations de toutes sortes, va faire les frais de cette grogne politicienne. Dénoncé comme dictatorial, le projet est pratiquement enterré par la conjonction des voix républicaines et d'un grand nombre de suffrages démocrates. Les élections de 1938 vont clairement traduire l'ampleur du mécontentement. La renaissance d'un parti progressiste national, animé par Philippe La Follette, se révèle sans grand effet sur l'opinion, mais le parti républicain, exploitant la *Roosevelt Recession*, progresse nettement au Congrès [2].

Sans la guerre européenne et la défaite française, Roosevelt ne se serait sans doute pas présenté une troisième fois aux

---

1. Le Committee for Industrial Organization, syndicat fondé en 1935 par John Lewis en réaction contre les tendances modérées de l'American Federation of Labor.
2. Il passe de 89 à 172 membres à la Chambre, et de 15 à 23 au Sénat.

élections présidentielles [1]. Il fut néanmoins facilement reconduit par la convention démocrate, avec Henry Wallace comme candidat à la vice-présidence. Roosevelt entendait ne pas faire campagne, mais les qualités offensives de son adversaire républicain, Wendell Willkie, l'obligèrent à multiplier les déplacements et à se répandre en promesses non interventionnistes qu'il n'était nullement sûr de pouvoir tenir. Les résultats mitigés du New Deal et les craintes d'un engagement américain accru pesèrent sur les résultats. Réélu avec moins de 55 % des suffrages, contre plus de 57 % en 1932 et près de 61 % en 1936, Roosevelt réalise en 1940 son élection la moins brillante. Malgré la persistance du courant isolationniste, qu'exprime par exemple la puissante organisation America First, l'entrée en guerre des États-Unis, en décembre 1941, trouvera un pays uni sur l'essentiel, sûr de son droit et de la supériorité de ses valeurs.

La dimension historique du New Deal a donné lieu à des interprétations controversées de la part des chercheurs américains [2]. Pour les uns, de tradition libérale, il s'inscrit dans la continuité du courant progressiste, dont il n'est qu'une résurgence adaptée au contexte particulier de la crise économique. Certains vont jusqu'à avancer que le New Deal aurait pris forme même sans la grande dépression tant ses thèmes répondaient à la traditionnelle aspiration des Américains les plus défavorisés à plus de justice sociale, et tant cette aspiration s'incarne non moins traditionnellement dans un leader charismatique [3]. Pour d'autres, représentatifs du courant conservateur, le New Deal est une rupture complète avec la tradition américaine, tant par ses buts niveleurs que par le mépris dont Roosevelt aurait fait preuve à l'égard de l'équilibre institutionnel [4]. D'où le recours aux termes de « nouvel âge » ou de « révolution » pour désigner l'époque rooseveltienne. Mais on

1. Cf. J.-B. Duroselle, *De Wilson à Roosevelt, Politique extérieure des États-Unis, 1913-1945,* Paris, Colin, 1960, p. 299.
2. Cf. la mise au point de Cl. Fohlen, « Réformisme et New Deal », in *l'Amérique…, op. cit.,* p. 263-268.
3. Thèse soutenue en particulier par A. M. Schlesinger Jr, « Sources of New Deal », in M. Keller, *The New Deal,* American Problem Studies, New York, 1964.
4. Cf., par exemple, Ed. E. Robinson, *The Roosevelt Leadership, 1933-1935,* Philadelphie, 1955.

a abusé du terme de révolution appliqué au New Deal qui, avec le temps, apparaît comme une série d'ajustements et de réformes pragmatiques conduits sans idée directrice, et qui a eu pour résultat de sauver l'économie libérale plus que de la bouleverser [1]. Le style personnel de Wilson et de Roosevelt diffère, ainsi que leur démarche, mais du New Freedom au New Deal la filiation est claire. C'est celle de la tradition progressiste, à laquelle se sont rattachés explicitement certains membres du Brain Trust comme Raymond Moley et Rexford Tugwell. Certaines réformes du New Deal, comme le soutien des prix agricoles ou la maîtrise par l'État fédéral de l'énergie électrique, ne sont en fait que l'expérimentation d'idées largement répandues dans les milieux progressistes depuis plusieurs décennies.

En tout état de cause, la signification politique du New Deal est claire. Sur le plan institutionnel, il opère une redistribution des pouvoirs au profit de la présidence et de l'administration fédérale [2], évolution que la guerre contribuera à renforcer. En termes idéologiques, le New Deal s'est attaché à revenir à une conception plus saine de la démocratie que durant les années vingt, redressement qui a été de pair avec une révision de la hiérarchie des valeurs sociales. Les *twenties* avaient valorisé à l'extrême l'image du grand entrepreneur industriel ou financier ; le New Deal consacre la promotion des couches moyennes et défavorisées. A la sélection naturelle (ou « divine ») des meilleurs, à l'individualisme féroce et au règne de l'argent roi de l'ère républicaine, il oppose la protection nécessaire des catégories les plus humbles. L'intelligentsia y a été sensible qui, s'éloignant du modèle européen, tant prisé dans les années précédentes, s'est identifiée davantage aux mutations en cours. Pourtant, les efforts accomplis en faveur des ouvriers, des *farmers,* des intellectuels sans emploi et de la jeunesse n'ont eu que des résultats mitigés. La condition des Noirs ne s'est guère améliorée. Prisonnier d'une fraction de sa majorité et de l'obstruction de l'AFL, Roosevelt n'a pu obtenir l'abolition de la discrimination raciale dans l'emploi. Sous l'impulsion de sa conseillère noire Mary McLeod Bethune, des

1. Cf. D. Artaud, *le New Deal,* Paris, Colin, coll. « U », 1969, p. 264.
2. En 1940, le nombre des fonctionnaires fédéraux dépasse le million.

mesures ponctuelles ont pourtant été prises dans le domaine du logement et de l'action sociale. Parallèlement, la Cour suprême a tenté d'appliquer le 14e amendement par quelques arrêts qui s'échelonnent de 1930 à 1938. Ce ne sont là que des tendances, suffisantes néanmoins pour réorienter le vote noir (dans la mesure où il existe) des rangs républicains vers le parti démocrate, ce qui constitue en soi une date capitale de l'histoire électorale des États-Unis.

## La France

Posé en termes politiques, l'héritage du premier conflit mondial est double. Il met en cause le fonctionnement institutionnel de la IIIe République, c'est-à-dire la capacité du régime d'assemblée à surmonter la complexité des problèmes de tous ordres légués par la guerre. Il met également en question l'adhésion d'une société, tout à la fois remodelée par la guerre et confrontée à l'avènement de nouveaux modèles politiques, aux valeurs mêmes de la démocratie républicaine. Le drame de la France de l'entre-deux-guerres est d'avoir vécu durant les années vingt sur les illusions d'un retour à l'âge d'or de l'avant-guerre sans procéder à la révision nécessaire de ses pratiques politiques. Cette carence s'inscrit au reste en contrepoint des blocages sociaux et des archaïsmes culturels d'un pays dont la guerre a, en dépit des bouleversements qu'elle a opérés, renforcé le malthusianisme latent. Elle va dégénérer dans la décennie suivante en une véritable crise de régime.

Appelé aux urnes pour la première fois depuis avril 1914, le pays désigne, en novembre 1919, la chambre la plus conservatrice qu'il ait connue depuis 1871. Présenté à tort comme le prolongement de l'Union sacrée, le « Bloc national », regroupement de tendances s'échelonnant de la gauche modérée à la droite réactionnaire, l'emporte largement face à une gauche divisée. Sa victoire s'explique par une habile propagande, à la fois cocardière et antibolchevique, efficacement amplifiée par l'Union des intérêts économiques, et par les mécanismes d'une loi électorale de circonstance introduisant la représentation proportionnelle tout en conservant le scrutin majoritaire [1].

1. La loi du 7 juillet 1919 assurait la totalité des sièges à une liste disposant de la majorité des voix. Ayant refusé toute alliance avec les radicaux, la

Par le nombre de ses anciens combattants, la Chambre «bleu horizon» prolonge certes sur le terrain politique la légendaire camaraderie des tranchées et manifeste une sincère aspiration au dépassement des clivages traditionnels. La bonne volonté des nouveaux élus, regroupés pour la plupart dans l'Entente républicaine et démocratique, n'est pas en cause; mais leur inexpérience même les condamne à laisser la réalité du pouvoir aux caciques du régime. «Nous gardons les cadres», avait constaté Briand au lendemain des élections. De fait, les gouvernements successifs restent des modèles de concentration dans leur facture la plus classique, associant le parti radical théoriquement exclu du Bloc. Si l'orientation conservatrice de la majorité gouvernementale est bien visible dans la vigueur de la répression déclenchée contre la poussée ouvrière et syndicale de 1920, si elle inspire aussi certaines décisions comme la reprise des relations diplomatiques avec le Saint-Siège ou la non-application du régime concordataire aux départements d'Alsace-Lorraine, le Bloc national ne s'identifie à aucun renouvellement véritable des usages politiques et ne parvient pas à déterminer une conduite ferme des affaires publiques. Oscillant entre les facilités de la prodigalité budgétaire et les contraintes de l'orthodoxie financière, entre l'alignement sur les positions anglo-saxonnes et une attitude intransigeante à l'égard de l'Allemagne, ses gouvernements successifs n'ont jeté ni les bases d'une reconstruction saine du pays, ni les fondements durables de sa sécurité. Le ministère Poincaré, assurément le plus déterminé, va buter sur ces contradictions et engager, en janvier 1923, l'épreuve de force de la Ruhr, pour recourir ensuite à d'humiliantes démarches auprès de la finance américaine. L'isolement de la France et le relèvement brutal des impôts directs (le double décime) indisposent suffisamment l'opinion pour que celle-ci laisse à la gauche, lors de l'échéance électorale de 1924, la chance de faire ses preuves.

Le visage de la gauche française s'était entre-temps considérablement modifié. La date essentielle est évidemment celle du congrès de Tours, en décembre 1920, qui voit la scission de

---

SFIO, bien qu'ayant progressé de 300 000 suffrages par rapport à 1914, régressa de 103 à 68 sièges.

la SFIO et la naissance du parti communiste français, mais l'événement ne doit pas faire négliger l'évolution ultérieure des deux partis, caractérisée par un spectaculaire renversement de tendances.

La scission de Tours s'est faite sur le problème de l'adhésion aux vingt et une conditions édictées par la IIIe Internationale, elle-même fondée par Lénine au début de 1919. Ce problème cristallisa en fait tout un ensemble de tensions et d'oppositions bien antérieures, qui relevaient, pour l'essentiel, de la légitimité du ministérialisme socialiste pendant la guerre et des appréciations très diverses que suscitait depuis 1917 la jeune révolution soviétique [1]. Le ralliement a été facilité en outre par la «conversion» de deux envoyés du parti, Louis-Oscar Frossard et Marcel Cachin, à Moscou (juin-juillet 1920) et par l'intervention, en plein congrès, de la prestigieuse militante communiste allemande Clara Zetkin. Si l'on ne peut agréer la thèse, quelque peu provocatrice, soutenue en son temps par Annie Kriegel, celle de la naissance «accidentelle» du PCF, en ce sens que la scission était à trop d'égards inéluctable, il est vrai que l'ampleur même du ralliement à la IIIe Internationale (environ 70 % des mandats) ne peut s'expliquer que par un ensemble de facteurs conjoncturels : le rejet de la guerre et de la participation de la SFIO aux ministères de l'Union sacrée, le prestige dont jouissent à l'époque la révolution bolchevique et une Armée rouge qui se trouve aux portes de Varsovie, le ressentiment qu'ont engendré les élections de 1919 et la stratégie attentiste de la CGT lors des grèves de 1920. Ces considérations l'ont emporté sur la lecture attentive des vingt et une conditions qui, pour certaines, étaient totalement étrangères à la tradition du socialisme français. Celles-ci plaçaient, en effet, le futur parti communiste français sous la tutelle étouffante du Komintern, avec lequel nombre de délégués ralliés ont cru qu'il serait facile de transiger.

Source de bien des déboires. Les premières années du PCF [2]

1. Cf. les conclusions d'A. Kriegel, *Aux origines du communisme français, 1914-1920*, Paris-La Haye, Mouton, 1964, 2 vol., et, du même auteur, *le Congrès de Tours*, Paris, Julliard, coll. «Archives», 1964.
2. Sur la vie du parti communiste durant les années vingt, longtemps mal connue, cf. Ph. Robrieux, *Histoire intérieure du parti communiste*, Paris, Fayard, 1980, t. I, et, de façon plus concise, J.-P. Brunet, *l'Enfance du parti communiste, 1920-1938*, Paris, PUF, «Dossiers Clio», 1972.

sont placées sous le signe de l'incertitude de sa ligne politique, des semi-rébellions contre la férule exercée par l'Internationale, des rivalités de tendances et de personnes, de l'épuration permanente et de l'érosion à peu près constante de ses effectifs. Certes, le parti sait faire preuve de combativité à l'occasion de l'occupation de la Ruhr et de la guerre du Rif — deux épreuves où se distingue le talent d'organisation et de mobilisation de Jacques Doriot —, il peut afficher un résultat honorable aux élections de 1924 et de 1928 [1]. Mais les querelles intestines et l'ingérence permanente de l'Internationale, après avoir entraîné la démission de Frossard, remplacé par le médiocre Albert Treint, débouchent sur l'exclusion de dirigeants remarquables, tels Souvarine, Monatte et Rosmer, en 1924. Parallèlement, la «bolchevisation» du parti, décrétée la même année et appliquée en 1925, aboutit à la mise en place d'un carcan bureaucratique étouffant qui décourage le militantisme et anémie les effectifs [2], alors que l'adoption de la tactique classe contre classe, dictée par le VI<sup>e</sup> Congrès du Komintern, marginalise de façon désastreuse la représentation parlementaire du parti. Cette radicalisation générale accentue, d'autre part, la répression policière, qui culmine en 1927-1929 lors des grandes manifestations lancées, avec des succès divers, sur des thèmes plus ou moins mobilisateurs. Bouc émissaire de tous ces déboires, la direction animée par Henri Barbé et Pierre Célor est éliminée sur ordre du Komintern pour activité fractionnelle. Sans que la structure stalinienne du parti soit en rien modifiée, l'ascension de Maurice Thorez dans l'appareil coïncide avec une certaine ouverture qui, si elle n'élargit pas pour l'instant la base ouvrière, permet de marquer des points du côté des intellectuels [3].

La «vieille maison» socialiste, bien lézardée au lendemain du congrès de Tours, va connaître une évolution inverse de celle du parti communiste. La tâche prioritaire résidait dans la reconstruction des fédérations et l'élargissement des effectifs.

    1. Près de 900 000 voix en 1924 et plus de 1 million en 1928, soit 10 % des suffrages exprimés.
    2. Ceux-ci évoluent comme suit : 120 000 membres au lendemain de la scission, 60 000 en 1925, moins de 40 000 en 1930 et de 30 000 en 1933.
    3. Notamment autour du mouvement pacifiste «Amsterdam-Pleyel» et de la revue *Commune,* dirigée par Paul Vaillant-Couturier.

La première fut rapidement menée [1], grâce à l'activité inlassable du secrétaire général Paul Faure, orateur et organisateur de premier plan, dont l'ardeur militante et l'ascendant sur les fédérations ont été injustement éclipsés par la personnalité, essentiellement intellectuelle et parlementaire, de Léon Blum. Un an seulement après la scission de Tours, 72 fédérations ont été reconstituées. La croissance des effectifs est tout aussi rapide, même si, en dehors du Nord-Pas-de-Calais où la vieille tradition guesdiste lui reste fidèle, la SFIO voit sa base ouvrière se restreindre au profit des ruraux et des employés. Évalués à environ 40 000 au lendemain du congrès de Tours, les adhérents sont 55 000 un an plus tard, équilibrent puis dépassent ceux du PCF dans les années suivantes [2]. Avec une centaine de députés aux élections de 1924, la SFIO a retrouvé sa représentation parlementaire de 1914.

Ce redressement rapide ne va pas pourtant sans faiblesses. Les conflits de tendances, en particulier entre guesdistes et jaurésiens, l'organisation de courants autour de revues concurrentes [3] n'ont pas nui à la croissance du parti dans la mesure où Léon Blum est toujours parvenu, par ses positions centristes, à maintenir un minimum d'harmonie. Plus graves apparaissent les difficultés persistantes de la presse socialiste, en particulier du *Populaire* qui, paralysé par un déficit chronique, dut cesser de paraître en 1924 pour plusieurs années, les relations assez froides avec la CGT et la faible audience de la SFIO dans la jeunesse et chez les intellectuels. De là une sclérose évidente de la pensée socialiste, au moins jusqu'au début des années trente, que ne suffit pas à masquer la dialectique développée par Léon Blum entre « conquête » et « exercice » du pouvoir. Le décalage entre une phraséologie marxiste, une pratique essentiellement parlementaire et la tentation de la participation gouvernementale ne cessera de s'accentuer, même si, en 1924, le refus du ministérialisme l'a provisoirement emporté dans le but de maintenir à tout prix l'unité du parti [4].

---

1. Cf. T. Judt, *la Reconstruction du parti socialiste, 1921-1926*, Paris, Presses de la FNSP, 1976.
2. Respectivement 73 000 pour la SFIO et 60 000 pour le PCF en 1924.
3. En particulier *la Vie socialiste* de Renaudel, à droite, et *la Bataille socialiste* de Bracke et Zyromski, à gauche. — 4. Cf. Judt, *op. cit.*, p. 184.

A bien des égards, les élections de 1924 sont le négatif de celles de 1919. Face à une droite cette fois-ci désunie, radicaux et socialistes ont conclu, non sans réserves de la part de ces derniers [1], un cartel électoral axé sur la détente internationale et une volonté de démocratisation sociale. De même, à l'antibolchevisme de la campagne de 1919 répond l'antipoincarisme de celle de 1924, et là où la popularité de Clemenceau avait assuré la victoire de la droite, Édouard Herriot, leader du parti radical, se façonne une figure bonhomme et rassurante de Français moyen, propre à ressusciter les vieux réflexes républicains. Courte victoire pourtant, et ambiguë. Car il n'y a pas en fait de majorité cartelliste sans l'appoint du groupe de la Gauche radicale, qui n'a de gauche que le nom. Et s'il a réussi à obtenir la démission de Millerand, renégat aux yeux des socialistes et soupçonné de nourrir des desseins autoritaires, le Cartel n'est pas parvenu à faire élire son candidat, le socialiste indépendant Painlevé, qui a dû s'incliner devant le radical modéré Gaston Doumergue. Bien plus, le refus des socialistes d'entrer dans un gouvernement dont ils ne dirigeraient pas l'action va obliger Herriot à constituer un gouvernement radical, assuré en principe du soutien socialiste, mais privé des impulsions qu'aurait permises une participation effective [2].

L'adoption du plan Dawes sur les Réparations allemandes et la reconnaissance de l'URSS amorcent une détente internationale qui reste assurément le meilleur de l'expérience Herriot. Car, à l'intérieur, la timidité du Cartel des gauches est patente. Le transfert des cendres de Jaurès au Panthéon, l'amnistie des condamnés du temps de guerre et des cheminots révoqués en 1920, la reconnaissance implicite du droit syndical des fonctionnaires ne constituent, à tout prendre, que des gestes symboliques ou de portée limitée. La tentative d'Herriot d'escamoter les vrais problèmes en portant le débat politique sur le terrain de la laïcité fait long feu : la France du Cartel n'est plus celle du Bloc et l'anticléricalisme ne fait plus recette [3]. C'est

---

1. L'entente avec le parti radical suscita de vives hostilités dans la gauche de la SFIO. Les accords de cartel ne furent appliqués que dans 45 départements, et 40 élus socialistes ne doivent rien aux voix radicales.

2. Sur ces premiers déboires et ceux qui vont suivre, cf. J.-N. Jeanneney, *la Faillite du Cartel, 1924-1926*, Paris, Éd. du Seuil, coll. « Points », 1982.

3. La mort au front de quelque 4 000 prêtres et religieux n'est pas étrangère à ce recul de l'anticléricalisme. On relèvera, en outre, que ce regain de la

sur le terrain financier que la partie va donc se jouer et se perdre. Le choix d'Étienne Clementel comme ministre des Finances avait pourtant vocation à rassurer les milieux d'affaires. Mais, après quelques mois d'attentisme, ceux-ci, déjà rendus inquiets par l'ampleur du déficit budgétaire que ne parviennent à combler ni les avances de la Banque de France ni le lancement de nouveaux emprunts, se dressent contre les projets fiscaux, au demeurant imprécis, du gouvernement. Le « mur d'argent » organise sa riposte par l'évasion des capitaux, le refus de souscrire aux emprunts, la conversion de bons publics en titres privés. Après avoir largement recouru au trucage du bilan de la Banque de France, Herriot ne peut dissimuler plus longtemps le dépassement illégal des avances de la banque centrale au Trésor et, morigéné par le Sénat, donne sa démission en avril 1925. Après lui, l'agonie du Cartel va de pair avec la débâcle financière. A travers les gouvernements Painlevé et Briand, sept ministres des Finances s'épuisent à échafauder les projets techniques propres à ramener la confiance, mais se heurtent au mauvais vouloir croissant des socialistes sans trouver le soutien des puissances d'argent, qui tiennent enfin leur revanche des élections de 1924. Tandis que dans un climat de panique savamment orchestré s'accélère la dépréciation du franc [1], un dernier cabinet Herriot est renversé le jour même de sa présentation à la Chambre, le 21 juillet 1926. L'échec du Cartel des gauches a révélé tout à la fois l'impuissance du parti radical à conduire une politique dégagée de la sentimentalité et du verbalisme, la puissance politique des milieux d'affaires relayés par une presse de plus en plus asservie aux puissances d'argent, et la précarité d'une alliance des forces de la gauche réformiste éloignées en fait dans leurs conceptions économiques et financières. La leçon est amère ; il ne semble pas pourtant, à la lumière des expériences ultérieures, qu'elle ait été sérieusement méditée.

---

laïcité militante a surtout eu pour effet de mobiliser la droite catholique autour de la Fédération nationale catholique du général de Castelnau. Indirectement, ce combat à retardement a donc eu pour effet de renforcer le discrédit de la démocratie parlementaire.

1. La livre est cotée 76 francs en mai 1924, 100 fin juin 1925, 243 francs en juillet 1926. Cf. J.-N. Jeanneney, *op. cit.*, p. 123.

Pour l'heure, et par un curieux renversement d'appréciation, Poincaré-la-guerre est devenu Poincaré-la-confiance. Son gouvernement, dit d'Union nationale, qui réunit un nombre impressionnant d'anciens et de futurs présidents du Conseil, est en réalité une concentration fortement marquée à droite qui reproduit, à peu de chose près, celle du défunt Bloc national. La gestion gouvernementale est pourtant de type centriste. Alors que l'inamovible Briand poursuit au Quai d'Orsay, avec l'aval de Poincaré, une politique de détente conforme aux idéaux du pacifisme genevois, les réformes budgétaires et la dévaluation de juin 1928 peuvent être considérées comme des réussites techniques, même si cette dernière a pu être légitimement critiquée dans ses incidences sociales [1]. La stabilité gouvernementale et la prospérité économique aidant, les élections de 1928 sont un succès pour Poincaré. Mais le recul enregistré par le parti radical conduit celui-ci à opérer un raidissement, déjà perceptible avec l'accession d'Édouard Daladier à la présidence du parti en octobre 1927. De vives pressions s'exerçant sur Poincaré pour qu'il se sépare des radicaux, dont arithmétiquement il n'a plus besoin, et des pressions identiques s'exerçant sur Daladier, le congrès d'Angers (novembre 1928) aboutit, au terme de querelles passablement byzantines, au retrait des ministres radicaux du gouvernement [2]. Pendant plus de trois ans, ce parti, qui avait fini par s'identifier à toutes les combinaisons gouvernementales possibles, va donc se retirer, non sans aigreur, dans l'opposition. Après Poincaré, qui quitte le gouvernement en juillet 1929 sans avoir été mis en minorité, ce sont Laval et Tardieu qui dirigent les affaires. Si le premier illustre assez bien le parcours classique d'un homme politique passé de la gauche à la droite consécutivement à son ascension sociale, André Tardieu domine indéniablement la période. Grand bourgeois venu à la politique par le journalisme, proche collaborateur de Clemenceau à l'époque de la Conférence de la paix, brillant et sûr de lui jusqu'à l'arrogance, Tardieu nourrit aversion et mépris pour le régime parlementaire, et songe à la constitution

---

1. Ainsi par P. Mendès France, dans sa thèse de doctorat, *le Redressement financier français en 1926 et 1927*.
2. Cf. S. Berstein, *Histoire du parti radical,* Paris, Presses de la FNSP, 1982, t. II, p. 70-78.

d'un grand parti conservateur moderne qui marginaliserait la gauche. D'où l'ambivalence d'un gouvernement qui donne des gages à droite en persécutant durement les communistes et en subventionnant discrètement les ligues, mais qui se pare aussi des vertus de la générosité sociale grâce aux excédents budgétaires accumulés par le prudent Chéron. Cette prodigalité fait assurément œuvre utile en créant la retraite du combattant, en introduisant les assurances sociales et les allocations familiales, en amorçant la gratuité de l'enseignement secondaire. Mais elle alourdit les charges de l'État à l'heure où s'essouffle la prospérité et ne débouche pas sur les reclassements politiques attendus.

C'est la crise économique qui va être le révélateur de la crise du régime. La première est pourtant plus tardive et de moindre ampleur que dans la plupart des pays industriels. Mais la lenteur, la timidité et l'inadaptation des remèdes tentés pour l'enrayer en prolongent plus longtemps les effets tout en renforçant les antagonismes sociaux. Ainsi s'opère comme en Allemagne, mais selon des voies différentes, le glissement de la crise économique à la crise sociale puis à la crise politique. A l'heure où chacun insiste sur la nécessité d'un État fort, le fonctionnement du régime parlementaire donne des signes évidents de paralysie. Dans le contexte de la crise naissante, les élections de 1932 ont donné une courte victoire à une sorte de néo-cartel des gauches. Mais socialistes et radicaux, unis dans la défense des principes républicains et du pacifisme genevois, appréhendent la crise de façon divergente, les premiers en termes dirigistes et redistributeurs, les seconds en termes d'économie libérale et d'orthodoxie financière. Rançon de cette différence d'appréciation, l'instabilité gouvernementale s'accélère pour culminer, en 1933, avec quatre combinaisons successives.

L'instabilité n'est au reste que la partie la plus visible, et comme telle la plus ressentie, d'un mal profond qui met en cause le mode de gestion des affaires publiques dans son ensemble. En premier lieu, l'hypertrophie d'un système délibératif, qui, par le biais des toutes-puissantes commissions parlementaires, par le jeu des ordres du jour et des interpella-

| | PCF | SFIO | Rép. soc. USR | Parti rad.-soc. | PDP | Modérés | Conserv. | Gouvernements | Présidents de la République |
|---|---|---|---|---|---|---|---|---|---|
| 16 nov. 1919 | – | 68 | 26 | 86 | – | 232 | 183 | Clemenceau<br>Millerand (janvier-septembre 1920)<br>Leygues (sept. 1920-janv. 1921)<br>Briand (janvier 1921-janvier 1922)<br>Poincaré (janvier 1922-mai 1924) | Deschanel (janv. 1920)<br>Millerand (sept. 1920) |
| 11 mai 1924 | 26 | 104 | 44 | 139 | – | 135 | 104 | Herriot (juin 1924-avril 1925)<br>Painlevé (avr.-nov. 1925)<br>Briand (nov. 1925-juill. 1926)<br>Herriot (20-21 juillet 1926)<br>Poincaré (juillet 1926-juillet 1929) | Doumergue (juin 1924) |

| | | | | | | | | Gouvernements | Président |
|---|---|---|---|---|---|---|---|---|---|
| 22-29 avr. 1928 | 12 | 100 | 46 | 125 | 19 | 135 | 131 | Poincaré<br>Briand (juill.-oct. 1929)<br>Tardieu (nov. 1929-déc. 1930)<br>Steeg (déc. 1930-janv. 1931)<br>Laval (janvier 1931-février 1932)<br>Tardieu (février-mai 1932) | Doumer (mai 1931) |
| mai 1932 | 12 | 129 | 37 | 157 | 18 | 135 | 110 | Herriot (mai-décembre 1932)<br>Paul-Boncour<br>Daladier<br>Sarraut } janv. 1933-févr. 1934<br>Chautemps<br>Daladier } 1934<br>Doumergue (févr.-oct. 1934)<br>Flandin (nov. 1934-mai 1935)<br>Laval (mai 1935-janv. 1936)<br>Sarraut (janv.-mai 1936) | Lebrun (mai 1932) |
| 16 avril-3 mai 1936 | 72 +10 PUP | 146 | 26 | 116 | 23 | 115 | 100 | Blum (juin 1936-juin 1937)<br>Chautemps (juin 1937-mars 1938)<br>Blum (mars-avril 1938)<br>Daladier (avril 1938-mars 1940)<br>Reynaud (mars-juin 1940) | Lebrun (avr. 1939) |

tions, place le gouvernement en perpétuelle position d'infériorité. La longueur des procédures est encore accrue par un bicaméralisme qui puise sa justification dans la tradition du parlementarisme, mais qui revient à conférer au Sénat, exagérément représentatif de la France possédante et provinciale, un pouvoir exorbitant de retardement, voire d'enterrement, des projets gouvernementaux. D'autres défauts se manifestent qui, exploités à des fins tendancieuses, mobilisent une opinion particulièrement sensibilisée : la sujétion croissante des élus à une oligarchie d'intérêts privés (syndicats de fonctionnaires, *lobbies* économiques, associations de toutes sortes) que la fréquence des élections et le cumul des mandats rendent particulièrement influents ; ou encore le despotisme d'une bureaucratie administrative, généralement reconnue comme probe et compétente, mais dénoncée aussi comme pléthorique et routinière. Le diagnostic serait incomplet s'il ne prenait en compte le déclin du personnel gouvernemental et la dégradation des mœurs politiques. La génération des grands commis de l'État, celle d'un Poincaré et d'un Barthou, s'est progressivement éteinte sans qu'une relève indiscutable ait été assurée. Des figures éminentes ont pu certes accéder aux premiers rôles, qui n'atteignent pas nécessairement à la dimension de l'homme d'État. Le tout-venant du personnel politique des années trente a fait la part trop belle aux arrivistes trop vite arrivés, aux gestionnaires désabusés, engoncés dans l'esprit de parti ou dans leurs préjugés de classe. Cette appréciation, qui vise aussi bien la droite modérée que la SFIO, désigne particulièrement le parti radical, vivier traditionnel de ministres et de ministrables, malgré l'effort de renouvellement amorcé par la génération des « Jeunes Turcs [1] ».

C'est également au radicalisme que l'on associe divers scandales politico-financiers qui ont tant ajouté au discrédit du régime [2]. La collusion des milieux politiques et de la finance la plus louche n'est pas en soi chose nouvelle, mais elle a atteint

---

1. On désigne sous ce nom de jeunes parlementaires comme Pierre Cot, Pierre Mendès France ou Jean Zay, attachés à une adaptation du radicalisme aux nécessités d'un État moderne et à une orientation nettement à gauche du parti radical.

2. Sur les rapports de la politique et de l'argent, cf. J.-N. Jeanneney, *l'Argent caché*, Paris, Éd. du Seuil, coll. « Points », 1984.

au tournant des années trente des proportions inquiétantes. Tous les scandales ne sont pourtant pas imputables aux radicaux, qu'il s'agisse de l'affaire dite de la *Gazette du franc* ou de la faillite frauduleuse de la banque Oustric. De même, l'affaire Stavisky n'est pas en soi forcément plus grave que les précédentes et si elle fit plus de bruit c'est que, à la différence des radicaux qui avaient refusé d'exploiter les premiers scandales pour ne pas affaiblir la république, la droite s'en est emparée pour compromettre le régime et le personnel politique en place. Pour répréhensibles qu'elles soient, les compromissions financières de quelques parlementaires ne sont au reste qu'un volet du processus beaucoup plus grave de perversion de la politique par l'argent sur lequel, depuis les fonds secrets hypothétiquement alloués par Tardieu aux Croix de Feu jusqu'au financement occulte des ligues par le grand capital, la droite est demeurée remarquablement discrète.

Face à la crise de l'État et au mauvais fonctionnement du régime parlementaire, la seule réponse n'a pas été, tant s'en faut, la tentation des solutions autoritaires et fascisantes. Divers projets se sont fait jour, au début des années trente, visant à rénover la gestion des affaires publiques sans remettre en cause les principes démocratiques. Ainsi, le projet de révision constitutionnelle mis au point par Tardieu, comme ministre d'État du gouvernement Doumergue, tendait à conférer au président du Conseil le plein usage du droit de dissolution et à limiter l'initiative des parlementaires en matière de dépenses budgétaires. Comme tel, il aurait pu mettre un terme aux abus de l'instabilité gouvernementale et permettre l'assainissement des finances publiques. Le projet rejoignait d'ailleurs les propositions avancées par les Jeunes Turcs du radicalisme. Mais il se heurta au mauvais vouloir des sénateurs, de longue date hostiles à Tardieu, et à l'aversion de la majorité des radicaux, qui souhaitaient, pour des raisons diverses, la fin de l'expérience Doumergue. Dans les sphères non gouvernementales, on peut également évoquer la recherche de solutions neuves, de nature technocratique, dans le groupe « X-Crise » animé par Jean Coutrot, dans le « Plan du 9 juillet » (1934) patronné par l'écrivain Jules Romains, ou bien, plus à gauche, dans l'orientation « planiste » qui séduit à l'époque nombre d'étudiants socialistes conduits par André Philip, et dans l'intérêt tout nouveau porté à l'expérience du New Deal comme aux travaux de Keynes [1]. Le rôle croissant des ingénieurs, dont témoignent les carrières exceptionnelles d'un Jean Bichelonne ou d'un Raoul Dautry, accrédite l'idée d'une nécessaire dépossession des hommes politiques par les techniciens. D'inspiration très différente, le courant spiritualiste, dans le sillage de la pensée de Jacques Maritain, tente de jeter les bases d'un nouvel ordre social et chrétien. Telle est la démarche d'Emmanuel Mounier, fondateur de la revue *Esprit,* en 1932, qui va tenter d'opposer au « désordre établi » fomenté par l'alliance du capitalisme et de l'individualisme bourgeois les exigences d'un ordre socialisé, respectueux des droits de la personne [2].

Mais le personnel politique reste rétif et l'opinion attache, en somme, peu d'importance à ces efforts de renouvellement. La réaction « contre le régime d'impuissance et de pourriture » (Gustave Hervé) va donc emprunter la voie autoritaire que lui désigne une longue tradition française d'antiparlementarisme. Dans l'immédiat après-guerre, la poussée syndicale et les grèves de 1919-1920 avaient déjà suscité la formation de « ligues civiques » qui prétendaient pallier la timidité du pouvoir face à la menace de désordre révolutionnaire. La victoire du Cartel des gauches avait déclenché un nouveau contre-feu. L'Action française s'était trouvée alors à l'apogée de son audience, et la réactivation de la vieille Ligue des patriotes, nationaliste et bonapartiste, avait sécrété, en 1926, celle des Jeunesses patriotes. L'année précédente, Georges Valois, dissident de l'Action française, avait créé le Faisceau, un mouvement à la fois anticapitaliste et national, inspiré du premier fascisme mussolinien [3]. Simple feu de paille. Le retour de Poincaré aux affaires va entraîner une décrue rapide des effec-

1. Cf. J. Touchard, « L'esprit des années trente «, in *Tendances politiques dans la vie française depuis 1789,* Paris, Hachette, 1960.
2. Cf. M. Winock, *Histoire politique de la revue « Esprit », 1930-1950,* Paris, Éd. du Seuil, 1975.
3. Fondateur du cercle Proudhon en 1911, Valois a rencontré Mussolini en 1923 et fondé le Faisceau, version française du Fascio en 1925. Philippe Barrès, Marcel Bucard et le jeune normalien Paul Nizan ont transité par le Faisceau. Sur l'itinéraire complexe de Valois, cf. Y. Guchet, *Georges Valois : l'Action française, le Faisceau, la République syndicale,* Paris, Éd. Albatros, 1975.

tifs de ces premières ligues, illustrant ainsi un axiome, qui se vérifiera à nouveau en 1934 et en 1938, selon lequel l'audience de l'extrême droite est inversement proportionnelle à la puissance de la droite modérée.

La crise économique des années trente, la poussée de la gauche aux élections de 1932, l'instabilité gouvernementale, l'impuissance et la corruption dans lesquelles semblent s'enfoncer le régime, la contagion des exemples étrangers créent un contexte propice à l'épanouissement de l'autoritarisme, marqué par un regain d'influence des ligues anciennes et l'apparition de mouvements nouveaux. Affaiblie un temps par la condamnation pontificale de 1926 et la mise à l'Index du journal, l'Action française connaît un nouvel essor, pour entamer, à partir de 1935, un irrémédiable déclin [1]. La germanophobie persistante de Maurras éloigne les jeunes intellectuels admirateurs du fascisme allemand, et, d'une façon plus générale, la sclérose de sa doctrine, l'élitisme étriqué et le conservatisme frileux de ses dirigeants condamnent le mouvement à la marginalisation. Paradoxalement, le culte de l'histoire qui fonde la doctrine maurrassienne a abouti à une totale ignorance de l'expérience historique. Même réveil et même déclin, après leur dissolution en 1936, des Jeunesses patriotes, qui peuvent s'honorer de la caution du maréchal Lyautey et revendiquer une assez forte implantation parisienne, mais qui n'ont pas su trouver les relais parlementaires attendus [2].

En 1933, d'autres ligues sont apparues, d'inégale importance. On ne s'attardera pas sur le Francisme du capitaine Bucard, sur la Solidarité française du commandant Renaud, nés des largesses du parfumeur milliardaire François Coty, mouvements squelettiques et intellectuellement indigents, qui clament d'autant plus haut leur nationalisme qu'ils émargent mensuellement aux ambassades étrangères. D'une tout autre ampleur, les Croix de Feu n'étaient à l'origine qu'une association d'anciens combattants décorés au péril de leur vie. Passée en 1931 sous la direction du lieutenant-colonel de La Rocque, un officier de l'état-major de Foch recasé dans la

---

1. Cf. Eugen Weber, *l'Action française,* Paris, Stock, 1962.
2. En dehors du soutien de quelques députés comme Jean Ybarnegaray, Philippe Henriot et Xavier Vallat.

Compagnie générale de l'électricité du magnat Ernest Mercier, elle est remodelée en ligue politique. Munie de cautions flatteuses — les maréchaux Lyautey et Fayolle, l'aviateur Mermoz —, probablement subventionée par les fonds secrets gouvernementaux (Tardieu et Laval), elle est en fait la seule ligue d'importance nationale. Grossie de ses « briscards » et de ses « volontaires nationaux », elle peut avoir atteint 100 000 adhérents en 1934, 200 000 en 1935 et plus de 400 000 en 1936[1]. L'antiparlementarisme des Croix de Feu, les actions de commando qu'ils affectionnent, ne suffisent pas à en faire un mouvement fasciste — l'héroïsation du chef, la mystique d'un État fort au-dessus des partis relevant autant, sinon plus, de la tradition bonapartiste. L'antisémitisme, si caractéristique de la rhétorique ligueuse, n'y est pas de mise. Quant au programme économique et social de La Rocque, vague et paternaliste, il affirme le primat des valeurs spirituelles et familiales, et n'est pas sans rappeler les thèmes du catholicisme social, propres à rassurer sa clientèle petite et moyenne bourgeoise.

Les ligues ne sont pas la seule traduction de la tentation autoritaire. Les partis de gauche se voient confrontés à une vague révisionniste qui met en cause leurs postulats idéologiques et leur pratique politique. Malgré le départ de quelques brillantes personnalités, comme Gaston Bergery, Pierre Dominique ou Bertrand de Jouvenel, qui vont opérer une série de reclassements compliqués vers l'extrême droite, le parti radical — principal bénéficiaire des poisons et délices du système — en est relativement peu affecté. Mais à la SFIO une opposition s'est exprimée au congrès de Paris (juillet 1933) avec Marcel Déat, Adrien Marquet, Montagnon, qui, inspirée des idées planistes du Belge Henri de Man, plaide pour un État fort, une économie dirigée et un socialisme national largement ouvert à la classe moyenne[2]. « Ordre, autorité, nation », selon

---

1. Paradoxalement, les Croix de Feu ont été les grands bénéficiaires du 6 février 1934, alors que la passivité de La Rocque a probablement sauvé le régime en cette occasion. La dissolution de la ligue, en juin 1936, et sa transformation en parti social français n'ont pas tari le recrutement, qui semble avoir plafonné à 500 000 membres en septembre 1936.

2. Cf. Z. Sternhell, « Du socialisme au fascisme - le cas de Marcel Déat », *l'Histoire,* n° 53, févr. 1983, p. 20-33.

la formule de Marquet. Blum se dit «épouvanté» et obtient l'exclusion des rebelles en novembre. Déat fonde alors le parti socialiste de France, qui devient, en 1934, l'Union socialiste républicaine (USR), sans se couper du régime puisqu'il sera ministre de l'Air du cabinet Sarraut et que l'USR sera partie prenante à la coalition du Front populaire. C'est l'anticommunisme de Déat, puis un pacifisme face à l'Allemagne qui ressemble fort au défaitisme, qui l'orienteront vers le fascisme, auquel Marquet et Montagnon se sont plus rapidement ralliés. A l'extrême gauche, la création du parti populaire français (PPF) procède de motivations différentes pour aboutir à un résultat identique. La puissante personnalité de Jacques Doriot [1] s'accommode mal de la soumission totale du parti communiste aux injonctions du Komintern. Son ressentiment personnel d'avoir été écarté, au profit de Thorez, de la direction du parti, s'ajoutant au rejet explicite de la tactique classe contre classe, Doriot est exclu du PCF en juin 1934, au moment même où le parti adopte ses thèses favorables à la constitution du front commun des forces de gauche pour faire barrage au fascisme. Bien ancré dans son fief de Saint-Denis, Doriot fonde le PPF en juillet 1936, qui connaît un succès rapide. Attirant d'anciens communistes (Henri Barbé, Paul Marion), des Croix de Feu déçus (Pierre Pucheu), des intellectuels (Bertrand de Jouvenel, Drieu La Rochelle, Alfred Fabre-Luce), le PPF peut aussi se flatter d'un fort recrutement populaire et d'une organisation solide. Subventionné par le patronat, ainsi que par l'Italie et vraisemblablement par l'Allemagne, il est souvent présenté comme le seul grand et authentique mouvement fasciste de l'avant-guerre [2], même si la virulence de son anticommunisme est bien sa caractéristique majeure, le ralliement explicite de Doriot au fascisme hitlérien ne datant, comme pour Déat, que de 1940.

L'activisme des ligues et le phénomène «néo» ne suffisent pas à rendre compte en totalité de l'imprégnation des thèmes autoritaires dans la France des années trente. Certaines catégories sociales, ou plutôt sociologiques, témoignent d'une réceptivité particulière. Ainsi en est-il des anciens combat-

---

1. Cf. D. Wolf, *Doriot,* Paris, Fayard, 1969.
2. En particulier par J. Plumyene et R. Lasierra, *les Fascismes français, 1923-1963,* Paris, Éd. du Seuil, 1963.

tants [1], qui s'indignent de l'égoïsme et de l'indifférence des civils, de la stérilité des joutes politiques, du désordre ambiant et de la subversion menaçante. Si l'Union fédérale des anciens combattants professe des vues plutôt gouvernementales et modérées, si l'Association républicaine, l'ARAC, placée sous le patronage d'Henri Barbusse, a des sympathies communistes, la puissante Union nationale des combattants prône la réforme d'un État délivré de la gabegie politicienne et sera, à ce titre, au premier rang des manifestants le 6 février 1934. La paysannerie, pourtant rebelle par individualisme à l'embrigadement, est aussi partiellement gagnée. Parti agraire et Front paysan n'ont qu'une audience restreinte, mais le Comité de défense paysanne lancé en 1929 par Henri d'Halluin, dit Dorgères, un ancien étudiant royaliste introduit dans les milieux agrariens de l'Ouest, professe une haine tenace de la république libérale et laïque. Les « chemises vertes « entendent défendre les valeurs patriarcales de l'exploitation familiale, l'autonomie de la corporation paysanne et la morale chrétienne. De ce fait, le mouvement annonce la réaction vichyssoise plus qu'il n'exprime la voie spécifique d'un fascisme agraire.

Surgie entre 1930 et 1935, une jeune génération d'intellectuels va connaître une indéniable attraction pour le fascisme. Répudiant le rationalisme desséchant de leur formation universitaire, ils n'éprouvent aucune attirance pour les valeurs individualistes de la démocratie libérale, qu'ils assimilent au pharisaïsme bourgeois, et ne nourrissent que mépris pour le régime parlementaire. Dans leur quête d'un nouvel humanisme, où se cherche la conciliation de l'aspiration à l'héroïsme individuel et de l'affirmation d'une nécessaire solidarité collective, quelques-uns, comme André Malraux ou Paul Nizan, trouveront la réponse dans le communisme, qui jouit par ailleurs d'une grande ferveur, vers 1935-1936, dans les milieux intellectuels les plus divers [2]. Mais, pour d'autres, le

1. Cf. A. Prost, *les Anciens Combattants, op. cit.,* qui rappelle opportunément (p. 73) que la France compte près de 6 millions d'anciens combattants en 1930, 4,5 millions en 1935, et que les diverses associations représentent en gros un survivant sur deux et un électeur sur quatre.

2. Cf. David Caute, *le Communisme et les Intellectuels français, 1914-1966,* Paris, Gallimard, 1967.

communisme est perçu comme la menace d'une nouvelle barbarie et leur révolte optera en faveur d'un élitisme autoritaire, même si le fascisme ne constitue, et pas pour tous, que l'ultime recours [1]. Ce courant, dont le creuset a été, dans une large mesure, le groupe « Jeune Droite » animé par Jean-Pierre Maxence, s'est exprimé principalement par la publication d'éphémères revues [2] commanditées par diverses maisons d'édition et par la participation à des hebdomadaires d'extrême droite, d'un tirage bien supérieur [3].

La prolifération de ces mouvements antiparlementaires, leur simultanéité avec le développement des régimes autoritaires en Europe posent évidemment le problème d'un fascisme français durant les années trente. A s'en tenir au simple énoncé de leur programme, la communauté d'inspiration est évidente par le rejet explicite de la démocratie et du communisme, par l'affirmation d'un nationalisme fortement teinté de xénophobie et d'antisémitisme, par l'aspiration à l'ordre et à un pouvoir fort. Mais l'antiparlementarisme français appartient aussi à une longue tradition historique, fortement enracinée dans le XIXe siècle, dont le légitimisme, le bonapartisme, le boulangisme et le nationalisme ont été les traductions successives. Il est normal, dès lors, que le débat historiographique se situe entre les tenants d'un héritage essentiellement

1. Cf. J.-L. Loubet del Bayle, *les Non-Conformistes des années 30,* Paris, Éd. du Seuil, 1969.
2. Voir tableau ci-dessous :

| Période de publication | Titre de la revue | Animateurs |
|---|---|---|
| 1928 | *La Lutte des jeunes* | B. de Jouvenel / Drieu La Rochelle |
| 1930-1933 | *La Revue française* | J.-P. Maxence / M. Blanchot |
| 1930-1932 | *Réaction pour l'Ordre* | J. de Fabrègues |
| 1933 | *1933* | R. Brasillach / M. Bardèche |
| 1933-1934 1934-1935 1936-1939 | *La Revue du siècle La Revue du XXe siècle Combat* | J. de Fabrègues / Th. Maulnier |
| 1933-1938 | *L'Ordre nouveau* | R. Aron / Daniel-Rops |
| 1937 | *L'Insurgé* | Th. Maulnier / J.-P. Maxence |

3. Essentiellement *Candide, Gringoire* et *Je suis partout.*

national et ceux de la symbiose avec le fascisme européen. Dans le premier cas, la poussée autoritaire ne serait que la résurgence d'un bonapartisme ou d'un conservatisme ayant revêtu, çà et là, les « oripeaux » du fascisme, mais fondamentalement rebelles au totalitarisme fasciste. Dans le second, la greffe fasciste aurait été réelle, et suffisante pour justifier la réaction « antifasciste » consécutive au 6 février 1934 [1]. Il n'est pas aisé de trancher entre ces deux thèses d'où les présupposés politiques ne sont pas absents. La première semble minimiser la radicalisation du discours politique et des méthodes prônées par les groupes d'extrême droite, ainsi que leurs références explicites au modèle italien, plus rarement allemand. A l'inverse, la carence totale de l'extrême droite à se regrouper, à dégager en son sein un chef incontesté [2], l'absence d'un véritable projet de conquête du pouvoir, et, plus encore, de rénovation de l'ordre économique et social, lui assignent un rôle plus conservateur qu'authentiquement fasciste. Il y a lieu aussi de remarquer l'échelonnement dans le temps d'un courant qui exprime initialement la conversion autoritaire d'une partie de la bourgeoisie au regard d'un ordre politique et social menacé, et qui, à partir de 1936, opère avec la « Cagoule » et le PPF un alignement beaucoup plus net, mais avec des effectifs moindres, sur des positions fascistes. Le légalisme de La Rocque, les thèmes rassurants qu'il développe illustrent bien l'incapacité de la bourgeoisie française à s'engager dans la voie « révolutionnaire » du fascisme. Sans compter que l'existence d'une puissante droite modérée [3], l'implantation du radicalisme dans la classe moyenne (dont on

1. La première est soutenue par R. Rémond, *les Droites en France,* Paris, Aubier, 1982 ; la seconde par Cl. Willard, *Quelques Aspects du fascisme en France avant le 6 février 1934,* Paris, Éd. sociales, 1961.
2. On relèvera les échecs successifs du Front national, qui prétendait regrouper les ligues du 6 février 1934, et du Front de la Liberté, du fait de l'antagonisme entre La Rocque et Doriot.
3. La droite conservatrice et parlementaire n'est pas organisée comme la gauche en partis structurés, mais en groupes et comités électoraux dont les principaux sont la Fédération républicaine de Louis Marin et l'Alliance démocratique de Pierre-Étienne Flandin. Plus au centre, le parti démocrate populaire, dirigé par Champetier de Ribes, exprime la tendance démocrate-chrétienne. Dans le pays, l'influence de la droite s'exprime par ses liens avec les intérêts économiques les plus divers, la grande presse et son réseau de notables.

ne trouve l'équivalent ni en Allemagne ni en Italie) et la
fidélité globale de la classe ouvrière aux partis de gauche ont
été les plus sûrs garants d'une perpétuation des institutions
démocratiques jusqu'à la défaite de 1940. Il semble donc
loisible de conclure que la France est restée, dans ses profondeurs, allergique au fascisme, ce qui n'exclut pas une large
imprégnation de ses thèmes dans les catégories dirigeantes et
la classe moyenne du pays [1].

Déclenchée par les dernières révélations de l'affaire Stavisky et la révocation par Daladier du préfet de police Jean
Chiappe, ce dernier très favorable aux ligues, l'émeute du
6 février 1934 illustre l'ampleur de la crise de régime par le
nombre des manifestants et la violence des affrontements [2],
mais aussi la pauvreté des objectifs des ligues et leur manque
de cohésion. Il a été depuis longtemps montré [3] que le 6 février n'était pas un complot fasciste dans la mesure où les

1. La problématique d'un fascisme français a été récemment enrichie par
l'ouvrage de Z. Sternhell, *Ni droite ni gauche, l'idéologie fasciste en
France,* Paris, Éd. du Seuil, 1983. L'originalité de l'auteur réside dans
l'ignorance volontaire où il tient les ligues et autres groupuscules stipendiés,
pour s'attacher au fascisme conscient ou inconscient de l'intellectualisme
antilibéral florissant entre les deux guerres. La conjonction du socialisme
révolutionnaire et du nationalisme, de la révolte et de l'autorité, livre ainsi
le cadre conceptuel d'un authentique fascisme français. Celui-ci, décelable au
reste avant 1914, s'affirme explicitement avec le Faisceau de Valois et autres
scissionnistes de l'Action française, le planisme des « néo » et dans les diverses revues de la Jeune Droite, implicitement dans des courants relevant
pourtant de l'antifascisme déclaré comme le Frontisme de Bergery et, dans
une moindre mesure, la revue *Esprit.* Aux trois droites traditionnellement
recensées dans le paysage politique français (légitimiste et traditionaliste,
orléaniste et libérale, bonapartiste et autoritaire) s'ajouterait ainsi la quatrième
composante d'une droite fasciste, plus intellectuelle que populaire, qui four-
nira ultérieurement les cadres de l'État français et les ténors de la collaboration. L'érudition et la finesse d'analyse de l'auteur ne sont pas en cause, mais
on a pu objecter justement le caractère un peu sollicité de certaines déclarations, le grossissement optique des cercles et revues étudiés, ainsi qu'une
tendance à l'anticipation sur les choix et les comportements de telle ou telle
personnalité.
2. Qui firent 15 morts et plus de 1 400 blessés.
3. Cf. les conclusions très fermes de S. Berstein, *le 6 Février 1934,* Paris,
Julliard, coll. « Archives », 1975.

organisations manifestantes ne se réclamaient pas du fascisme et que, si elles ont délibérément usé de la violence, elles n'étaient pas animées d'une volonté préméditée et organisée de prise du pouvoir. Si complot il y a, on le recherchera dans les manœuvres de certains conseillers municipaux parisiens et députés de droite, visant à provoquer une vacance qui permettrait le retour au pouvoir des vaincus des élections de 1932, Tardieu par exemple. En ce sens, la réussite est presque complète puisque Daladier est contraint à la démission par la défection de ses soutiens politiques [1], et qu'un ministère Doumergue, nettement axé à droite, lui succède, avec Tardieu comme ministre d'État.

La portée majeure du 6 février 1934 n'est pourtant pas là. Elle réside dans la façon dont l'émeute a été perçue, puis s'est fixée dans la conscience collective des forces de gauche. Mis quelque peu en porte à faux par la participation de membres de l'ARAC aux côtés des ligues le 6 février, le parti communiste rectifie rapidement le tir. Dès le 9, il organise une manifestation de riposte, marquée elle aussi par des combats très violents. Bien plus, la grève générale de protestation lancée le 12 février par la CGT, à laquelle se joignent la CGTU et le PCF, est un large succès, et s'achève cours de Vincennes par la fusion spontanée des deux cortèges communiste et réformiste. La dynamique de l'union des gauches est en marche, que relaient dans l'immédiat les intellectuels antifascistes déjà unis, pour nombre d'entre eux, dans le pacifisme du mouvement Amsterdam-Pleyel. Comme au temps de l'affaire Dreyfus, une fraction de l'intelligence française va donner l'exemple de sa mobilisation au service des valeurs supérieures de la liberté et de la démocratie [2].

Pourtant, la relation de cause à effet qui unit le 6 février 1934 au Front populaire ne doit pas être surestimée.

1. En particulier radicaux et, parmi eux, la plupart des « jeunes radicaux », qui donnèrent un piètre exemple de leur vigilance républicaine. Cf. S. Berstein, *Histoire du parti radical, op. cit.*, t. II, p. 286-288.
2. Aux trois noms classiquement associés d'Alain, de Rivet et de Langevin, représentatifs des courants radical, socialiste et communiste, il convient d'ajouter ceux, au moins aussi importants, de Victor Basch, président de la Ligue des droits de l'homme, de Magdeleine Paz, de Jean Guéhenno et d'André Chamson.

L'idée même d'un regroupement des forces de gauche est antérieure au 6 février. Elle remonte à mai 1933, quand le député radical Gaston Bergery a fondé un Front commun antifasciste[1], qui intéressa un moment le socialiste Georges Monnet et le communiste Doriot. Ce dernier proposa en vain aux instances dirigeantes du PCF un accord au sommet et, passant outre à leur refus, organisa à Saint-Denis un comité antifasciste étendu à la SFIO et à la CGT. Exclu pour insubordination, Doriot avait eu le seul tort d'avoir raison trop tôt. Car c'est bien du volontarisme communiste et de l'insistance de sa démarche unitaire que procède fondamentalement le Front populaire. La date charnière est à cet égard la conférence d'Ivry (23-26 juin 1934) qui, commencée par les habituelles diatribes contre les « socio-fascistes », s'achève par un appel à l'unité d'action avec la SFIO. Ce revirement ne peut être compris qu'à la lumière de celui opéré préalablement par le Komintern. Or, la prise de conscience d'un danger fasciste, menaçant pour la sécurité de l'URSS, doit peu aux tribulations de la politique française, mais bien davantage aux initiatives antisoviétiques de la diplomatie hitlérienne, en particulier le pacte germano-polonais de janvier 1934. C'est dire qu'à lui seul le 6 février aurait été impuissant à enfanter le Front populaire et que ce dernier aurait très vraisemblablement vu le jour sans le 6 février[2].

La pression militante aidant, surtout celle de la gauche du parti animée par Jean Zyromsky et Marceau-Pivert, la SFIO surmonte ses réticences initiales et signe, le 27 juillet 1934, un pacte d'unité d'action avec le parti communiste, qui trouvera son prolongement syndical avec la réunification, en mars 1936, de la CGT et de la CGTU. Poussant l'avantage, le PCF propose en octobre l'extension du pacte aux classes

1. Ainsi est né l'éphémère mouvement du Frontisme, dont l'organe *la Flèche* eut un certain succès dans la jeunesse intellectuelle de gauche.
2. L'historiographie communiste minimise évidemment le rôle du Komintern dans la genèse du Front populaire, pour mettre l'accent sur l'autonomie de la démarche du PCF. Cf. par exemple J. Duclos, *Mémoires*, t. II, *1935-1939*, Paris, Fayard, 1969, et J. Chambaz, *le Front populaire pour le pain, la paix et la liberté*, Paris, Éd. sociales, 1961. On sait mieux aujourd'hui le rôle capital joué par le Tchèque Eugen Fried, ombre kominternienne de Thorez et inventeur de la formule même de « Front populaire ». Cf. Ph. Robrieux, *Histoire intérieure du parti communiste, op. cit.*, p. 449-467.

moyennes, c'est-à-dire au parti radical. Initialement, la formule ne séduit que quelques Jeunes Turcs, qui ne parviennent pas à l'accréditer au congrès de Nantes (octobre 1934). C'est en fait en mai 1935, à l'occasion des élections municipales qui ont révélé la spontanéité du désistement des voix radicales pour les partis de gauche, à la faveur aussi du ralliement communiste à la politique de défense nationale consécutif à la signature du pacte franco-soviétique, que le ralliement radical au Rassemblement populaire se fait explicite. Choix difficilement compatible avec le maintien des ministres radicaux, parmi lesquels Herriot, dans le gouvernement dirigé par Pierre Laval, dont les décrets-lois déflationnistes atteignent une fraction non négligeable de l'électorat radical. L'accession de Daladier [1] à la présidence du parti (décembre 1935) et le remplacement de Laval par Sarraut témoignent de la nouvelle orientation du radicalisme, facilités en outre par la modération réformatrice du programme de Front populaire adopté en janvier 1936. Le parti radical ne constitue au reste que le troisième maillon d'une chaîne d'adhésions qui réunit, en vue des élections de mai, socialistes dissidents de l'USR, chrétiens de gauche du groupe Jeune République et une centaine d'associations syndicales, mouvements de jeunesse, sociétés de pensée et loges maçonniques [2].

Par les passions qu'il a suscitées, par les mythes qu'il a façonnés, le Front populaire est un événement d'une dimension bien supérieure à la vingtaine de mois où il fut au pouvoir. Il ne saurait être question d'en retracer les péripéties et le détail de l'œuvre accomplie [3], mais d'en esquisser quelques aspects essentiels.

Enlevée avec un taux de participation inhabituellement élevé, la victoire électorale de la coalition doit peu à la pro-

1. Qui avait participé, avec d'autres radicaux, au grand défilé unitaire du 14 juillet 1935. Sur l'ensemble de la question, cf. S. Berstein, *Histoire du parti radical, op. cit.,* p. 354-373.

2. On trouvera la liste complète des parties prenantes au Front populaire in G. Lefranc, *Histoire du Front populaire,* Paris, Payot, 1974, Annexe nº 11, p. 479-481.

3. Sur le Front populaire, les ouvrages de référence sont G. Lefranc, *op. cit.,* et les Actes du colloque *Léon Blum chef de gouvernement, 1936-1937,* Cahiers de la FNSP, Paris, Colin, 1967. Cf. aussi J. Lacouture, *Léon Blum,* Paris, Éd. du Seuil, 1977.

gression des voix de gauche, inférieure à 2 % des inscrits, mais surtout à la discipline des désistements du second tour. Elle aboutit à une majorité de Front populaire théoriquement très nette de 385 sièges, contre une opposition réduite à 220 sièges où la droite sort renforcée au détriment des formations centristes. Tout aussi significatifs, les glissements entre les forces de gauche font apparaître un tassement et même un léger recul de la SFIO [1], ainsi qu'un reflux notable du parti radical qui, avec 400 000 voix perdues par rapport à 1932, semble payer ses implications dans divers scandales antérieurs et sa longue participation à des gouvernements de droite depuis 1934. Le véritable vainqueur est le parti communiste, qui double presque le nombre de ses voix, confirme son ancrage dans le Nord et la région parisienne, s'implante durablement dans le Massif central et le Midi languedocien. Le parti a tiré bénéfice de son rôle moteur dans la formation du Front, de la modération de ses revendications et de sa conversion au patriotisme. Cette mutation, qui doit beaucoup à la puissante personnalité de Maurice Thorez [2], lui confère une respectabilité toute nouvelle. Quelle que soit la virulence de l'anticommunisme français, il est certain que 1936 a opéré l'insertion du parti communiste dans le tissu national et, à terme, sa banalisation dans le paysage politique. Pour l'heure, le parti a le vent en poupe. La progression rapide de ses effectifs [3], du tirage de ses journaux [4], son audience croissante au sein de la CGT réunifiée en font, et pour longtemps, par-delà les heures sombres de la guerre, le premier parti de France.

Formé le 4 juin 1936, dans le contexte si particulier des grèves avec occupations d'usines, où à l'espérance teintée de

1. Compensés, il est vrai, par une progression en sièges et par celle des socialistes indépendants de l'USR.
2. Cf. la biographie nuancée de Ph. Robrieux, *Maurice Thorez, vie secrète et vie publique,* Paris, Fayard, 1975.
3. Les effectifs du PCF auraient évolué comme suit : 42 000 adhérents fin 1934, 87 000 fin 1935, 285 000 fin 1936 et 302 000 fin 1937. Ceux de la SFIO sont passés de 130 000 adhérents en mai 1936 à 200 000 à la fin de la même année.
4. En particulier *l'Humanité,* dont le tirage quotidien atteint en moyenne 350 000 exemplaires en 1936, et *Ce soir,* animé par Aragon, Paul Nizan et Jean-Richard Bloch.

lyrisme de la classe ouvrière répondent l'indignation et la panique de la classe possédante, le ministère Blum appelle plusieurs observations. A elles seules, les qualités intellectuelles éminentes de son chef lui assignent une place exceptionnelle dans l'histoire de la république, même si un juridisme excessif et un tempérament plus tourné vers la conciliation que vers la décision ont conduit à mettre en doute la stature d'homme d'État de Léon Blum. Le refus de la participation communiste, qui réédite l'attitude de la SFIO en 1924, a été diversement interprété. Selon l'historiographie officielle du parti, il aurait été dicté par le Bureau politique à Maurice Thorez conformément à l'inspiration modératrice du moment, pour ne pas donner prise à des campagnes de panique auprès de la classe moyenne. En fait, le VIIe Congrès du Komintern, en août 1935, avait laissé en quelque sorte carte blanche au PCF en vue d'une éventuelle participation gouvernementale à laquelle le parti avait eu tout loisir de réfléchir. Le refus de la participation aurait ainsi procédé, selon certains auteurs [1], de la tactique léniniste du double pouvoir : soutien actif au Front populaire, mais sans partager le contrecoup des difficultés gouvernementales ; encadrement des forces populaires dans une sorte de «ministère des masses» parallèle au gouvernement légal avec pour objectif la conquête révolutionnaire du pouvoir. En tout état de cause, ce refus fut jugé assez vite comme une erreur. D'où le ralliement ultérieur à une formule gouvernementale «de Thorez à Paul Reynaud», mais qui se heurta à trop de résistances à droite comme au parti radical pour voir le jour.

Ministère socialiste, radical et USR donc, où les socialistes détiennent les postes économiques et sociaux, les radicaux les portefeuilles politiques [2]. Gouvernement inhabituellement nombreux, où la répartition des ministères d'État, le doublage des ministres socialistes par des sous-secrétaires d'État radicaux, et vice-versa, ont pu apparaître comme des concessions un peu irritantes à un formalisme désuet et aux dosages parti-

1. Cf. A. Kriegel, «Léon Blum et le parti communiste», in *Léon Blum chef de gouvernement, op. cit.*, p. 131.
2. A l'exception de l'Intérieur, confié au socialiste Roger Salengro. Acculé au suicide à la suite d'une campagne calomnieuse menée par l'hebdomadaire *Gringoire*, il a été remplacé par Marx Dormoy.

sans. L'inexpérience de la plupart des nouveaux venus n'a pas nui pourtant, à quelques exceptions près, à la qualité d'un travail gouvernemental dont la cohésion était assurée par les arbitrages de Léon Blum et par un secrétariat à la présidence du Conseil. Certaines innovations, comme l'entrée de trois femmes au gouvernement, la création de sous-secrétariats à la Recherche scientifique, à la Protection de l'enfance, aux Loisirs, témoignent d'un louable souci de renouvellement des préoccupations gouvernementales.

L'œuvre du Front populaire se résume pour l'essentiel à celle du premier ministère Blum, tant s'est ralenti après lui l'élan réformiste. En dresser le bilan rétrospectif est malaisé, le jugement restant obscurci par les réactions passionnelles. Entre l'extrême droite qui n'a voulu y voir qu'une entreprise dirigée par le Komintern et une ultra-gauche qui a dénoncé d'emblée la trahison d'une situation révolutionnaire [1], les appréciations les plus diverses ont été portées. Un tel bilan ne peut être tenté qu'à la lumière des difficultés inhérentes à l'exercice du pouvoir de la coalition de gauche — environnement international hostile, sabotage de la classe dirigeante, retour en force de l'extrême droite [2] — auxquelles se sont superposées les dissensions de tous ordres, au regard notamment de la «pause» proclamée par Léon Blum le 13 février 1937 et du problème de l'intervention en Espagne [3]. Fondamentalement, l'expérience politique a échoué, comme l'atteste sa brièveté même. Cet échec n'est pas en soi imputable au parti communiste, qui a joué résolument la carte unitaire jusqu'à accorder, en avril 1938, ses suffrages au gouvernement Daladier, pourtant nettement marqué à droite. Il l'est bien davantage à la distanciation rapide du parti radical, sensible dès le congrès de Biarritz (octobre 1936), ainsi qu'à l'obstruction du Sénat, responsable de la chute des deux ministères Blum en juin 1937 et en avril 1938. Entre-temps, une œuvre

1. Cf. J.-P. Rioux, *Révolutionnaires du Front populaire,* Paris, « 10-18 », 1973.
2. La dissolution des ligues, opérée par le décret du 18 juin 1936, n'a procuré qu'une brève accalmie. L'année 1937 est marquée par le vigoureux essor du PPF de Doriot, les violents affrontements de Clichy en mars et par le terrorisme de la Cagoule.
3. Sur l'opinion française et la guerre d'Espagne, cf. *infra,* t. II, p. 109-113.

considérable a tout de même été accomplie, preuve s'il en était besoin que l'existence d'une majorité animée d'une volonté de réformes était à même d'assurer la viabilité du régime parlementaire. Si la politique économique et financière a été sévèrement jugée, on ne nie plus guère aujourd'hui le bien-fondé des mesures sociales, ni l'acquisition d'une nouvelle dignité ouvrière à travers la conquête des congés payés et l'élargissement du droit syndical. Dans d'autres domaines, scolaire et culturel par exemple, le Front populaire a su faire preuve d'imagination malgré la modicité de ses moyens [1]. Quant au procès intenté ultérieurement par le régime de Vichy sur ses responsabilités dans la défaite militaire de 1940, il est aujourd'hui totalement éventé, tant fut conséquente l'augmentation des crédits alloués à la Défense nationale, même si dans ce domaine le retard sur l'Allemagne restait considérable [2].

Annoncée par les deux ministères Chautemps [3], la dislocation du Front populaire devient effective après la chute du second ministère Blum, en avril 1938. Pour la troisième fois depuis la guerre, le parti radical se fait l'artisan d'un renversement des alliances à mi-législature. Si Édouard Daladier tente un moment de maintenir l'illusion de la continuité, l'entrée dans son gouvernement de conservateurs comme Reynaud et Mandel, ou de radicaux notoirement hostiles au Front populaire comme Georges Bonnet, signifie clairement que la rupture est consommée. La visite des souverains britanniques en juillet 1938 peut donner quelque temps l'illusion d'un pays unanime, tout comme la relative popularité de Daladier [4] et le déclin de l'extrême droite antiparlementaire semblent donner au régime une nouvelle vigueur. De fait, le redressement de l'autorité gouvernementale est indéniable, comme le sont la reprise économique et la stabilisation finan-

---

1. Cf. P. Ory, « La politique culturelle du premier gouvernement Blum », *la Nouvelle Revue socialiste*, nos 10-11, 1975, p. 75-93.
2. Cf. R. Frank, *le Prix du réarmement, 1935-1939,* Paris, Public. de la Sorbonne, 1982.
3. Le premier ministère Chautemps (juin 1937-janvier 1938) reproduisant en gros la composition politique du ministère Blum ; le second (janvier-mars 1938) ne comprenant que des radicaux et des USR.
4. Sur cette période de l'immédiat avant-guerre, cf. *Édouard Daladier, chef de gouvernement et la France,* et *les Français en 1938 et 1939,* Paris, FNSP, 1977 et 1978.

cière entreprises sous l'égide de Paul Reynaud. Dès l'automne, pourtant, de nouvelles fractures ont été ouvertes dans l'opinion. Les accords de Munich, fin septembre, ont dressé dans un face à face hostile partisans et adversaires de l'abandon de la Tchécoslovaquie [1]. Déclenchée en protestation contre les décrets-lois Reynaud aménageant dans un sens restrictif la loi des 40 heures, mais aussi implicitement contre la politique de Munich, la grève générale du 30 novembre s'est heurtée à la détermination intimidatrice du gouvernement. Échec ou semi-échec, elle laisse dans la classe ouvrière le goût amer d'une défaite qu'illustrent le reflux des effectifs syndicaux et l'exaspération des tendances au sein de la CGT.

A la veille d'une guerre qu'elle aborde dans des conditions d'infériorité manifestes, la France n'a surmonté qu'en apparence la crise de sa démocratie. Certes, les institutions sont intactes, la perte d'audience des forces antiparlementaires, du PPF comme du PSF, évidente. La réélection au premier tour de scrutin, en avril 1939, d'Albert Lebrun à la présidence de la République s'est voulue un geste d'union nationale au lendemain du coup de force hitlérien contre la Tchécoslovaquie. Rarement pourtant la conscience politique du pays n'aura été aussi malmenée, l'opinion aussi désorientée. Les ligues, le Front populaire, l'Espagne, Munich ont opéré en quelques années une stratification d'antagonismes haineux, ouvert de multiples plaies dont aucune n'est refermée. Entre une gauche épuisée par ses divisions et une droite plus ou moins explicitement acquise aux solutions autoritaires, la «synthèse républicaine» s'est vidée de son contenu et ne peut plus en rien s'identifier au courant radical, qui a si aisément sacrifié son identité à la manne gouvernementale. La France des années trente est parvenue à faire l'économie du fascisme. Mais la défaite de 1940 sera le révélateur brutal de la dégradation d'un certain civisme démocratique dont la IIIe République pouvait être légitimement fière. Vichy et l'ampleur du phénomène de la collaboration ne peuvent s'expliquer autrement.

---

1. Sur Munich et l'opinion française, cf. *infra,* t. II, p. 123-124.

## L'Italie et l'Allemagne

*La fin de l'Italie libérale.*

La rapide décomposition de l'État libéral procède de l'adjonction des crises de l'après-guerre aux fragilités initiales de l'Italie postunitaire. La guerre aurait pu être, conformément aux vœux de certains interventionnistes, l'occasion d'une modernisation accrue du pays, d'une réduction de ses déséquilibres sociaux et régionaux, d'un renforcement du sentiment national. Il n'en a rien été. Ou plutôt, la mise en œuvre de ces transformations s'est révélée trop timide pour l'emporter sur la somme des retombées négatives du conflit.

Fondamentalement, l'Italie reste au début du siècle un État inachevé. Malgré la brillante industrialisation des quinze années qui ont précédé la guerre, le retard économique du pays demeure considérable, alors que s'est creusé le traditionnel déséquilibre Nord-Sud. Dominée par une puissante oligarchie foncière et par une bourgeoisie réellement cultivée mais dénuée de dessein politique ferme, la société reproduit l'archaïsme des structures économiques, faisant apparaître une classe ouvrière encore embryonnaire, elle-même issue d'une paysannerie pléthorique et illettrée qui n'a pas trouvé dans l'émigration, pourtant massive, de soulagement réel. L'étroitesse des élites politiques et la longue tradition d'abstention des catholiques à la vie publique ont ouvert la voie à une « piémontisation » autoritaire du pays, dont la démarche centralisatrice s'est heurtée aux tenaces réactions du campanilisme urbain, de l'anarchisme populaire, voire du brigandage méridional. La façade libérale et parlementaire des institutions masque mal les tares d'un régime en proie à l'instabilité chronique et celles d'une classe politique trop accessible à la corruption et au clientélisme. L'inachèvement de l'État va de pair avec celui de la nation. S'il est vrai que le Risorgimento a cristallisé les aspirations nationales du peuple italien, il ne l'est pas moins que cette révolution a été trop exclusivement inspirée par la classe dirigeante et récupérée par elle à des fins conservatrices, refusant ainsi aux classes populaires leur intégration dans la vie nationale. L'octroi tardif, et au reste incomplet, du suffrage universel en 1912, le taux élevé de l'absentionnisme électoral témoignent des manifestations durables de cet exclusivisme. Desservi par une monarchie imbue de principes étroitement réactionnaires, mal canalisé par des partis politiques qui, à l'exception du parti socialiste, n'étaient que des nébuleuses dénuées de véritable programme, le sentiment national s'est mué en un nationalisme impérialiste et conservateur, capable de drainer au mieux une fraction de la jeunesse bourgeoise en rupture avec la médiocrité quotidienne de l'Italie giolittienne.

C'est sur ces fragilités initiales que se greffe, au lendemain de la guerre, une conjonction de crises d'une rare acuité. Aux pertes humaines considérables et aux destructions, les retombées économiques du conflit ajoutent un gonflement excessif de la masse monétaire générateur d'inflation, et un endettement considérable qui accélère la dépréciation de la lire. L'arrêt des commandes de l'État et des crédits extérieurs ouvre une crise de reconversion qui n'épargne pas les secteurs les plus concentrés de l'industrie et qu'amplifie la récession mondiale de 1920-1921, alors que l'évasion des capitaux et le ralentissement des rentrées fiscales creusent le déficit budgétaire. De la crise économique découle l'exacerbation des tensions sociales qui conjuguent, tout en les opposant, les craintes d'une classe moyenne paupérisée par l'inflation et les revendications des classes populaires, lesquelles entendent voir concrétisées rapidement les promesses qui lui ont été prodiguées à la fin du conflit. Au malaise social s'ajoutent les désillusions internationales d'un pays qui a été traité de façon cavalière à la Conférence de la paix et qui s'est vu refuser, en contradiction des clauses du traité secret d'avril 1915, la Dalmatie et le port de Fiume si ardemment convoités. Le poète nationaliste Gabriele D'Annunzio, auteur de la célèbre formule de la « victoire mutilée », lance en septembre 1919 son raid sur Fiume, avec la complicité d'une partie de l'armée, et occupe avec ses *arditi* le port dalmate pendant un an. Si grandiloquents et mélodramatiques soient-ils, ce geste et la rhétorique « romaine » du *Commandante* expriment bien le sentiment de frustration nationale d'une partie de l'opinion, et en particulier des anciens combattants, incapables de retrouver dans la vie civile les moyens matériels et l'équilibre psychologique d'une réinsertion sociale satisfaisante.

Pour relever ces défis de tous ordres, la classe politique italienne et les institutions parlementaires vont se révéler impuissantes. Le désastre de Caporetto (octobre 1917) a bien mobilisé les énergies et affermi pour un temps l'autorité gouvernementale. Mais la guerre n'a pas guéri l'Italie de l'incurie de l'État ni procédé à un renouvellement du programme des partis de gouvernement. Face aux formations classiques, dont l'usure est manifeste, deux forces neuves sont apparues. A gauche, le parti socialiste, de création déjà ancienne (1892), connaît un vif regain d'audience et de popularité, sensible à travers le gonflement de ses effectifs, le tirage de sa presse et la progression de ses suffrages aux élections de 1919. Mais, victime d'une implantation trop strictement septentrionale, il l'est aussi de ses divisions chroniques. Le traditionnel antagonisme entre réformistes et révolutionnaires s'est ravivé au lendemain de la guerre. Ces derniers l'emportent largement au congrès de Bologne, en octobre 1919, sous le nom de maximalistes. C'est au moment où le socialisme aurait dû recourir à toutes ses énergies pour lutter contre le fascisme que se produit la scission du congrès de Livourne, en janvier 1921, qui va conduire une fraction des maximalistes (Bordiga, Gramsci) à rallier la IIIe Internationale et à fonder le parti communiste, puis celle du congrès de Rome, en octobre 1922, qui aboutit à l'éviction des réformistes (Turati, Treves), lesquels fondent le parti socialiste unifié. Ces tensions permanentes ont épuisé le socialisme italien, déjà affaibli par l'échec des grèves de 1920, et auquel peuvent être imputées bien d'autres erreurs parmi lesquelles un discours inutilement antimilitariste, qui a détourné de lui nombre d'anciens combattants, ou le refus d'une collaboration même temporaire avec les partis libéraux pour enrayer la montée de la violence fasciste.

Au centre, le parti populaire italien (PPI) a été créé en janvier 1919, avec les encouragements de Benoît XV, à partir des organisations de l'Action catholique de don Luigi Sturzo, qui défendait depuis longtemps la cause d'un parti catholique national. Confessionnel, mais autonome par rapport à la hiérarchie, le PPI professe un programme libéral, social et décentralisateur. Son audience est forte, au lendemain de la guerre, dans les couches moyennes et dans les régions de forte pratique religieuse. Mais, divisé entre une tendance centriste (Sturzo, De Gasperi, Meda), une aile conservatrice et une fraction syndicaliste, le parti n'est pas toujours parvenu à définir une ligne politique claire. Plein de réticence à l'égard des dirigeants libéraux, anticléricaux et souvent francs-maçons, il n'accorde aux gouvernements «bourgeois» qu'un soutien critique ou une participation rétive. Mal soutenu par Pie XI, élu en février 1922, le PPI s'est enfermé dans une attitude trop attentiste pour barrer efficacement la route au fascisme.

C'est donc aux formations politiques classiques (libéraux, républicains, conservateurs) qu'il revient, pour l'essentiel, de résoudre les difficultés de l'après-guerre et de faire face aux vagues d'agitation sociale. Compte tenu de l'acuité des problèmes et de l'étroitesse des bases parlementaires dégagées par les élections de 1919, il est juste de reconnaître que les ministères Nitti et Giolitti ont accompli un travail considérable de normalisation. Dans le domaine extérieur, une politique réaliste et prudente, à la hauteur des possibilités réelles de la puissance italienne, a permis en particulier de résoudre avantageusement la question de Fiume [1], et de mettre fin sans coup férir à la dictature d'opérette du poète-combattant tout en ménageant des relations correctes avec la Yougoslavie. A l'intérieur, Nitti a mis en œuvre une politique sociale d'envergure tout en amorçant un redressement financier parachevé par son successeur. En 1921, la lire est stabilisée, la situation budgétaire assainie, le déficit de la balance commerciale atténué grâce à la chute des cours mondiaux qui permet à l'Italie d'importer à bon compte les matières premières qui lui manquent.

Reste l'agitation sociale. Dans le monde rural, elle a commencé en 1919 par l'occupation des domaines (Pouilles, Italie centrale, plaine du Pô), qu'encouragent socialistes et syndicats chrétiens, relayée en 1920, de mai à octobre, par une grève des *braccianti,* particulièrement dure en Émilie. Dans la classe ouvrière, où la poussée syndicale est très nette [2] et où les «soviets» russes exercent une forte attraction, grèves et

1. Traité de Rapallo du 7 novembre 1920.
2. La CGL, d'inspiration socialiste, est passée de 600 000 membres en 1919 à plus de 2 millions en 1920.

| Élections | PCI | PSI 1 | PSI 2 | Socialistes Indépend. | PPI | Républic. Radic. | Libéraux 3 | Libéraux 4 | Nationalistes | Fascistes | Gouvernements |
|---|---|---|---|---|---|---|---|---|---|---|---|
| 16 nov. 1919 | – | 156 | | 21 | 100 | 70 | 75 | 60 | – | – | Orlando<br>Nitti (juin 1919-juin 1920)<br>Giolitti (juin 1920-juin 1921) |
| 15 mai 1921 | 15 | 122 | | 25 | 108 | 60 | 80 | 40 | 10 | 35 | Bonomi (juillet 1921-février 1922)<br>Facta (févr.-oct. 1922)<br>Mussolini |
| 6 avril 1924 | 19 | 24 | 22 | 10 | 39 | 7 | 15 | *Listone* 374 | | 275 | Mussolini |

1. Unitaires ; 2. Maximalistes ; 3. Giolittiens ; 4. Conservateurs (Salandra).

manifestations contre la vie chère ont ponctué l'année 1919. Mais la phase décisive de l'Italie d'après-guerre se situe durant l'été 1920, quand les grèves se doublent d'occupations d'usines à l'exemple de la FIAT en avril. Vivement encouragé par les maximalistes du PSI, Bordiga et surtout Gramsci, dont la revue turinoise *Ordine Nuovo* tente de lui donner une base théorique, le mouvement culmine en septembre en touchant la quasi-totalité de la métallurgie piémontaise et lombarde. Face à cette agitation, Giolitti entend s'en tenir aux recettes éprouvées de l'avant-guerre : inviter le patronat à la négociation, laisser pourrir les grèves, ne mobiliser la force qu'en dernier recours. A bien des égards, cette tactique réussit. Dès la fin septembre 1920, les concessions, en fait illusoires, du patronat amorcent le déclin d'un mouvement par ailleurs affaibli par le contexte de récession économique et le reflux général de la vague révolutionnaire en Europe.

Giolitti a sans doute sauvé l'Italie libérale et bourgeoise, mais la bourgeoisie ne lui en sait aucun gré, qui ne veut retenir que ses concessions aux « bolcheviks ». Si le spectre de la subversion sociale a bien été le principal pourvoyeur du fascisme, l'essor de ce dernier est postérieur et non consécutif à la crise dont il procède. Le squadrisme qui, en dehors de quelques raids contre les grèves agraires en Émilie, n'avait en rien contribué à la mise en échec des occupations d'usines, va s'enfler rapidement grâce aux subventions des puissances d'argent. Gagnant toute l'Italie du Nord et l'Italie centrale, le mouvement passe de 17 000 membres à la fin de 1919 à plus de 300 000 fin 1921, recrutant dans la bourgeoisie apeurée et les anciens combattants inquiets du lendemain, créant ses propres syndicats agraires et ouvriers. Malgré le déchaînement de violences contre les journaux et les sections socialistes, les coopératives ouvrières et les bourses du travail, Giolitti commet l'erreur de sous-estimer le péril que fait peser le fascisme sur la démocratie parlementaire. Comme plus tard von Papen, il croit possible de le neutraliser en l'intégrant dans une coalition gouvernementale conservatrice. Ainsi admet-il les fascistes dans les listes du Bloc national qu'il patronne en vue des élections de mai 1921, tout en affectant de les considérer avec dédain. C'est une indéniable victoire de prestige pour Mussolini, qui trouve là une consécration officielle, même si, avec

35 élus, ces élections peuvent être regardées comme une déception. La transformation des *Fasci* en parti national fasciste au congrès de Rome (novembre 1921) consolide en outre son autorité sur les *ras* du squadrisme local, tout en ancrant son programme dans un sens désormais résolument conservateur.

Face aux divisions et au verbalisme des socialistes, à l'impuissance des *popolari,* grâce à la complicité d'une partie croissante d'un appareil d'État de moins en moins contrôlé par les personnalités qui ont succédé à Giolitti, la violence fasciste se déchaîne en 1922 dans le nord du pays. Début août, une tentative mal engagée de grève générale tourne court grâce à la riposte brutale des fascistes. Fort de ces succès et des progrès d'un parti qui compte désormais 800 000 membres, Mussolini envisage la prise du pouvoir. Celle-ci est préparée entre les 16 et 20 octobre et confiée au commandement d'un « quadriumvirat » représentatif des différents courants du fascisme [1]. Dans la perspective d'un coup d'État, il peut compter sur le soutien des classes dirigeantes et de la hiérarchie catholique, sur la complicité de certains milieux militaires et sur des sympathies avouées dans la Maison royale. En face, le président du Conseil Luigi Facta, qui a succédé à Bonomi en février, est une créature de Giolitti qui ne manque ni de courage ni de fermeté, mais la trahison règne jusque dans son gouvernement et les rouages répressifs ne fonctionnent plus. La « Marche sur Rome », autre formule de D'Annunzio, relève plus de l'intrigue politique que du coup d'État. Maints détails, aujourd'hui connus, permettent d'en relever les aspects burlesques, bien différents de la légende héroïque qui s'est forgée sous le fascisme. Son succès réside moins dans un rapport de forces en l'espèce défavorable aux chemises noires affamées et mal armées qui piétinaient dans la banlieue romaine, qu'au refus obstiné du roi de décréter l'état de siège et, d'une façon plus générale, à la capitulation déjà consommée des cadres de l'Italie libérale.

La Marche sur Rome ouvre une période ambiguë de « dictature légale [2] » qui combine les aspirations de Mussolini au

1. Le général De Bono représentant l'armée, De Vecchi les milieux conservateurs, Balbo le squadrisme et Bianchi les syndicats fascistes.
2. P. Milza et S. Berstein, *le Fascisme italien, 1919-1945,* Paris, Éd. du Seuil, coll. « Points », 1980, p. 124.

pouvoir personnel et le maintien des institutions parlementaires, de même que les intérêts essentiels de la classe dirigeante et les velléités révolutionnaires du squadrisme. Ainsi, dans le gouvernement qu'il a formé le 30 octobre 1922, Mussolini s'est-il réservé les ministères clefs de l'Intérieur et des Affaires étrangères tout en y faisant entrer des libéraux, des nationalistes et même des populaires, quitte à dédommager les activistes du squadrisme par une dotation généreuse en sous-secrétariats d'État. De même a-t-il obtenu, en novembre, les pleins pouvoirs pour un an par une large majorité n'excluant que les socialistes et les communistes. Sur ces bases apparemment composites, l'action gouvernementale emprunte concurremment à cette volonté de « normalisation » chère aux conservateurs ralliés et aux finalités conquérantes du fascisme. La première suppose la fin des désordres sociaux et la mise au pas des syndicats, mais aussi le respect du pluralisme politique et le maintien d'une politique étrangère prudente. Telle est, jusqu'au printemps 1923, la ligne dominante qui vaut à Mussolini le soutien de ceux qui voient dans le fascisme une solution transitoire nécessaire au rétablissement de l'ordre. Mais, parallèlement, le gouvernement fait preuve de la plus grande mansuétude à l'égard des déchaînements de la violence fasciste, et Mussolini use des pleins pouvoirs pour doubler les institutions traditionnelles d'organisations nouvelles qui préparent la satellisation de l'État au parti. Le réveil de l'opposition antifasciste, qui émane des milieux libéraux, chrétiens ou socialistes, est lui-même maté par les techniques éprouvées du *manganello* et de l'huile de ricin, alors que Mussolini donne habilement des gages à l'Église pour marginaliser l'opposition des *popolari*.

Organisées en vue de juguler la renaissance des oppositions et de donner au fascisme la base parlementaire qui lui manque encore, les élections de 1924 sont une victoire incontestable pour Mussolini, grâce à une loi de circonstance extorquée sous la menace [1], aux subventions du patronat, aux débordements de la fraude et aux pressions de tous ordres. Au sein du

1. Il s'agit de la loi Acerbo assurant les deux tiers des sièges à la liste ayant recueilli plus de 25 % des voix, le tiers restant étant partagé à la proportionnelle entre les autres listes.

*Listone,* auquel se sont joints conservateurs et libéraux de diverses obédiences, le PNF obtient 275 députés, soit la majorité absolue des sièges à la Chambre. Mais elles ne résolvent rien en ce sens que l'opposition, même réduite au quart des sièges, conserve une tribune légale dont usent avec courage les représentants de ses diverses tendances.

L'assassinat, le 10 juin 1924, du député socialiste Giacomo Matteotti aurait pu sonner le glas du fascisme. Même si le doute plane sur la responsabilité directe de Mussolini dans ce crime, celui-ci ne peut être que l'œuvre du fascisme. L'émotion est alors intense dans le pays. Les démissions se multiplient au sein du parti, personnalités et groupements plus ou moins ralliés font défection, tandis que s'organise une résistance au régime dans la presse et dans les cercles de la « Révolution libérale ». Mais l'opposition, communistes exclus, commet l'erreur du « retrait sur l'Aventin ». On désigne par cette formule son refus de continuer à siéger à la Chambre tant que n'auront pas été dissous la Milice et les organes illégaux de répression. Mais elle présente l'inconvénient de la priver d'une tribune utile et de renforcer la majorité gouvernementale. Mussolini laisse donc passer l'orage en sacrifiant les sbires et les dignitaires les plus compromis dans l'assassinat, puis, indirectement soutenu par le roi, qui refuse de prendre connaissance du dossier, se résout à faire front en janvier 1925. Revendiquant hautement la responsabilité d'un crime qu'il avait auparavant désavoué, il annonce la mise hors la loi de l'opposition. Déchaînement de la violence dans la rue, suspension et interdiction des journaux, démantèlement des syndicats abattent les derniers vestiges de l'État libéral, avant que les lois « fascistissimes » de 1926 fassent basculer l'Italie dans la dictature à part entière.

### *L'Allemagne.*

Les circonstances qui ont présidé à la naissance de la république de Weimar ont pesé lourd dans les destinées de cette brève expérience démocratique. L'inéluctabilité de la défaite militaire ayant provoqué l'abdication de l'empereur et l'effondrement des structures dirigeantes, la « révolution » de novembre 1918 a vu s'installer, comme en Russie, une dualité de pouvoirs. Celle-ci juxtapose un Conseil des commissaires du peuple présidé par Fritz Ebert, d'orientation socialiste modérée, avant tout soucieux d'organiser la relève démocratique dans le respect de l'ordre existant, et des conseils *(Räte)* élus dans la plupart des grandes villes par les ouvriers et les soldats. Or, si les conseils sont pour la plupart acquis au réformisme de la social-démocratie, d'autres professent une intransigeance politique et sociale proche de la subversion. Ainsi en est-il en Saxe, dans les villes hanséatiques et surtout à Berlin, où le groupe Spartakus, animé par Karl Liebknecht et Rosa Luxemburg, s'inspire, malgré les réserves de cette dernière, des thèses défaitistes révolutionnaires de Lénine et de l'exemple soviétique. Mais, à la différence de la Russie, le rapport de forces va jouer ici au détriment de l'extrémisme. Car, si les masses aspirent bien à la paix immédiate, la plus grande partie de la nation redoute la bolchevisation. Ainsi, après quelques semaines de coexistence émaillée d'incidents, le gouvernement d'Ebert, débarrassé en décembre de ses éléments les plus favorables aux conseils [1], va-t-il procéder à la liquidation du mouvement révolutionnaire en étroite liaison avec le général Gröner, qui, au nom de l'armée, exige le retour à l'ordre comme prix à payer de son ralliement à la république. Dirigée par le ministre socialiste Noske, conduite par des régiments sûrs et des formations de corps francs, la répression s'abat à Berlin en janvier 1919, marquée entre autres par l'assassinat des deux chefs de file du mouvement spartakiste, pour se poursuivre en Bavière, en Saxe, à Brême, dans la Ruhr…

La révolution de type bolchevique a donc échoué en Allemagne. L'inexpérience de ses chefs — plus théoriciens qu'hommes d'action —, l'audience limitée du mouvement dans la classe ouvrière, habituée depuis un demi-siècle à voir dans le SPD son unique représentant, la détermination des dirigeants sociaux-démocrates et leur collusion avec les milieux militaires ont eu raison d'une révolution engagée sans

---

1. Il s'agit des trois ministres de l'USPD, gauche scissionniste de la social-démocratie. Le groupe Spartakus a milité quelque temps dans l'USPD avant de fonder le parti communiste allemand (KPD), en décembre 1918.

préparation ni coordination suffisantes [1]. Sur ses décombres
s'est installée la double équivoque d'un régime qui, né dans la
défaite, va s'en voir attribuer contre toute logique la responsabilité par les anciennes classes dirigeantes, et qui, né d'une
révolution, s'est assigné pour tâche première la répression de
la fraction la plus avancée du socialisme allemand. Double
péché originel qui va priver le régime, sur sa droite et sur sa
gauche, des ralliements nécessaires.

Les élections de janvier 1919, qui ont donné la victoire à
une coalition de centre gauche largement dominée par le SPD,
l'adoption à Weimar (ville symbole de la nouvelle Allemagne
humaniste et libérale) d'une Constitution très démocratique
dans ses préoccupations sociales comme dans ses mécanismes
institutionnels, ne suffisent pas à ramener le calme. Tandis
que l'apprentissage du parlementarisme se révèle difficile et
que le régime s'épuise dans d'éphémères gouvernements à
direction socialiste puis catholique, la signature du traité de
Versailles et les difficultés économiques exaspèrent les passions et précipitent le pays dans la violence. La contestation de
gauche, qu'illustre le spontanéisme révolutionnaire déployé en
Saxe par le communiste dissident Max Hölz en 1920-1921, est
moins dangereuse que l'agitation de la droite nationaliste,
qu'encourage la thèse du « coup de poignard dans le dos »
accréditée par le prestigieux maréchal von Hindenburg. En
mars 1920 éclate à Berlin un putsch perpétré par le général
von Lüttwitz et le fonctionnaire prussien Kapp, obligeant le
gouvernement à se réfugier à Dresde puis à Stuttgart. Un
soutien insuffisant dans l'armée et la promptitude de la riposte
ouvrière font échouer l'entreprise. Mais, après avoir fait
preuve d'un attentisme inquiétant, le général von Seeckt,
chef du Truppenamt, et avec lui la Reichswehr sont les vrais
vainqueurs de cette affaire, qui renforce l'autonomie et
le poids politique de l'armée. Au même moment, une véritable
terreur blanche s'abat sur le pays, œuvre d'isolés ou le plus
souvent de corps francs, agissant dans la plus totale impu-

---

1. Cf. G. Badia, *les Spartakistes,* Paris, Julliard, coll. « Archives », 1966.
L'auteur surestime sans doute l'influence de ce groupe sur la classe ouvrière
mais met justement en valeur l'essentiel : l'insuffisance de la direction et de
l'implantation d'un mouvement incapable, de ce fait, de faire passer l'Allemagne du stade de l'émeute à celui de la révolution.

nité[1]. Parmi les victimes, on compte le socialiste bavarois Gareis (juin 1921), le député du Zentrum Mathias Erzberger, ancien signataire de l'armistice de Rethondes (août 1921), et le ministre des Affaires étrangères Walter Rathenau, artisan du traité de Rapallo avec l'URSS et partisan de l'exécution loyale des Réparations (juin 1922).

L'année 1923 marque le point culminant de la crise allemande d'après-guerre. La toile de fond en est constituée par les ravages de l'inflation et par la fièvre nationaliste qu'entretient, depuis janvier, l'occupation du bassin de la Ruhr. Contenue jusqu'en 1922 dans des limites raisonnables, l'inflation atteint, l'année suivante, des proportions gigantesques qui ne peuvent s'expliquer que par le laissez-faire intéressé des milieux capitalistes et des instances dirigeantes de l'État. Car l'inflation grossit les profits et éponge les dettes des collectivités publiques. Mais elle atteint la classe ouvrière, victime en outre du chômage grandissant à la fin de l'année 1923, et surtout les classes moyennes détentrices de revenus fixes, même si dans ce cas particulier le processus de paupérisation était entamé depuis la guerre. D'où la désaffection de cette couche sociale à l'égard du régime, dont avait déjà témoigné le recul de la coalition de Weimar (SPD-démocrates-Zentrum) aux élections de 1920 et que confirment les élections de mai 1924, marquées par une spectaculaire progression du parti communiste et de la droite nationaliste. Parallèlement, l'occupation de la Ruhr a ouvert une nouvelle blessure dans le nationalisme allemand. Or, celle-ci peut justifier sur place le comportement authentiquement patriotique des animateurs de la résistance passive, comme le lieutenant Schlageter, fusillé par les Français ; mais elle sert aussi de prétexte ou de caution aux menées séparatistes, actives en Rhénanie et en Bavière, ou aux entreprises carrément putschistes de la Reichswehr noire à Berlin et du NSDAP à Munich.

Le gouvernement Cuno, totalement dépassé, s'étant retiré en août 1923, le salut de l'Allemagne va venir du nouveau chancelier, le populiste Gustav Stresemann, à la tête d'un cabinet de coalition n'excluant que les communistes et la droite nationaliste. Chez Stresemann, le sens de l'État prime le

1. Entre 1919 et 1922, 376 assassinats politiques ont été recensés.

ralliement à une république qu'il entend défendre non par
sympathie personnelle, mais en fonction des intérêts supérieurs de l'Allemagne. Aussi a-t-il décrété dès septembre la fin
de la résistance passive. Frappant à gauche et à droite, il
charge l'armée de réprimer durement les troubles communistes qui agitent Hambourg, la Saxe et la Thuringe, vient à bout
des menées séparatistes du Dr. Dorten en Rhénanie et prononce la dissolution de la Reichswehr noire. Mais, à Munich,
l'échec du putsch de la Brasserie, déclenché le 8 novembre
par Adolf Hitler avec le soutien du général Ludendorff, doit
moins à l'énergie de Stresemann, mal soutenu en l'espèce par
l'intrigant général von Seeckt, qu'aux divisions des parties
prenantes au complot et, en définitive, à l'hostilité du gouverneur de la Bavière, von Kahr, monarchiste et séparatiste, aux
visées unitaires du national-socialisme [1].

L'échec du putsch de Munich clôt une longue série de
troubles. La stabilisation monétaire et la prospérité économique aidant, la république semble enfin trouver son équilibre.
Si les élections de mai 1924, influencées par les drames de
l'année précédente ainsi que par l'agitation entretenue autour
de l'élaboration du plan Dawes, avaient été marquées par une
poussée des extrêmes, celles de décembre 1924 et surtout de
mai 1928 sont un succès pour les partis modérés. Tenus
longtemps dans l'opposition, les sociaux-démocrates revien-
nent au pouvoir en 1928 avec la formation du cabinet Hermann Müller, qui, en étendant la coalition de Weimar aux
populistes, semble réaliser autour des institutions un large
consensus. Mais, à bien des égards, la consolidation du régime s'est opérée au profit d'une droite qui nourrit à l'égard de
la république des sentiments pour le moins circonspects. Ainsi
en est-il de l'entrée au gouvernement, entre 1923 et 1928, des
nationaux-allemands, représentatifs de l'Allemagne agrarienne et prussienne, et surtout de l'élection, en avril 1925, du
maréchal von Hindenburg à la présidence du Reich. Or, s'il
joue loyalement le jeu des institutions, ce dernier n'a jamais
caché ses convictions monarchistes, et intervient à plusieurs
reprises, au sujet de l'expropriation des princes ou des cou-

---

1. Sur le putsch de Munich, cf. G. Bonnin, *le Putsch de Hitler à Munich
en 1923*, Les Sables d'Olonne, 1966.

| Élections au Reichstag | KPD | USPD | SPD | DDP | Zentrum et BVP | DVP | DNVP | NSDAP | Gouvernements |
|---|---|---|---|---|---|---|---|---|---|
| 19 janv. 1919 | — | 22 | 165 | 75 | 91 | 19 | 44 | — | Scheidemann (SPD) - janv.-juin 1919<br>Bauer (SPD) - juin 1919-mars 1920<br>Müller (SPD) - mars-juin 1920<br>Fehrenbach (Z) - juin 1920-mai 1921<br>Wirth (Z) - mai 1921-nov. 1922<br>Cuno - nov. 1922-août 1923<br>Stresemann (DVP) - août-nov. 1923 |
| 6 juin 1920 | 4 | 84 | 102 | 39 | 85 | 65 | 71 | — | |
| 4 mai 1924 | 62 | — | 100 | 28 | 81 | 45 | 95 | 32 | Marx (Z) - nov. 1923-déc. 1924<br>Luther - janv. 1925-mai 1926<br>Marx (Z) - mai 1926-mai 1928<br>Müller (SPD) - mai 1928-mars 1930<br>Brüning (Z) - mars 1930-mai 1932<br>Von Papen - mai-nov. 1932<br>Von Schleicher - déc. 1932-janv. 1933 |
| 7 déc. 1924 | 45 | — | 131 | 32 | 88 | 51 | 103 | 14 | |
| 20 mai 1928 | 54 | — | 153 | 20 | 78 | 45 | 73 | 12 | |
| 14 sept. 1930 | 77 | — | 144 | 20 | 87 | 30 | 41 | 107 | |
| 31 juil. 1932 | 89 | — | 133 | 4 | 97 | 7 | 37 | 230 | |
| 6 nov. 1932 | 100 | — | 121 | 2 | 90 | 11 | 52 | 197 | |

KPD   parti communiste
USPD  parti socialiste indépendant
SPD   parti social-démocrate
DDP   parti démocrate

BVP    parti populaire bavarois
DVP    parti populiste
DNVP   parti national-allemand
NSDAP  parti national-socialiste

leurs du drapeau allemand, dans un sens réactionnaire. Parallèlement, sous l'impulsion du général von Seeckt puis, à partir de 1928, sous celle du général Gröner, imposé par Hindenburg, l'armée est plus que jamais le refuge des adversaires du régime. Véritable État dans l'État, elle obtient en quelques années le doublement de son budget et encourage l'activité des formations paramilitaires, tel le Stahlhelm (Casques d'Acier), qui revendique 900 000 membres en 1928 [1], et le NSDAP, qui, reconstitué par Hitler en 1925, compte une centaine de milliers d'adhérents, dont 30 000 SA. Cependant que Stresemann, inamovible ministre des Affaires étrangères jusqu'à sa mort, en 1929, s'épuise, et jusque dans les rangs de son propre parti, à faire comprendre le bien-fondé de sa politique conciliatrice, s'opère la même année une mobilisation tapageuse des forces de droite contre l'adoption du plan Young.

Perceptible dès 1928, la récession se mue en crise économique majeure quand s'opère en 1930 le rapatriement massif des capitaux américains. Dès lors, la production s'effondre et le chômage grimpe de façon vertigineuse [2], très insuffisamment secouru par la loi de 1927 et par les diverses initiatives publiques ou privées. La situation est différente de celle de 1923, puisque la crise frappe cette fois de plein fouet la classe ouvrière, tout en étant comparable dans la mesure où la baisse des prix et la mévente atteignent aussi la classe moyenne rurale et urbaine, alors que les mesures prises pour sauver la monnaie allemande réveillent le spectre de la grande crise monétaire. La traduction politique n'est pas non plus sans analogies. Comme en mai 1924, les élections de septembre 1930, provoquées par le chancelier Brüning pour mettre un terme aux dissensions budgétaires qui écartelaient son gouvernement, sont marquées par une radicalisation identique. La poussée des extrêmes se traduit par un gain communiste de 25 sièges, mais surtout par un bond en avant du parti nazi, annoncé au reste par divers succès antérieurs en Thuringe et en Saxe, et qui, avec plus de 18 % de voix, passe de 12 à 107 sièges au Reichstag. Progression confirmée les années

---

1. G. Castellan, *L'Allemagne de Weimar 1918-1933*, A. Colin, 1969, p. 109. Il semble qu'il faille réduire le chiffre de moitié.
2. 2 millions de chômeurs fin 1928, 3 millions fin 1929, 4,4 millions fin 1930, 5,6 fin 1931, 6 millions fin 1932.

suivantes par tous les scrutins locaux et provinciaux. Compte tenu du recul enregistré par les partis bourgeois, il est clair qu'une grande partie de l'électorat des classes moyennes mise désormais sur le national-socialisme pour sortir le pays de la crise.

Le Zentrum ayant résisté avec succès à la poussée extrémiste, Brüning est reconduit dans ses fonctions, mais contraint de former un gouvernement minoritaire. Bien intentionné, mais naturellement enclin aux solutions conservatrices, il va gouverner à droite tout en tentant courageusement de s'opposer à la montée de la marée brune. Ainsi s'installent les multiples paradoxes de la république agonisante : celui d'un régime parlementaire qui ne survit que par la promulgation de décrets présidentiels et l'espacement systématique des sessions du Reichstag ; celui d'une politique de droite « tolérée », c'est-à-dire soutenue, par la social-démocratie qui la récuse ; et celui d'un gouvernement conservateur rejeté malgré lui vers la gauche par la collusion des forces de droite et d'extrême droite (nationaux-allemands, Casques d'Acier et NSDAP) lors de la rencontre de Bad-Harzburg, en octobre 1931. A tous ces paradoxes, l'élection présidentielle d'avril 1932 va en ajouter quelques autres. N'ayant pu obtenir d'Hitler les voix nécessaires à une révision constitutionnelle qui aurait permis de proroger le mandat d'Hindenburg, ce dernier, poussé par Brüning, devient bien malgré lui le candidat des républicains face à Hitler et au communiste Thälmann. Ainsi va-t-on voir les régions catholiques de Bavière et de Rhénanie apporter leurs suffrages à un officier prussien et protestant, alors que l'Allemagne prussienne et protestante accorde les siens à un agitateur autrichien dont la naturalisation allemande date de quelques années [1]. Réélu au second tour par 53 % des suffrages face à Hitler, qui a plus que doublé son capital de voix depuis 1930, Hindenburg n'aura rien de plus pressé que de congédier Brüning auquel il doit pourtant sa réélection. Le prétexte en est le projet de dissolution des SA, dont les violences n'ont cessé de ponctuer la campagne électorale, mais qui suscite d'importants remous dans les hautes sphères de l'armée.

Véritable artisan de cette démission, le général von Schlei-

---

1. G. Castellan, *op. cit.,* p. 387.

cher, dont le rôle politique ne cesse de croître en coulisse depuis le départ de von Seeckt, recommande alors la désignation de von Papen, leader de la droite du Zentrum. Le prestige de ce dernier est nul dans l'opinion, mais ses attaches aristocratiques et ses liens avec la grande industrie en font un chancelier plausible pour la droite. Mais la base parlementaire de son « gouvernement des barons » est si étroite (70 voix sur 577) que von Papen obtient, le 3 juin, la dissolution du Reichstag. L'illusion, qu'il partage avec l'essentiel de la droite allemande et de l'armée, est qu'il est possible de parvenir à la constitution d'une majorité conservatrice incluant les nationaux-socialistes. Inclusion momentanée, qui ne durerait que le temps d'écarter le danger communiste, perçu comme bien plus menaçant, et de mettre au pas syndicalistes et socialistes. La mansuétude systématique à l'égard des exactions nazies, le coup de force perpétré le 20 juillet contre le gouvernement de Prusse et son ministre de l'Intérieur, le socialiste Severing, montrent bien où se situent les priorités et en disent long sur l'aveuglement politique de la classe dirigeante. Les élections du 31 juillet 1932, marquées par une nouvelle progression spectaculaire des nazis, qui passent de 107 à 230 sièges, révèlent l'inanité du projet, mais von Papen persiste et obtient derechef la dissolution. Totalement coupé des réalités, le chancelier vante les mérites d'une éventuelle restauration de l'*Imperium Sacrum*. Aux élections du 6 octobre, le recul national-socialiste est net, en raison des violences perpétrées par les SA et d'un ralentissement des subsides du grand capital ; mais il ne modifie en rien une situation qui reste dominée par le bon vouloir d'Hitler.

Les exigences de ce dernier étant apparues excessives à Hindenburg et le maintien de von Papen ayant soulevé un tollé général, il restait à jouer la carte du général von Schleicher. Expert en intrigues politiques, il développe un plan hardi visant à la formation d'un cabinet extra-parlementaire, à la fois autoritaire et social, incluant des représentants du syndicalisme et de l'aile gauche du parti nazi. Mais Hitler déjoue rapidement la manœuvre, évince Gregor Strasser, à qui von Schleicher avait proposé un portefeuille, et opère sa réconciliation avec von Papen. Le 4 janvier 1933, une combinaison est mise sur pied permettant à Hitler de devenir chancelier d'un gouvernement où les nazis seraient minoritaires, von Papen étant vice-chancelier et Hugenberg, leader du parti national-allemand, ministre de l'Économie. En mauvais termes avec von Schleicher, Hindenburg se rallie à cette formule et obtient sa démission. Le 30 janvier 1933, Hitler devient, dans des formes apparemment légales, chancelier du Reich.

La mort de la république de Weimar n'est dès lors qu'une question de semaines. Hindenburg ayant signé le décret de dissolution qu'il venait de refuser au général von Schleicher, les élections sont préparées dans une atmosphère de terreur qu'officialise en quelque sorte le décret du 28 février 1933, consécutif à l'incendie du Reichstag. La suspension des libertés constitutionnelles n'a pourtant pas l'effet escompté, les élections du 5 mars n'accordant que 44 % des suffrages aux nazis, alors que le centre se maintient et que la gauche recule faiblement. Pour obtenir les pleins pouvoirs à la majorité constitutionnelle des deux tiers, ni le ralliement attendu des nationaux-allemands, ni l'exclusion des députés communistes ne suffisent. L'appoint viendra du Zentrum, aux dirigeants duquel Hitler fait miroiter la signature d'un concordat favorable aux intérêts catholiques. Votés pour quatre ans, les pleins pouvoirs sont donc accordés au gouvernement par 441 voix contre 92, seuls les sociaux-démocrates votant contre. Cette capitulation du Reichstag marque la fin de l'État de droit, le *Rechtsstaat,* sur lequel était fondée la république.

Comment, dans un pays de civilisation et de développement comparables à ceux des grands pays européens, l'expérience démocratique de Weimar a-t-elle si prématurément échoué ? Cette question, qui ne se confond pas exactement avec le problème des causes de l'hitlérisme, a suscité depuis la guerre, et dans les deux Allemagnes, un abondant travail d'interprétation [1]. L'explication marxiste est centrée sur la trahison initiale de la social-démocratie, qui n'a pas hésité au lendemain de la guerre à étrangler la révolution bolchevique, puis sur sa collusion avec les éléments les plus réactionnaires de l'armée et de la bourgeoisie, sur son refus persistant à s'allier au parti

---

1. On en trouvera un aperçu in Cl. Klein, *Weimar,* Paris, Flammarion, « Dossiers d'histoire », 1968, p. 117-132.

communiste pour endiguer le flot montant du nazisme. Position bien schématique, car elle fait bon marché du rejet très explicite de toute entreprise de bolchevisation par l'immense majorité de la classe ouvrière en 1918 ; dans la mesure aussi où elle assigne un rôle sans doute excessif aux machinations du grand capital dans la liquidation du régime de Weimar et, à l'inverse, un rôle moteur au parti communiste dans la lutte contre le nazisme qui ne résiste pas à l'examen. De même, l'accusation portée par l'historiographie conservatrice contre le régime républicain qualifié d'*undeutsch,* c'est-à-dire étranger à la tradition allemande, ne semble pas plus justifiée. Il est vrai que l'Allemagne a vécu longtemps au rythme de ses cours princières et qu'elle a forgé son unité autour de la couronne de Prusse. Mais la faiblesse de ses traditions républicaines ne signifie pas l'inexistence d'une conscience démocratique diffuse. Les composantes de l'idéologie de Weimar remontent en fait assez haut dans l'histoire allemande : le libéralisme bourgeois des démocrates et des populistes se réclame légitimement du *Vormärz* et de 1848 ; le Zentrum, de la voie allemande du catholicisme social ; et la social-démocratie, d'un marxisme tempéré depuis longtemps par le révisionnisme. Que la république de Weimar ne soit pas parvenue à réaliser un consensus durable autour de cette synthèse démocratique ne fait pas de doute, mais ne suffit pas à lui dénier toute légitimité historique.

L'approche institutionnelle du problème n'est guère plus convaincante. Il est vrai que la Constitution de 1919 brillait par sa complication et son ambiguïté. Le bicéphalisme de l'exécutif ouvrait indifféremment la voie à un régime présidentiel assimilable à un succédané de la monarchie, ou à un système parlementaire auquel l'Allemagne était faiblement initiée. Celui-ci ne pouvait au reste fonctionner que sur une base majoritaire suffisante qui fit presque constamment défaut. D'où l'évolution, à partir de 1930, vers un présidentialisme accentué qui finit, par le recours systématique à l'article 48 [1], à vider la démocratie délibérante de tout contenu. De même, l'équilibre apparent entre centralisme et fédéralisme

---

1. Cet article autorise le président à légiférer par décret et à suspendre les droits fondamentaux au cas où la sécurité et l'ordre public seraient menacés, et au cas où un Land n'exécuterait pas ses obligations constitutionnelles.

n'a pas résisté à l'affirmation progressive de la suprématie du Reich sur les Länder, dont l'aboutissement réside dans la destitution parfaitement arbitraire du gouvernement de Prusse par von Papen, en 1932. Ces reproches sont parfaitement fondés mais ne suffisent pas à expliquer la fin prématurée du régime. Les institutions ne valent que par les forces politiques qui les animent et c'est sur elles que reposait, en dernière analyse, la capacité de survie de la démocratie allemande.

Faute d'explication monovalente, on retiendra la convergence d'un certain nombre de facteurs. Envisagée dans son ensemble, il est certain que la république de Weimar a pâti des circonstances de son avènement, dans la mesure où elle s'est durablement identifiée à la défaite de 1918 et à son insupportable prolongement, les réparations financières. Les succès diplomatiques de Stresemann et de Brüning, tendant à atténuer la rigueur des clauses du traité de Versailles, n'ont pas réellement entamé ce discrédit initial, dont témoigne par exemple le caractère purement officiel de la célébration de la fête nationale du 11 août [1]. Le contexte économique ne lui a pas été non plus favorable, même si les années 1925-1930 ont été marquées par une réelle prospérité et par un intense effort de modernisation industrielle. La crise financière de 1923, dont il convient de ne pas exagérer les ravages dans la mesure où les années suivantes ont vu le redressement de bien des situations, a tout de même entraîné la ruine ou l'appauvrissement des classes moyennes, et elle a laissé de mauvais souvenirs. Les années 1930-1933 sont celles de la montée inexorable du chômage ouvrier et ont aussi eu de rudes répercussions sur le monde agricole. D'où la poussée des extrêmes, évidente lors des élections de mai 1924, de 1930 et de 1932, le rétrécissement des bases sociales du régime allant de pair avec celui de ses bases politiques. La coalition de Weimar, partie de 75 % des sièges au Reichstag en 1919, tombe à moins de 50 % en 1928 et guère plus de 35 % en novembre 1932. Progressivement fragilisée, cette coalition n'a pas pu ou n'a pas voulu procéder au renouvellement nécessaire des élites. En laissant intactes les bases héritées de l'État monarchique, et en tolérant l'indulgence des autorités en place à l'égard des menées sédi-

1. Date anniversaire de la Constitution républicaine.

tieuses et putschistes, les démocrates de Weimar ont adopté une attitude véritablement suicidaire.

Dans la crise finale du régime, les responsabilités sont partagées, inégalement il est vrai. A gauche, la social-démocratie a vraisemblablement dérouté l'électorat ouvrier par son soutien au gouvernement Brüning et à une politique qui revenait à faire reposer sur le monde du travail le coût de la politique déflationniste. D'où le glissement d'une fraction de son électorat vers le parti communiste. Or, ce dernier nourrit à l'égard du SPD une aversion si tenace qu'elle interdit, en pleine conformité avec les thèses du « social-fascisme » de la IIIe Internationale, toute action unitaire des forces de gauche. A l'inverse, si la combativité des militants communistes et de leur ligue de combat (le Rote Kämpferbund) n'est pas en cause, la collusion du parti, même ponctuelle, avec le nazisme est parfaitement établie : en juillet 1931, quand il se joint à l'extrême droite pour réclamer par plébiscite la dissolution du Landtag de Prusse [1] ; en novembre 1932, quand nazis et communistes collaborent dans une grève sauvage des transports à Berlin. L'aveuglement antisocialiste du KPD aura bien contribué à faire le lit du nazisme.

Le comportement des classes moyennes et dirigeantes est, comparativement, décisif. Moins atteintes qu'en 1923, mais redoutant une prolétarisation similaire, les premières désertent massivement les partis modérés (démocrates, populistes) qui avaient encore leur confiance, et pour la paysannerie, le parti national-allemand. Toutes les études électorales convergent pour démontrer que la classe ouvrière est restée, en gros, fidèle à ses partis traditionnels, et que le nazisme a trouvé dans la bourgeoisie des villes et dans la paysannerie ses principaux soutiens [2]. Le Zentrum résiste électoralement assez bien, mais il opère, sous l'impulsion de Mgr Kaas, une dérive conservatrice qui le rendra sensible aux sollicitations nazies. Quant aux forces dirigeantes, leur responsabilité est directement impliquée, qu'il s'agisse de l'armée, des milieux agrariens de l'Est, ou du grand capitalisme industriel et financier. Leur ralliement

---

1. Ce plébiscite « Hugenberg-Hitler-Thaelmann » a été repoussé par 63 % des suffrages.
2. Cf. H. Burgelin, « Les élections du 14 septembre 1930 », in A. Grosser, Dix Leçons sur le nazisme, Paris, Fayard, 1976, p. 53-74.

repose moins sur l'adhésion à l'idéologie et aux méthodes du nazisme que sur cette conviction que la carte hitlérienne était à même de faire barrage à la montée du communisme, d'apporter la garantie d'un gouvernement stable et d'opérer une politique de relance économique. S'agissant de la collusion du nazisme et du grand capital, encore convient-il de ne pas forcer le trait. S'il est vrai que des liens de ce type s'étaient noués depuis plusieurs années, ce n'est qu'à l'extrême fin de 1932 que les institutions représentatives de la grande industrie se rallient à Hitler, après avoir misé sur Brüning et von Papen, et avoir continué de financer tous les partis du centre et de la droite. Ralliement décisif sans doute, mais tardif, et qui n'a fait que se superposer à l'adhésion plus ou moins enthousiaste de 45 % du peuple allemand.

# 2

# L'extension du fascisme

Le fascisme a été le grand bénéficiaire de la crise de la démocratie libérale et, comme tel, l'un des faits politiques majeurs de l'entre-deux-guerres. Encore ce terme masque-t-il une grande diversité de régimes. Dans la vague autoritaire qui submerge l'Europe ainsi qu'un certain nombre de pays extra-européens, c'est par commodité ou excès de langage que l'on désigne comme fascistes des expériences que différencient la date et le contexte de leur avènement, le contenu doctrinal et les forces sociales qui les sous-tendent. En fait, l'Italie et l'Allemagne peuvent prétendre à l'élaboration d'un « modèle » fasciste, quels que soient par ailleurs l'ampleur de leurs divergences idéologiques et leur inégal degré d'efficience. Elles seules offrent en effet une doctrine élaborée, des bases sociales relativement consensuelles et cette fusion, même incomplète, du parti unique et de l'État qui est l'une des marques distinctives du totalitarisme. Ailleurs, les dictatures royales ou militaires, les réactions autoritaires et conservatrices ne constituent que des modes de gestion plus traditionnels, à peine renouvelés par des emprunts extérieurs au fascisme italien ou allemand, commandés par une volonté intéressée d'alignement qui a, par la suite, facilité leur satellisation. Pourtant, les bouleversements engendrés par le premier conflit mondial, l'après-guerre et la crise de 1929 se manifestent de pays à pays par des symptômes d'inégale intensité mais globalement identiques. La réaction autoritaire s'enracine dans un contexte commun de crise économique, de destructuration sociale et de dégénérescence de l'État libéral, de même que la convergence des solutions préconisées lui confère l'unicité de ses dimensions. Il y a donc bien, selon une terminologie devenue classique, *un* et *des* fascismes, une pluralité d'expériences dont la somme constitue le «phénomène» fasciste, qui reste néanmoins très controversé dans ses interprétations.

## Fascisme italien et national-socialisme

L'historiographie du fascisme italien a fait récemment mieux apparaître la nature évolutive du régime mussolinien [1]. Elle conduit à juxtaposer, sans que pour autant l'unité profonde du *ventennio* soit remise en cause, une décennie durant laquelle la dictature compose dans un sens résolument conservateur avec les élites traditionnelles du pays, et, à partir de 1936, une orientation nettement plus totalitaire où le fascisme renoue dans une certaine mesure avec les prémices révolutionnaires de ses origines. Cette évolution trouvera dans la guerre son terme logique et, avec la république de Salò, son expression achevée. Mais si le rôle charnière de l'année 1936 a été mis en évidence, l'explication des fondements réels de cette rupture reste incertaine.

Une fois surmontée la crise consécutive à l'assassinat de Matteotti [2], les lois «fascistissimes» vont procéder à une rapide fascisation de l'État et amorcer l'intégration de la société italienne dans le nouvel ordre totalitaire. Préparées par le ministre de la Justice Rocco, elles s'échelonnent de novembre 1925 à novembre 1926. Pour ne retenir que les plus significatifs, ces textes renforcent considérablement les pouvoirs du président du Conseil, limitent sa responsabilité à la seule prérogative royale, étendent les pouvoirs des préfets et procèdent à la liquidation des libertés communales, autorisent la révocation discrétionnaire des fonctionnaires suspects et la confiscation des biens des antifascistes exilés. Les lois dites de «défense de l'État» consacrent la disparition de toute presse libre, prononcent la disparition des partis politiques, créent la

1. En particulier avec la monumentale, mais non traduite, biographie de Mussolini par l'historien R. De Felice. Un état des travaux récents est donné par P. Milza, «Le second souffle du fascisme italien», *l'Histoire,* n° 58 («Les années trente»), juill.-août 1983.

2. Cf. *supra* p. 254.

police politique de l'OVRA [1] et un Tribunal spécial. Diverses tentatives d'assassinat contre Mussolini, celles du socialiste Zaniboni en 1925 et de Zamboni en 1926, sont l'occasion d'une impitoyable répression qui peuple de suspects ou d'opposants les prisons ou les bagnes de feu de l'Italie méridionale.

Parallèlement, se mettent en place les rouages institutionnels de la dictature. Or, Mussolini ne fait pas table rase du passé et conserve du *Statuto* les institutions, à vrai dire peu gênantes, qui aux yeux de la classe dirigeante perpétuent la tradition libérale et réduisent le fascisme à un infléchissement autoritaire. Le choix de Luigi Federzoni, monarchiste et conservateur, comme ministre de l'Intérieur semble accréditer ce compromis. Sont ainsi conservés la monarchie et la prérogative royale, qui autorise le roi à révoquer le Premier ministre et à désigner son successeur, et le Sénat, qui, recruté par nomination royale, continue de représenter les sphères dirigeantes de l'économie, de l'armée et des professions libérales. La Chambre des députés est également maintenue, mais son mode de désignation, révisé en 1928, la vide de toute représentativité et en fait une émanation du Grand Conseil fasciste. Ce dernier, fondé en 1922 et réorganisé en 1928 [2], est apparemment plus menaçant dans la mesure où, outre sa connaissance des lois importantes, il lui est reconnu le droit de désigner le successeur du Duce, ce qui réduit à peu de chose la prérogative royale. Quant au parti, officialisé en 1929, il devient sous l'impulsion d'Achille Starace une énorme machine, grâce à l'affiliation quasi obligatoire des fonctionnaires et à l'afflux des carriéristes. Comme la Milice, qui est censée en constituer la branche armée, il est surtout un instrument de promotion sociale pour la petite et moyenne bourgeoisie.

La détente intervenue entre l'Église et l'État, puis la *Conciliazione* avec le Saint-Siège sont un autre aspect de cette volonté de compromis entre césarisme et conservatisme. A l'opposé du premier fascisme, qui s'était montré violemment

1. Organisation de vigilance et de répression de l'antifascisme, selon la traduction la plus courante.
2. Il comprend les compagnons de la première heure, divers dignitaires du parti, les ministres en exercice et quelques hauts fonctionnaires.

anticlérical, Mussolini avait multiplié, avant et depuis la prise du pouvoir, les gestes de bonne volonté à l'égard de l'Église, autant pour utiliser l'influence du catholicisme auprès des masses que pour renforcer la respectabilité de son régime auprès des classes dirigeantes et de l'étranger. Cette démarche avait rencontré l'aval de Benoît XV, qui avait déjà esquissé un rapprochement avec les dirigeants de l'Italie libérale, et surtout de Pie XI, qui, profondément marqué comme nonce à Varsovie par la menace du bolchevisme [1], avait adopté d'emblée une attitude favorable au fascisme. Ainsi n'avait-il émis que des protestations mesurées contre la dissolution de certaines organisations de jeunesse catholiques, ou très sélectives à l'égard des débordements de la violence fasciste. Les négociations en vue d'un accord plus large, qui réglerait une fois pour toutes le contentieux remontant à la formation de l'unité italienne [2], commencent en 1926 et aboutissent, le 11 février 1929, à la signature des accords du Latran par Mussolini et le cardinal secrétaire d'État Gasparri. Ces accords se décomposent en un traité reconnaissant au Saint-Siège pleine souveraineté sur l'État du Vatican, en renoncement de toute revendication temporelle sur le royaume et sa capitale; la perte du pouvoir temporel est compensée par une convention financière prévoyant le versement par l'État d'une indemnité de 750 millions de lires et de la contre-valeur en rentes à 5 % d'un capital d'un milliard de lires; un concordat règle enfin, conformément à la reconnaissance de la religion catholique comme seule religion d'État, les droits et intérêts du catholicisme italien de la façon la plus avantageuse. Bien accueillis dans l'opinion, les accords du Latran sont un indéniable succès pour Mussolini. La critique des juristes de formation libérale, selon laquelle l'État aurait abdiqué de ses prérogatives au profit de l'Église, pèse peu au regard de l'opinion populaire qui n'en retient que l'idéalisation de Mussolini et la caution pontificale donnée au régime fasciste. La dégradation rapide des relations entre le Saint-Siège et l'État, qui culmine

---

1. La condamnation du communisme est officialisée par l'encyclique *Divini Redemptoris* de 1937.
2. Depuis l'occupation de Rome par l'armée italienne, le pape se considérait comme prisonnier et avait refusé l'application de la loi des garanties (mai 1871), dont les accords du Latran s'inspirent largement.

en 1931 avec la promulgation de l'encyclique *Non abbiamo bisogno* à la suite des attaques contre l'Action catholique et la dissolution des organisations de jeunesse contrôlées par l'Église, n'a pas suffi à ternir cette image. La crise est au reste rapidement dénouée par un compromis.

C'est en effet dans le domaine de la jeunesse que l'emprise de l'État fasciste s'est affirmée d'emblée la plus forte, conférant au régime l'une de ses dimensions les plus totalitaires. En 1928, et à nouveau en 1931, les organisations indépendantes du parti ont été dissoutes. L'organisation officielle Balilla intègre désormais les garçons dans une stricte hiérarchie, avec uniformes, parades et préparation militaire, les filles dans des structures légèrement plus souples. De même, l'enseignement primaire, dispensé à partir de 1931 par des instituteurs et institutrices en uniforme, est renouvelé dans son contenu comme dans ses méthodes, conformément au nouvel adage « croire, obéir, combattre ». L'encadrement des masses, l'enrégimentement des esprits ne s'arrêtent pas là, mais ils prennent dans les autres secteurs de la société italienne une tournure plus superficielle ou résolument conservatrice. Conformément à l'orientation économique libérale qui prévaut jusqu'à la crise de 1929, le corporatisme, fondé par la loi Rocco du 3 avril 1926, reste de pure façade, et l'organisation ouvrière du Dopolavoro, tout en faisant indéniablement œuvre utile, ne contrebalance pas la Charte du travail de 1927 qui, sous couvert de collaboration de classes, affirme explicitement l'utilité du grand capital et le met à l'abri des revendications ouvrières. Le contrôle des esprits demeure très fragmentaire. Confiée à un ministère approprié, la propagande s'en tient à un contrôle strict de la presse et de la radio, à l'organisation de parades et à la diffusion de formules *(Mussolini ha sempre ragione)* qui relèvent plus de l'incantation que des techniques modernes de la manipulation des masses. De même, la culture italienne reste peu pénétrée par le fascisme. Si l'esthétique futuriste de Marinetti s'accorde bien à l'idéologie du régime, le ralliement spectaculaire d'un Pirandello, celui, plus tardif, de Pavese n'ont pratiquement aucune répercussion sur le contenu de leur œuvre. La création d'un Institut national fasciste de culture (1925) et de l'Académie d'Italie (1926) ne suffit pas à ternir la réputation d'organisations plus anciennes, comme la prestigieuse Accademia dei Lincei. Surtout, l'enseignement secondaire et supérieur échappe largement à l'emprise officielle, malgré les efforts du ministre Giovanni Gentile. Certes, le serment de fidélité imposé aux professeurs d'université ne rencontre pratiquement aucune opposition, et les étudiants sont tenus d'adhérer aux Jeunesses universitaires fascistes (GUF). Mais les disciplines traditionnelles et les mécanismes de sélection restent intacts. La fascisation de l'enseignement supérieur s'opère en marge de celui-ci avec l'organisation de cours de philosophie ou d'histoire du fascisme, la création d'une faculté fasciste de science politique à Pérouse, mais sans interférer en profondeur avec lui. Les GUF sont même le creuset d'une fronde étudiante discrète à l'égard du régime, tolérée par Giuseppe Bottai, animateur de la revue *Critica fascista,* qui écarte le dogmatisme et entend défendre la permanence de l'esprit critique.

La crise de 1929, dont on omet trop souvent de relever l'ampleur des répercusssions sur l'économie italienne, va accélérer la mainmise de l'État sur l'appareil productif, mais elle n'introduit dans l'immédiat aucune rupture dans l'orientation politique et sociale du régime. A la veille de la guerre d'Éthiopie, le fascisme italien donne l'image d'un totalitarisme incomplet qui a trouvé son équilibre dans la réalisation d'un « double compromis [1] ». Le premier s'est opéré entre les couches dirigeantes et les masses populaires, dont l'intégration au régime est acquise par un recours modulé à la terreur policière, aux méthodes de propagande et d'embrigadement, ainsi que par diverses compensations sociales ou de prestige. Le second, plus proche de la compromission, compte tenu de l'abandon des postulats révolutionnaires et socialisants du premier fascisme, s'est opéré au sein du bloc dirigeant entre la nouvelle élite fasciste, venue pour l'essentiel de la classe moyenne, et les cadres dirigeants de l'économie, de l'armée, de l'Église et de la culture, qui consentent à la perpétuation du régime au prix de sa stabilisation conservatrice et du maintien de leurs privilèges de classe. De ce double compromis résulte un consensus assez large, le plus vaste en tout cas réalisé depuis le Risorgimento (dont le fascisme, à tort ou à raison,

1. Cf. P. Milza, art. cité, p. 26.

exalte la filiation), et qui va trouver son point culminant avec l'adhésion quasi unanime d'un peuple à la campagne de protestation contre les sanctions votées par la SDN [1].

L'année 1936, par la victoire éthiopienne, l'engagement en Espagne et la conclusion de l'Axe Rome-Berlin, est celle qui place le régime et son chef au zénith. C'est aussi à cette date que Mussolini va imprimer au fascisme une orientation nettement plus totalitaire. Cette radicalisation n'affecte guère les rouages répressifs, qui, parfaitement rodés, ont pratiquement réduit au silence toute opposition intérieure [2]. Elle caractérise principalement le style extérieur du régime, les thèmes de sa propagande, l'enrégimentement des masses et des esprits, et jusqu'à l'imitation servile de certains aspects de la dictature national-socialiste.

La personnalisation outrancière du pouvoir atteint ainsi son paroxysme. Se livrant à une véritable «hystérie exhibitionniste», selon l'expression de l'historien Luigi Salvatorellei, le Duce multiplie les apparitions en public, se compose le masque de la rigueur ascétique ou se fige dans des attitudes belliqueuses et théâtrales. Sa mégalomanie naturelle lui rend insupportable la préséance royale. Devenu «premier maréchal de l'Empire», il se répand en propos peu amènes à l'égard du roi, en diatribes anticléricales et antibourgeoises dont rend compte, à partir de 1939, le Journal de son gendre Ciano [3]. A l'exaltation emphatique de la romanité, encore renforcée par la renaissance de l'*Impero,* la propagande ajoute, en empruntant à l'esthétique futuriste, le culte de la virilité, de l'action, du sport. Sous l'impulsion d'Achille Starace, secrétaire national du parti depuis 1931, s'imposent la généralisation de l'uniforme, des épreuves sportives et des marches athlétiques, la substitution, aux vieilles formules de politesse «bourgeoise», de *tu* et du *voi* considérés comme empreints de camaraderie ou

1. Sur le problème éthiopien, cf. *infra,* t. II, p. 101-105.
2. La répression s'étend, en revanche, à l'étranger, comme en témoigne l'assassinat en France des frères Rosselli, animateurs du mouvement «Justice et Liberté», par des éléments de la Cagoule agissant en liaison avec les services spéciaux italiens.
3. Comte G. Ciano, *Journal politique, 1939-1943,* Genève, Éd. de la Baconnière, 1948, 2 vol. Ce Journal est une source très précieuse pour la connaissance des relations internationales, mais contient aussi des notations pittoresques sur les aspects intérieurs du fascisme.

de déférence virile, la prohibition des termes et des usages étrangers.

De façon moins symbolique, d'autres mesures traduisent le renforcement du totalitarisme. Ainsi, la Chambre des députés, privée depuis longtemps de toute représentativité politique, mais dont l'existence même rappelle trop la démocratie, est remplacée, en 1938, par une Chambre des faisceaux et corporations qui se veut la représentation organique de la population fasciste et travailleuse, et qui substitue la nomination directe aux derniers vestiges d'un recrutement électif. L'encadrement de la population, l'enrégimentement des esprits se font aussi plus stricts à mesure que s'accroissent les effectifs du parti, de la Milice et des organisations de jeunesse, refondues en 1937 dans la Giovinezza italiana del Littorio [1]. La même année, le ministère de la Presse et de la Propagande est remplacé par celui de la Culture populaire (le *Minculpop*), confié à Dino Alfieri, futur ambassadeur à Berlin, puis au fanatique Pavolini. Le Minculpop se voit assigner la tâche de lutter contre le décadentisme et de promouvoir une véritable culture fasciste nationale. Ce qui conduit en fait à un contrôle tatillon sur la presse, l'édition et le cinéma plus qu'à un authentique renouvellement. Cette entreprise de « bonification culturelle » est complétée, en 1937, par une réforme du système scolaire qui, sous l'égide du ministre Bottai, assigne à l'école la tâche de « former la conscience politique des nouvelles générations » et rend obligatoire la fréquentation des organisations de jeunesse.

Le rapprochement avec l'Allemagne nazie, la fascination qu'exerce désormais sur Mussolini la puissance militaire du Reich vont avoir aussi leurs répercussions intérieures. Si l'adoption du salut et du pas « romains », démarqués en fait du salut hitlérien et du pas de l'oie prussien, relèvent du pur et simple mimétisme, la législation raciale édictée à partir de janvier 1938 procède d'une inspiration quelque peu différente. Influencé par les écrits de Julius Evola, le racisme italien se réclame de critères moins anthropologiques que spiritualistes. Il a pourtant comme résultat de désigner les Juifs, ultra-mino-

---

1. A la veille de la guerre, le parti compte 2,5 millions d'adhérents, la Milice 750 000 hommes et la GIL plus de 8 millions de jeunes.

ritaires dans un pays dépourvu de tradition antisémite, à la vindicte publique. Diverses mesures d'exclusion, d'interdiction et même de bannissement sont prises à leur encontre, qui se heurtent, il est vrai, à de multiples exemptions et à une application plutôt débonnaire.

L'interprétation de cette dérive totalitaire reste sujette à discussion. L'hypothèse la plus simple consiste à la réduire à une démarche purement personnelle de Mussolini. Conscient des risques d'embourgeoisement de la dictature, celui-ci aurait mis à profit le succès éthiopien pour radicaliser le régime et imprimer à la société italienne un alignement définitif sur les normes du totalitarisme. Ce faisant, le Duce aurait répudié les accommodements tactiques conclus avec la classe dirigeante traditionnelle pour revenir à la pureté originelle du fascisme. Le terme de ce processus sera la République sociale fasciste, dite république de Salò, qui, entre 1943 et 1945, renouera avec la rhétorique socialisante des premiers Fasci. La concomitance de cette radicalisation avec les initiatives extérieures de Mussolini est pourtant trop évidente pour que ne soient pris en considération ses liens avec les orientations guerrières du régime. L'alignement sur les dictatures révisionnistes [1], le renforcement de l'autarcie, l'exaltation belliqueuse d'une mobilisation potentielle de « huit millions de baïonnettes » passaient inévitablement par une mise en condition et une militarisation accrues du peuple italien. Que le fascisme ait été porteur de guerre ne fait en l'espèce aucun doute. Mais le recours à la guerre est-il le produit « inéluctable » des contradictions internes du fascisme (qui en l'espèce ne sont pas évidentes), de la volonté de puissance des chefs ou de la logique impérialiste du système capitaliste auquel le fascisme s'est si étroitement associé ? C'est l'un des aspects essentiels de l'interprétation du fascisme qui est en cause ici.

Ce regain de totalitarisme ne doit pas, au reste, être surestimé, ni dans l'ampleur du remodelage social et culturel, ni dans l'adhésion des masses au régime. La promotion de nouveaux cadres dirigeants, issus des couches moyennes, n'a pas sérieusement remis en cause la hiérarchie traditionnelle. Que

---

1. Les étapes en sont l'Axe Rome-Berlin (1936), l'adhésion au pacte anti-Komintern (1937), le pacte d'Acier (1939) et le pacte tripartite (1940).

les classes populaires ait été sensibles aux succès et au prestige extérieurs du régime est très probable. Mais il entre beaucoup de formalisme dans leur adhésion au fascisme qui, du clientélisme à la corruption, n'est jamais parvenu à effacer les tares du régime précédent, et dont l'alignement sur l'Allemagne heurte un sentiment élémentaire de dignité. Il suffira des premiers revers infligés aux armées italiennes pour que soient mises à nu la fragilité de la dictature et ses faibles racines dans la population.

Il avait fallu quatre années à Mussolini pour asseoir le régime fasciste. Quelques mois suffiront à Hitler pour procéder à la mise au pas *(Gleichschaltung)* de l'Allemagne.

Le décret du 6 février conférant à Goering les pleins pouvoirs en Prusse, celui du 28 février suspendant les garanties constitutionnelles et la loi des pleins pouvoirs du 30 mars [1] vont donner une base apparemment légale à la liquidation des forces démocratiques et à la mise au pas du peuple allemand. Dans cette démarche, la structure fédérale du Reich et les partis politiques sont les premiers visés. S'agissant de l'autonomie des Länder, une certaine résistance s'esquissa en Bavière dans les milieux monarchistes et conservateurs, dans le Wurtemberg et dans les villes hanséatiques. L'application rigoureuse des nouvelles dispositions, le chantage et l'intimidation en eurent facilement raison. En février 1934 tombe le Reichsrat, dernier vestige du fédéralisme. Sur ses décombres, une hiérarchie de commissaires du Reich, de Statthalter et de Gauleiter relevant exclusivement d'Hitler exprime les vues centralisatrices du régime, la Prusse conservant une autonomie de façade pour complaire à Goering.

La disparition des partis politiques n'est pas moins rapide et, pour certains d'entre eux, peu glorieuse. Le parti communiste a été interdit dès le lendemain des élections de mars 1933, sans que cette interdiction ait soulevé la moindre réaction de Staline. Le 22 juin, c'est au tour de la social-démocratie, qui a fait preuve de courage dans son opposition aux pleins pouvoirs mais qui a aussi sous-estimé la détermination

1. Cf. *supra*, p. 263.

hitlérienne. Au même moment, le parti populiste, le parti d'État (ancien parti démocrate) et le parti national-allemand prononcent leur autodissolution, assortie pour ce dernier de la démission forcée d'Hugenberg du gouvernement et de la mise en tutelle des Casques d'Acier par les SA. Moyennant la signature d'un concordat, le parti du Centre et son *alter ego* bavarois s'y résolvent également. La loi du 14 juillet 1933, interdisant la reconstitution des partis, revient à légaliser le régime du parti unique et prive, de surcroît, le Reichstag de tout pouvoir législatif. Déjà se sont ouverts les premiers camps de concentration que remplissent d'opposants la Gestapo et une magistrature asservie.

Ce processus d'élimination ou d'absorption est identique pour les nombreuses et très vivantes organisations sociales, économiques et culturelles dont pouvait s'enorgueillir la république de Weimar. Ainsi en est-il du syndicalisme ouvrier, en perte de vitesse depuis la crise de 1929, mais fort encore de quelque 6 millions d'adhérents. Dès le 2 mai 1933, les syndicats libres se sont vu substituer l'affiliation obligatoire au Front du Travail dirigé par le Dr. Ley, un soudard ivrogne devenu l'homme de confiance du patronat rhénan. Les organisations paysannes, objet d'une sollicitude particulière, passent sans peine, avec l'impulsion de Walter Darré, sous le contrôle nazi, tout comme les associations représentatives du commerce, des professions libérales ou de l'enseignement. Le patronat conserve l'apparence d'une représentation autonome, monnaie d'échange d'un ralliement que commandent la mise au pas de la classe ouvrière et les avantageuses perspectives du réarmement, et se trouve associé à diverses instances officielles comme le Conseil général de l'économie. Le ralliement des Églises se heurte à peu de résistance. Commandé en pays protestant par la tradition luthérienne, qui exige des fidèles la soumission au pouvoir établi, il est facilité en outre par la signature d'un concordat (22 juillet 1933) négocié par von Papen et Mgr Pacelli, qui accorde au catholicisme allemand facilités et assurances diverses.

La rapidité de la *Gleichschaltung* ne va pas néanmoins sans la sourde opposition du corps des fonctionnaires, dûment épuré certes de ses éléments juifs ou politiquement suspects, mais resté dans l'ensemble attaché à la neutralité politique du service public, et qu'irrite la promotion rapide des vétérans ou carriéristes du parti nazi dans les rouages de l'État. Plus grave est le problème soulevé par l'indépendance croissante des SA et l'ambition personnelle de leur chef Ernst Röhm. Sur le thème de la «deuxième révolution[1]», ils développent une violente critique de l'orientation capitaliste du régime et affirment leur volonté de substituer à la caste réactionnaire des officiers de la Reichswehr une armée populaire dont la SA fournirait l'encadrement. Le recrutement essentiellement populaire et la force impressionnante des SA expliquent respectivement ces tendances socialisantes et les ambitions militaires de leur chef[2]. Dans ce conflit, Hitler aurait volontiers temporisé. Sachant ce qu'il devait aux forces du grand capital et désireux de conserver à tout prix l'appui de la Reichswehr, qui avait, dans l'ensemble, bien accueilli son arrivée au pouvoir, il hésitait également à rompre avec Röhm et répugnait à devenir l'otage des courants conservateurs. La coalition hostile à Röhm, qui regroupe l'appareil du parti (Rudolf Hess), son aile droite (Goering), les sphères dirigeantes de la Reichswehr (von Blomberg) et la SS (Himmler), va avoir raison de ses derniers scrupules. La «Nuit des longs couteaux» du 30 juin 1934 est pourtant plus qu'un règlement de comptes avec la seule SA[3]. Sans doute celle-ci est-elle décapitée par l'exécution de Roehm et de nombreux généraux SA. Par la suite, considérablement épurée et pourvue d'un dirigeant sûr, Victor Lutze, elle est réduite à des tâches subalternes. Mais le coup de force vise aussi la droite avec l'assassinat d'Edgar Yung, secrétaire de von Papen et inspirateur d'un discours frondeur prononcé à Marburg, le 17 juin. Il permet aussi de liquider quelques vieilles rancunes en frappant ceux qui, comme le général von Kahr, le général von Schleicher ou

---

1. La première étant la prise du pouvoir. Or, le 6 juillet 1933, Hitler avait déclaré que «la révolution allemande est achevée».

2. Le nombre des SA serait approximativement passé de 300 000 membres en janvier 1933 à plus de 2 millions en juin 1934. Selon une enquête de l'historien Conan J. Fischer, citée par P. Ayçoberry (*la Question nazie,* Paris, Éd. du Seuil, coll. «Points», 1979, p. 230), la composition sociale des SA serait de 69 % d'ouvriers (parmi lesquels de nombreux chômeurs) et 23 % d'employés, le statut social s'élevant avec la hiérarchie des grades.

3. Cf. C. Bloch, *la Nuit des longs couteaux,* Paris, Julliard, coll. «Archives», 1967.

Gregor Strasser, s'étaient dressés contre l'ascension d'Hitler.

L'abcès a été vidé, avec les félicitations d'Hindenburg, le soulagement de la Reichswehr, l'assentiment de la classe dirigeante. Le coup de force scelle, provisoirement au moins, l'alliance du nazisme et de l'armée, bientôt astreinte au serment de fidélité à Hitler, et celle, plus durable, du nazisme et du grand capital, dont témoigne dans l'immédiat la promotion de Schacht au ministère de l'Économie. Après la mort d'Hindenburg, le 2 août 1934, le cumul de la fonction présidentielle et de la chancellerie donne désormais tout son poids au *Führerprinzip*. La rupture est consommée avec l'ancien ordre constitutionnel au profit d'une nouvelle conception élaborée par les juristes du parti, qui fait du Führer l'émanation plébiscitée de la volonté populaire et de sa décision l'unique source du Droit.

L'application du principe ne souffre pas d'exception, mais l'instauration de l'État totalitaire n'est que progressive, dans la mesure où coexistent pour un temps les cadres de l'ancienne administration et ceux du parti unique. Ce compromis cède le pas à partir de 1936, et plus encore de 1938, à une emprise croissante du parti, notamment dans les secteurs relativement préservés de la diplomatie et de l'armée, au moment où les progrès de l'autarcie et la préparation de la guerre renforcent l'armature étatique de l'économie. Ainsi se trouvent dépossédés, sans être supprimés, les cadres traditionnels de l'administration au profit d'un parti à la fois intégré à l'État et largement autonome par rapport à lui. Compte tenu de l'indifférence portée par Hitler à la gestion des affaires courantes, et malgré les efforts de coordination déployés par le secrétaire à la chancellerie Lammers, l'efficacité administrative n'y gagne rien. La superposition des structures proliférantes du parti à l'administration ordinaire débouche sur une gigantesque construction bureaucratique dont l'unité n'a jamais pu être réalisée, où le formalisme des uns le dispute à l'ignorance des autres, et où sévissent partout chevauchements d'attributions et conflits de compétences. Désigné comme une «polycratie [1]», ce régime, théoriquement le plus centralisé, favorise la

---

1. Selon l'expression heureuse de l'historien M. Broszat, *Der Staat Hitlers*, Munich, 1969.

formation de vastes empires personnels et lucratifs où les dignitaires nazis entretiennent leurs clientèles et agissent pratiquement à leur guise.

La véritable efficacité du régime est ailleurs. Elle réside d'abord dans la création d'un État policier, empiriquement organisé certes [1], mais où la pluralité des services de police, le rôle croissant des SS, les uns et les autres placés à partir de 1936 sous l'autorité d'Himmler, déciment l'opposition et enserrent la population dans un réseau de surveillance constante, dans une atmosphère oppressante de suspicion et de délation généralisées. Dès 1933 se sont ouverts les premiers camps de concentration, administrés par les SS depuis la Nuit des longs couteaux, où l'opposition politique et intellectuelle, les Juifs et autres « asociaux » sont livrés à la brutalité des kapos et au sadisme des tortionnaires [2]. Sous couvert de rééducation par le travail, les SS se constituent un véritable empire industriel dont les dividendes contreviennent singulièrement à l'esprit d'abnégation et de sacrifice dans lequel ils étaient théoriquement éduqués.

L'antisémitisme étant au centre de l'idéologie *völkisch,* la persécution des Juifs est une donnée permanente du régime, même si elle n'a pas pris d'emblée la forme de l'élimination radicale qu'elle revêtira avec la guerre [3]. Une chronologie sommaire fait apparaître trois phases. La première, déclenchée en avril 1933, consiste en une campagne de boycott des magasins juifs orchestrée par le *Stürmer,* organe officiel de l'antisémitisme dirigé par Julius Streicher, assortie d'une épuration de la fonction publique et de l'instauration du *numerus clausus* dans les universités. Une seconde étape est franchie en 1935 avec l'adoption à Nuremberg des lois raciales « sur la protection du sang et de l'honneur allemands », qui instaurent une ségrégation draconienne et multiplient les interdits. Mais la puissance économique de la communauté juive demeure peu entamée, Schacht se montrant désireux de maintenir la cohé-

1. La réorganisation opérée en 1936 distingue la police de protection (ORPO) et la police de sécurité (SIPO), dont dépendent la Gestapo et la police criminelle (Kripo).
2. Cf. J. Billig, *l'Hitlérisme et le Système concentrationnaire,* Paris, PUF, 1967.
3. Cf. L. Poliakov, *Bréviaire de la haine. Le troisième Reich et les Juifs,* Paris, Calmann-Lévy, 1951.

sion du capitalisme allemand. La liquidation des entreprises juives, confiée à Goering, est chose faite en 1938 avec la confiscation des biens et l'aryanisation forcée. Le gigantesque pogrom de la « Nuit de cristal » (9-10 novembre), outre l'incendie de la plupart des synagogues et de nombreuses arrestations, est marqué par la destruction de milliers de magasins juifs et suivi par une amende collective d'un milliard de marks. Face à ces persécutions, les Juifs ont fait preuve d'un esprit d'entraide, mais n'ont pas su présenter un front uni, en raison de leurs clivages politiques, de leur degré variable d'assimilation et de leur inégale adhésion au sionisme. Freinée par l'illusion tenace d'une fin prochaine des persécutions et par l'impossibilité qui leur était faite d'emporter leurs biens, l'émigration juive n'a touché que le quart environ de la communauté, dont 22 % seulement sont partis pour la Palestine [1].

A l'inverse, l'intégration de la société allemande aux normes du totalitarisme nazi est conduite avec des moyens et une inventivité bien supérieurs à l'Italie fasciste. Dans tous les domaines, l'épuration préalable favorise la mise au pas, qu'il s'agisse de l'Université, de la presse, des bibliothèques, du cinéma ou de l'art. Ainsi commence dès 1933 le grand exode de l'élite intellectuelle qui, de Thomas Mann à Bertolt Brecht, de Fritz Lang à Max Reinhart, d'Einstein à Walter Gropius, fuit le déferlement du nihilisme culturel. Départs que ne peuvent compenser les ralliements spectaculaires (Ernst Jünger, Gerhart Hauptmann) ou simplement provisoires (Gottfried Benn, Martin Heidegger). A quelques exceptions près, la culture national-socialiste procède désormais de tâcherons stipendiés [2]. Mais il n'est pas niable que le régime a su mobiliser efficacement les techniques modernes de propagande et récupérer judicieusement une tradition germanique que les audaces de Weimar avaient imprudemment cherché à trop discréditer. En redonnant vie aux vertus collectives, au goût romantique de la nature et du fantastique, le nazisme s'est, en particulier, attaché la jeunesse allemande jusqu'au fanatisme. De même que sa réhabilitation du travail manuel, l'attention portée au

---

1. Précisions données par R. Thalmann, « 20 janvier 1942, le protocole de Wannsee : de l'antisémitisme à la solution finale », in A. Grosser, *Dix Leçons sur le nazisme, op. cit.*
2. Cf. L. Richard, *le Nazisme et la Culture*, Paris, Maspero, 1978.

bien-être des masses — même si cette générosité sociale relève à bien des égards de la mystification — ont donné aux classes laborieuses le sentiment d'une nouvelle dignité. Régime subi et redouté, assurément, le IIIe Reich n'en est pas moins parvenu à forger une communauté impressionnante par sa force et sa cohésion.

## La vague autoritaire de l'entre-deux-guerres en Europe

En contrepoint de la crise de la démocratie, des difficultés de tous ordres léguées par la guerre et ravivées par la crise de 1929, l'Europe connaît entre les deux guerres une vague de régimes autoritaires plus ou moins abusivement assimilés au fascisme [1]. Si leur genèse et leur développement doivent assurément à la faiblesse des traditions libérales et à l'étroitesse des bases sociales propices à l'épanouissement du régime représentatif, ils sont également imputables à une menace bolchevique, plus supposée que réelle dans la plupart des cas, qui sert d'alibi aux classes dirigeantes pour affirmer leur autorité et différer toute réforme sociale d'envergure. En ce sens, cette vague autoritaire se réduit souvent à une pure et simple réaction conservatrice parée de certains attributs du fascisme. Mais l'avènement du régime mussolinien puis du national-socialisme joue également un rôle propagateur. En subventionnant des partis ou mouvements qui professent une idéologie commune [2], ils préparent cet universalisme fasciste dont le terme sera l'Europe hitlérienne et la croisade antibolchevique menée à partir de 1941. Le cas limite de cet appui réside dans l'Espagne franquiste, qui n'aurait très vraisemblablement pu l'emporter sur le camp républicain sans l'aide militaire massive dispensée par l'Italie et l'Allemagne. En encourageant les aspirations révisionnistes des uns, en accré-

1. Cf. « Aspects du fascisme européen », *Revue d'histoire de la Deuxième Guerre mondiale,* n° 66, avr. 1967.
2. L'Italie est ainsi amenée à financer la Heimwehr autrichienne, la Phalange espagnole, le rexisme belge, diverses ligues et le PPF en France ; l'Allemagne dispense son appui au national-socialisme autrichien, ainsi qu'à divers mouvements fascistes d'opposition, comme le Zbor serbe ou la Falanga polonaise.

ditant les craintes de démantèlement des autres, ces deux puissances ont généralisé, d'autre part, une sorte de fascisme d'alignement. La symbiose est rarement complète entre les régimes autoritaires en place et les mouvements qui se réclament ouvertement du fascisme. Et c'est pour mieux lutter contre leur totalitarisme que certains gouvernements conservateurs, en Hongrie ou en Roumanie par exemple, ont accentué leur orientation autoritaire. Mais, en tolérant leur formation, en utilisant au besoin leurs services quitte à entrer en conflit ensuite avec eux, nombre de chefs d'État ont préparé la satellisation de leur pays aux puissances de l'Axe et ont agi en instigateurs involontaires d'un authentique fascisme.

Une typologie sommaire permet de classer ces régimes en trois systèmes relativement cohérents : les dictatures militaires, les dictatures royales et les dictatures civiles. Encore cette présentation n'est-elle pas pleinement satisfaisante. Une dictature militaire comme celle du général Metaxas en Grèce n'a été possible qu'après le coup de force royal qui a restauré la monarchie, en 1935. De même, le horthysme et, plus encore, le franquisme sont des régimes hybrides qui combinent une « régence » de type monarchique, l'appui de l'armée et celui des classes dirigeantes traditionnelles.

Au titre des dictatures militaires, la Pologne du maréchal Pilsudski et la Turquie de Mustapha Kemal, pour ne retenir que les principales, offrent elles-mêmes des visages très dissemblables. La première repose sur l'alliance explicite de la caste des officiers, de la grande propriété foncière et d'une fraction du capitalisme national. Ne visant à aucun renouvellement idéologique ni à aucun remodelage social, elle s'assigne pour objectif majeur le rétablissement de l'ordre politique au terme d'une expérience démocratique agitée. Héros national depuis sa victoire contre l'Armée rouge devant Varsovie, Pilsudski s'est emparé du pouvoir en mai 1926 et gouverne dictatorialement jusqu'à sa mort, en 1935, persécute l'opposition de gauche tout en maintenant une façade pluraliste, et se montre tolérant à l'égard des manifestations traditionnelles de l'antisémitisme polonais. Après lui, une junte militaire, que domine la figure du colonel Beck, gouverne selon une orientation identique.

La Turquie kémaliste est plus originale. Elle procède assu-

rément des ambitions de son chef, mais aussi d'un vaste
mouvement d'indignation nationale contre le gouvernement
du sultan, discrédité par sa collusion avec l'Angleterre et la
signature du traité de Sèvres (août 1920), puis incapable d'opposer une résistance à l'invasion grecque en Asie Mineure.
Après les congrès d'Erzurum et de Sivas, une Assemblée
nationale réunie à Ankara, en avril 1920, a désigné Mustapha Kemal comme président. Une fois acquises la déposition
du sultan et la victoire sur l'armée grecque, la constitution de
1924 prononce l'abolition du califat, alors que le traité de
Lausanne (juillet 1923) a procédé à une révision avantageuse
des frontières turques. Secondé par son fidèle Ismet Inönü,
Mustapha Kemal va présider pendant quinze ans aux destinées
de la Turquie. Son régime dictatorial n'est pas sans parenté
avec le fascisme : régime de parti unique [1] qui réduit l'Assemblée d'Ankara au rôle de chambre d'enregistrement, régime
policier qui traque durement l'opposition de gauche, la réaction religieuse et les divers séparatismes, qui n'hésite pas à
recourir aux moyens expéditifs et au culte de la personnalité.
Mais la dictature kémaliste a réalisé une œuvre considérable
de modernisation, d'occidentalisation et de scolarisation, et
opéré, malgré la faiblesse de ses moyens, un profond remodelage de la société turque. Sorte de despotisme éclairé, le
kémalisme a fait passer la Turquie d'une théocratie féodale à
une république laïque.

   La Hongrie, la Roumanie, la Yougoslavie et la Bulgarie
appartiennent au groupe des dictatures royales. Dans des pays
où l'existence d'une Constitution ne signifie nullement l'acceptation des règles de la démocratie parlementaire, le jeu
personnel des souverains, leur attachement à un ordre aristo-
cratique, les craintes qu'inspirent les appétits annexionnistes
de trop puissants voisins vont favoriser cette orientation autoritaire, que peuvent justifier aussi, en Yougoslavie par exemple, les menaces séparatistes qui pèsent sur le royaume. Mais,
en s'appuyant sur les éléments les plus conservateurs de la
société, ces régimes vont se voir contestés sur leur droite par
des mouvements fascistes, qui expriment le malaise de la

---

1. Il s'agit du parti républicain du peuple. Un parti libéral fut momentanément autorisé en 1930.

## Les dictatures européennes de l'entre-deux-guerres

| Pays | Dictateurs | Dates | Parti unique ou dominant | Parti ou mouvement fasciste d'opposition |
|------|-----------|-------|--------------------------|------------------------------------------|
| *Europe méridionale* | | | | |
| Portugal | Oliveira Salazar | 1928-1968 | Union nationale | |
| Espagne | Gal Primo de Rivera | 1923-1930 | Union patriotique | |
| | Gal Franco | 1936/ 1939-1975 | Phalange | |
| Grèce | Gal Metaxas | 1936-1941 | | |
| Turquie | Mustapha Kemal | 1923-1938 | Parti républicain du peuple | |
| *Europe centrale et balkanique* | | | | |
| Pologne | Mal Pilsudski | 1926-1935 | Bloc national | Jeune Pologne |
| | Col. Beck | 1935-1939 | Camp de l'Unité nationale | Falanga |

| | | | | |
|---|---|---|---|---|
| Hongrie | Amiral Horthy | 1920-1944 | | Croix fléchées (Ferenc Szalasi) |
| Autriche | E. Dollfuss | 1932-1934 | Heimwehr (jusqu'en 1936) | Parti national-socialiste (Seyss-Inquart) |
| | K. von Schuschnigg | 1934-1938 | | |
| Slovaquie | Mgr Tiso | 1938/ 1939-1945 | Parti populaire slovaque | Parti national-socialiste (Bala Tuka) |
| Yougoslavie | Alexandre Ier | 1929-1934 | | Oustacha (Ante Pavelic) en Croatie |
| | Milan Stojadinovic | 1935-1939 | Parti yougoslave national | Zbor (Dimitri Ljotic) en Serbie |
| Bulgarie | Boris III | 1934-1943 | | |
| Roumanie | Carol II | 1930-1940 | Front de la Renaissance nationale | Garde de Fer (Corneliu Codreanu) jusqu'en 1938 |
| | Gal Antonescu | 1940-1944 | | |
| *Europe du Nord* | | | | |
| Lituanie | A. Woldemaras | 1926-1929 | | |
| Lettonie | K. Ulmanis | 1934-1940 | | Croix de tonnerre (Gustav Zelmin) |

classe moyenne et de la paysannerie face aux retombées souvent dramatiques de la crise économique, et, dans le cas yougoslave, une réaction contre le centralisme autoritaire de la classe dirigeante serbe. Ainsi en est-il de la Garde de Fer du capitaine Codreanu, que le roi Carol a longtemps utilisée avant de la réduire, en 1938, et de l'Oustacha croate d'Ante Pavelic, qui a fomenté l'assassinat du roi Alexandre, en octobre 1934. En Hongrie, après le long gouvernement modéré du comte Bethlen, l'amiral Horthy favorisa l'orientation fascisante et antisémite du gouvernement Gombös (1932-1936). Mais le parti fasciste des Croix fléchées, fondé en 1937 par Ferenc Szalasi, est demeuré dans l'opposition jusqu'à la déposition du régent, en 1944.

Si l'on excepte le cas très marginal de la petite Slovaquie, les dictatures civiles-conservatrices sont essentiellement représentées par l'Autriche et le Portugal. Tête hypertrophiée accolée à un corps chétif, selon l'expression consacrée, la République autrichienne, confrontée au lendemain de la guerre à d'inextricables difficultés, n'a connu qu'une brève expérience démocratique, dirigée par les sociaux-démocrates de Karl Renner. Dès 1922, Mgr Seipel, appuyé sur le très conservateur parti chrétien-social, a repris en main le pays, non sans efficacité, mais selon une orientation nettement autoritaire. L'expérience la plus originale est pourtant celle d'Engelbert Dollfuss, chancelier de 1932 à 1934. Pénétré de la mission civilisatrice de l'Autriche, il combat l'idéologie national-socialiste, en progrès depuis l'avènement d'Hitler, et, fort de l'appui italien, se pose en défenseur intransigeant de l'indépendance. Mais, catholique avant tout, il méprise le régime parlementaire qu'il suspend en 1933, et, s'appuyant sur la Heimwehr du prince de Stahremberg, liquide avec brutalité les socialistes viennois en février 1934. Quelques mois plus tard, il promulgue une nouvelle Constitution qui, s'inspirant du christianisme social de l'encyclique *Quadragesimo Anno* (1931), tente d'établir en Autriche un État autoritaire, corporatif et catholique. Après son assassinat, le 25 juillet 1934, son successeur Kurt von Schuschnigg, non moins catholique et secrètement monarchiste, gouverne selon la même orientation autoritaire et cléricale. Conscient de la menace hitlérienne, il sacrifie, en 1936, la Heimwehr et pense amadouer Hitler en faisant entrer dans son gouvernement des personnalités favorables à l'Allemagne. Une tentative *in extremis* de rapprochement avec les socialistes ne peut empêcher la réalisation de l'Anschluss, le 13 mars 1938 [1].

Au Portugal, qui vit depuis la guerre dans une instabilité permanente, le général Carmona a fait appel, en 1928, à Oliveira Salazar, professeur d'économie à l'université de Coimbra, comme ministre des Finances. Après une stabilisation monétaire réussie, celui-ci impose progressivement, comme président du Conseil en 1932 et ministre de la Défense en 1936, une dictature qui doit réaliser l'*Estado Novo*. Catholique austère et intègre, répugnant au culte de la personnalité et à l'enrégimentement des masses, Salazar est influencé par le traditionalisme de Maurras plus que par le fascisme mussolinien. Adversaire du libéralisme, hostile à l'industrialisation, il professe le respect de la morale chrétienne et des vertus familiales. S'appuyant sur le clergé et les notables de la grande propriété foncière, son régime se réclame d'un corporatisme qui laisse en fait intacts les privilèges de la classe dirigeante. Dictature paternaliste, policière et obscurantiste, le salazarisme a bénéficié, outre une longévité exceptionnelle, d'un vif engouement dans les milieux de la droite catholique et particulièrement française.

Terre traditionnelle des *pronunciamientos,* l'Espagne a connu d'abord la dictature militaire du général Miguel Primo de Rivera. En prenant le pouvoir en 1923, avec le soutien d'Alphonse XIII, celui-ci entendait mettre fin à une longue période d'instabilité sociale et politique, et réparer le désastre marocain d'Anoual [2]. Son régime est une authentique dictature, marquée par la suspension de la Constitution, le renvoi des Cortès et la suppression des partis politiques, mais assez débonnaire [3] et, pour tout dire, relativement populaire. Servi par l'excellente conjoncture économique des années vingt, Primo de Rivera s'emploie à moderniser le pays par un vaste

1. Sur les aspects internationaux de la question autrichienne, cf. *infra,* t. II, p. 114-117.

2. Il s'agit de la défaite infligée par Abd el-Krim aux troupes espagnoles, en août 1921, et qui ouvre la guerre du Rif.

3. Fait exceptionnel, la dictature de Primo de Rivera ne fut marquée par aucune exécution politique.

programme de travaux publics qui lui vaut le soutien de certains socialistes, comme Largo Caballero. Mais, trop sûr de lui, il s'aliéna progressivement les nationalistes catalans, les intellectuels (exil d'Unamuno) et les capitalistes étrangers, rebutés par l'intervention de l'État. La crise mondiale précipite sa chute et le roi lui retire son soutien en janvier 1930. Le général Berenguer lui succède, mais le réveil de la vie politique débouche sur le pacte antimonarchiste de Saint-Sébastien et sur la victoire des forces républicaines aux élections municipales d'avril 1931. Alphonse XIII se résigne à l'exil, mais la République, fondée sur une coalition de partis très divisés, survient au plus fort de la dépression économique. Ses deux premières années, avec le gouvernement Azaña, sont pourtant marquées par un élan réformateur qu'illustrent une œuvre scolaire d'envergure, la reconnaissance de l'autonomie catalane, l'amorce d'une réforme agraire et le vote d'une législation sociale. Mais la persistance des troubles — anarchistes avec l'insurrection andalouse de Casas Viejas, militaires avec les conspirations du général Sanjurjo — favorise la montée d'une droite extrémiste, légaliste avec Gil Robles, délibérément fasciste avec José Antonio Primo de Rivera, fondateur de la Phalange en 1933. Les élections de novembre 1933 sont un succès pour la droite, qui, à travers les ministères Lerroux et Samper, sabote la réforme agraire, mate la généralité catalane de Companys (octobre 1934) et écrase dans le sang la révolte ouvrière des Asturies.

Contre toute attente, la coalition de gauche, regroupée dans le bloc « antifasciste » du Frente Popular, l'emporte aux élections de février 1936 [1]. Manuel Azaña devient président de la République et confie la direction du gouvernement à Casares Quiroga. Mais celui-ci est rapidement dépassé par la violence des troubles religieux et sociaux auxquels répondent, dans la meilleure tradition des *pistoleros* du XIXe siècle, les représailles des formations fascistes. Dans ce climat tendu, une nouvelle conspiration militaire n'a rien pour surprendre, bien

1. Réunissant 278 sièges aux Cortès, la coalition de Front populaire regroupe le parti socialiste, la Gauche républicaine d'Azaña, l'Union républicaine de Martinez Barrio, l'Esquerra catalane, le parti communiste et des divers gauches. Comme en France, les élections de 1936 sont marquées par une progression de la droite et un net recul des formations centristes.

que Quiroga se porte garant du loyalisme de l'armée. L'assassinat du leader monarchiste Clavo Sotelo précipite le soulèvement, qui éclate au Maroc le 17 juillet pour s'étendre à l'Espagne dans les jours suivants. Réussite technique, dans la mesure où il prive la République de la quasi-totalité de ses cadres militaires, celui-ci est un échec politique dans la mesure où la population, hâtivement armée, résiste avec succès dans les centres vitaux du pays. Une guerre civile inexpiable va déchirer l'Espagne jusqu'à la victoire du camp nationaliste, acquise en janvier-mars 1939 avec la chute de Barcelone et de Madrid [1].

Galicien ambitieux, patient et dissimulé, le général Franco s'est rapidement imposé à la tête du soulèvement militaire. Servi par la disparition prématurée des chefs de l'extrême droite (Calvo Sotelo et José Antonio) et celle des généraux Sanjurjo, Goded et Mola, Franco est désigné par la junte militaire comme généralissime en octobre 1936, Caudillo et chef de l'État en août 1937. En s'identifiant à son chef, le camp nationaliste est devenu celui du franquisme. La teneur idéologique en est mince. Discours et écrits du *generalesimo* ne sont qu'un alignement de lieux communs et de slogans centrés, pour l'essentiel, sur la catholicité de l'Espagne et la perversion du communisme. La Phalange aurait pu fournir un support idéologique de type fasciste si Franco, après avoir pris la précaution de s'en déclarer le chef, ne lui avait adjoint le mouvement traditionaliste des *requetès* navarrais et n'avait expurgé de son programme les aspects contestataires de l'ordre social. Le franquisme est donc avant tout une pratique. S'appuyant sur les castes dirigeantes, le régime consolide les structures sociales un moment menacées par le réformisme républicain, néglige délibérément le problème agraire, verrouille les revendications autonomistes et officialise la charité comme remède à la misère populaire *(Auxilio social)*. A la différence du fascisme, il n'assigne pas de place privilégiée à la classe moyenne dans les rouages étatiques et ne recherche pas l'intégration des masses. Politiquement, le gouvernement associe phalangistes, monarchistes, catholiques conservateurs, militaires et hommes d'affaires, toutes tendances que

---

1. Sur les implications internationales de la guerre d'Espagne, cf. *infra*, t. II, p. 107-114.

Franco, jouant des uns contre les autres, équilibre et neutralise par un art consommé de la manœuvre. Véritable monarque sans le titre, il instaure une dictature tout à la fois personnelle, militaire et cléricale, mais dénuée de véritable totalitarisme, et qui, comme telle, s'apparente plus à une restauration réactionnaire qu'au fascisme.

## Hors d'Europe

La vague autoritaire de l'entre-deux-guerres ne se limite pas à l'Europe. L'Amérique latine et l'Extrême-Orient offrent des exemples à la fois analogues et spécifiques d'une crise d'adaptation de la démocratie et de sa substitution par des régimes qu'influencent à la fois des traditions locales d'autoritarisme et l'imitation plus ou moins avouée des modèles fascistes européens.

La contradiction politique majeure des pays de l'Amérique latine repose sur l'impossible insertion des règles de la démocratie représentative dans des structures sociales de type néocolonial. L'adhésion de principe aux idées libérales et jeffersoniennes, fidèlement transcrites dans toutes les constitutions, ne signifie rien tant se sont généralisés, depuis l'indépendance, le caciquisme [1] et le caudillisme. Le premier traduit la confiscation de la vie politique par les grands propriétaires fonciers et l'aristocratie urbaine des *portenos,* à travers une pluralité de partis dont l'appellation, libérale ou conservatrice, ne fait que masquer des oppositions de familles et de clientèles. Le second désigne l'exercice dictatorial du pouvoir par quelque notable ou aventurier assuré du soutien de tout ou partie d'une armée encore mal intégrée à la nation. Dans ce schéma, les années vingt et trente apportent des modifications substantielles. Le développement industriel, une certaine diversification de la vie économique et sociale ont fait naître un prolétariat ouvrier et une classe moyenne urbaine qui ne se reconnaissent pas dans les partis traditionnels, au moment où l'effondrement des cours consécutif à la crise des années trente

1. Aux *caciques* de l'Amérique espagnole correspondent les *coroneis,* grands notables du Brésil rural qui font et défont les présidents depuis l'avènement de la république, en 1891.

amorce le déclin de la grande propriété latifundiaire [1]. Mais ce bouleversement du paysage social débouche rarement sur une démocratisation réelle de la vie politique. Mal dégagée du paternalisme rural, la classe ouvrière est à la recherche de nouveaux protecteurs, que lui fourniront des organisations syndicales étroitement soudées au pouvoir. Celui-ci se fait assurément plus populiste, dans son discours et parfois dans sa pratique, mais l'instabilité même qui résulte de la différenciation accrue des tendances politiques accrédite la nécessité d'un pouvoir fort placé au-dessus des affrontements de partis.

C'est au Brésil que ce type d'évolution est le plus net. L'avènement, par un coup d'État, de Getulio Vargas, en 1930, marque la revanche des forces urbaines face aux planteurs et le triomphe progressif d'un État autoritaire auquel la Constitution de 1937 donne le nom d'*Estado Novo*. La suspension des libertés démocratiques, la mise hors la loi du parti communiste, mais aussi du parti intégraliste de type fasciste, font du gétulisme une authentique dictature qui emprunte au fascisme une partie de sa philosophie politique. Supprimant les élections qui fondent la domination des *coroneis,* il entend assurer par le corporatisme la complémentarité des forces productives. Pour être moins théorisée, l'évolution autoritaire du Mexique et de l'Argentine est comparable. Le régime autocratique des épigones de la révolution mexicaine de 1911 se poursuit avec les présidents Obregon, assassiné en 1928, et Calles, qui officialisent le parti révolutionnaire institutionnel. Calles doit céder la place, en 1934, à l'étonnante dictature du général Cardenas, épris de réformisme agraire et social, qui ose défier la puissance américaine en procédant à la nationalisation du pétrole, en 1938. Mais le vocabulaire révolutionnaire de ces présidences masque mal la généralisation de l'arbitraire, de l'arrivisme et de la corruption. Encore le régime mexicain se montre-t-il délibérément hostile aux dictatures européennes, et par là accueillant aux réfugiés républicains espagnols. Tel n'est pas le cas de la République argentine, où le coup d'État du général Uriburu (1930) a mis un terme à une première expérience radicale décevante et a rendu le pouvoir à la droite

---

1. La naissance du parti radical argentin et l'élection de son candidat Hipolito Irigoyen, en 1916, illustrent parfaitement cette mutation.

conservatrice. Répression policière et fraude électorale réduisent à une caricature le régime représentatif, dans un pays où
l'importance du peuplement espagnol et italien favorise plus
qu'ailleurs les sympathies ouvertement fascistes. Le coup
d'État militaire de juin 1943 traduit l'emprise croissante de
l'armée sur la vie politique et ouvre la voie à la dictature
péroniste.

Les deux grandes puissances de l'Extrême-Orient offrent
une orientation similaire vers la réaction autoritaire et militariste, à cette différence majeure qu'elle s'effectue en Chine
contre les progrès du communisme, au Japon contre ceux de
l'occidentalisme libéral.

L'évolution sociopolitique de la Chine depuis la fin du
XIXᵉ siècle semblait pourtant laisser des chances à un épanouissement du libéralisme politique. Consécutive à la naissance d'une économie moderne, l'émergence d'une intelligentsia et d'une bourgeoisie occidentalisées a eu pour corol-
laire une volonté de réformes qui s'est exprimée, par exemple,
à travers le mouvement de 1898 (les Cent Jours de Kang). Dès
1894, Sun Yat-sen, un médecin pénétré de l'admiration de
l'Occident, a fondé une «Société pour la renaissance de la
Chine», qui, élargie en 1905 en une Ligue d'alliance, a
formulé les trois principes du peuple : indépendance nationale,
souveraineté populaire et bien-être du peuple (en fait, réforme
agraire). Après divers soulèvements infructueux, la révolution
de mai 1911 est un succès grâce au ralliement de la gentry et
des marchands que les tardives réformes du gouvernement
mandchou n'avaient pas suffi à apaiser. Un gouvernement
républicain est établi à Nankin, qui élit Sun Yat-sen comme
président, mais celui-ci doit rapidement s'effacer devant l'ambitieux maréchal Yuan Shikai, soutenu par les conservateurs.
Dès 1913, l'expérience démocratique tourne court quand le
Guomindang de Sun Yat-sen, vainqueur des élections, est
dissous et ses chefs contraints à l'exil. Yuan Shikai n'a contribué à renverser la dynastie mandchoue que pour mieux consolider l'ancien régime politique et social, avec le soutien affirmé des grandes puissances qui peuvent continuer d'exploiter en toute quiétude les richesses chinoises au mieux de leurs
intérêts. Sa mort, en 1916, laisse une Chine en pleine anarchie, où la faiblesse du gouvernement de Pékin, accaparé par

des cliques politico-militaires divisées et corrompues, le dispute aux exactions de toutes sortes commises dans les provinces par les seigneurs de la guerre.

Des indices de renouveau sont néanmoins perceptibles. Le grand mouvement national du 4 mai 1919 exprime à la fois une protestation contre les décisions avilissantes de la Conférence de la paix et une volonté de rénovation politique, sociale et culturelle dans l'intelligentsia et les couches populaires urbaines. Les provinces du Sud, traditionnellement rebelles à l'emprise du gouvernement central, manifestent à plusieurs reprises des tendances sécessionnistes. Par trois fois, en 1917, 1920 et 1923, Sun Yat-sen a repris le pouvoir à Canton et tenté d'ériger un gouvernement républicain et démocratique. Mais, lassé de ses infructueuses tractations avec les politiciens et militaires du Sud, déçu par l'Occident qui s'obstine à soutenir les gouvernements fantoches de Pékin, il se tourne vers les communistes [1] qui ressentent au même moment, après l'échec de leur mouvement revendicatif et syndical, en 1923, le besoin de sortir de leur isolement. L'accord intervenu en janvier 1924 conserve leur autonomie aux deux partis, le Guomindang acceptant officiellement de soutenir les revendications ouvrières et paysannes. Le rapprochement avec l'URSS permet, d'autre part, la réorganisation de l'Académie militaire de Canton grâce à la mission Galen-Blücher, Tchiang Kai-chek en prenant la direction après un séjour en Russie où il a pu étudier le fonctionnement de l'Armée rouge.

La mort de Sun Yat-sen (mars 1925) laisse une œuvre inachevée, mais ne rompt pas dans l'immédiat l'orientation libérale du Guomindang et son alliance avec les communistes. L'action réformatrice du gouvernement de Canton suscite dans le pays une large adhésion dont témoigne le « mouvement du 30 mai » (1925), d'inspiration populaire et nationale. Ce succès encourage la reconquête de la vallée du Yangzi par les armées du Guomindang, mais celle-ci doit beaucoup à la guerre révolutionnaire des organisations ouvrières et paysannes contrôlées par le parti communiste. De plus, les revendications paysannes dans les régions libérées inquiètent l'aile conservatrice du Guomindang, dont Tchiang a pris ouverte-

1. Sur la naissance et les débuts du communisme chinois, cf. *infra*, p. 346-356.

ment la tête depuis qu'il a éliminé Wang Tsing-wei, partisan de l'alliance avec les communistes [1]. La rupture avec ces derniers intervient en 1927, l'année même où, par son mariage avec Mayling Soong, Tchiang Kai-chek se lie avec le grand capitalisme financier. Son gouvernement, installé à Nankin, renforce rapidement son autorité grâce à l'écrasement ou au ralliement de la plupart des seigneurs de la guerre. Même si de nombreuses zones échappent encore à son contrôle [2], Tchiang apparaît comme l'homme fort d'une Chine unifiée, et peut s'appuyer sur une puissante armée de plus de 2 millions d'hommes désormais encadrée par des instructeurs allemands. L'essor économique, la stabilisation financière, le retour à la souveraineté douanière lui valent un certain prestige, au moins dans l'intelligentsia et la bourgeoisie, car la misère des masses reste inchangée. Une constitution provisoire est adoptée en 1931, mais, supprimant le principe électif, elle légalise la dictature du Guomindang dominé par une oligarchie de politiciens, de militaires et de financiers à qui Tchiang impose sa loi. Le régime traque impitoyablement communistes et libéraux, et même les étudiants nationaux qui réclameront un coup d'arrêt à l'expansion japonaise en Chine du Nord.

Cette dictature s'est également dotée d'une idéologie. Dès 1928, le confucianisme, jusqu'alors honni par le Guomindang, a été réhabilité. Créé en 1927, officialisé en 1934, le « Mouvement de la nouvelle vie » entend opposer au communisme une doctrine nationale fondée sur la pratique quotidienne des vertus plus ou moins tirées de la morale confucéenne [3]. Mais la greffe est superficielle, et Tchiang Kai-chek professe aussi quelque admiration pour les dictatures européennes, laisse se développer autour de sa personne le culte du *Gemo* (généralissime) et tente même un embrigadement de la jeunesse (essai des « chemises bleues »). Dictature

1. Celui-ci forme à Wuhan un éphémère gouvernement réunissant la gauche du Guomindang et les communistes (avril-juillet 1927). Par la suite, Wang Jingwei deviendra l'homme lige des Japonais, qui l'établiront, en 1937, comme chef d'un gouvernement fantoche à Nankin.

2. Outre les zones rurales contrôlées par le PCC, il s'agit de la Mandchourie, tardivement ralliée et détachée dès 1931, du Sinjiang, du Yunnan, du Quangxi...

3. Les thèmes principaux en sont : une conduite « humaine », la justice, l'intégrité et l'honneur.

conservatrice plus que fascisme, compte tenu de l'étroitesse de ses bases sociales et de ses faibles racines populaires, le régime n'est pas profondément modifié par les prolongements de l'incident de Xi'an (décembre 1936), qui contraint Tchiang Kai-chek à faire alliance avec les communistes pour réaliser un front commun contre les Japonais. L'alliance étant devenue effective en septembre 1937, après l'attaque japonaise, le Guomindang s'engage dans la voie d'une certaine démocratisation politique, dont témoigne la formation de la Ligue démocratique, en 1941. Mais le gouvernement, réfugié à Chongquinq, discrédité par la corruption et par son attentisme face aux Japonais, n'est jamais parvenu à retrouver l'audience populaire du Guomindang à ses débuts.

Ni l'adoption d'une Constitution en 1889, ni l'inflexion du Meiji dans un sens progressivement parlementaire ne permettent, au début du XX$^e$ siècle, de ranger le Japon parmi les démocraties libérales. En raison d'un suffrage étroitement censitaire et d'un exercice très limité des libertés individuelles, mais surtout parce que la réalité du pouvoir s'y est d'emblée concentrée entre les mains d'une minorité (vétérans du Meiji réunis au sein du Conseil privé — les *genro* —, politiciens liés aux grandes firmes, bureaucratie civile et militaire) qui gouverne autoritairement le pays. Les divergences d'intérêts y prennent rarement une forme conflictuelle mais plutôt celle d'un équilibre mouvant, et elles n'affectent pas les parties prenantes sur les orientations essentielles : la croissance capitaliste, le conservatisme social, la puissance militaire aux fins d'expansion et la fidélité aux valeurs traditionnelles.

Dans cet édifice éminemment oligarchique, la « crise de Taisho [1] », en 1912-1913, avait semblé ouvrir une brèche. En mobilisant l'opinion et les partis en faveur du respect des règles constitutionnelles, la crise a sonné le glas de l'influence occulte des genro et accentué l'orientation parlementaire du

---

1. Du nom donné au règne du nouvel empereur Yoshi Hito, qui succède, en 1912, à Mutsu Hito, qualifié à sa mort d'empereur Meiji. En fait, l'incapacité intellectuelle du nouveau souverain apparut d'emblée et il fut suppléé par son fils Hiro Hito, régent en 1921 et empereur en 1926. La crise de Taisho résulte d'une intrusion et d'une obstruction politiques de l'armée. Elle a déclenché un vaste mouvement d'opinion pour la primauté du pouvoir civil et le respect des règles parlementaires.

régime japonais. Depuis la guerre, les gouvernements sont fondés sur une majorité, et l'abaissement régulier du cens électoral [1] conduit logiquement à l'adoption du suffrage universel, en 1925. Mais, derrière cette façade parlementaire et libérale, la vie politique ne s'est pas réellement démocratisée. Les partis gouvernementaux ne sont que des factions qui ne représentent en rien un courant d'opinion profond, mais une coalition d'intérêts privés. Même s'il entre quelque schématisme dans cette assimilation, nul n'ignore que le Seiyukai (parti conservateur) dépend des largesses de la maison Mitsui, et que le Minseito (libéral) est une émanation de Mitsubishi. Les partis de gauche auraient pu davantage exprimer un courant populaire, mais ils sont victimes de divergences chroniques [2] et d'une répression quasi permanente. Les mœurs politiques restent profondément malsaines. Outre le truquage fréquent des résultats électoraux, la corruption des hommes politiques est notoire et la violence, endémique. Les débats à la Chambre sont d'une brutalité inouïe, encouragée par la libre consommation du saké dans l'hémicycle, et l'assassinat politique reste une solution commode aux rivalités de clans ou de personnes (Hara en 1921, Hamagushi en 1930, Inukai en 1932). La répression policière contre les partis de gauche, les syndicats et les milieux universitaires est sans cesse aggravée par de nouvelles lois de sûreté (1925, 1929). Dans l'opinion, le discrédit du régime est à peu près total. Les élites intellectuelles, qui constituent la catégorie la plus ouverte aux aspirations libérales, le savent corrompu et répressif ; les masses rurales, et même urbaines dans une large mesure, mal dégagées de l'emprise des gros notables ou d'un patronat autoritaire, méprisent un système qui leur échappe et qui contredit les valeurs essentielles diffusées par la famille, l'école, la caserne. Du bas en haut de l'échelle sociale, prévaut le vieil idéal confucéen d'obéissance à une harmonie sociale qui ne doit rien

1. Fixé à 15 yens en 1889 (soit 1 % de la population), le cens a été abaissé à 10 yens en 1900 et à 3 yens en 1919.
2. Outre le parti communiste japonais, fondé en 1921 et repris en main par le Komintern en 1926, on ne compte pas moins de trois partis socialistes rivaux. Aux élections de 1928, les premières au suffrage universel, les quatre partis autorisés usèrent l'essentiel de leur énergie à s'invectiver mutuellement. Au total, 8 candidats de gauche parvinrent à être élus, 18 en 1936.

à l'individualisme occidental et au pluralisme des opinions.

Cette large réprobation, qui englobe la démocratie parlementaire dans celle, plus générale, de l'occidentalisme corrupteur, va faire la fortune de la réaction militariste qui caractérise le Japon des années trente. Précédée d'une réputation d'invincibilité, largement autonome par rapport au pouvoir politique mais associée à toutes les grandes réalisations de l'ère Meiji, l'armée est jugée plus honnête et plus proche du peuple que les industriels et les hommes politiques, livrés à la satisfaction de leurs intérêts égoïstes [1]. Issus de plus en plus des milieux ruraux, ses cadres sont élevés dans le mépris des valeurs occidentales, soumis à un endoctrinement nationaliste et traditionaliste qui fait d'eux les détenteurs privilégiés de cette *Kokutai* où s'associent «les éléments spécifiques qui confèrent au Japon son originalité irréductible et le prédisposent à un destin singulier [2]». Isolée du monde extérieur, l'armée constitue bien une caste, mais son idéologie est à l'unisson des conceptions élémentaires diffuses dans les catégories sociales les plus diverses et, en particulier, dans la paysannerie. Encore majoritaire dans le pays, celle-ci est un véritable conservatoire d'attitudes traditionnelles. L'école et la caserne ont conforté sa pente naturelle à l'obéissance et lui ont inculqué le respect des vertus militaires, souvent prolongé par l'adhésion à quelque association de réservistes. L'affreuse misère du monde rural, consécutive à la crise de 1929, ajoute au discrédit du régime parlementaire et renforce le lien qui l'unit à l'armée. Mais bien d'autres milieux sont également réceptifs : les éléments conservateurs de la bourgeoisie urbaine, certains intellectuels, les anciens combattants. Même le prolétariat ouvrier, dont la conscience de classe demeure embryonnaire, ne fera pas obstacle aux entreprises du militarisme. La prolifération des associations patriotiques et des sociétés secrètes, dont certaines sont acquises à l'action directe, traduit l'ampleur de ce courant qui associe étroitement militarisme, nationalisme et impérialisme [3].

1. Cf. J. Mutel, «L'armée japonaise», *l'Histoire,* n° 28, nov. 1980.
2. E. O. Reischauer, *Histoire du Japon et des Japonais,* Paris, Éd. du Seuil, coll. «Points», 1973, t. II, p. 156.
3. Cf. J. Lequiller, *le Japon au XXᵉ siècle,* Paris, Sirey, 1966. L'auteur estime à environ 750 les sociétés de ce genre en 1936 (p. 288-296).

La démission de Tanaka (juillet 1929) ouvre une longue période d'instabilité et de violence dans le contexte aggravant de la récession économique. La responsabilité en revient à un groupe de militaires extrémistes sourdement hostiles au légalisme de l'État-Major. Après deux tentatives infructueuses de coup d'État, en mars et en octobre 1931, le Premier ministre Inukai, l'habile dirigeant du Seiyukai, tombe en 1932 sous les coups d'officiers fanatiques. L'assassinat est officiellement désavoué, mais, mettant à profit l'étonnante complaisance de l'opinion, toujours prête à excuser les pires excès par la pureté de l'intention *(makoto),* l'armée accroît son emprise sur le gouvernement. De fait, les cabinets des amiraux Saito et Okada (1932-1936) ne comptent qu'une minorité de civils. L'homme fort du gouvernement est alors le général Araki, l'idole des jeunes officiers nationalistes, qui fait doubler en quatre ans le budget de la Guerre et peuple de militaires les principaux postes de l'administration. Avec la tentative de putsch du 26 février 1936, qui se solde par le massacre d'hommes politiques et de généraux légalistes parfois très proches du trône, le scénario est identique à celui de 1932, encore que d'une tout autre ampleur. L'insurrection est bien brisée, et les élections de 1936 et de 1937 voient même une légère progression des partis de gauche. Mais l'armée n'en est pas moins devenue maîtresse du pouvoir. Avec une certaine modération durant les ministères du souple prince Konoe (1937-1941), avec la brutalité la plus belliciste quand le général Tojo lui succède, en octobre 1941.

La nature totalitaire de ce militarisme ne fait aucun doute. Idéologiquement, il nie la pluralité des choix, assigne à la société japonaise son intégration dans un système de valeurs et de comportements préétablis. Dans la pratique, la mise en place des structures appropriées n'est que progressive, pour devenir efficiente vers 1940 : régime du syndicat et du parti uniques, relais institutionnalisés entre le pouvoir et les masses, encadrement des populations rurales. Mais il convient de rester prudent sur le caractère fasciste de cette dictature [1]. Du fascisme, elle en retient les techniques classiquement asso-

---

1. Cf. T. Furuya, « Sur le fascisme japonais », *Revue d'histoire de la Deuxième Guerre mondiale,* avr. 1972.

ciées d'une répression impitoyable et d'une propagande lancinante, un nationalisme expansionniste fondé sur la revendication de l'espace vital, les appels à la discipline, au sacrifice aveugle et à l'héroïsme. L'admiration que porte à l'Allemagne hitlérienne une fraction de l'État-Major conduit au rapprochement avec celle-ci, qu'illustrent le pacte anti-Komintern (1936) et le pacte tripartite (1940)[1]. Cette identification doit pourtant être fortement nuancée. Le militarisme japonais s'est en effet imposé graduellement, sans remise en cause du cadre institutionnel existant. Il n'a rencontré dans sa progression qu'une faible opposition, et a trouvé des soutiens, dans le syndicalisme ouvrier par exemple, tout à fait inimaginables en Europe. Ce militarisme n'a débouché d'autre part sur aucune personnalisation du pouvoir, il n'a pas donné naissance à un parti unique maître de l'appareil de l'État[2], il n'a tenté de façonner aucune élite indépendante des cadres dirigeants traditionnels. Au reste, les fractions se réclamant du fascisme étaient très divisées, et la plupart des officiers nationalistes invoquaient la tradition et la fidélité à l'empereur plutôt que le fascisme, perçu comme un produit de l'Occident.

## Dimensions et interprétations du fascisme

La complexité du fascisme éclate à tous les niveaux. Le problème de ses origines n'est pas le moins controversé. On en a longtemps fait un produit des chocs consécutifs de la guerre et de l'après-guerre[3]. Mais on peut légitimement en lire les prémices dans les bouleversements sociaux et la crise des représentations idéologiques antérieurs au premier conflit mondial. L'accélération de la révolution industrielle à la fin du siècle s'est accompagnée d'un déracinement accru de nou-

1. Cette alliance avec le Japon obligea les doctrinaires du racisme hitlérien à d'étonnantes révisions, jusqu'à officialiser la thèse selon laquelle les Nordiques comptaient parmi les ancêtres des Japonais.
2. En 1940, les différents partis fusionnèrent en une « Association nationale pour le service du trône », dirigée par le prince Konoe, mais son activité fut à peu près nulle.
3. Telle est par exemple la position d'A. Tasca, in *Naissance du fascisme*, Paris, Gallimard, 1967.

velles catégories urbaines et du développement d'une classe moyenne, au demeurant composite [1], mal intégrée dans les structures traditionnelles. Parallèlement s'est affirmée la crise du rationalisme positiviste, ainsi qu'une réhabilitation de l'irrationnel, des forces de l'instinct, voire un certain mysticisme. En termes politiques, le socialisme révolutionnaire, plus ou moins teinté d'anarchisme, et le nationalisme, autoritaire et antiparlementaire, ont été les traductions concurrentes de cette révolte contre l'ordre bourgeois légué par le libéralisme du XIXᵉ siècle. L'étape de la guerre est assurément décisive, qui signe la faillite des valeurs humanistes, radicalise la coupure entre les oligarchies dirigeantes et les masses tout en opérant un brassage des catégories sociales qui met à mal les anciennes hiérarchies. La crise de l'après-guerre accélère ensuite le processus de décomposition sociale et idéologique de la démocratie libérale par la conjugaison de deux données essentielles : l'inflation, qui renforce la prolétarisation de la classe moyenne amorcée par la guerre, et la menace bolchevique, qui conduit les classes dirigeantes à miser sur le fascisme comme force de substitution à l'État libéral défaillant. La crise économique de 1929, en ravivant les plaies mal pansées de l'après-guerre et en suscitant par le chômage de nouvelles catégories de déclassés, a politiquement des incidences identiques. Dans les pays vainqueurs, qui trouvent précisément dans la victoire une justification de leurs institutions démocratiques, ces crises sont plus ou moins aisément surmontées. A l'inverse, le fascisme est une réponse à la frustration nationale résultant d'une défaite (Allemagne), d'une victoire incomplète (Italie), voire d'une situation d'assujettissement au sein d'un État multinational (Croatie, Slovaquie).

Appréhendé dans ses termes idéologiques, le fascisme s'élabore autour d'une dialectique du refus et de l'adhésion, sans que les composantes de cette alternative offrent beaucoup d'originalité ni de nouveauté. Le rejet fondamental est celui des valeurs individualistes de la société libérale et de ses corollaires politiques : la démocratie pluraliste et le régime

---

1. Celle-ci juxtapose en effet une couche technicienne relativement indifférente au jeu politique, et une masse de petits propriétaires, commerçants, entrepreneurs individuels menacés de marginalisation par les progrès de la concentration capitaliste. Le fascisme excellera à jouer de l'une et de l'autre.

parlementaire. Il se double d'un refus aussi déterminé du socialisme marxiste, négateur de l'unité profonde du corps social et de l'identité nationale. *A contrario,* le fascisme affirme la primauté du groupe sur l'individu, sacralise la Nation, en appelle à l'instauration d'un État fort et à la réalisation d'un nouvel ordre social intégrant organiquement l'individu à la communauté. Il professe également une éthique qui oppose au décadentisme et à l'intellectualisme des sociétés bourgeoises une apologie de l'action, de l'héroïsme, de la violence guerrière et de la jeunesse. Le culte du Chef, à la fois incarnation de la Nation et guide de son destin, est une théorisation généralement plus tardive, destinée à légitimer la dictature.

Tel est le profil moyen d'une idéologie qui recèle, en fait, une grande diversité. Chronologiquement, il est classique d'opposer plusieurs stades d'élaboration. Le premier fascisme se veut révolutionnaire. Entre le conservatisme et le marxisme, il tente de définir une voie à la fois anticapitaliste et nationale. Comme tel, il recrute prioritairement parmi les anciens combattants et les petits-bourgeois déclassés. Telle est bien l'orientation des premiers Fasci créés en mars 1919 par Mussolini, dont le nom même évoque les ligues d'ouvriers agricoles du Mezzogiorno, et qui se présentent aux élections de novembre avec un programme anarchiste et anticlérical. C'est aussi celle du programme du NSDAP, rédigé en 1920 par Gottfried Feder, qui réclame la suppression de l'intérêt, la nationalisation des trusts et une réforme agraire. Mais dans la perspective de la conquête du pouvoir, ces choix contestataires sont rapidement gommés : dès 1920 en Italie, quand le squadrisme se mue en défenseur de l'ordre social et de la propriété menacés, dès avant le putsch de Munich et plus nettement en 1928 dans le cas du nazisme, où Hitler traite avec désinvolture les thèmes anticapitalistes du parti. L'alliance du fascisme et de la classe dirigeante est désormais scellée, même si des arrière-pensées demeurent de part et d'autre et si, une fois parvenu au pouvoir, le fascisme continue de recourir à un certain verbalisme révolutionnaire. On a pu distinguer enfin un troisième fascisme, sorte de retour aux sources consécutif à la défaite des puissances de l'Axe. Explicite dans l'anticapitalisme de la République sociale fasciste (manifeste de Vérone de novembre 1943), il est également perceptible dans les diatribes anticonservatrices du national-socialisme agonisant.

La spécificité des traditions nationales, la diversité des influences subies, la variété des contextes dans lesquels elle s'est élaborée impriment par ailleurs à l'idéologie fasciste ses caractères différenciés de pays à pays. Le fascisme italien sert de référence, par son antériorité et l'exemplarité de ses thèmes. Mais cette convergence ne saurait masquer d'importantes variantes qui tiennent, par exemple, à l'intégration ou au rejet du fait religieux, à la vocation au repliement ou à l'expansion, ou au degré de contestation de l'ordre social. Pour se rejoindre sur bien des points, fascisme et nazisme divergent sur l'essentiel. Le fascisme italien centre sa doctrine sur une sacralisation de l'État, réalité antérieure à la Nation, seul capable de promouvoir l'épanouissement de l'individu dans l'être collectif et la grandeur nationale. Cette statolâtrie n'est pas absente du nazisme, mais elle sert de support à une idéologie fondamentalement raciste, qui réduit l'État à un rôle d'instrument d'unification de la communauté raciale *(Volk)* et de son expansion.

Dans ses modes de fonctionnement, le fascisme est un totalitarisme plus ou moins complètement réalisé, selon le degré d'autonomie laissé à l'État, aux forces productives et à l'individu par rapport aux rouages de la dictature. Politiquement, ce totalitarisme s'incarne dans l'autorité absolue du chef et dans un parti unique fortement structuré, et repose sur la mise en œuvre des techniques complémentaires de la répression policière et de la propagande. Dans le cadre des structures capitalistes existantes, mais progressivement insérées dans une armature étatique, il tente de réaliser par la voie corporatiste l'unicité du corps social. En ce sens, le fascisme se différencie des dictatures conservatrices par la promotion sociale qu'il assigne à la classe moyenne dans l'appareil dictatorial, et par sa tentative d'intégration des masses, sans que les privilèges de la classe dirigeante soient au reste sérieusement entamés. Même inachèvement et mêmes contradictions dans le domaine culturel [1], où le fascisme combine épuration et promotion. Mais si la première, par l'exode volontaire ou

1. Cf. L. Richard, *le Nazisme et la Culture, op. cit.* Intéressants développements in *Éléments pour une analyse du fascisme* (Séminaire de M. A. Macciocchi), Paris, « 10-18 », 1976, 2 vol.

forcé des élites, atteint son but et au-delà même des vœux des dirigeants, la seconde se réduit pour l'essentiel à une profusion de sous-produits de la culture traditionnelle (histoire nationale, folklores, comédie sentimentale) et aux témoignages grandiloquents de la « virilité » fasciste.

Même si, à gauche comme à droite, il a été trop souvent perçu comme un phénomène transitoire, appelé à une désagrégation rapide du fait de son anormalité même, le fascisme a donné lieu d'emblée à des interprétations contradictoires. En un demi-siècle, et surtout depuis les deux dernières décennies, celles-ci n'ont cessé de s'étoffer, à la lumière des progrès concomitants de la recherche historique et des sciences humaines, qui ont élargi le champ des hypothèses et apporté des éclairages nouveaux. Véritable « inflation historiographique [1] » qu'il ne saurait être question d'énumérer ici. Tout au plus se bornera-t-on à rendre compte, à la lumière des synthèses récentes [2], des principaux axes d'interprétation.

Un premier type d'explication consiste à réduire le fascisme à une sorte de maladie morale de l'Europe, à une réaction momentanée contre la diffusion des idéaux démocratiques au lendemain de la Première Guerre mondiale [3]. Déviation aberrante de l'évolution historique, il n'est qu'une parenthèse liée à des circonstances fortuites, comme il a pu s'en produire à d'autres époques, et comme tel appelé à disparaître avec elles. Cette interprétation libérale, inscrite dans une perception progressiste de l'histoire, semble aujourd'hui un peu courte à un double titre : en ignorant les antécédents historiques du fascisme, et en refusant toute considération aux rapports de classes dans sa genèse. A l'inverse, l'interprétation historiciste

---

1. P. Ayçoberry, *la Question nazie,* Paris, Éd. du Seuil, coll. « Points », 1979.
2. En particulier P. Milza et M. Benteli, *la Liberté en question. Le fascisme au XXᵉ siècle,* Paris, Éd. Richelieu, 1973 ; R. De Felice, *Comprendre le fascisme,* Paris, Seghers, 1975 ; et P. Ayçoberry, *op. cit.*
3. Telle est l'interprétation du philosophe italien Benedetto Croce. En Allemagne, les historiens F. Meinecke, *Die deutsche Katastrophe,* 1946, et plus récemment G. Ritter, *Die Dämonie der Macht,* 1948, mettent l'accent sur la crise des valeurs morales, mais refusent la thèse trop commode de la parenthèse.

ou culturaliste voit dans le fascisme le produit logique, sinon
inévitable, du développement historique de certains pays et
puise son explication dans leurs spécificités nationales. Ainsi,
le fascisme italien serait la résultante d'une exaspération des
idéaux nationaux du Risorgimento et d'une tradition dictato-
riale dans un pays trop immature et insubordonné pour exercer
lui-même ses responsabilités civiques [1]. De même, une filiation a pu être établie entre le nazisme et la double tradition
luthérienne et prussienne. La première en opposant la sphère
de liberté, celle de la conscience individuelle, à la soumission
absolue au pouvoir politique; la seconde en léguant à l'Allemagne son orientation autoritaire, militariste et pangerma-
niste. Selon l'historien Edmond Vermeil [2], qui sur un plan
strictement conjoncturel désigne par ailleurs les responsabilités directes des classes dirigeantes, la force du nazisme (« ro-
mantisme organisé ») résiderait dans l'unification des deux
tendances profondes de la nation allemande approximativement échelonnées du nord au sud : le rationalisme unificateur
et le particularisme romantique. Pendant la guerre, le sociolo-
gue américain Talcott Parsons [3] a énuméré les caractères spécifiques de l'Allemagne (féodalisme, bureaucratie, formalisme des relations familiales et sociales, etc.) et a vu dans la
crise (« anomie ») de ces valeurs, particulièrement sensible
dans la petite bourgeoisie, la jeunesse, les femmes et les
intellectuels, la source du radicalisme nazi. A contre-courant
de la thèse de la « parenthèse », l'interprétation historiciste
prend le risque de l'ultra-déterminisme. Elle ne doit pas faire
perdre de vue que, s'il s'enracine dans l'histoire, le fascisme
fut à la fois une solution évitable et un phénomène daté.

La démarche marxiste réfute l'aberration historique du fascisme comme son assimilation aux traditions culturelles. Par-
tant du principe qu'il n'est de fait politique explicable que par
les structures économiques et les rapports sociaux qui l'engen-

---

1. Selon l'historien D. Mack Smith, *Italy, A Modern History,* 1959, la
dictature mussolinienne serait l'héritière de la dictature parlementaire exercée
successivement par Cavour, Crispi, Giolitti.
2. E. Vermeil, *Doctrinaires de la révolution allemande, 1918-1938,* et
*l'Allemagne, Essai d'explication,* 1939.
3. T. Parsons, « Some Sociological Aspects of the Fascists Movements »,
in *Essays in Sociological Theory,* 1942.

drent, le fascisme est analysé comme produit normal des contradictions du capitalisme développé et forme d'organisation de la réaction bourgeoise contre le prolétariat. Telle est, dans son schématisme, la conclusion de la IIIe Internationale, qui, après une certaine liberté d'analyse, se fige en 1928 dans l'assimilation simpliste du fascisme à la « dictature terroriste du grand capital » servi par la trahison du « social-fascisme » des partis socialistes et syndicats réformistes. Ce discours gauchiste, allié à une vision bien optimiste des perspectives ouvertes, en Allemagne en particulier, par l'avènement du fascisme, cède le pas, en 1935, à une analyse plus modérée où le fascisme est ramené à des dimensions plus modestes : le recours « des éléments les plus réactionnaires et les plus impérialistes du capitalisme financier », justifiant ainsi la stratégie des fronts unis. Dans la lignée de cette parfaite orthodoxie, la contribution de Charles Bettelheim [1] est importante, ne serait-ce que par l'ampleur de son information statistique et par la mise en lumière de la croissance des profits industriels durant l'ère nazie. Pour le reste, le national-socialisme y est entendu comme *la* solution à la crise structurelle du capitalisme allemand (due notamment à l'étroitesse du marché intérieur), qui trouve en Hitler l'homme de sa régénérescence grâce à la conquête de débouchés « provisoires » (grands travaux, réarmement), puis « définitifs » (expansion, guerre).

C'est contre ce dogmatisme que se sont élevés très tôt militants antifascistes et théoriciens marxistes. L'apport trotskiste n'est pas en l'espèce très original. Trotski reste fermement convaincu que le fascisme est le produit de la décadence du capitalisme et de la volonté d'écrasement de la classe ouvrière. Il l'insère, au surplus, dans une typologie schématique qui assimile la démocratie bourgeoise à l'essor du capitalisme, le bonapartisme à sa crise et le fascisme à sa dégénérescence [2]. Au mieux il met l'accent sur le « matériel humain » qu'apporte la petite bourgeoisie, tout à la fois victime et bourreau, à cette forme de la réaction bourgeoise. L'analyse gramscienne est plus audacieuse, qui soutient l'idée que le

---

1. Ch. Bettelheim, *l'Économie allemande sous le nazisme. Un aspect de la décadence du capitalisme,* 1946 ; rééd. Paris, Maspero, 1971.
2. Cf. J. Baechler, *Politique de Trotski,* Paris, Colin, coll. « U », 1968, p. 38-39.

fascisme italien réalise une stabilisation du capitalisme résultant de l'alliance des industriels du Nord et de la propriété latifundiaire. Celle-ci n'exclut pas une autonomie partielle, dans la mesure où Gramsci voit dans le fascisme l'incarnation politique ultime de la petite bourgeoisie parasitaire [1]. Sur la nature des liens entre le fascisme et le capital, bien d'autres questions ont été utilement posées. Le fascisme est-il le signe du déclin ou du renforcement du capitalisme (Angelo Tasca [2])? Pourquoi ne s'est-il pas instauré dans les pays où le capitalisme est à la fois le plus avancé et le plus frappé par la crise (August Thalheimer [3])? N'y a-t-il pas autonomie relative de l'État fasciste par rapport à la classe dominante, voire tensions et conflits d'attribution (Otto Bauer [4])? Ou n'y a-t-il pas plutôt diversité d'intérêts et pluralité des choix au sein même du capitalisme industriel (Daniel Guérin [5])? C'est sur cette originalité du régime fasciste comme forme renouvelée de la domination capitaliste qu'a voulu s'interroger plus récemment Nicos Poulantzas [6]. Après une attaque en règle contre les positions de l'Internationale (catastrophisme, économisme linéaire…), cet adversaire de toute conception fataliste de l'histoire et des sociétés, sensible à l'évolution des rapports de force et aux glissements idéologiques, met l'accent sur la «crise de représentation» (système, partis, idéologie) des fractions dominantes qui a permis au fascisme de rétablir leur hégémonie tout en gommant leurs contradictions. Évolution facilitée, selon l'auteur, par des tendances anarchisantes dans le prolétariat, que la propagande ouvriériste du nazisme a su habilement exploiter.

Dans le champ très vaste et sans cesse renouvelé des inter-

1. Cf. M. A. Macciocchi, «Gramsci et la question du fascisme», in *Éléments pour une analyse du fascisme, op. cit.,* p. 21-60.

2. A. Tasca, *op. cit.*

3. A. Thalheimer (membre fondateur du parti communiste allemand, expulsé en 1929), *Ueber den Faschismus,* 1930.

4. O. Bauer (dirigeant socialiste autrichien), *Der Faschismus,* 1936.

5. D. Guérin, *Fascisme et Grand Capital,* 1936; rééd. Paris, Maspero, 1965. L'auteur met en avant la fameuse distinction entre le secteur des industries lourdes, qui lance le nazisme à la conquête du pouvoir, et celui des industries légères, qui continue de miser sur les partis libéraux.

6. N. Poulantzas, *Fascisme et Dictature. La III* Internationale face au fascisme,* Paris, Maspero, 1970.

prétations de type sociologique, il ne peut être fait mention que de quelques contributions essentielles. Les observations classiques, sinon banales, d'Ortega y Gasset [1] sur la massification des sociétés européennes, l'atomisation du corps social (l'«homme-masse»), l'irruption des masses irrationnelles non intégrées à l'ordre social ont inspiré les thèses d'Hannah Arendt [2] sur la genèse du totalitarisme. Résultant d'un même processus de désagrégation et de nivellement des sociétés, fascisme et communisme procèdent d'un recrutement comparable, érigent un système institutionnel et des méthodes de gouvernement identiques, et font preuve d'une même agressivité impérialiste qui vise moins à l'expansion pour elle-même qu'à l'autolégitimation de la démence («sur-sens») totalitaire. Très en vogue à l'époque de la guerre froide et remis au goût du jour avec le discrédit du modèle soviétique, cet amalgame, qui se soucie peu des déterminants historiques et sociaux propres à chacun des deux systèmes, a reçu divers prolongements théoriques [3]. Sur un autre terrain, l'opposition entre un fort indice de marginalité des dirigeants et l'extrême banalité de l'électorat a été mise en valeur par les travaux de Daniel Lerner et de Seymour Martin Lipset, ce dernier assimilant le nazisme à un «extrémisme du centre» en raison de l'importance et de la stabilité de sa clientèle petite- et moyenne bourgeoise [4]. De la marginalité à la pathologie, le pas a été franchi par l'explication psychique ou psychosociologique, qui, réduite au «cas Hitler [5]» ou étendue aux masses, voit dans le fascisme une réaction sado-masochiste à l'aliénation

1. Ortega y Gasset, *la Rebellion de las Masas,* 1930; trad. fr. *la Révolte des masses,* Paris, Stock, 1937.
2. H. Arendt, *The Origins of Totalitarianism,* 1951; 3e partie in *le Système totalitaire,* Paris, Éd. du Seuil, 1972. Il est à noter que l'un des pères de la théorie du totalitarisme est le conservateur allemand Hermann Rauschning (*la Révolution du nihilisme,* 1937), qui voit dans le nazisme une entreprise démoniaque de bolchevisation de l'Allemagne.
3. En particulier de type fonctionnaliste : Carl J. Friedrich, *Totalitarianism,* 1954, et Z. Brzezinski, *Totalitarism and Rationality,* 1956.
4. Par opposition à l'«extrémisme de droite» des fascismes dominés par la classe dirigeante et à l'«extrémisme de gauche» de ceux à forte clientèle ouvrière (péronisme).
5. Les biographies d'Hitler les plus éclairantes sont celles d'A. Bullock, *Hitler ou les Mécanismes de la tyrannie,* Verviers, Marabout-Université, 1962, 2 vol., et de J. Fest, *Hitler,* Paris, Gallimard, 1973, 2 vol.

de la société moderne et à la répression sexuelle autoritaire
(Wilhelm Reich [1]), ou une recherche d'apparentage dans une
société où les lois du marché ont relâché et dépersonnalisé les
relations familiales et sociales (Erich Fromm [2]).

1. W. Reich, *la Psychologie de masse du fascisme,* Paris, Payot, 1972.
2. E. Fromm, *la Peur de la liberté,* Paris, Buchet-Chastel, 1963.

# 3

# *Les débuts du communisme*

Comme la Révolution française, la révolution russe n'a pas seulement bouleversé les structures d'un pays, elle a eu aussi un retentissement mondial. Mise momentanément au ban des nations civilisées, la Russie n'en est pas moins devenue un pôle de rayonnement, ou de répulsion, créateur de nouvelles tensions sociales et politiques. Dès avant la création de la IIIᵉ Internationale, des mouvements révolutionnaires plus ou moins explicitement tournés vers le modèle soviétique ont éclaté en Allemagne, en Hongrie, en Italie. L'organisation du Komintern et les vingt et une conditions d'adhésion consomment la rupture des révolutionnaires et des réformistes, conduisant à la formation de partis communistes qui adoptent, non sans dissensions internes, les structures du parti soviétique et les mots d'ordre de l'Internationale.

La pénétration du communisme est inégale, tout comme est irrégulière la progression de son audience. En retracer les péripéties excède les limites de cet ouvrage [1]. Mention a été faite plus haut des évolutions majeures des partis français, allemand et italien [2], de même que sera abordé ultérieurement le rôle du marxisme dans la remise en cause de la domination coloniale [3]. N'ont été retenus ici que les communismes soviétique et chinois dont l'histoire finit, ou finira, par se confondre avec celle des deux pays concernés.

---

1. Une étude exhaustive a été conduite par J. Droz *et al.*, *Histoire générale du socialisme,* Paris, PUF, 1977, t. III, *1918-1945.*
2. Cf. *supra*, chap. 1.
3. Cf. *infra*, t. II, p. 41-46.

## Le communisme soviétique

### *Du communisme de guerre à la NEP.*

Au lendemain de la prise du pouvoir par les bolcheviks [1], le gouvernement des commissaires du peuple, formé le 26 octobre 1917, s'est trouvé confronté à un double problème : la survie de la révolution et l'unité territoriale de la nouvelle république. D'emblée, pourtant, des gages de bonne volonté avaient été donnés. Le décret sur la paix invitait les belligérants à conclure rapidement une paix juste et démocratique. Celui sur la terre, d'inspiration plus socialiste-révolutionnaire que bolchevique, mettait fin à la propriété non paysanne et confiait la gestion des terres aux soviets locaux. Le décret sur les nationalités [2] du 2 novembre 1917 posait le principe d'une république fédérale où les peuples coexisteraient dans l'égalité, avec reconnaissance du droit à l'autodétermination et à la sécession. La convocation d'une Assemblée constituante revenait, malgré les réticences avouées de Lénine, à soumettre la prise du pouvoir à la sanction du suffrage universel. Enfin, après d'âpres débats internes [3], la paix est signée le 3 mars 1918 à Brest-Litovsk, au prix d'énormes pertes territoriales. Toutes ces mesures, en particulier les décrets sur la terre et la paix, n'étaient que la concrétisation des thèmes agités par le parti bolchevik depuis les *Thèses d'avril,* qui lui avaient valu, à la différence des autres forces de gauche, une audience croissante dans les soviets. En ce sens, elles répondaient aux aspirations profondes de la population.

L'euphorie va être de courte durée. Les amputations consi-

---

1. Sur l'année 1917, cf. *supra,* p. 47-50.
2. En fait, Déclaration des droits des peuples de Russie.
3. Le conflit s'est circonscrit pour l'essentiel à une opposition entre Lénine, soucieux avant tout de sauver la révolution par une paix immédiate, et Boukharine, représentant alors la gauche du parti, qui refusait de faire le jeu de l'impérialisme allemand par des concessions telles qu'elles revenaient à sacrifier toute perspective de révolution mondiale. Entre les deux, Trotski adoptait une position temporisatrice, mais son abstention au Comité central permit à Lénine d'obtenir une courte majorité. La signature du traité conduisit à la démission des trois commissaires du peuple SR de gauche qui étaient entrés au gouvernement en janvier.

dérables consenties à Brest-Litovsk, en particulier la riche Ukraine, et la sécession des territoires du Don, consécutive à la révolte des cosaques du général Kaledine, privent le pays des sources essentielles de son ravitaillement. Le repli de la paysannerie, satisfaite de la réforme agraire mais peu soucieuse de commercialiser ses produits contre une monnaie dépréciée, la paralysie du réseau ferroviaire et le pillage des convois créent, dès le printemps 1918, une situation tragique de pénurie alimentaire dans les villes. Exaspérées, les populations se retournent contre le pouvoir bolchevik, comme elles l'avaient fait en leur temps contre le tsarisme puis contre le gouvernement provisoire, pour accorder aux KD, aux mencheviks et surtout aux SR un regain d'audience. Ces derniers, qui ont recueilli 58 % des suffrages à l'Assemblée constituante, jouissent, en effet, du soutien de la paysannerie. Entrés en contact avec les cosaques révoltés, ils installent un gouvernement à Samara, tentent en juillet un putsch à Moscou [1], et n'hésitent pas à recourir à la vieille arme du terrorisme individuel [2].

Parallèlement, la contre-révolution armée s'organise à la mi-mars, soutenue à partir de novembre par l'intervention étrangère [3]. Les armées blanches, qui atteindront jusqu'à 500 000 hommes, ceinturent un territoire bolchevik réduit en gros à l'ancienne province de Moscovie et à la vallée de la Volga. Au nord, l'armée du général Miller bénéficie du soutien des Franco-Britanniques débarqués à Arkhangelsk ; au nord-ouest, l'armée de Youdénitch, grossie de volontaires Lituaniens, menace Petrograd. A l'est, les armées de l'amiral Koltchak opèrent en Sibérie occidentale, mais sans se confondre avec les 35 000 soldats de la légion tchécoslovaque, qui finissent par se retourner contre lui après avoir soustrait Tcheliabinsk et Omsk aux bolcheviks. Le front sud est à la fois le

---

1. Devenue capitale en mars 1918.
2. Assassinat d'Ouritski, dirigeant de la Tchéka de Petrograd, et attentat de Fanny Kaplan contre Lénine, l'un et l'autre en août 1918.
3. L'intervention alliée est en fait légèrement antérieure aux armistices de novembre 1918, et dictée par des raisons prioritairement militaires que commandait l'exigence du maintien d'un front oriental. Ce n'est qu'une fois la guerre gagnée que l'intervention prend l'allure d'une croisade antibolchevique, avec ses caractères de lutte des classes à l'échelle internationale.

plus dangereux et le plus confus. Les généraux Krasnov et Dénikine, puis le baron de Wrangel, reçoivent le soutien des contingents alliés débarqués à Odessa et à Sébastopol, mais doivent compter avec l'autonomisme ukrainien de Petlioura et les bandes anarchistes de Makhno. Pour les bolcheviks, le danger culmine durant l'été 1919, avec les attaques de Denikine sur le front Kiev-Tsaritsyne et l'offensive de Youdenitch sur Petrograd. De plus, l'éclatement territorial va de pair avec la guerre civile. Finlandais, Baltes et Polonais ont pris d'emblée leur liberté, avec, pour ces derniers, des tendances expansionnistes qui se traduisent par une offensive sur Kiev, au printemps 1920. En Ukraine, le séparatisme s'est manifesté dès novembre 1917 quand la Rada a proclamé une République indépendante. Point de départ d'une situation très instable qui va faire de l'Ukraine l'enjeu des convoitises concurrentes des armées rouge et blanche, du nationalisme conservateur et antisémite de Petlioura et des anarchistes du batko Nestor Makhno. L'agitation des peuples du Caucase a conduit, d'autre part, à la formation d'un gouvernement autonome de Géorgie, élargi en 1918 à l'Azerbaïdjan et à l'Arménie. Ce gouvernement de la Transcaucasie, animé par les mencheviks Jordania, Tséretelli et Tcheidzé, est reconnu et soutenu par les Britanniques, tout comme l'émirat indépendant de Boukhara.

Dans cet état d'anarchie, la nécessité de sauver la révolution impose un pouvoir fort. Durant trois années règne le communisme de guerre. Ce régime mérite mal son nom, car les mesures prises ne préparent en rien une société communiste au sens marxiste du terme. Il s'agit avant tout de la dictature du parti bolchevik et de la réhabilitation des rouages étatiques qui lui sont étroitement subordonnés, au premier rang desquels la police et l'armée.

Compris comme l'expression organisée de la fraction la plus consciente du prolétariat, le parti doit s'affirmer contre les forces adverses (les oppositions de droite et de gauche) et concurrentes (les soviets). Il doit procéder aussi à sa propre reconstruction en vue de le faire passer d'un parti de révolutionnaires professionnels au rang de force gestionnaire des fonctions que la société civile ne remplit plus [1]. Dès janvier

1. Cf., sur ce point, les développement remarquables de Martin Malia, in *Pour comprendre la révolution russe, op. cit.,* p. 151-153.

1918, l'Assemblée constituante, où les bolcheviks n'avaient recueilli que le quart des sièges, est congédiée le lendemain même de son unique réunion, qui avait vu l'élection à sa présidence du SR Tchernov et l'annulation des décrets d'octobre. Par ce geste, il est clair que la révolution bolchevique ne sera pas à l'image d'une quelconque république bourgeoise. Les heurts fréquents entre les soviets, de plus en plus gagnés aux thèmes mencheviks ou socialistes-révolutionnaires, et les instances du parti tournent à l'avantage de ce dernier. La Constitution d'octobre 1918 procède à une diminution de la compétence des soviets et les insère dans une structure centralisatrice qui les réduira progressivement, au besoin par la force, à n'être plus qu'un simple relais entre les instances dirigeantes du parti et la société dont ils sont censés exprimer les aspirations. Le VIII<sup>e</sup> Congrès du parti bolchevik, devenu parti communiste, s'attaque enfin, en mars 1919, à sa reconstruction. Celui-ci est doté d'une organisation centralisée (Comité central et Bureau politique [1]), d'un appareil efficace (Secrétariat et Orgburo) et de fonds importants. Un contrôle plus sévère des adhésions ramène ses effectifs de 250 000 à 150 000 membres après élimination des éléments carriéristes, mais une campagne d'adhésion le fait remonter l'année suivante à plus de 600 000 membres, lui conférant ainsi son caractère durable de parti de masse.

La réhabilitation de l'État et de ses pouvoirs coercitifs va de pair avec celle du parti. Sur les tâches de l'État après la conquête du pouvoir, les conceptions léninistes étaient demeurées longtemps ambiguës. Écrit durant l'exil en Finlande de 1917, *l'État et la Révolution* autorisait une double lecture. Très vite, cependant, Lénine va s'opposer à Boukharine et aux thuriféraires du dépérissement, pour affirmer la nécessité d'un État fort, capable de répondre aux exigences économiques et à la menace contre-révolutionnaire. D'où le renforcement des pouvoirs du Sovnarkom [2], la création d'instances étatiques, comme le Conseil supérieur économique, qui dépossède les soviets de leurs attributions, et la reconstitution d'une admi-

---

1. Véritable exécutif du parti, le Bureau politique est composé de 5 membres, qui seront portés à 7 en 1922 et à 9 en 1925.
2. Il s'agit du Conseil des commissaires du peuple faisant office de gouvernement.

nistration centralisée, un Commissariat à l'inspection ouvrière et paysanne, le fameux Rabkrin, devant en principe combattre les excès du bureaucratisme. L'organisation d'une puissante police politique illustre mieux encore cette démarche. Créée le 7 décembre 1917, la Tchéka a été confiée à Félix Dzerjinski, un bolchevik d'origine polonaise intègre et tout dévoué au parti. Sa naissance est suivie de peu par l'adoption d'une législation répressive concernant par exemple les «crimes de presse», le rétablissement de la peine de mort quelques mois après que le II⁰ Congrès des soviets l'a abolie, et l'officialisation des camps de détention par le décret du 5 septembre 1918. Opérant essentiellement dans les villes et à proximité des fronts, la Tchéka est devenue rapidement une administration pléthorique [1], recourant à la terreur physique au-dessus de toute légalité et selon des formes relevant, à bien des égards, du pur et simple banditisme. De cette vague répressive, les principales victimes sont les spéculateurs (ou décrétés tels) et les réfractaires aux réquisitions agricoles, et, d'autre part, les sympathisants de la contre-révolution, qui représentent, en fait, toutes les affiliations politiques possibles depuis la réaction blanche jusqu'à l'extrême gauche SR ou anarchiste. Il convient de noter toutefois que si les partis bourgeois ont été interdits dès octobre 1917, l'existence légale des mencheviks, des SR de gauche et des anarchistes n'a été abolie qu'en 1921-1922.

L'armée rouge est indéniablement l'œuvre de Trotski, commissaire du peuple à la guerre depuis mars 1918, à la fois dans sa conception, son organisation et son utilisation, même si cette primauté ne doit pas faire méconnaître l'importance de quelques brillants seconds, tel l'habile Krassine aux Armements. Avocat d'une armée régulière, Trotski a su imposer, contre le sentiment général, le recours massif aux anciens cadres de l'armée tsariste, quitte à les faire surveiller par des commissaires politiques et à préparer leur relève par la création d'écoles de cadets. Au recrutement démocratique des Gardes rouges volontaires, il a opposé, d'autre part, la nécessité d'une armée de conscription et d'une discipline implaca-

___

1. Plus de 30 000 fonctionnaires dès 1919, selon l'un de ses dirigeants, Martin Latsis. Comme nombre de tchékistes, il a été liquidé lors des grandes purges staliniennes de 1937-1938.

ble. Grâce à quoi les effectifs de l'Armée rouge se sont développés rapidement, passant de 150 000 hommes (avril 1918) à 3 millions (janvier 1920) et à 5 millions à la fin de la guerre civile, sur lesquels, au reste, guère plus de 600 000 hommes ont été des combattants effectifs, chiffre qui correspond grosso modo à celui des armées blanches. Car la victoire de l'Armée rouge, acquise en 1920, n'est pas seulement redevable à sa tardive supériorité militaire [1]. L'absence de véritable coordination entre les armées ennemies, déchirées, de surcroît, par les rivalités politiques et personnelles de leurs chefs, l'insuffisance manifeste du soutien des puissances alliées, qui, mal renseignées par leurs missions diplomatiques, ont constamment sous-estimé la détermination bolchevique, sont également à prendre en considération. Plus encore, le ralliement, même tardif et rétif, de la paysannerie et des nationalités semble avoir été décisif, attentives, en effet, au mépris que leur témoignaient les généraux blancs derrière lesquels elles voyaient se profiler, pour l'une le retour des propriétaires, pour les autres une restauration de l'Empire russificateur.

La révolution bolchevique est sauvée, mais le bilan du communisme de guerre est catastrophique. Aux 4 millions de morts de la guerre, les années 1918-1920 en ont ajouté plus de 8 millions, frappés pour la plupart par la faim ou par les épidémies. Jamais la situation économique de la Russie n'a été aussi sombre [2], la misère sociale aussi tragique dans les villes comme dans les campagnes. Difficile à cerner, le mécontentement populaire est patent, au point de gagner les instruments du pouvoir bolchevik : l'armée, qui donne des signes d'hésitation à réprimer la révolte des campagnes et bascule parfois du côté des paysans insurgés ; le parti, qui voit se développer,

1. Sur l'ensemble des opérations militaires des années 1918-1920, cf. D. Footman, *Civil War in Russia*, Londres, 1961.
2. La production céréalière est tombée en 1920 à 54 % de celle des années 1909-1913. La production industrielle se situe aux environs de 15 % de celle d'avant-guerre. L'inflation galopante a déprécié le rouble à 1/30 000 de sa valeur de 1913 et réduit les échanges au troc de quelques produits indispensables.

depuis 1920, des courants fractionnistes mettant en cause la brutalité des méthodes policières, les pesanteurs bureaucratiques et la gestion économique du pays. Le groupe de l'«Opposition ouvrière» est animé par Alexandre Chliapnikov, ancien ouvrier rallié au bolchevisme dès 1903, et par Alexandra Kollontai, qui joue par ailleurs un rôle essentiel dans le mouvement d'émancipation de la femme entamé depuis la révolution d'Octobre. Ce courant revendique la démocratisation du parti, son épuration des membres étrangers à la classe ouvrière, la responsabilité des fonctionnaires devant des instances librement élues et surtout la gestion de l'économie par les syndicats. Un second groupe, dit du «Centralisme démocratique», rassemblé autour de dirigeants du second plan, exprime surtout l'impatience de la base militante devant l'autoritarisme, l'arbitraire et la bureaucratie. Tous s'opposent, et avec eux des dirigeants sincères (Tomski) ou opportunistes (Zinoviev), aux propositions de Trotski visant à sortir de la crise économique par la militarisation du travail et une subordination accrue des syndicats aux organes centraux de décision.

C'est dans ce contexte tendu qu'éclate en février 1921 la grande révolte paysanne qui, partie de la province de Tambov, gagne le bassin de la Volga, l'Oural et la Sibérie occidentale. Dirigée par le SR Antonov, cette insurrection rassemble une armée de quelque 50 000 hommes au moment où Makhno, après avoir rompu en novembre 1920 la trêve avec les bolcheviks, tient encore une partie de l'Ukraine. En février 1921 également se succèdent à Petrograd grèves et manifestations ouvrières qui gagnent, à la fin du mois, la base navale de Kronstadt, où la population et les marins élisent un comité révolutionnaire. Ces deux révoltes sont également signifiantes mais d'une inégale gravité. La première met en évidence la coupure du monde rural mis en coupe réglée par les réquisitions forcées; la seconde exprime la lassitude de l'avant-garde révolutionnaire devant l'autoritarisme du parti communiste et vise à revenir, avec un programme d'inspiration libertaire, à la démocratie militante des premiers soviets [1]. L'unanimité des dirigeants bolcheviks s'étant faite sur l'impérieuse nécessité

---

1. Cf. P. Avrich, *la Tragédie de Cronstadt, 1921,* Paris, Éd. du Seuil, coll. «Points», 1975.

de réduire par la force une insurrection qui menaçait de s'étendre à l'ensemble de la classe ouvrière, les troupes d'élite, engagées par Toukhatchevski et Vorochilov, viennent à bout de la «Commune de Kronstadt» en dix jours (8-18 mars), au prix d'énormes pertes de part et d'autre. L'accusation fallacieuse de collusion des marins mutinés avec la réaction blanche [1] et le caractère particulièrement odieux de la répression [2] ne doivent pas faire méconnaître la portée politique de l'insurrection. S'il est vrai que le soulèvement de Kronstadt n'a pas créé la NEP, en ce sens que les mesures de détente économique adoptées en mars 1921 étaient déjà en gestation, il a certainement encouragé nombre de délégués à se rallier à la thèse léniniste d'un rapprochement nécessaire avec la paysannerie.

La NEP est surtout connue par ses aspects économiques et sociaux. L'abandon des réquisitions forcées, leur substitution par un impôt progressif en nature ont ouvert la voie à un retour à la liberté commerciale, à la dénationalisation des petites entreprises et à l'assainissement monétaire. Les décisions économiques sont pourtant demeurées au second plan lors du Xe Congrès, tenu en mars 1921, dans la mesure où les débats politiques ont été centrés pour l'essentiel sur les problèmes du parti. Car Kronstadt a aussi été le révélateur des dangers potentiels du fractionnisme de gauche dont l'insurrection a été, en quelque sorte, le prolongement spontané. Lénine va donc faire prévaloir ses vues, qui s'ordonnent autour de deux thèmes dont la complémentarité n'exclut pas la contradiction : renforcement de la démocratie interne, mais aussi de la cohésion et de la discipline au sein du parti. La première implique l'élection effective et le contrôle des responsables, l'élaboration collective et contradictoire des décisions, l'épuration du parti de ses éléments douteux. La seconde suppose à la fois la soumission des syndicats et l'interdiction des tendances orga-

---

1. Le commandant de l'artillerie de la base navale, le général Kozlovski, était effectivement un ancien tsariste. Mais il avait été nommé à ce poste par Trotski lui-même et il ne semble pas avoir joué un rôle déterminant dans l'insurrection.
2. Les kronstadtiens avaient laissé la vie sauve aux bolcheviks qui s'étaient désolidarisés de l'insurrection. Trotski ordonna, lui, une décimation pour l'exemple, au moment où il flétrissait, le 18 mars, le massacre ordonné par les versaillais contre les communards de Paris.

nisées. Entre ces deux choix, l'équilibre est difficile. Le renouvellement du Comité central, qui voit la promotion des
hommes d'appareil, montre que la voie du durcissement tend à
l'emporter. La dissolution immédiate des fractions et leur
interdiction consacrent la thèse léniniste du centralisme démocratique, mais elles ouvrent aussi la voie au monolithisme et à
la bureaucratisation. Ainsi s'affirme d'emblée l'ambiguïté politique profonde de la NEP : une réelle détente contre le pouvoir bolchevik et la société civile, que double une pratique
autoritaire au sein du parti-État.

Dès avant la mort de Lénine l'évolution du parti contredit,
en effet, les principes de démocratisation adoptés en 1921.
Parti unique désormais. Les événements de 1921 avaient démontré l'influence croissante des socialistes-révolutionnaires
et des mencheviks, et la NEP empruntait trop au programme
économique de ces deux partis pour qu'il leur soit laissé
l'avantage de ce regain de prestige. Quelques procès, la prison
et l'exil mettent donc un terme à leur existence légale [1]. Au
sein du parti communiste, au moins jusqu'en 1925, toute vie
démocratique n'est certes pas bannie dans la mesure où les
instances dirigeantes et les Congrès peuvent encore être le lieu
d'affrontements très vifs, tranchés par des délégués encore
plus ou moins élus. Mais, si le recrutement évolue bien dans le
sens d'une sélection plus stricte, visant à éliminer carriéristes
et adhérents de fraîche date, cette décroissance des effectifs [2]
va de pair avec un renforcement de l'appareil, dont les permanents, qui atteignent 20 000 en 1924, doivent leur promotion à
la recommandation plus qu'à l'élection. Staline en est le maître, qui cumule une série impressionnante de fonctions parmi
lesquelles la direction de l'Orgburo et du Rabkrin, essentiels
pour la sélection des cadres. Depuis le XIᵉ Congrès
(avril 1922), il est également chargé du secrétariat du Comité
central, poste essentiellement administratif qu'avaient occupé
avant lui Sverdlov et Krestinski, mais dont il va faire le
tremplin de son pouvoir personnel. Ce cumul n'inquiète guère

1. Quelques mencheviks ralliés au parti communiste feront néanmoins par
la suite une belle carrière : Vichinski dans la magistrature, Maiski dans la
diplomatie.
2. Le parti passe de 732 000 membres, en 1921, à 528 000 en 1922 et à
472 000 en 1924.

tant l'homme passe pour médiocre et dépourvu d'ambition, alors qu'on se plaît à louer sa capacité de travail, sa connaissance des détails, sa fidélité à Lénine. A ses côtés, placés à des postes clefs, opère un groupe de dirigeants peu connus, vieux bolcheviks certes, mais piètres théoriciens, plus organisateurs que tribuns et tout dévoués à leur maître : Molotov et Kouibychev, ses adjoints au secrétariat, Kaganovitch, responsable de l'instruction des cadres puis premier secrétaire en Ukraine, Kirov, secrétaire en Azerbaïdjan, Jdanov dans l'Oural, Mikoyan au Caucase... Le XIIe Congrès du parti (avril 1923) lui permet de renforcer son emprise sur le Comité central, et de conclure avec le tandem Zinoviev-Kamenev une alliance ouvertement dirigée contre Trotski.

En dehors du parti, les premières années de la NEP ne se confondent qu'avec une libéralisation partielle. On observe certes un relâchement de la pression policière. Objet de multiples critiques, la Tchéka est dissoute en 1922 et remplacée par une administration publique d'État, la Guépéou, une instance aux pouvoirs amoindris et mieux contrôlés. Si le fossé se creuse entre une minorité de bureaucrates et de *nepmen* enrichis et les masses soumises à la dureté des temps, du moins ces dernières apprennent-elles à oublier la terreur et à jouir des bienfaits de la paix civile. A elle seule, la reprise démographique, une fois surmontée la terrible famine de 1921, rend compte de l'élévation régulière du niveau de vie, certes, mais surtout de cette confiance retrouvée dans l'avenir. Un réel libéralisme préside aussi aux manifestations les plus diverses de la culture. Grâce à la neutralité bienveillante du commissaire à l'Éducation Lounatcharski, les années de la NEP sont, dans le domaine de la littérature et de l'art, celles des tendances foisonnantes et des projets les plus audacieux [1]. Dans d'autres secteurs, pourtant, la libéralisation marque le pas. Une prudence élémentaire et la hiérarchie des priorités avaient différé dans les premières années toute politique systématique de persécution religieuse. Le pouvoir s'était limité à prononcer la séparation de l'Église et de l'État, la sécularisation des biens d'Église (avec l'encouragement manifeste de la paysannerie)

1. Le catalogue de l'exposition « Paris-Moscou » tenue en 1979 au centre Georges-Pompidou en donne une assez bonne image, encore que délibérément édulcorée.

et la laïcisation de l'état civil. Mais la liberté du culte était restée dans l'ensemble assurée, malgré les sympathies plus ou moins avouées du clergé pour les blancs. La fin de la guerre civile va coïncider avec un regain de tension. De multiples interdictions sont prononcées, assorties de persécutions et de nouvelles confiscations. L'année 1922 est à cet égard particulièrement dure pour l'Église orthodoxe, qui voit l'exécution ou la déportation de plus de 8 000 victimes. Parallèlement s'organise une campagne antireligieuse qu'anime la « Ligue des sans-Dieu » fondée par Iaroslavski, avec édition de revues, organisation de mascarades et ouverture des musées de l'athéisme. Parmi les religions non chrétiennes, l'islam connaît une situation plus satisfaisante au regard de la pratique religieuse, au moins jusqu'en 1925. Mais la fragile coexistence du droit musulman et du droit soviétique, avec leurs tribunaux respectifs, s'efface, entre 1923 et 1927, devant la généralisation des codifications soviétiques.

Exemple parmi d'autres de la politique centralisatrice qui s'impose progressivement aux populations allogènes. Après la sécession définitive de la Finlande, de la Pologne et des pays Baltes, reconnue par divers traités signés en 1920 et 1921, la reprise en main des provinces non russes est patente depuis la fin de la guerre civile et le retrait des missions militaires alliées. Encore faut-il donner à cette reconquête un habillage juridique décent, c'est-à-dire nominalement conforme aux principes énoncés en 1917. D'où la procédure des alliances bilatérales, qui, sous la forme de traités économico-militaires, affirment reconnaître la souveraineté et l'égalité des partenaires. En fait, le caractère fictif de cette procédure apparaît d'emblée : en refusant aux États nationaux toute représentation diplomatique (exception faite de l'Ukraine pour un temps), et en coiffant les États par des commissariats communs où l'élément russe joue un rôle à la fois dominant et centralisateur. De plus, la brutalité de la reconquête militaire de la Géorgie, opérée en janvier-mars 1921 par les forces d'Ordjonikidzé, révèle s'il en était besoin le caractère coercitif de ces alliances. Celles-ci ne sont d'ailleurs que le prélude à une intégration totale dans l'État soviétique. Dans cette perspective, Lénine et Staline divergent pourtant, moins sur le fond que sur le rythme. Car s'il est hostile aux particularismes nationaux, qui

lui paraissent un obstacle à la réalisation d'un État internatio-
naliste et prolétarien, Lénine juge plus odieux encore le chauvinisme grand-russien qu'il découvre chez tant de ses compagnons bolcheviks, et auquel il entend déclarer « une guerre à
mort ». Il place ses espoirs dans une solution fédérative qui
rallierait progressivement les nationalités à l'esprit bolchevik.
Mais, absorbé par les problèmes intérieurs de la NEP, puis
diminué par la maladie, il laisse à Staline, toujours commissaire du peuple aux Nationalités, le soin d'élaborer un projet,
qui, présenté en 1922, soulève les protestations des Ukrainiens
et des Géorgiens, et se heurte à la réprobation de Lénine. En
fait, ce dernier reproche à Staline moins la finalité de son
projet que sa hâte intégratrice. Mais, au XIIᵉ Congrès de
1923, l'absence de Lénine et le silence de Trotski, pourtant
chargé de plaider le dossier géorgien [1], permettent à Staline de
faire prévaloir ses vues. Approuvé en juillet 1923, son projet
est officialisé par la Constitution du 31 janvier 1924 créant
l'Union des Républiques socialistes soviétiques. Celle-ci est
bien de nature fédérale, mais elle confère aux organes fédéraux une compétence très large. En dehors de la reconnaissance de leur autonomie linguistique, elle n'abandonne aux
républiques que des tâches locales d'exécution. Les instances
dirigeantes du parti et le Sovnarkom demeurent bien les maîtres d'un État multi-ethnique où l'élément russe est dominant.
Le paradoxe qui a fait du Géorgien Staline l'artisan d'une
politique aussi délibérément grand-russienne n'est qu'apparent. Car de longue date, et bien avant 1917, Staline avait situé
ses ambitions à l'échelle de la Russie tout entière.

Les réticences de Lénine à adhérer à ce programme centralisateur illustrent le tour pris par une réflexion dans laquelle sont
entrés tardivement le doute et le désenchantement. Terrassé
par une attaque en mai 1922, revenu aux affaires d'octobre à
décembre, c'est à cette date qu'il abandonne l'action politique. De décembre 1922 à mars 1923, il dicte diverses notes à
ses secrétaires jusqu'à ce qu'une nouvelle attaque le prive
définitivement de la parole. De ces notes [2] émergent deux

---

1. Sur le problème des nationalités, les vues de Trotski ne différaient guère
de celles de Staline. D'où son refus de l'attaquer sur ce terrain.
2. Dont la lettre au Congrès du 23 décembre 1922, connue sous le nom de
*Testament* de Lénine.

préoccupations essentielles. La première vise à redresser tout
un ensemble d'erreurs commises. Avec lucidité et modestie,
Lénine met en garde ses successeurs contre toute novation
brutale dans le domaine économique comme dans les relations
avec les nationalités, et plaide en faveur d'un long travail
d'éducation des masses paysannes. Il appelle aussi de ses
vœux un meilleur contrôle de l'appareil d'État, ainsi qu'un
élargissement du Comité central qui permettrait d'atténuer les
rivalités personnelles. Contrairement à d'autres bolcheviks,
Lénine n'a jamais cru à la transformation mécanique de la
société ni au progrès spontané des masses sous le seul effet de
la révolution. Dans son esprit, le socialisme ne peut être que le
terme d'une longue évolution. Mais sa démarche blanquiste
l'a conduit à privilégier l'outil de la conquête du pouvoir,
c'est-à-dire le parti, au détriment de la qualité des hommes qui
le servaient. C'est au travers de la question nationale qu'il a
découvert l'importance du facteur humain et des qualités morales. D'où cette seconde préoccupation qui est celle de sa
succession. Après avoir pesé les mérites et les insuffisances de
Zinoviev et de Kamenev, de Boukharine et de Piatakov, il
concentre son attention sur les deux hommes dont il pressent
l'affrontement. Or, s'il déplore chez Trotski une excessive
confiance en soi, il déplore aussi l'immensité des pouvoirs de
Staline et s'inquiète des tares évidentes du personnage. Quel
que soit le flou dont il ait entouré ses jugements, il semble
bien dans ces conditions que sa préférence se soit portée sur
Trotski.

La mort de Lénine, le 21 janvier 1924, conforte pourtant
les positions de Staline. Organisateur des funérailles, il donne
à celles-ci une pompe ostentatoire dont s'indigne Kroupskaïa,
la veuve du défunt. Point de départ d'un culte posthume qui
prépare celui que Staline se fera rendre de son vivant. S'em-
parant de la pensée du maître, qu'il réduit à quelques notions
élémentaires relatives à l'unité et à la discipline du parti, il
forge le léninisme dont il affirme être l'héritier. Une « promotion Lénine » permet d'augmenter massivement les effectifs du
parti grâce au recrutement de 240 000 ouvriers, pour la plupart
dénués de passé révolutionnaire et de conscience politique.
Escamotant habilement le *Testament,* grâce à Kamenev et à
Zinoviev, qui se portent garants de ses mérites, il domine le

XIII<sup>e</sup> Congrès (mai 1924) qui se déroule sans incident, et voit la montée dans l'appareil de Frounzé, adversaire de Trotski, et de Kaganovitch, un proche de Staline. Ce dernier aborde donc dans les meilleures conditions l'épreuve de la succession.

Dans le conflit qui s'est amorcé en fait dès 1923, les heurts d'ambitions et les animosités personnelles ont indéniablement joué leur rôle. Mais c'est aussi un combat d'idées où arguments et contre-arguments s'échangent avec plus ou moins de sincérité ou de cynisme. Sur le fond, l'affrontement repose sur ces trois enjeux essentiels que sont le parti, la politique économique et la politique extérieure de l'URSS. Dans une lettre du 8 octobre 1923 adressée au Comité central, Trotski a dénoncé les dangers d'une dégénérescence qui menace le parti : la dictature de l'appareil dirigeant, la stérilisation du débat politique, l'absence de démocratie dans la nomination des cadres et la toute-puissance du secrétaire général. Ces critiques ont été reprises peu après par le « Manifeste des 46 », signé par des vétérans de la révolution (Preobrajenski, Piatakov, Antonov-Osvenko…) et portées à la connaissance de la base par un article de Trotski, « Le cours nouveau », paru dans la *Pravda* en décembre, où il est affirmé que la démocratisation du parti ne peut provenir d'un appareil sclérosé mais du parti tout entier. Face à ces attaques, qui deviendront le noyau invariant de la critique trotskiste, Staline mène un double jeu habile : il reprend à son compte certains dysfonctionnements du parti, tout en feignant de ne pas être personnellement concerné, mais brandit au nom du dogme léniniste les accusations d'indiscipline et de fractionnisme pour intimider les opposants. Accessoirement, il en disperse quelques-uns vers des postes diplomatiques [1] et ne répugne pas à inspirer des campagnes d'attaques personnelles contre Trotski.

S'agissant de la politique économique, Trotski s'appuie sur Preobrajenski, l'un des plus brillants économistes du parti, pour dénoncer les retombées perverses de la NEP. Au Congrès d'avril 1923, Trotski s'en est tenu à une analyse de la « crise des ciseaux », selon laquelle l'évolution divergente des prix agricoles (en baisse) et des prix industriels (en hausse) revenait à léser gravement la paysannerie pauvre et la classe ouvrière.

1. Joffé en Chine, Krestinski en Allemagne, Rakovski en Angleterre.

La critique s'élargit à l'ensemble de la politique économique suivie depuis 1921, génératrice de clivages sociaux inadmissibles, à laquelle il oppose une conception volontariste de la croissance fondée sur la planification centralisée, l'industrialisation prioritaire et le financement de la modernisation par une lourde taxation paysanne. Dans ce second débat, Staline prend appui sur la droite du parti et, en particulier, sur Boukharine. Ce dernier, bon théoricien et populaire dans le parti, avait été en son temps proche de Preobrajenski[1]. Il partage au reste avec lui cette conviction que le développement industriel ne peut provenir que de la plus-value paysanne. Mais ce que Trotski et Preobrajenski attendent de la coercition, Boukharine l'attend de l'adhésion volontaire de la paysannerie et de mesures incitatives comme le relèvement des prix agricoles, la diminution de l'imposition rurale, l'encouragement au métayage et au salariat. D'où le fameux « Enrichissez-vous » lancé aux paysans le 17 avril 1925, qui suscita quelques remous dans le parti, au point de devoir être désavoué. A ces considérations théoriques, Staline a beau jeu d'ajouter les résultats satisfaisants de la NEP[2] et sa conformité aux directives léninistes. Il affecte de considérer comme des « bavards mencheviks » ceux qui dénoncent l'enrichissement inconsidéré des koulaks[3] et évoquent la renaissance d'une lutte des classes dans les campagnes.

A la théorie trotskiste de la révolution permanente, formulée en fait depuis 1906[4], Staline oppose enfin celle, prudente

1. Ils ont écrit en commun l'*ABC du communisme*. Par la suite, Preobrajenski consigne ses thèses dans *l'Économie nouvelle* et Boukharine dans ses *Notes d'un économiste,* recueil d'articles parus dans la *Pravda*.
2. On estime qu'en 1926 le niveau de la production globale de 1913 a été rejoint, sur un espace sensiblement amoindri. Cette performance masque néanmoins certaines distorsions. Dans le domaine agricole, les résultats sont bons pour les céréales et la reconstitution du cheptel, bien moins satisfaisants pour le coton et les cultures industrielles. La production industrielle accuse un net déséquilibre entre les biens de production et ceux de consommation, dont le retard est manifeste.
3. Les koulaks, propriétaires d'un domaine généralement compris entre 10 et 20 hectares, ne représentent guère que 5 % des 120 millions de paysans, mais ils regroupent 40 % des terres et dominent les circuits privés de commercialisation.
4. In *Bilan et Perspectives,* première expression globale de cette théorie à laquelle Trotski n'apportera par la suite que de simples retouches.

et réaliste, de la révolution dans un seul pays. A trois reprises, Trotski, qui n'a jamais cessé en fait d'envisager la révolution russe dans la perspective d'une révolution mondiale, dénonce les erreurs stratégiques du Komintern et la faillite de l'internationalisme par la tendance au repli du régime soviétique : en octobre 1923, lors de l'échec des soulèvements communistes en Allemagne, qu'il impute à la trahison de Zinoviev et de Kamenev[1] ; en juillet 1926, lors du soutien apporté par le Komintern aux trade-unions anglais, qui avaient fait preuve de leur pusillanimité en ordonnant la fin de la grève générale ; et en mai 1927, quand le Komintern persiste dans sa ligne droitière d'alliance avec le Guomindang alors que Tchiang Kaichek traque désormais les communistes chinois. Mais le messianisme trotskiste ne trouve aucun écho chez Staline, qui s'appuie encore sur Lénine pour démontrer l'inopportunité d'une révolution mondiale dans un rapport de forces manifestement défavorable, et qui dénonce dans la révolution permanente une « désespérance permanente » traduisant une défiance inadmissible à l'égard des potentialités soviétiques. Formulée en décembre 1924, la thèse de la construction du socialisme dans un seul pays est adoptée en avril 1925 par la XIVe Conférence du parti, ce qui provoque la rupture de la troïka, tant l'optimisme « national » de Staline choque les vieux bolcheviks, parmi lesquels Zinoviev, dirigeant du Komintern. Peu importe à Staline, qui, appuyé sur la droite du parti, détient la majorité au Bureau politique. En décembre 1926, Boukharine sera porté à la présidence du Komintern, dont le VIe Congrès (juillet-septembre 1928) avalise la thèse stalinienne en donnant la priorité à la défense de la patrie du socialisme menacée par la « guerre impérialiste ».

Si instructive soit-elle, la chronologie détaillée des différentes phases du conflit importe moins que la définition des enjeux et des forces qui les sous-tendent. D'avril 1923 à janvier 1925, Trotski affronte la troïka en position d'infériorité manifeste. N'ayant su ou voulu exploiter les situations favorables qui s'offraient à lui, il a inutilement centré ses attaques contre Zinoviev et Kamenev, donnant ainsi à Staline

---

1. En particulier dans *les Leçons d'octobre* (1924), où la critique du parti est associée à la dénonciation de l'esprit « capitulard » de ses chefs.

tout loisir d'apparaître en position flatteuse d'arbitre. Au plénum du Comité central de janvier 1925, Zinoviev et Kamenev réclament l'exclusion de Trotski du parti. Bon prince, Staline se contente de le faire démettre de son poste de commissaire du peuple à la Guerre, où il est remplacé par Frounzé. Mais, Trotski écarté, les partenaires de la troïka se retrouvent face à face. Zinoviev, encore président du comité exécutif de l'Internationale, s'accommode mal de la construction du socialisme dans un seul pays. Lui et Kamenev s'inquiètent de leur marginalisation dans l'appareil, s'offusquent de l'approfondissement des différences sociales provoquées par la NEP. Zinoviev, président du soviet de Leningrad, y est particulièrement sensible, car il doit bien se mettre à l'écoute d'une population ouvrière nombreuse et combative, où règne un chômage élevé, et qui s'indigne des concessions faites à la paysannerie. Soutenus par Kroupskaïa, les deux anciens alliés de Staline exposent leurs griefs au XIV$^e$ Congrès du parti, en décembre 1925. Mais celui-ci a été bien préparé et l'opposition est battue par 559 voix contre 65. Kamenev est rétrogradé et Zinoviev est démis de son poste à Leningrad, où Kirov reprend en main le parti.

La rupture de la troïka ne met pourtant pas fin à l'opposition. Sous l'impulsion de Zinoviev, les opposants de gauche se regroupent. Trotski et ses amis, Zinoviev et Kamenev, les débris des anciens groupes de l'Opposition ouvrière et du Centralisme démocratique forment, en 1926, l' «Opposition unifiée». Son programme, élaboré par Trotski, est d'orientation nettement gauchiste : abandon de la NEP, industrialisation, collectivisation des campagnes, planification quinquennale. Trotski exploite aussi le scandale du soutien apporté par le Komintern aux syndicats britanniques briseurs de grève. Au plénum de juillet 1926, les attaques atteignent une telle virulence que Dzerjinski, le chef de la Guépéou allié à Staline, s'effondre, victime d'une crise cardiaque. Criant à l'assassinat, Staline désigne les opposants à l'accusation, bien plus grave, de fractionnisme. Zinoviev est chassé du Bureau politique. L'opposition tente alors de porter le débat à la base mais sa campagne d'explication, en octobre 1926, se heurte aux procédés policiers de l'appareil. L'Opposition unifiée commence alors à se désagréger, d'autant plus que Staline procède, selon une technique déjà éprouvée, à des nominations à l'étranger pour éloigner les opposants, et que la Guépéou, désormais dirigée par Menjinski, agit dans l'ombre pour «découvrir» divers complots imaginaires. L'année 1927 est décisive. Le 7 novembre, jour anniversaire de la révolution d'Octobre, la police n'a aucun mal à isoler et à pourchasser les quelques milliers de manifestants de l'Opposition unifiée. Le XVe Congrès, en décembre, se conclut par une épuration générale : Trotski et Zinoviev sont exclus du parti avec une centaine d'autres militants ; Kamenev est exclu du Comité central. En janvier 1928, Trotski est déporté à Alma-Ata, en Asie centrale, et nombre de ses partisans le sont en Sibérie. Entre-temps, Joffé, l'un de ses fidèles, s'est suicidé.

L'opposition de gauche est morte. Il s'agit de comprendre cette déroute, compte tenu de la qualité intellectuelle de cette élite bolchevique et du réel courage dont ont fait preuve certains d'entre eux. On ne s'illusionnera pas sur la force de caractère d'un Kamenev ou d'un Zinoviev, vétérans du bolchevisme certes, mais velléitaires dans l'action, soucieux avant tout de sauvegarder leur position personnelle et ralliés bien tardivement à la critique d'un système qu'ils ont tant contribué à façonner. Plus cohérent, plus lucide, Trotski n'a pas su exploiter, en 1923 lors du XIIe Congrès et en 1926 lors de la publication aux États-Unis du *Testament* de Lénine, les occasions qui s'offraient à lui. En fait, ces défaillances individuelles comptent peu au regard des données essentielles qui contraignaient à réduire le combat de l'Opposition unifiée à un baroud d'honneur. La première réside dans le faible écho qu'a rencontré l'ultra-gauchisme des opposants. Trotski comptait certes des appuis dans l'armée, Zinoviev avait de fortes positions à Leningrad et Kamenev à Moscou, mais leurs thèses, situées souvent à un haut niveau d'abstraction, ne pouvaient rallier ni une classe ouvrière amorphe et peu politisée, ni les cadres du parti, qui entendaient bien mettre à profit la poursuite de la NEP et la stabilisation du régime pour conforter les chances de leur élévation sociale. L'opposition s'est heurtée, d'autre part, à la puissance et à la cohésion de l'appareil tenu en main par Staline. A la domestication des instances dirigeante (le Bureau politique) et délibérante (le Comité central), s'est ajoutée l'intrusion de la police politique, qui, sous l'autorité de ses chefs ralliés à Staline, est intervenue de façon insidieuse ou brutale dans le jeu successoral. La disproportion du rapport de forces était donc flagrante [1], encore renforcée par l'attachement des opposants au parti, leur volonté de ne pas l'affaiblir et leur confiance naïve dans sa capacité à s'amender par les seules vertus du débat politique.

Plus de quatre années avaient été nécessaires pour éliminer l'opposition de gauche ; deux années suffiront pour évincer la tendance droitière, et permettre ainsi d'asseoir sur des bases intangibles le pouvoir personnel de Staline. Cette brièveté est en soi paradoxale si l'on tient compte de l'étroitesse des bases politiques et sociales de la gauche et, à l'inverse, du large assentiment que rencontrait la poursuite de la NEP dans les instances dirigeantes et parmi les cadres du parti, pour ne rien dire de la population à laquelle depuis longtemps on ne demandait aucun avis. Elle ne peut s'expliquer que par l'état avancé de bureaucratisation d'un parti où l'élément ouvrier domine encore, au moins en principe, mais que le rajeunissement entrepris depuis 1924 et l'emprise croissante de l'appareil rendent de plus en plus malléable [2]. Instruits, d'autre part, par la déroute de la gauche, à laquelle ils ont d'ailleurs contribué, Boukharine et ses amis vont être paralysés par les pressions policières qui s'exercent ouvertement et par l'accusation sacrilège de fractionnisme qui pèse sur toute manifestation d'opposition.

Cause ou prétexte de ce revirement, les problèmes économiques et les tensions sociales qui se manifestent en 1928. Le XVe Congrès avait pourtant, l'année précédente, réaffirmé la fidélité du parti à la NEP. Mais la dégradation de la situation alimentaire dans les villes, une brusque poussée du chômage apportent une justification, fin 1927, aux premières mesures

1. Même si l'on ne peut les évaluer avec précision, les troupes de l'Opposition unifiée sont demeurées extrêmement faibles. On les estime en 1926 à 8 000 personnes sur un parti qui compte 750 000 membres. Cf. H. Carrère d'Encausse, *Lénine, la révolution et le pouvoir*, Paris, Flammarion, coll. «Champs», 1979, p. 201.
2. Les statistiques de 1927 donnent 58 % d'ouvriers, mais il semble que 37 % d'entre eux exerçaient réellement une activité manuelle. A cette date, 86 % des adhérents ont moins de quarante ans et 54 % moins de trente ans. Cf. H. Carrère d'Encausse, *Staline, l'ordre par la terreur*, Paris, Flammarion, coll. «Champs», 1979, p. 12-14.

contre les koulaks, accompagnées de purges dans les organes locaux du parti quand ceux-ci se montrent peu pressés de les exécuter. Pourtant, officiellement, rien n'est changé dans la ligne officielle du parti et ce sont toujours les éléments de gauche qui sont traqués. L'équivoque se dissipe en mai 1928 quand Kouibychev, proche collaborateur de Staline, présente un projet de plan quinquennal préparé par le Conseil supérieur de l'économie nationale, bien différent par l'ampleur démesurée de ses ambitions de celui préparé par la Commission du plan (Gosplan). On y retrouve en effet les choix volontaristes de la gauche — industrialisation, collectivisation forcée, pressuration de la paysannerie —, que Staline présente contre toute logique comme un prolongement de la NEP. Mettant à profit les hésitations des tenants de la NEP à s'opposer frontalement à un tel projet, Staline va habilement porter le débat non devant le parti, qu'il sait rétif à ce revirement, mais devant le Komintern. Au VIe Congrès, Boukharine s'y fait, bien involontairement, le procureur de la ligne « droitière » suivie jusque-là et fait adopter la thèse de la patrie du socialisme « assiégée » par la guerre impérialiste. On voit d'emblée quelles en seront les implications intérieures : le raidissement idéologique, la fin du compromis de classes, l'industrialisation forcenée. Alors que la riposte de Boukharine et de ses amis, Rykov et Tomski, commence à s'organiser, Staline détourne une nouvelle fois l'attention contre l'opposition de gauche. Fin janvier 1929, Trotski est expulsé en Turquie [1]. Mais dans les campagnes la lutte contre les koulaks, épaulée par la promulgation du code agraire de 1928, gagne en inten-

1. Devenu le « Juif errant de la révolution », Trotski passe de Turquie (1929-1933) en France (1933-1935), puis en Norvège (1935-1936), pour gagner finalement le Mexique, où le gouvernement du général Cardenas lui accorde un visa. Installé dans la banlieue de Mexico, il est assassiné, le 20 août 1940, par un agent du NKVD qui avait su gagner sa confiance. Durant cette période, les thèses trotskistes connaissent une certaine audience en France (hebdomadaire *la Vérité,* journal *la Lutte ouvrière,* tendances gauchistes de la fédération socialiste de la Seine), en Espagne (où le POUM est néanmoins dénoncé pour son affiliation au Front populaire) et dans divers pays sans réelle implantation communiste comme la Grande-Bretagne ou les États-Unis. Après divers essais sans lendemain, la IVe Internationale, représentant une dizaine de sections nationales, est fondée près de Paris, le 3 septembre 1938. Ses maigres effectifs seront encore amoindris pendant la guerre par la double répression fasciste et stalinienne.

sité et la pression se fait brutale pour arracher leurs récoltes aux paysans. Boukharine comprend un peu tard le monstrueux appétit de pouvoir du « Gengis khân secrétaire général », et en appelle à Zinoviev et à Kamenev qui viennent de réintégrer le parti. C'est donner à Staline l'occasion d'en finir avec la droite par une manœuvre policière. Une entrevue Boukharine-Kamenev, qui remonte à juillet 1928, est dénoncée pour activités fractionnistes. Boukharine, Rykov et Tomski, mis en accusation en février 1929, évitent de justesse leur exclusion du Bureau politique, et Rykov conserve momentanément la présidence du Sovnarkom. Mais Tomski est évincé de la direction des syndicats, Boukharine de celle du Komintern et de la rédaction de la *Pravda*. Au plénum de novembre, tous trois doivent se livrer à une autocritique humiliante. A cette date, le premier plan quinquennal est lancé depuis plus d'un an déjà et la collectivisation rurale bat son plein. Après celle de l'opposition de gauche, la déroute de l'opposition de droite met un terme à la succession de Lénine, et laisse à Staline la maîtrise absolue du parti-État.

### La dictature stalinienne.

L'élimination de la droite clôt une phase de l'histoire soviétique, celle où la discussion politique publique était encore possible. Elle ouvre du même coup l'ère du pouvoir personnel de Staline. Les congrès du parti, de plus en plus espacés après 1930 [1], et peuplés de fonctionnaires permanents, ne sont plus que de grandes messes unanimistes à la gloire du régime et de son chef. Le Comité central, passé de 71 membres en 1927 à 139 en 1934, n'est plus qu'une chambre d'enregistrement, théoriquement élue, désignée en fait par le secrétaire général. Le Bureau politique et le Secrétariat concentrent la réalité du pouvoir. Là sans doute, toute velléité de débat n'est pas bannie. Il est sûr par exemple que s'est constituée en 1933-1934, autour de Vorochilov et de Kirov, une tendance hostile au pouvoir personnel et favorable à une détente politique, avec

---

1. Après que les congrès ont suivi un rythme annuel jusqu'en 1925, trois ans se sont écoulés entre le XVe Congrès (1927) et le XVIe (1930). Durant les années trente, ne seront réunis que deux congrès, le XVIIe en 1934 et le XVIIIe en 1939.

laquelle Staline a dû compter un moment. Il est probable aussi qu'en 1937-1938 se soit dessiné, avec Routzoutak, Postychev, Tchoubar, un courant hostile à la prolongation de la terreur de masse et aux outrances du culte de la personnalité. A l'exception de Vorochilov, tous seront impitoyablement éliminés. L'équipe dirigeante s'est progressivement réduite aux fidèles de longue date (Molotov, Kaganovitch, Mikoyan), auxquels s'ajoutent désormais des militants plus jeunes qui doivent à Staline leur ascension fulgurante : Jdanov, qui remplacera Kirov à Leningrad, Khrouchtchev, patronné par Kaganovitch, promu premier secrétaire à Moscou puis en Ukraine, Malenkov, responsable de la section des cadres, et Beria, qui, après avoir fait ses preuves en Transcaucasie, accédera en 1938 à la direction du NKVD. Collégialité de pure façade. Quelle que soit l'étendue de leurs pouvoirs, ces hommes n'existent que par Staline, auprès duquel son secrétaire particulier et éminence grise Poskrebychev semble avoir joué un rôle aussi important que mystérieux.

Le stalinisme est d'abord une révolution par le haut. Ayant répudié le rôle d'arbitre qu'il affectait lors des luttes successorales, Staline assume désormais, au nom du parti, la légitimité héritée de Lénine pour dicter sa vision de la construction du socialisme. Car, idéologiquement, le stalinisme n'existe pas. La référence officielle reste celle du *léninisme*. Mais à une pensée ductile et ouverte, Staline substitue un dogme parfaitement élaboré, un catéchisme à la fois définitif et simplifié [1], qui autorise dès lors la sanction impitoyable de toute déviation. Matérialisme historique, dictature du prolétariat, monolithisme du parti constituent les termes essentiels d'une vulgate à laquelle Staline n'ajoute guère que sa contribution au renforcement de l'État. Sans abolir l'idée marxiste selon laquelle l'État, produit des oppositions de classes, est voué à disparaître avec l'avènement du socialisme, Staline opère un « dépassement » en invoquant les conditions particulières du développement socialiste en URSS. En sollicitant beaucoup les écrits de Lénine, le renforcement de l'État est ainsi justifié, d'abord par l'intensification de la lutte des classes (la dékoulakisation), puis, après l'avènement proclamé de la société sans

---

1. *Les Problèmes du léninisme* (1924), *les Questions du léninisme* (1926).

classes, par l'encerclement capitaliste et la menace internationale qui en découle. La Constitution de 1936 entérine ce choix. L'article 126 affirme bien la vocation dirigeante du parti, mais cette allusion unique et discrète pèse peu au regard de la liste impressionnante des compétences du pouvoir d'État [1].

Dans l'exercice du pouvoir stalinien, pour abusive qu'elle soit, la référence à Lénine n'est ni gratuite ni fortuite, (et il y aura lieu d'examiner la légitimité de l'héritage), mais elle atteint un degré supérieur de falsification avec l'instauration du «culte de la personnalité». Staline s'était longtemps contenté de faire discrètement savoir qu'il était le plus fidèle disciple de Lénine. La révolution économique et les réalisations spectaculaires qui lui sont attachées lui ouvrent des perspectives autrement grandioses. Son cinquantième anniversaire, en décembre 1929, donne le ton. Les éloges les plus flagorneurs lui sont désormais décernés, non seulement par les organes officiels de propagande, mais, toute honte bue, par des membres éminents de la vieille garde bolchevique, tels Radek ou Kirov. Seul détenteur de la véritable interprétation du marxisme, Staline expose en outre, en 1932, sa conception du socialisme en matière littéraire [2], prélude à la glaciation du grand essor culturel des années vingt. L'élimination des vieux bolcheviks, puis l'épreuve de la guerre permettront d'aller beaucoup plus loin dans cette voie de l'infaillibilité et de l'adulation. Avec un succès évident. Le «petit père du peuple» trouve désormais sa place parmi les icônes, et au plus fort des tourmentes de la terreur de masse il est resté paradoxalement le recours suprême.

Dictature d'un homme, le stalinisme est aussi celle d'un appareil. Ce trait majeur en fait un système complexe, capable de survivre, au moins de façon atténuée, à la mort du tyran. Qu'elle soit le produit d'une tradition russe qui se serait

---

1. Il n'apparaît pas utile de s'attarder longuement sur cette Constitution. L'énumération des libertés individuelles et collectives, assurément la plus complète qui soit, n'y est assortie d'aucune garantie, et les mécanismes institutionnels, apparemment complexes, masquent l'essentiel : le pouvoir personnel de Staline et la dictature de l'appareil.

2. L'Union des écrivains soviétiques est fondée en 1932. Le poète Maïakovski, qui avait tenté la synthèse de l'élan révolutionnaire et de la liberté créatrice, n'a pas attendu cette mise au pas pour se suicider, en 1930.

perpétuée après la chute du tsarisme [1] ou celui des contradictions sociales du régime soviétique [2], la prolifération bureaucratique dépasse par son ampleur et l'opacité de son pouvoir les expériences de ce type auxquelles sont vouées apparemment toutes les sociétés modernes. Elle consiste en une juxtaposition d'appareils (soviets, syndicats, administration, komsomols, police, armée, parti...) à la fois interpénétrés, ne serait-ce que par l'omniprésence du parti dans tous les rouages administratifs, et strictement hiérarchisés. Double hiérarchisation, du reste, puisque le caractère fédéral de l'URSS autorise une construction pyramidale des pouvoirs, et dans la mesure où les appareils sont soumis au parti, ce dernier étant lui-même coiffé par ses structures organisationnelles dirigeantes [3] et par le pouvoir illimité de l'instrument policier. Cette hiérarchisation complexe de l'autorité sécrète naturellement la caste bureaucratique appelée, par extension de son sens premier, la *Nomenklatura*. Celle-ci tire de ses fonctions un pouvoir assurément révocable, mais générateur de ces différenciations sociales maintes fois décrites (salaires élevés, logements de fonction, domesticité, magasins spéciaux, datchas...), qui sont le gage de sa docilité et de la durée du système.

A défaut de débat ouvert, ce sont les phases successives de la terreur qui rythment désormais l'histoire politique de

1. La filiation de la bureaucratie soviétique avec la bureaucratie tsariste, jusqu'à désigner les fonctionnaires des deux régimes par les mêmes noms, a été maintes fois relevée. Cf. A. Besançon, *Présent soviétique et Passé russe*, Paris, Le Livre de poche, coll. « Pluriel », 1980.

2. Il s'agit de la thèse émise par Trotski dans *la Révolution trahie* (1936) et bien d'autres ouvrages. Trotski voit dans la bureaucratie la couche parasitaire qui a réalisé l'expropriation politique du prolétariat et qui se développe à mesure que croissent les tensions sociales. Mais il lui nie le caractère d'une classe dominante, faute de posséder les bases économiques de sa domination. D'où l'expression d' « État ouvrier dégénéré » pour caractériser la Russie stalinienne.

3. En particulier l'Orgbúro qui procède aux nominations, mutations, promotions et sanctions des permanents du parti, au moins jusqu'à l'échelle des régions. Quelle qu'ait été l'ampleur des oscillations des effectifs du parti, la proportion des *apparatchiki* croît sans cesse, passant de 25 000 en 1927 à 160 000 (estimation la plus basse) en 1939, c'est-à-dire de 1 pour 40 à 1 pour 15-17 membres du parti. Cf. H. Carrère d'Encausse, *op. cit.*, p. 88.

l'URSS soviétique jusqu'à la guerre. La dékoulakisation, qui suit de peu l'élimination de l'opposition de droite, renoue en effet avec la répression de masse que la NEP avait provisoirement interrompue. On assiste alors à un élargissement considérable des tâches de l'appareil répressif, qui, réduit depuis le début des années vingt à des interventions dans les conflits internes du parti, prend désormais une part active au processus de révolution économique engagé avec le premier plan quinquennal, en gérant les milliers de camps de détention ou de travail qui vont couvrir le pays. La Guépéou, puis le NKVD, sous la direction de Iagoda (1929-1936) puis d'Ejov (1936-1938), s'insèrent ainsi dans la double logique politique et économique du système stalinien, en confortant le pouvoir personnel de Staline et son emprise sur le parti, en fournissant aux nécessités de l'industrialisation une main-d'œuvre abondante, quasi gratuite et perpétuellement renouvelable.

Déclenchée en 1929 avec la collectivisation des terres, la dékoulakisation va en être la première illustration. Le 5 janvier 1930, le Comité central a décidé la liquidation des koulaks en tant que classe, mais la base de la répression est le décret du 1er février, qui prononce la confiscation de leurs biens au profit des fermes collectives. S'il n'est pas niable que la collectivisation ait suscité un réel enthousiasme dans les couches les plus pauvres du monde rural, la dékoulakisation n'en a pas moins été une immense épreuve de force entre le parti et la paysannerie, que certains auteurs n'hésitent pas à qualifier de génocide [1]. Officiellement, 240 000 familles ont été expropriées et expulsées. Difficile à estimer, la réalité est bien supérieure. Outre le bon million de morts provoqué par la terrible famine de 1932-1933, elle-même liée au caractère précipité de la collectivisation, les estimations du nombre des victimes se situent entre 5 et 10 millions, pour les unes abattues sur place ou sur les routes, pour les autres, la majorité, déportées vers les camps ou les chantiers de travail. La répression ne se limite d'ailleurs pas là. En 1929-1930, et de nouveau en 1933, des purges importantes, encore que numériquement mal connues, frappent le parti à sa base, en repré-

---

1. Cf. M. Heller et A. Neksich, *l'Utopie au pouvoir. Histoire de l'URSS de 1917 à nos jours,* Paris, Calmann-Lévy, 1982, p. 194.

sailles sans doute des résistances paysannes ou ouvrières. Au sommet, la hantise du sabotage dicte les procès des dirigeants du « parti industriel » (1930), puis du « parti paysan du travail » et du « Bureau fédéral des mencheviks », tous accusés de trahison ou de collusion avec l'étranger. L'élimination des oppositions se poursuit avec l'élargissement de Tomski et de Rykov de leurs postes de responsabilité, les obscures affaires du bloc « droitiste-gauchiste » animé par le groupe Syrtsov-Lominadzé (1931) et la déportation du droitiste Rioutine (1932), où sont impliqués Zinoviev et Kamenev, une nouvelle fois exclus du parti.

Perceptible dès 1933, la détente politique est effective l'année suivante. Les causes en sont le succès, en fait tout relatif, du plan quinquennal et la situation internationale créée par la menace nazie, qui oblige la diplomatie soviétique à un virage en direction des démocraties. Dès le mois de mai 1933, des directives ont été données pour mettre fin aux arrestations massives et les soumettre à un contrôle judiciaire. Le XVIIe Congrès du parti (janvier-février 1934) — le Congrès des vainqueurs — donne le spectacle de l'unanimité et de l'enthousiasme. Il approuve les objectifs du deuxième plan, lancé en fait depuis plusieurs mois, mais, surtout, la vieille garde bolchevique se trouve rassemblée et comme unie autour du secrétaire général. Zinoviev et Kamenev, grâce à l'une de leurs palinodies coutumières, ont été réintégrés. A gauche, Preobrajenski et Piatakov, à droite, Tomski et Rykov retrouvent des fonctions importantes. Une amnistie partielle en faveur des déportés, les koulaks en particulier, est adoptée en mai 1934. En juillet, c'est la dissolution de la Guépéou, la sécurité d'État étant désormais rattachée au nouveau commissariat du peuple aux Affaires intérieures, le NKVD, et une séparation plus nette est établie entre les pouvoirs policier et judiciaire. Il est vrai que la signification de cette mesure est controversée car la police secrète, rattachée au secrétariat particulier de Staline, se développe parallèlement, et l'arsenal répressif s'enrichit en juin et en septembre de divers décrets. Le XVIIe Congrès a vu, d'autre part, la montée dans l'appareil d'Ejov et de Malenkov, qui vont être les principaux artisans des épurations à venir.

L'assassinat de Kirov à Leningrad, le 1er décembre 1934,

par le jeune communiste Nikolaiev, va déclencher une nouvelle vague de terreur, d'une ampleur jamais atteinte. La responsabilité personnelle de Staline dans cet assassinat reste discutée. Pour les uns, Staline avait tout intérêt à éliminer un homme qui s'était émancipé de sa tutelle et qui, depuis le XVIIᵉ Congrès (où Kirov l'avait devancé de quelques centaines de voix à l'élection du Comité central), se posait en rival potentiel. L'assassinat constituait par ailleurs le prétexte rêvé aux purges de grande envergure que méditait le secrétaire général. Les allusions ultérieures de Nikita Khrouchtchev confirment cette thèse. D'autres soutiennent à l'inverse que Staline était d'une nature bien trop méfiante, toujours hanté par la perspective d'un attentat, pour avoir commandité l'assassinat d'un haut dignitaire du parti [1]. Quoi qu'il en soit, les procès expéditifs se succèdent : procès de Nikolaiev et de ses coaccusés, procès d'un « centre moscovite » où l'on retrouve Zinoviev et Kamenev, décimation du komsomol de Leningrad et nouvelles purges au sein du parti qui atteignent désormais des responsables de rang moyen. L'année 1935 est aussi celle de la préparation de la grande terreur. L'arsenal répressif est renforcé par l'adoption de décrets aussi odieux que celui du 30 mars, punissant de cinq ans de prison la possession d'un couteau, du 8 avril, étendant la peine de mort aux enfants de plus de douze ans, et du 9 juin, établissant la responsabilité familiale collective.

Les premiers mois de 1936 marquent pourtant un répit, et il semble permis d'espérer que la nouvelle Constitution, à laquelle travaillent Radek et Boukharine, réintroduira une certaine légalité. En fait, à partir de juin, la presse est toute bruissante de nouveaux complots préparés par les « furies trotskistes ». Le 19 août s'ouvre le premier des procès de Moscou [2]. C'est le procès des 16, dont les principaux accusés sont Zinoviev et Kamenev, qui n'échappent pas cette fois à la peine capitale. Il est suivi, en janvier 1937, par le procès des 17, où figurent, à côté de simples comparses, des dirigeants aussi illustres que Piatakov et Radek, ce dernier sauvant sa tête

1. Thèse défendue par A. Ulam, *Staline : l'homme et son temps,* Paris, Calmann-Lévy, 1977, 2 vol.
2. Cf. P. Broué, *les Procès de Moscou,* Paris, Julliard, coll. « Archives », 1964.

par un éloge affirmé de la direction du parti et par une attaque en règle de l'ancienne opposition de droite dont l'heure va bientôt sonner. En mars 1938 s'ouvre en effet le procès des 21, ou du « bloc des droitiers et des trotskistes », qui rassemble des personnalités venues d'horizons bien différents : Boukharine et Rykov, déjà mis en cause et arrêtés en fait depuis un an [1] ; des trotskistes comme Rakovski et l'ancien ambassadeur en Allemagne Krestinski ; l'ancien chef du NKVD Iagoda, qui paie sa mauvaise volonté à diriger la liquidation des vieux bolcheviks. Sur tous, l'implacable procureur Vychinski, un ancien menchevik qui a l'ardeur des ralliés tardifs, fait pleuvoir les accusations les plus terribles et les plus fantaisistes (sabotage, complot trotskiste, trahison, tentatives de meurtre et d'empoisonnement), qui n'ont d'égal que la facilité avec laquelle les accusés passent aux aveux, malgré les brèves tentatives d'un Krestinski ou d'un Boukharine pour en démonter le mécanisme. La torture physique et la promesse de laisser la vie sauve aux familles des accusés semblent avoir été les armes privilégiées de ce conditionnement, plus que le trop fameux et trop commode « dernier service » rendu à un parti auquel la plupart n'avaient depuis longtemps plus guère de raisons de croire.

Les procès de Moscou n'ont été que la partie la plus spectaculaire d'une gigantesque purge qui a frappé deux années durant le parti, l'État, les nationalités, le clergé et la société tout entière [2]. La diminution des effectifs du parti remonte à 1933, mais celui-ci connaît entre 1935 et 1938 une saignée particulièrement brutale, de l'ordre du million. C'est toute la vieille garde bolchevique qui disparaît, ou peu s'en faut. Cette décimation au plus haut niveau de la hiérarchie, que Dzerjinski, Menjinski et même Iagoda, les dirigeants successifs de la Guépéou et du NKVD, avaient toujours répugné d'accomplir, au nom du respect dû aux vétérans du parti, est conduite par Ejov et Beria qui doivent toute leur carrière à Staline. C'est ainsi que 75 % des membres du Comité central de 1934

1. Tomski, lui aussi mis en cause, s'est suicidé en août 1936. On notera que ce n'est pas la seule mort suspecte de l'époque : Kouibychev en janvier 1935, Gorki en juin 1936, Ordjonikidzé en février 1937.

2. Cf. R. Conquest, *la Grande Terreur. Les Purges staliniennes des années trente*, Paris, Stock, 1970.

sont physiquement liquidés, de 3 à 4 000 responsables nationaux et de 70 à 80 % des cadres régionaux, éliminés. A la
base, on estime que 80 % des recrues des années 1920-1921 et
75 % de celles des années 1921-1928 ont disparu durant les
purges [1]. Malenkov en Biélorussie, Beria en Géorgie,
Khrouchtchev en Ukraine (où il a succédé à Stanislas Kossior,
fusillé sans jugement) supervisent une répression qui décapite
les républiques de leur élite nationale et rompt brutalement
avec l'indigénisation des partis nationaux, qui avait progressé
depuis le début des années trente. L'arrestation et la condamnation à mort du maréchal Toukhatchevski et de sept généraux, en juin 1937, ouvrent la voie à une décimation de
l'Armée rouge qui va priver celle-ci, sans autre réaction de sa
part, de 35 000 de ses officiers. Sont également frappés une
grande partie du corps diplomatique, les noms les plus éminents de l'intelligentsia (parmi lesquels beaucoup de Juifs),
nombre de révolutionnaires étrangers réfugiés à Moscou
— dont Bela Kun — ou combattant en Espagne. Ces hauts
responsables ne représentent qu'une fraction minime de l'*Ejovchtchina*. En 1937 et 1938, sur la base de simples présomptions ou de la délation, cette dernière étant élevée au rang de
devoir civique, en particulier chez les enfants, c'est par millions que sont opérées les arrestations qui, après une instruction et un jugement hâtifs, se soldent par une exécution sur
place, ou par l'acheminement vers un camp de travail ou de
redressement. La population concentrationnaire gérée par le
*Goulag*, la branche compétente du NKVD, est généralement
estimée entre 5 et 8 millions de détenus en 1939, avec un taux
de mortalité annuel de l'ordre de 10 %.

On s'interroge encore sur les mobiles d'une telle folie répressive. Divers auteurs ont cru trouver dans le précédent de la
Révolution française les sources d'une explication : pente naturelle d'une révolution qui en vient fatalement à dévorer ses
propres enfants, selon Isaac Deutscher, l'un des premiers
biographes de Staline ; contre-révolution assimilable à la réaction thermidorienne, selon l'analyse trotskiste. Cette identification semble aujourd'hui bien mécanique, faute de prendre
en compte la différence des contextes et l'inégale intensité du

1. Cf. H. Carrère d'Encausse, *Staline, op. cit.*, p. 60.

phénomène répressif. Le recours à la pathologie de Staline, faite d'ambition démesurée dans les fins et d'absence totale de scrupules dans les moyens, ne mérite pas le mépris où le tiennent ceux qui veulent ne voir dans le stalinisme qu'un système désincarné fonctionnant par la seule logique du totalitarisme [1]. Mais il est clair qu'imputer, dans le sillage des accusations ultérieures de Khrouchtchev, les méfaits du stalinisme au seul Staline relève de la naïveté ou, au mieux, de la roublardise. En restant près des faits, on retiendra que les grandes purges de 1937-1938 répondent d'abord à des préoccupations politiques. Il s'agissait d'éliminer la vieille garde bolchevique dont nombre d'éléments continuaient d'apparaître comme un substitut possible au secrétaire général. Il s'agissait aussi de reprendre en main un parti en proie, au moins depuis 1932, à un véritable malaise causé par les brutalités de la dékoulakisation, le gâchis agricole et la misère des masses [2]. Il pouvait également s'agir d'offrir au peuple les boucs émissaires des déboires du second plan quinquennal et de fournir ainsi les dérivatifs à son mécontentement [3]. Le fait est que, quelles que soient les menaces quotidiennes qui pesaient sur elles, les masses n'étaient pas forcément mécontentes de voir les foudres de la répression frapper les intellectuels, les Juifs et les cadres moyens ou supérieurs du parti dont elles jalousaient les privilèges. D'une façon plus générale, on a également mis en valeur la relative cohérence de la terreur stalinienne, c'est-à-dire son adéquation aux choix économiques, sociaux et culturels assignés au pays. De même que la dékoulakisation avait eu pour but d'arracher la paysannerie à ses modes de vie traditionnels et de l'insérer de force dans des structures propres à la contrôler, la grande terreur va concourir, non seulement à éliminer des adversaires potentiels, mais à effacer les différences nationales, à extirper les virus de la religion et de l'individualisme bourgeois, à fournir à l'équipement du pays la main-d'œuvre docile et quasi gratuite sans laquelle l'histoire

---

1. Cf. R.-C. Tucker, *Staline révolutionnaire*, Paris, Fayard, 1975, qui met en évidence le rôle et les limites de cette passion dominatrice dans la mise en place de la terreur stalinienne.
2. Thèse développée par M. Malia, *op. cit.*, p. 207.
3. Thèse avancée par M. Ferro, in R. Girault et M. Ferro, *De la Russie à l'URSS*, Paris, Nathan, 1974, p. 173-175.

n'offre pas d'exemple de révolution industrielle. Le terme de
cette analyse revient à s'interroger sur la fécondité même
d'une telle barbarie. La terreur stalinienne a bien pu être le
prix tragique de l'industrialisation accélérée qui a permis de
faire accéder l'URSS au rang de grande puissance et qui a
rendu possible, parmi d'autres facteurs, la victoire militaire du
pays face à l'agression allemande.

Au moment où s'ouvre le troisième procès de Moscou, la
détente politique est déjà perceptible avec l'adoption d'une
résolution condamnant les «exclusions injustifiées». Élargi en
décembre 1938, Ejov disparaît mystérieusement l'année suivante et, avec lui, un certain nombre d'agents trop zélés du
NKVD. Cette tendance est confirmée en mars 1939, lors du
XVIII⁰ Congrès du parti, qui voit l'accession de Jdanov et de
Khrouchtchev au Bureau politique, mais qui surtout proscrit la
méthode des épurations massives et affirme le droit à la réinté-
gration des exclus. Le prestige de Staline ne sort néanmoins
nullement atteint par la reconnaissance des erreurs commises.
Auréolé par son passé de vétéran du bolchevisme, le seul, et
pour cause, à avoir joué un rôle de premier plan depuis 1917,
c'est sans réticence aucune que les délégués l'entendent une
nouvelle fois réfuter la thèse du dépérissement de l'État, et
toutes les interventions célèbrent ses mérites à l'unisson. Parallèlement, le rapport de Molotov donne d'intéressantes indi-
cations sur la composition du parti, qui font apparaître trois
tendances majeures : une reprise rapide du recrutement, le
rajeunissement considérable de l'encadrement et l'entrée massive de la nouvelle intelligentsia soviétique [1]. Cette nouvelle
couche intellectuelle est le produit des transformations économiques du pays et de l'immense effort de formation technique ou supérieure qui reste l'actif le moins contestable de
l'époque stalinienne. On peut néanmoins émettre quelque
doute sur la qualité de «force authentiquement populaire» qui
lui a été décernée par le XVIII⁰ Congrès. Car, si ses origines
paysannes ou ouvrières sont indéniables, le parti pris d'effica-

---

1. Tombé à moins de 2 millions de membres en 1938, le parti remonte à
2,2 millions en janvier 1939 et à 3,4 millions en janvier 1940. Au
XVIII⁰ Congrès, 3 % seulement des délégués ont plus de cinquante ans ; à
l'inverse, 90 % des secrétaires au niveau des républiques et des régions ont
moins de quarante ans.

cité, pour ne rien dire de l'élan révolutionnaire, s'est rapidement dilué dans la routine des comportement bureaucratiques et dans l'attachement aux privilèges acquis.

L'épreuve de la Seconde Guerre mondiale va apporter diverses modifications aux modalités d'exercice du pouvoir stalinien. Une fois surmonté le désarroi consécutif à l'effondrement initial de l'Armée rouge [1], le discours de Staline prononcé le 3 juillet 1941, appelant ses «Frères et Sœurs» à la défense du sol national, ouvre la voie à un certain nombre d'inflexions majeures. Les références au communisme disparaissent au profit d'une mobilisation des valeurs patriotiques, voire slavophiles, et des grands ancêtres de l'histoire russe. Mutation d'autant plus aisée que les années d'avant-guerre avaient été marquées par une revalorisation de l'État, de l'histoire et des valeurs nationales. Certains gestes vont dans le même sens, même s'ils n'ont qu'une portée limitée. La dissolution du Komintern, en mai 1943, est assurément un geste conciliant à l'égard des Alliés, mais elle a aussi vocation à confirmer la tâche prioritaire de la défense de la patrie. La création d'un hymne national soviétique en remplacement de *l'Internationale,* la suppression des commissaires politiques auprès de l'Armée rouge, l'officialisation du terme de « grande guerre patriotique» pour désigner la guerre en cours ont une signification analogue. Après la persécution religieuse des années 1936-1937 et la fermeture de la quasi-totalité des lieux de culte, le régime mobilise la religion au service de la cause nationale. Mobilisation d'autant plus urgente qu'il s'agit là de l'un des rares domaines où l'occupant allemand fait preuve de tolérance. Elle se traduit par le retour à la liberté de culte et par la sollicitation empressée de la hiérarchie. Le clergé orthodoxe peut même tenir en janvier 1945 son premier synode depuis la révolution. Même détente à l'égard des nationalités, dont on restaure le passé (surtout quand il s'est associé à celui du peuple russe) et à l'égard desquelles on revient à une politique d'indigénisation des cadres. Dans tous les domaines, on as-

---

1. Le désastre des premiers mois de guerre a mis à nu à la fois l'imprévoyance de Staline, auquel les avertissements n'ont pas manqué, l'absurdité de ses conceptions politico-stratégiques, et les effets dévastateurs des purges récentes dans le corps des officiers.

siste à un relâchement des contrôles, à un effacement de la bureaucratie du parti, à une mise en sourdine de l'omnipotence policière. La paysannerie est la grande bénéficiaire de cette détente. Le nombre des journées de travail sur les terres collectives a été augmenté, passant de 254 en 1940 à 352 en 1942, mais l'État sait fermer les yeux sur le développement parallèle de l'activité du marché libre, qui représente en 1944 la moitié de l'approvisionnement urbain et 90 % du revenu monétaire paysan [1].

Ces inflexions ont suscité de grands espoirs ; elles ne suffisent pas évidemment à modifier en profondeur la nature du pouvoir, qui demeure aussi concentré et personnalisé qu'auparavant. Que Staline ait su, à la différence d'Hitler, s'effacer devant ses généraux [2], écouter leurs avis et limiter ses interventions à des suggestions n'est pas niable. A cet égard, les allégations ultérieures de Khrouchtchev sont démenties par tous les témoignages des militaires soviétiques. Mais, en même temps, la concentration du pouvoir s'est renforcée depuis que Staline cumule le secrétariat général et la présidence du Conseil. Paré depuis 1943 du titre de maréchal, Staline renforce, d'autre part, le culte du « commandant suprême » et du « guide bien-aimé ». Discrète en période de revers, habile à rejeter sur les subordonnés les erreurs commises, cette propagande conforte, non sans succès, sa réputation d'infaillibilité et autorise toutes les reprises en main.

Produit du marxisme et de l'histoire russe, le stalinisme a donné lieu à de multiples interprétations [3], au centre desquelles se situe le problème de sa filiation réelle ou supposée avec le léninisme. Le stalinisme a-t-il été une monstrueuse déviation ou l'extension logique des fondements léninistes de la Russie bolchevique ? Interrogation essentielle, qui met en

1. Cf. H. Carrère d'Encausse, *Staline, op. cit.*, p. 145.
2. Il eut aussi le mérite d'écarter de la direction des opérations les nullités les plus patentées de l'Armée rouge (Vorochilov, Boudienny) et de laisser carte blanche à des généraux de valeur.
3. Cf. les contributions, un peu disparates, regroupées in E. Pisier-Kouchner, *les Interprétations du stalinisme*, Paris, PUF, 1983. Sur Staline et son système, il est toujours utile de se reporter à l'impressionnante biographie de B. Souvarine, *Staline. Aperçu historique du bolchevisme*, Paris, Plon, 1935.

cause non seulement le communisme soviétique, mais tous les régimes appelés à se réclamer du marxisme.

Staline n'a cessé de répéter, et son propre culte avec lui, qu'il plaçait son action dans la continuité des préceptes de Lénine, qu'il n'était que son meilleur disciple et le continuateur de son œuvre. Paradoxalement, cette continuité est affirmée à la fois par les thuriféraires du stalinisme et par les adversaires les plus résolus du marxisme. Une telle affirmation n'est que partiellement falsificatrice. Sourd aux conseils et aux mises en garde que lui prodiguait Rosa Luxemburg dans l'année qui suivit la prise de pouvoir [1], Lénine n'a procédé à aucun «saut qualitatif» de la démocratie soviétique, mais a d'emblée mis en place le triple carcan idéologique, bureaucratique et répressif dans lequel s'est épanoui plus tard le stalinisme. La dissolution de la Constituante, la mise au pas des soviets, l'instauration des «crimes de presse», la subordination des syndicats au parti, la création et les méfaits de la Tchéka, l'interdiction des tendances organisées et le monolithisme du parti constituent les principaux jalons d'une perversion bureaucratique de la révolution. Mesures dictées par une conjoncture exceptionnelle, celle de la guerre civile, de l'intervention étrangère et d'une économie aux abois? Sans doute. Mais on ne saurait négliger les fondements théoriques qui les ont justifiées : l'étatisme sous-jacent de *l'État et la Révolution* et la thèse plus ancienne des révolutionnaires professionnels qui ne pouvait que favoriser la formation d'une oligarchie dirigeante.

Pour d'autres, trotskistes ou marxistes antistaliniens [2], la thèse de la continuité est vide de sens. Pour des raisons qui relèvent d'abord de la lecture empirique des faits. Les «immanences du léninisme» (Roy Medvedev) seraient fondamentalement pluralistes et émulatives ; ce sont les circonstances qui ont imposé le raidissement interne, les entraves à la démocra-

1. Rosa Luxemburg rappelait aux bolcheviks qu'ils avaient le devoir de «remplacer la démocratie bourgeoise par la démocratie socialiste et non pas de supprimer toute démocratie». Cf. R. Luxemburg, *la Révolution russe, 1918,* Paris, Maspero, 1969.
2. Il a déjà été fait mention des analyses trotskistes de la dégénérescence du parti et du Thermidor bureaucratique. Pour les seconds, cf. par exemple, J. Elleinstein, *le Phénomène stalinien,* Paris, Grasset, 1977, et R. Medvedev, *Staline et le Stalinisme,* Paris, Albin Michel, 1979.

tie dans le pays et dans le parti, dont Lénine était à la fois conscient et mal informé. Son *Testament* constitue à la fois l'autocritique des excès commis et l'amorce d'un redressement. Pour des raisons qui tiennent surtout aux ruptures brutales imposées par Staline aux modes de gestion économique et à la conception léniniste du parti : l'industrialisation forcée et la collectivisation à outrance qui contreviennent aux conseils de prudence et de lenteur dispensés par Lénine après l'adoption de la NEP, l'accroissement mécanique du noyau ouvrier du parti, l'inféodation de ce dernier aux organes de répression, le chauvinisme grand-russien, l'abandon de la collégialité et le culte de la personnalité. Pour des raisons qui tiennent enfin, mais ce ne sont pas nécessairement les plus convaincantes, à la différence fondamentale des mobiles. L'opposition est classique entre Lénine, qui aurait subordonné tout intérêt personnel à celui du parti et de la révolution, et Staline, qui aurait utilisé l'un et l'autre à la réalisation de ses ambitions et de ses instincts criminels. Elle ne suffit pas à blanchir le premier des crimes commis par le second, et il y aura toujours quelque naïveté à affirmer que, Lénine vivant, la Russie aurait pu faire l'économie du stalinisme. En tout état de cause, entre les deux thèses auxquelles l'histoire fourbit à chacune les munitions nécessaires, le débat risque bien de n'être jamais tranché.

## Le communisme chinois

Le parti communiste chinois (PCC) naît à Shanghai, en juillet 1921, au cours d'un bien modeste congrès comprenant 12 participants, représentant eux-mêmes 57 adhérents. Vingt ans plus tard, il est devenu l'un des tout premiers partis communistes du monde et la principale force politique de la Chine. Ce n'est pas la seule originalité d'un parti qui a pris racine dans un pays où la tradition marxiste, et plus largement socialiste, était à peu près inexistante [1], où la classe ouvrière ne dépassait pas le million et demi de travailleurs, et où le

---

1. Cf. J. Guillermaz, *Histoire du parti communiste chinois,* Paris, Petite Bibl. Payot, 1975, t. I, p. 26-38.

mouvement syndical, malgré certains progrès enregistrés en 1911-1912, était encore embryonnaire[1]. Comme dans d'autres pays asiatiques, son ascension s'explique par l'appui qu'il a su trouver dans un faisceau de forces sociales et de courants culturels diversifiés, qui ont aussi contribué à le différencier fondamentalement du modèle soviétique.

Pourtant, la Chine a constitué d'emblée un axe essentiel de la stratégie du Komintern. Persuadé que la révolution en Occident passait par la chute des bastions extérieurs de la vieille Europe, Lénine y a envoyé très tôt des émissaires. Le communisme chinois va naître précisément de la conjonction de l'activisme du Komintern et de l'ébullition, à la fois culturelle et nationale, de la gauche intellectuelle. Un groupe de professeurs à l'université de Pékin, en particulier Chen Duxiu[2], a pris la tête d'un mouvement contestataire qui culmine en 1919 avec le «Mouvement du 4 mai». Marqué dans une vingtaine de villes par des manifestations étudiantes, des grèves ouvrières, des campagnes de boycott des produits japonais, ce mouvement a pour objet immédiat de protester contre les clauses du traité de Versailles transférant au Japon les possessions allemandes en Chine. Mais il est aussi une mise en accusation de la culture et de la société traditionnelles, désignées comme responsables de la faiblesse du pays. Le Mouvement du 4 mai est doublement important : il illustre l'intrusion des masses chinoises dans la vie politique, selon des modalités à la fois spontanées et canalisées appelées à se reproduire bien des fois ; il s'assigne comme objectif le «salut du pays» par une voie progressiste qui rompt avec les thèmes passéistes et xénophobes des révoltes antérieures.

Dans l'immédiat le mouvement débouche directement sur le marxisme, sans médiation social-démocrate. En 1919 et 1920, les chefs de file de la gauche intellectuelle, Chen Duxiu et Li Dazhao, qui suivent avec sympathie les développements de la révolution russe, constituent des groupes d'études marxistes[3]

---

1. Cf. J. Chesneaux, *le Mouvement ouvrier chinois, 1919-1922*, Paris-La Haye, Mouton, 1962.
2. Sauf pour Sun Yat-sen et Tchiang Kai-chek, c'est l'alphabet phonétique pinyin qui est utilisé ici pour la transcription des noms chinois.
3. Chen Duxiu anime un groupe à Changhai, Li Dazhao à Pékin. Des groupes sont également formés à Canton et à Wuhan.

puis, en liaison avec les envoyés du Komintern, Voitinski et le Hollandais Mahring, des groupes d'action communiste qui se fédèrent, en juillet 1921, pour donner naissance au minuscule PCC dont Chen Duxiu devient le secrétaire général. Cénacle d'intellectuels pratiquement dénués d'expérience sociale, le parti adopte d'emblée une stratégie ouvrière et léniniste qui le coupe du courant anarchiste en réel essor dans les années 1905-1915. Indifférents aux luttes intestines qui divisent le pays, peu intéressés par la paysannerie, les jeunes intellectuels — Mao Zedong, Li Lisan, Liu Shaoqui — se mêlent aux ouvriers, les aident à organiser des syndicats et à fomenter des grèves. Le 1er mai 1922, ils inspirent la réunion, à Canton, du premier congrès syndical chinois.

Ce militantisme trouve néanmoins ses limites. Les effectifs du parti restent en effet dérisoires, inférieurs au millier de membres en 1924[1]. Surtout, la répression d'une grève déclenchée en février 1923 par les cheminots du Nord entraîne l'interdiction et la mise en sommeil des syndicats. D'où le virage stratégique opéré en direction du Guomindang et de Sun Yat-sen, qui a repris une nouvelle fois le pouvoir à Canton. Malgré les réserves d'une tendance de gauche, le parti s'aligne sur la politique d'alliance avec les nationalistes bourgeois qui est alors celle du Komintern. Les termes de la coopération entre les deux partis sont définis en janvier 1924, au congrès de réorganisation du Guomindang tenu à Canton. Tout en conservant à leur parti une existence propre, les communistes entrent au Guomindang, et sept d'entre eux accèdent au Comité central[2]. Le Guomindang accepte de soutenir les revendications ouvrières et les premières unions paysannes. Les deux partis s'unissent pour lutter contre le féodalisme des seigneurs de la guerre et contre l'impérialisme des grandes puissances. Le rapprochement avec l'URSS se concrétise par l'envoi en Chine de la mission diplomatique conduite par Borodine, qui succède à Joffé, et de la mission militaire dirigée par Galen-Blücher. Ce dernier crée en 1924 l'Académie militaire de Wampoa, dont la direction est confiée l'année suivante à Tchiang Kai-chek, au retour d'un séjour

1. Cf. J. Guillermaz, *op. cit.*, p. 90.
2. Parmi lesquels Li Dazhao et Mao Zedong.

en URSS où il a pu s'initier au fonctionnement de l'Armée rouge.

Cette alliance se révèle fructueuse. Au congrès de novembre 1925, le PCC atteint 10 000 membres, auxquels il faut ajouter 9 000 « jeunesses communistes ». Des groupes communistes se sont également constitués dans l'émigration chinoise en Europe, et particulièrement en France où militent obscurément quelques-uns des noms appelés à devenir parmi les plus illustres du communisme chinois : Zhou Enlai, Chen Yi, Li Fuchun, Deng Xiaoping. Rentré en Chine en 1924, Zhou Enlai est de ceux qui, avec Liu Shaoqui, le premier à Changhai, le second à Wuhan, s'attachent à renforcer les syndicats chinois et à y asseoir l'influence prépondérante du communisme. Le « Mouvement du 30 mai » (1925), marqué par des grèves très dures, doit beaucoup à sa capacité de mobilisation. L'influence communiste pénètre également, à un moindre titre, dans le milieu paysan, auquel le parti n'a porté d'intérêt qu'à partir de son IVe Congrès, en 1925. Pourtant, dès 1921, la province méridionale du Guangdong (Kouangtoung) s'est montrée réceptive, et a trouvé avec l'agitateur Peng Pai l'organisateur des premières unions paysannes. Celles-ci, avec 200 000 affiliés, tiennent leur premier congrès en mai 1925, le second en mai 1926, représentant 600 000 paysans [1].

Sun Yat-sen meurt le 12 mars 1925, et sa disparition va compliquer assez vite les rapports entre les deux partis. Maître de l'appareil du Guomindang, Wang Jingwei apparaît comme son successeur et son continuateur, mais, dès la fin de 1925, des groupes issus de la droite du parti réclament l'éviction des communistes. Pourtant, le IIe Congrès du Guomindang, en janvier 1926, se montre favorable à la poursuite de la collaboration, et Mao Zedong devient même, sans en avoir le titre, directeur de la propagande du parti. La rupture se précise avec l'« incident » du 20 mars, quand, feignant de croire à la menace d'un enlèvement, Tchiang Kai-chek fait opérer des arrestations parmi les dirigeants syndicalistes et les cadres communistes de l'Académie militaire de Wampoa. Les efforts des délégués soviétiques parviennent à minimiser l'incident,

1. J. Guillermaz, *op. cit.*, p. 96.

et, à la veille de l'expédition du Nord, la collaboration des deux partis n'est pas rompue.

La reconquête du Nord commence en juillet 1926. Dans la lutte qui l'oppose aux seigneurs de la guerre, le Guomindang a des armées moins nombreuses et moins bien équipées. Mais elles sont plus disciplinées, politiquement plus combatives et militairement mieux coordonnées. En moins d'un an ses forces tiennent la vallée du Yangzi et contrôlent déjà une dizaine de provinces. Nankin et Changhai tombent en mars 1927, Pékin est prise en mai 1928. Dans cette succession de victoires, le rôle des communistes est considérable, avec ses commissaires politiques très actifs (Li Fuchun à la II$^e$ armée, Liu Tsuhan à la VI$^e$), ses organisations ouvrières, qui se rendent maîtresses de Changhai avant l'arrivée des forces nationalistes, ses unions paysannes en pleine croissance, en particulier dans le Hunan et la région de Canton. Cet activisme contribue à accroître la tension entre les communistes et la droite du Guomindang, dont Tchiang Kaï-chek a pris la tête. La crise devient aiguë quand, le 10 mars 1927, ce dernier dénonce l'« arrogance » des communistes et fustige la faiblesse du gouvernement nationaliste installé à Wuhan dans lequel sont entrés deux communistes. Le 12 avril, c'est le coup de force de Changhai, où Tchiang Kaï-chek fait désarmer les milices ouvrières et couvre une répression très violente. Des actions analogues se produisent à Canton et à Pékin, où Li Dazhao est exécuté. Le 18 avril, Tchiang Kaï-chek installe à Nankin un gouvernement rival de celui de Wuhan, qui riposte en le démettant de ses fonctions et en l'excluant du parti. Mais, assis sur trois provinces seulement, le gouvernement de Wuhan, présidé par Wang Jingwei, n'a qu'une faible représentativité. Il doit, en outre, affronter des troubles agraires et la constitution d'une force armée communiste dans le Hunan qui accréditent la conviction d'une stratégie de débordement. Dès juillet 1927, le gouvernement de Wuhan se rallie à celui de Nankin. La rupture du Guomindang et du PCC est donc consommée. Les communistes entrent dans la clandestinité. Borodine regagne l'URSS, suivi de peu par la veuve de Sun Yat-sen, demeurée fidèle à l'unité d'action avec les communistes.

Cette cuisante défaite s'explique par l'inégalité du rapport de forces. Face à un Guomindang en pleine ascension, devenu l'incarnation des aspirations nationales, le parti communiste, encore inexpérimenté et mal soutenu par les masses rurales, n'a pu s'imposer. Accusé d'opportunisme de droite et de « capitulationnisme », alors qu'il n'a guère fait qu'appliquer la stratégie attentiste du Komintern, Chen Duxiu est remplacé en août 1927 par Qu Qiubai, un intellectuel formé à l'école de Moscou. Dans l'immédiat prévaut une ligne insurrectionna-liste qui se traduit, d'août à décembre, par une nouvelle série de déboires : échec d'un soulèvement militaire à Nanchang (Jiangxi), auquel participent quelques futurs dignitaires de la Chine communiste (Zhu De, Lin Biao, Chen Yi) ; échec de l'insurrection dite de la « Moisson d'automne » tentée par Mao Zedong dans le Hunan ; échec de la Commune de Canton, qui se solde par une prompte et dure répression nationa-liste [1].

Les revers de l'année 1927 sont pour partie imputables à la passivité des masses paysannes. C'est pourtant des campagnes que va venir la régénérescence du communisme chinois. Mao Zedong est l'un des rares dirigeants du parti à être issu de la paysannerie. Comme tel, il a été chargé des questions paysan-nes et est devenu le secrétaire général de l'Association natio-nale des paysans. Son « Rapport sur le mouvement paysan dans la province du Hunan » (mars 1927) n'a pas peu contribué à accroître la méfiance de Tchiang Kai-chek à l'égard des communistes. Pour l'heure, réfugié avec quelques rescapés dans le massif déshérité des Chingkangshan, à la limite des provinces du Hunan et du Jiangxi, Mao s'attache en avril 1928 les restes de l'armée de Zhou De, un ancien seigneur de la guerre converti au communisme après un passage au Guomin-dang. Ces troupes disparates prennent le nom de IVe armée rouge, qui atteindra de 8 000 à 10 000 hommes. A cette armée hétéroclite et ignorante sont inculqués des rudiments d'ins-truction militaire et politique. Des soviets locaux sont consti-tués non sans mal, et une réforme agraire, assez brutale, est promulguée. Les années suivantes voient l'extension de ces bases rurales dans le Jiangxi et le Hunan. Elles sont une

1. Sur cette période décisive pour l'avenir du communisme chinois, cf. H. Isaacs, *la Tragédie de la révolution chinoise, 1925-1927,* Paris, Galli-mard, 1967.

quinzaine en 1930, et l'Armée rouge atteint à cette date de 60 000 à 70 000 hommes [1]. C'est à cette époque que Mao Zedong expérimente ce qui deviendra sa théorie de la guerre révolutionnaire avec ses multiples visages, militaires, politiques et sociaux.

Longtemps tenue en suspicion au sein du parti, la stratégie paysanne de Mao Zedong reçoit une approbation partielle lors du VIe Congrès du PCC, tenu à Moscou en juillet-août 1928, bien qu'aucun représentant des bases rurales n'y soit présent. Mao Zedong accède au Comité central, mais la direction du parti revient à Li Lisan, qui a fait plusieurs séjours en Russie et qui a la confiance de Moscou. La menace que fait peser sur le capitalisme la crise de 1929 et les difficultés momentanées de Tchiang Kai-chek, confronté à plusieurs révoltes de généraux, soulèvent un optimisme démesuré qui dicte le plan de campagne de l'été 1930. Grandes offensives à l'échelle de provinces entières, grèves et mouvements insurrectionnels dans les centres urbains se révèlent autant d'échecs désastreux qui retombent sur Li Lisan, écarté de la direction au profit de Pavel Mif et de son équipe de militants formés à l'université Sun Yat-sen de Moscou. Le parti est encore affaibli, au printemps 1931, par une nouvelle vague de répression policière et son audience dans le syndicalisme ouvrier ne cesse de régresser. Ces échecs confortent la position de Mao Zedong, qui, sans aller jusqu'à l'indiscipline ouverte, s'était montré, lors des offensives de l'été 1930, très critique à l'égard de l'aventurisme de Li Lisan. Ses bases rurales se sont élargies et contrôlent désormais une dizaine de millions d'habitants. C'est assez pour que, le 7 novembre 1931, les 610 délégués des soviets locaux proclament l'avènement de la République soviétique chinoise. Mao Zedong en est élu président, Zhou De en dirige le Comité militaire avec pour adjoint Zhou Enlai, longtemps lié à Li Lisan mais qui a su rompre à temps. Une réforme agraire de vaste envergure, mais moins radicale que la précédente, est mise en œuvre, épaulée par la promulgation d'un Code du travail remarquablement moderne.

L'agression japonaise en Mandchourie inquiète moins Tchiang Kai-chek que les progrès du communisme en Chine

1. Sur le détail de l'organisation, cf. J. Guillermaz, *op. cit.*, p. 186-195.

centrale, dont il entend entreprendre la liquidation. Cinq campagnes militaires seront néanmoins nécessaires aux forces gouvernementales pour venir à bout des bases communistes [1]. L'impossibilité pour le gouvernement d'engager la totalité de ses forces et l'efficacité tactique de l'Armée rouge expliquent ces échecs répétés. Soigneusement préparée et dotée de moyens considérables, la cinquième campagne fait exception. Un blocus étroit des zones communistes et l'emploi massif de l'aviation obligent l'Armée rouge, progressivement privée de l'appui d'une population soumise aux plus dures souffrances, à décrocher en octobre 1934. L'abandon des bases rurales constitue une perte tragique pour le communisme chinois. Pourtant, la période du Jiangxi lui a permis de former des cadres de valeur et d'approcher de façon concrète l'exercice du pouvoir dans le monde rural, de s'attirer aussi, plus qu'en milieu strictement ouvrier, les sympathies populaires.

Entrée de plain-pied dans la légende, la Longue Marche s'étend d'octobre 1934 à octobre 1935. Extraordinaire odyssée qui va imposer à trois armées [2] une retraite de 12 000 kilomètres faite de marches et de contre-marches épuisantes, où il faut lutter contre les éléments naturels, les attaques des armées nationalistes et l'hostilité des populations non chinoises. Au total, 20 000 rescapés sur les 130 000 partants trouveront refuge dans les minuscules bases rouges du nord de la province du Shenxi. Plus qu'un exploit militaire, la Longue Marche est surtout capitale par ses implications politiques. L'autorité de Mao Zedong, très affaiblie depuis 1932, et jusque dans ses propres bases, sort renforcée. A la conférence de Zunyi, en janvier 1935, une réunion élargie du Bureau politique a reconnu, au moins partiellement, la justesse de ses thèses et l'a porté à la présidence du Comité militaire du parti. Bien soutenu par Zhou Enlai, sa position se consolide dans les mois suivants, pour faire de lui le leader désormais incontesté du communisme chinois. A plus long terme, la Longue Mar-

1. La première va d'octobre 1930 à janvier 1931, la seconde d'avril à mai 1931, la troisième a lieu en juin 1931, la quatrième s'étend de juin 1932 à février 1933, la cinquième d'octobre 1933 à octobre 1934.

2. La « I$^{re}$ armée de front », de loin la plus nombreuse, commandée par Zhou De et partie du Jiangxi, la « II$^e$ armée de front » venue du Hunan et la « IV$^e$ armée de front » venue du Sichuan.

che s'est révélée à la fois «un manifeste, un instrument de propagande et une machine à semer» (Mao Zedong). Au travers des onze provinces traversées, elle a fait connaître le programme politique et surtout social du parti, et a permis d'entrer en contact avec les populations allogènes. Elle lui a permis aussi d'acquérir une autonomie et une assurance à l'égard de Moscou qui pèseront lourd dans l'avenir des relations sino-soviétiques.

Épuisée par la Longue Marche, l'Armée rouge n'aurait sans doute pu survivre dans son refuge excentrique et déshérité du Nord-Shenxi, si elle n'avait trouvé dans la quasi-inaction des forces gouvernementales le moyen de se réorganiser, puis dans la menace japonaise l'occasion de s'imposer à la tête du mouvement national. L'attitude antinippone des communistes chinois remonte à 1932, quand, de façon purement formelle, la «République soviétique» avait déclaré la guerre au Japon. Mais c'est en 1935 que Mao Zedong formule sa «Tactique de la lutte contre l'impérialisme japonais», qui préconise la constitution d'un «large front national» à l'unisson des tendances patriotiques qui traversent à cette époque la jeunesse intellectuelle et une partie de l'armée gouvernementale. L'arrestation de Tchiang Kai-chek, en décembre 1936, par des officiers nationalistes (l'«incident de Xian») aurait pu être pour les communistes le moyen d'éliminer le généralissime et de participer à un gouvernement de salut national. Sous l'impulsion du Komintern, le parti doit se résoudre à négocier un accord (déclarations des 22 et 23 septembre 1937) aux termes duquel il conserve ses forces armées autonomes tout en les intégrant pour la forme dans l'armée nationale. L'Armée rouge devient ainsi, avec trois divisions, la VIII$^e$ armée de route, commandée par Zhou De [1]. En échange d'une promesse de réformes démocratiques, le parti communiste s'engage à renoncer à sa politique de soviétisation et de confiscation de terres.

La guerre sino-japonaise va permettre au PCC une véritable résurrection. Celle-ci doit beaucoup, il est vrai, à l'attentisme délibéré que pratique Tchiang Kai-chek à l'égard des Japo-

---

1. En 1938, elle sera épaulée par la IV$^e$ armée nouvelle, commandée par Chen Yi et opérant en Chine centrale.

nais, malgré les effectifs considérables [1] et l'importance de l'aide étrangère dont il dispose. La corruption notoire du Guomindang, l'immobilisme politique et l'autoritarisme du généralissime discréditent rapidement le gouvernement de Chongqing, qui semble réserver le meilleur de ses forces à la lutte contre les communistes. Après deux années de collaboration relativement satisfaisante, la tension renaît en 1939, donnant lieu à des heurts multiples, et culmine en janvier 1941, quand la IVe armée nouvelle est encerclée par les nationalistes dans la province de l'Anhui et nombre de ses cadres massacrés. Les responsabilités sont ici évidentes, dans la mesure où l'avancée de la IVe armée nouvelle vers le Yangzi contrecarrait ouvertement les engagements pris en 1937. Il n'empêche que, par son activité militaire inlassable qui recourt à toutes les formes habituelles de la guérilla, le parti communiste est parvenu à s'identifier à la cause nationale. Quoi qu'il ait été dit plus tard, cette guérilla a peu entamé la puissance de l'armée japonaise, et s'est surtout révélée fructueuse contre les troupes, plus fragiles, du gouvernement collaborateur de Wang Jingwei. Mais elle a accrédité dans la population (elle-même associée à la lutte quotidienne) la valeur du combattant communiste, à la fois défenseur de son pays contre l'envahisseur et constructeur d'un ordre social plus juste.

Une fois consolidées, les bases de guérilla communiste deviennent en effet des «zones libérées», avec leurs assemblées et administrations élues, leurs organisations de masse, leurs universités et centres de formation les plus divers. En 1945, elles sont au nombre de dix-neuf, importantes surtout en Chine du Nord et en Chine centrale, regroupant près de 100 millions d'habitants. Sous le nom de «Démocratie nouvelle», le régime ainsi instauré entend associer ouvriers, paysans, classe moyenne et capitalistes nationaux, à l'exclusion du grand capitalisme et du landlordisme. Théoriquement «révolutionnaire», cette alliance fonctionne de façon très réformiste, laissant une large place au libéralisme économique et aux anciennes coutumes. Pour des raisons d'opportunité évidentes, la politique agraire demeure modérée, tournée vers

1. Près de 350 divisions en 1941. Plus de 15 millions de Chinois furent théoriquement mobilisés durant la guerre sino-japonaise. Cf. J. Guillermaz, *op. cit.*, t. II, p. 304.

l'allégement des fermages et la réglementation du prêt à intérêt plus que vers les confiscations, qui sont exceptionnelles. Une telle orientation ne va pas sans choquer les cadres anciens, de formation marxiste, de même qu'elle peut attirer au parti des éléments sous-politisés, voire douteux. D'où le «Mouvement de rectification» qui se développe en 1941 et surtout en 1942, qui appelle à la lutte contre la bureaucratie et le dogmatisme. Mais comme toujours en pareil cas, il s'agit aussi d'un vaste mouvement d'épuration qui, sous couvert d'éliminer du parti les «mauvais éléments» (carriéristes, opportunistes, collaborateurs), dégénère en de multiples règlements de comptes. Nul doute pourtant que l'autorité de Mao Zedong en soit sortie renforcée. Quand en avril 1945, à quelques mois de la capitulation japonaise, le PCC réunit à Yenan son VIIe Congrès, il peut contempler avec orgueil le chemin parcouru [1] et adopter cette exigence de ton qui le pose en successeur virtuel du régime de Tchiang Kai-chek.

1. 1,2 million de membres (contre 40 000 en 1937), 95 millions d'habitants des zones libérées, une armée régulière de 910 000 hommes, une milice de 2,2 millions d'hommes... Cf. J. Guillermaz, *op. cit.,* p. 373.

# Orientation bibliographique [1]

I. Sur l'état du monde au début du XXᵉ siècle, amples vues d'ensemble dans P. Léon, *Histoire économique et sociale du monde*, Colin, 1977, t. IV, *1840-1914*, et P. Renouvin, *la Crise européenne et la Première Guerre mondiale, 1904-1914*, PUF, coll. « Peuples et Civilisations », 1969. Pour une approche par pays, on retiendra J.-B. Duroselle, *la France de la « Belle Époque »...*, Éd. Richelieu, 1972, et la plupart des ouvrages de la collection Hatier-Université : F. Bédarida, *l'Angleterre triomphante, 1832-1914*, 1974, P. Guillen, *l'Empire allemand, 1871-1918*, 1970, P. Guichonnet, *l'Italie, la monarchie libérale, 1870-1922*, 1969, J. Mutel, *le Japon, la fin du shôgunat et le Japon de Meiji, 1853-1912*, 1978. Pour les autres pays, R. Girault et M. Ferro, *De la Russie à l'URSS*, Nathan, 1974, Cl. Fohlen, *l'Amérique anglo-saxonne de 1815 à nos jours*, PUF, coll. « Nouvelle Clio », 1969, et J. Chesneaux, *l'Asie orientale aux XIXᵉ et XXᵉ siècles*, PUF, coll. « Nouvelle Clio », 1973.

Pour les relations diplomatiques et les crises internationales, P. Renouvin, *Histoire des relations internationales*, Hachette, 1955, t. VI, *le XIXᵉ siècle*, 2ᵉ partie, et J. Droz, *Histoire diplomatique de 1648 à 1918*, Dalloz, 1982. Aperçus nouveaux dans R. Girault, *Diplomatie européenne et Impérialismes, 1871-1914*, Masson, 1979.

L'histoire de la Première Guerre mondiale est dominée par les ouvrages de P. Renouvin, *la Crise européenne..., op. cit.*, M. Ferro, *la Grande Guerre, 1914-1918*, Gallimard, 1969, et P. Miquel, *la Grande Guerre*, Fayard, 1983. L'effort de guerre des nations belligérantes est traité dans les ouvrages mentionnés *supra*. Pour la France, ajouter Ph. Bernard, *la Fin d'un monde, 1914-1929*, Éd. du Seuil, coll. « Points », 1975, A. Kaspi, *le Temps des Américains : le concours américain à la France en 1917-1918*, Public. de la Sor-

---

1. Compte tenu de l'ampleur de la bibliographie existante, il n'a été retenu que des travaux récents, aisément accessibles et, sauf exception, écrits ou traduits en langue française. Sauf mention contraire, il s'agit d'ouvrages édités à Paris.

bonne, 1976, et P. Fridenson, *l'Autre Front,* Cahiers du Mouvement
social, n° 2, 1977. Pour la révolution russe, l'ouvrage fondamental
de M. Ferro, *la Révolution russe,* Aubier-Montaigne, 2 vol., 1967-
1976, et la claire synthèse de F.-X. Coquin, *la Révolution russe,*
PUF, « QSJ » n° 986, 1962. Sur les retombées immédiates du conflit,
P. Renouvin, *l'Armistice de Rethondes, 11 novembre 1918,* Gallimard, 1968, et M. Launay, *Versailles, une paix bâclée?,* Bruxelles,
Éd. Complexe, 1981. Aperçus renouvelés dans J. Bariéty et P. Poidevin, *les Relations franco-allemandes, 1815-1975,* Colin, 1977, et
D. Artaud, *la Question des dettes interalliées et la Reconstruction de
l'Europe : 1917-1929,* Presses univ. de Lille, 1978.

II.  Sur les variations de la conjoncture économique entre les deux
guerres, P. Léon, *Histoire économique et sociale du monde, op. cit.,*
1977, t. V, *Guerres et Crises, 1914-1947 ;* mais les ouvrages essentiels sont en langue anglaise, en part. M. Friedman et A. Schwarz,
*The Great Contraction, 1929-1933,* Princeton, 1973, et H. Van der
Well, *The Great Depression Revisited,* La Haye, 1973. La synthèse
de B. Gazier, *la Crise de 1929,* PUF, « QSJ » n° 2126, 1983, intègre
des problématiques récentes. Les expériences américaines de relance
sont retracées par D. Artaud, *le New Deal,* Colin, 1969. Pour la
France, A. Sauvy, *l'Économie française entre les deux guerres,*
Economica, 1984, 3 vol. Outre les ouvrages sur la Russie mentionnés plus bas, les bouleversements de l'économie soviétique sont
traités par J.-C. Asselain, *Plan et Profit en économie socialiste,*
Presses de la FNSP, 1981, et Ch. Bettelheim, *les Luttes de classes en
URSS,* Maspero-Seuil, 1974-1982, 3 vol.
L'évolution des mentalités et des sociétés n'a donné lieu à aucun
ouvrage d'ensemble. M. Crouzet, *l'Époque contemporaine,* PUF,
coll. « Histoire générale des civilisations », 1969, donne encore
d'utiles aperçus. On consultera les volumes de la coll. Arthaud :
F. Bédarida, *la Société anglaise, 1851-1975,* 1976, P. Sorlin, *la
Société française,* t. II, *1914-1968,* 1971, H. Burgelin, *la Société
allemande, 1871-1968,* 1969, Cl. Fohlen, *la Société américaine,
1865-1970,* 1973. Pour la France, ajouter Y. Lequin, *Histoire des
Français, XIX^e-XX^e siècle, la Société,* Colin, 1983.

III.  L'évolution politique des grandes démocraties est retracée par
R. Marx, *Histoire de la Grande-Bretagne,* Colin, 1980, et M. Tacel,
*le Royaume-Uni de 1867 à 1980,* Masson, 1981 ; Y.-H. Nouailhat,
*les États-Unis, 1898-1933,* Éd. Richelieu, 1973, ainsi que D. Artaud
et A. Kaspi, *Histoire des États-Unis,* Colin, 1980. Pour la France, on

se reportera à Ph. Bernard, *la Fin d'un monde…, op. cit.*, H. Dubief, *le Déclin de la IIIᵉ République, 1929-1938*, Éd. du Seuil, coll. « Points », 1976, et J.-M. Mayeur, *la Vie politique sous la IIIᵉ République, 1870-1940*, Éd. du Seuil, coll. « Points », 1984, tous trois dotés d'une riche bibliographie commentée. La fin de l'Italie libérale est traitée par P. Guichonnet, *l'Italie…, op. cit.* L'histoire de la république de Weimar est dominée par G. Castellan, *l'Allemagne de Weimar, 1918-1933*, Colin, 1969, et par J. Bariéty et J. Droz, *l'Allemagne, République de Weimar et régime hitlérien, 1918-1945*, Hatier-Université, 1973. Sur le Japon, l'ouvrage le plus accessible est Edwin O. Reischauer, *Histoire du Japon et des Japonais*, Éd. du Seuil, coll. « Points », 1973, t. I, *Des origines à 1945*.

Sur le fascisme, le meilleur ouvrage de synthèse est P. Milza et M. Bentelli, *la Liberté en question, le fascisme au XXᵉ siècle*, Éd. Richelieu, 1973. P. Milza et S. Berstein, *le Fascisme italien, 1919-1945*, Éd. du Seuil, coll. « Points », 1980, intègre les données les plus récentes sur le sujet. Le régime national-socialiste a donné lieu à de nombreux travaux, parmi lesquels J. Bariéty et J. Droz, *l'Allemagne…, op. cit.*, A. Grosser *et al.*, *Dix Leçons sur le nazisme*, Fayard, 1976, et M.-G. Steinert, *Hitler et l'Allemagne nazie*, Éd. Richelieu, 1972. P. Ayçoberry, *la Question nazie*, Éd. du Seuil, coll. « Points », 1979, est un pénétrant essai d'interprétation.

Les problèmes du socialisme et du communisme sont dominés par J. Droz *et al.*, *Histoire générale du socialisme*, PUF, 1977, t. III, *De 1918 à 1945*. Pour l'histoire du communisme soviétique, M. Laran, *Russie-URSS, 1870-1970*, Masson, 1973, H. Carrère d'Encausse, *Lénine, la Révolution et le Pouvoir*, Flammarion, coll. « Champs », 1979, et *Staline, l'ordre par la terreur*, Flammarion, coll. « Champs », 1979, P. Broué, *le Parti bolchevique, Histoire du PC de l'URSS*, Éd. de Minuit, 1972, M. Heller et A. Nekrich, *l'Utopie au pouvoir, Histoire de l'URSS de 1917 à nos jours*, Calmann-Lévy, 1982. Pour le communisme chinois, les deux ouvrages fondamentaux sont ceux de P. Guillermaz, *Histoire du parti communiste chinois*, Petite Bibl. Payot, 1975, 2 vol., et L. Bianco, *les Origines de la révolution chinoise, 1915-1949*, Gallimard, coll. « Idées », 1967.

*Index*

# Index par pays

# Index des noms

*Table*

COMPOSITION : MAME IMPRIMEURS À TOURS
IMPRESSION : BRODARD ET TAUPIN À LA FLÈCHE (2-88)
DÉPÔT LÉGAL : FÉVRIER 1986. N° 9102-2 (1735-5)

# Collection Points

**SÉRIE HISTOIRE**

## Nouvelle histoire de la France contemporaine

# Collection Points

**DERNIERS TITRES PARUS**